Thor Vilhjálmsson
Morgengebet

Dieses Buch erscheint am 25. Juli 2011

Wir bitten Sie, die Sperrfrist zu beachten und
vorher keine Besprechungen zu veröffentlichen.

Für Interviews und andere Presseanfragen
kontaktieren Sie bitte gern

Margarete Schwind oder Sabine Schaub
SCHWINDKOMMUNIKATION
Presse- und Öffentlichkeitsarbeit
Kultur · Wirtschaft · Wissenschaft · Gesundheit

Knesebeckstraße 96
D-10623 Berlin
Telefon: + 49 (0) 30 – 31 99 83 20
e-mail: ms@schwindkommunikation.de
http://www.schwindkommunikation.de

Thor Vilhjálmsson

MORGENGEBET

Roman

Aus dem Isländischen übersetzt
und mit einem Nachwort versehen
von Gert Kreutzer

Osburg Verlag

Titel der isländischen Originalausgabe:
Morgunþula í stráum

This book has been published with a financial support of
Bókmenntasjóður / Icelandic Literature Fund

www.osburgverlag.de
Lektorat: Bernd Henninger, Heidelberg
Herstellung: Prill Partners producing, Berlin
Umschlaggestaltung: Toreros, Lüneburg
Satz: Dörlemann Satz, Lemförde
Druck und Bindung: GGP Media GmbH, Pößneck
Printed in Germany
ISBN 978-3-940731-65-4

Island

Nehmt euch in Acht
Sturm ist im Anzug.
Blut wird regnen
auf nackte Leiber.
Speer und Klinge
werden Erbgut teilen.
Nun ist die scharfe
Schwertzeit gekommen.

(Íslendinga saga)

Ein Junge auf dem Berg (1208)

Der Junge wanderte zum Berg. Nebelfetzen oben auf den Graten. Im Sprühregen erwachten Steine mit Flechten zum Leben und sprachen zu ihm in neuerwachten, lebhaften Bildern. In der Mitternachtsdämmerung.

Noch waren die Nächte hell, nur gegen Mitternacht wurde es dunkler.

Der Hang stieg zuerst sanft an, höckerig mit buntscheckigen Zeichen der Flechten auf geschliffenen Steinen, zum größten Teil im Boden vergraben; Ablagerungen ausgetrockneter Bäche, Moos und Gras und Klee, Glockenblumen und Grasnelken. Aber plötzlich wurde das Gelände steiler. Er stieg hinauf auf das Plateau beim ersten Basaltgürtel und erkletterte einen Absatz, setzte sich auf einen Moosbuckel und schaute über die dunkle Siedlung. Er sah den Hang gegenüber von weißem Nebel erleuchtet, der den Berg um die Hälfte verkleinerte, sich dann aber schnell abnehmend in Dampf auflöste, über Schluchten und Burgen und Geröllhalden mit grünen Senken und Graszungen und Bachbetten, Mooren und Buschwerk. Doch bildete er sich neu am Fuß der Berge über dem grauen Fluss, der mit seinen Verzweigungen und Nebenarmen breit über die flachen Ebenen dahinströmte, und bedeckte die Mitte des Tals bis zum Moor mit dem Teichauge, das der Himmel neulich abends in reines Gold verwandelt hatte.

Aber jetzt war es verblasst im graudumpfen Moor unter dem schweren Nachthimmel im vorgerückten Sommer.

Er saß auf seinem Felsenstuhl und schaute hinauf zum Berg über sich, auf die Formen, welche die Felsen annahmen, bewohnt von Ungeheuern, die sich eifrig dem Fressen hingaben bei diesem tückischen Ringen.

Die Höfe unten schienen wieder in das Land zu versinken, das sie hervorgebracht hatte. Er glaubte, auf dem heimischen Hof einen Lichtschein flackern zu sehen, als schwenkte jemand eine Laterne und sähe sich um. Aber er hörte nichts, auch wenn jemand gerufen hätte. Alles war still, doch war ihm, als hörte er einen Vogel mit den Flügeln schlagen, sah aber keine Spur in seiner Nähe. Nur das Land ganz nahebei pulsierte in seiner totalen Stille; während der Nebel über das nächste Felsenband schwebte und das verhüllte, was weiter oben war, die Burgen dort aber sichtbar ließ, als umflösse er sie.

Er saß auf seinem Hochsitz, weit entfernt von denen, die unten wohnten. Er vermutete, dass man ihn jetzt bald vermissen würde, und kostete seine Rache aus. Dann zog ihn die Magie des Berges weiter nach oben, wo es noch steiler war, und er erklomm den Felsenvorsprung, als er ihn erreichte, und gelangte zur nächsten Stufe. Der Nebel wich und machte unter dem weißen Strom einen anderen Felsvorsprung darüber sichtbar. Er drehte sich auf den Bauch und schaute den Berg hinauf und betrachtete das Geröll um sich, das sein Aussehen langsam veränderte, und schaute lange auf die grobgehauenen Steine in der Felsenburg schräg oberhalb seines Mooslagers.

Er sah dort verschiedene archaische Gespenster aus dem Geröll emporwachsen, mit Sagaglück für ihn. Aber plötzlich war es, als erstarrte das Schauspiel. Ihm schien nichts Geringeres, als sähe er dort im Felsen die gealterte Erscheinung seines Vaters Sighvatur, an den Felsen gefesselt, mit traurigem Gesichtsausdruck. Und sein schmales Gesicht, das von den wechselnden Schatten der Nacht in einem Hexengebräu in die Länge gezogen wurde, faszinierte ihn und weckte in ihm zugleich eine Furcht, die ihn trieb, den Zauber zu brechen und den Berg hinab nach Hause zu eilen.

Er beeilte sich, soweit es die Steilheit und die Helligkeit erlaubten, denn er fürchtete sich nun vor dem Zorn und der

Sorge seines Vaters, und als der Steilhang zu Ende war, hastete er noch schneller.

Es war, als verfolge ihn das Bild seines Vaters im Geröll auf den Felsen, und er wagte nicht sich umzusehen. Als er es endlich tat, war das Bild verschwunden; und der Nebel wütete heftiger und beeilte sich, Burg um Burg vom Berg abzufeilen, wischte in weißer Raserei die Felsenmauern weg, die den Berg aufschichteten. Nun war ihm, als sähe er ein Schloss auf dem Meeresgrund über sich. Und wenn er auch das Bild seines Vaters nicht mehr sah, tobte doch der Schrecken in seinem Inneren. Der Rachegedanke schwand, der ihn ins Nachtdunkel hinausgelockt hatte, um sich an seinem Vater für einen Spott zu rächen, den zu ertragen er sich nie gewöhnen konnte. Erneut befiel ihn Furcht, seine verdammte Unbedachtheit könnte seinen Vater in die Felswand getrieben haben.

Am Anfang der Hauswiese begegnete er einem Mann, der ins Dunkel hinausspähte, und als er näher kam, sah er, dass die Haare seines Vaters und sein Bart feucht waren, und er wusste nicht, ob die Tropfen in seinem Gesicht Schweiß waren oder vom feuchten Nebel stammten.

Sein Vater sagte nichts. Er legte dem Jungen die Hand auf den Scheitel, den kleinen Finger in der Nackengrube, und geleitete ihn heim.

Er war neun Jahre alt.

Ziehbrüder (1212)

Zwei Jungen gingen alle Wege gemeinsam.

Wenn der eine etwas sah, dann schien es ihm nicht richtig gesehen, bevor er es dem anderen gezeigt hatte. Manchmal lagen sie auf der Heide und waren auf sattellosen Pferden geritten, die sie auf der Weide gefunden hatten, und sie flochten ihnen Zügel und galoppierten im Überschwang ihrer Träume, in denen die Blutsbrüder Länder und Prinzessinnen eroberten und jeder von ihnen mit Hilfe des anderen ein halbes Königreich gewann, und sie würden dem anderen helfen, sollte man sein Reich angreifen; sie lagen auf der Heide und betrachteten den Flug der Wolken und bauten sich dort ihre Schlösser.

Sie hatten die Pferde gehütet, während die Türme auf den Traumschlössern zu glühen begannen, als die Sonne sie bestrich, aber die Wolken segelten über die Gipfel und ihre Schatten wanderten die Hänge entlang.

Das Heu war eingefahren worden. Und sie erprobten ihre Stärke an den Ballen und lachten einander zu, wenn der eine den schweren Ballen nahm, sich ein Herz fasste und ihn hochhob, ohne Hilfe seines Freundes. Sie pflückten die blauen Beeren in ihren Mund, und ihre Träume nahmen die Gestalt einer zusammengereimten Geschichte an.

Manchmal waren sie sich nicht einig, wer von ihnen die blonde Prinzessin und wer die dunkle, geheimnisvolle mit den grünen Augen hatte, die so unerwartet aufleuchteten, wenn sie alle auf dem Tanzboden in der Waldlichtung zusammentrafen, und die Harfe wurde geschlagen, begleitet vom Gesang der Vögel und schönen großen Schmetterlingen mit Farben, die gut zu dem Blatt dort – »schau nur!« – gepasst hätten, das schon so rot geworden war. Und dann hatte der andere die Prinzessin mit den hellen blauen Augen und den Locken, die sie fast ganz umhüllten. Und sie sahen das zusammen vor sich, bis sie aufsprangen; und sie schwangen sich auf die Rücken der Pferde und galoppierten hinunter zum Fluss und zu dem Kolk, den sie kannten und von dem sie wussten, dass man dort immer Forellen finden konnte, und sie sagten keinem anderen, woher sie ihren Fang hatten.

Und wäre der eine traurig, könnte der andere mit ihm schweigen, bis die Zeit gekommen war, sich auszusprechen.

Sie kämpften mit Schwertern, die sie sich selbst gemacht hatten, und schnitzten sich Schilde und waren Helden, die es mit einer vielfachen Menge aufnahmen und nie besiegt wurden, denn wenn es ganz schlimm kam, stellten sie sich mit dem Rücken gegeneinander und waren unüberwindbar. Und manchmal waren sie allein gegen die ganze Welt. Sie spielten Grettir und Illugi, der am Ende seine verdiente Rolle im heldenhaften Kampf zusammen mit seinem Bruder erhielt, und er wuchs an dieser Aufgabe, bis man nicht mehr unterscheiden konnte, wer von beiden stärker war, und sie teilten die Rollen untereinander auf, besonders, wenn man sich gegen Riesen abmühen musste, und gegen Hexen, die heimtückisch aus Wasserfällen auftauchten.

Ein anderes Mal waren es Kjartan Ólafsson und Bolli, und sie warfen das Los, wer Kjartan sein sollte mit seinem Schwur, niemals sollte es so weit mit ihnen kommen, dass eine Frau das Verhältnis der Ziehbrüder zerstörte.

Und wenn sie Kjartan und Bolli waren, dann gab es keine Ungeheuer und Gespenster, sondern vielleicht einen Drachen, und zwar einen gefährlichen und schwerbesiegbaren Drachen, wegen der Fähigkeit, die er besaß, Feuer zu spucken, vor dem man sich hüten und seinen Verstand umso mehr gebrauchen musste, und er begann vielleicht als Strandmonster in der Spätsommerdämmerung oder am Abend, und dann war es besser, zu zweit zu sein und einander nicht nachzustehen an unfehlbarem Mut, und Helden ohne Fehl, das waren sie beide, zusammen.

Auf Fischfang mit den Dufgussöhnen (1214)

»Komm schon, Vetter«, sagte Svarthöfði, der von ihnen der größte war und stattlich mit seinen breiten Schultern und seiner mächtigen Brust. Der dickste war Björn kægill, kleiner als die anderen, aber ihnen an Statur gleich und in jeder Hinsicht kräftig gebaut. Sturla eilte herbei und wollte sich daran beteiligen, das Boot aufs Wasser zu schieben, wäre aber beinahe gefallen, so kraftvoll hatten die Dufgussöhne das Schiff von der Stelle gerückt, das jetzt bei der innersten Schäre nahe am Strand im Wasser lag. Sturla tat einen Sprung.

Die drei Brüder hatten sich an die Ruder gesetzt und warteten auf ihn. Er kletterte unter den Rudern an Bord bei Kolbeinn grön, der von ihnen der Hübscheste war und menschähnlicher als seine trollartigen Brüder, obwohl er stark war.

Es herrschte ruhiges Wetter, die Wellen erreichten kaum die Strandklippen, aber als man weiter hinausgekommen war, wurde es an den schwarzen Schären weiß und etwas Wellengang folgte dem erwachten Wind. Die Brüder griffen hart in die Ruder, und Sturla musste sich anstrengen, mit seinem Vetter mitzuhalten. Die Luft war etwas drückender geworden, und im Nordosten trieben Wolken über Berge und Gipfel, aber er schätzte sich glücklich in Gesellschaft seiner Vettern, die ans Meer gewöhnt waren. Dennoch sah er, dass Kægill manchmal mit gerunzelten Brauen zum Himmel blickte, ohne ein Wort zu sagen.

Der Tag war schon recht weit vorangeschritten; sie legten daher die Netze nicht aus, fischten aber manchmal mit der Angel, fingen jedoch meist nur Kleinfische.

»Lasst uns etwas weiter hinausfahren, Jungs«, sagte Svarthöfði. Sie fuhren an Inseln vorbei, von denen die meisten noch flach waren. Aber ihr Kurs wurde oft verwinkelter, als Sturla es sich vorgestellt hatte. Er begriff, dass Schären und Klippen unter der Meeresoberfläche waren und Riffe, welche die Brüder kannten.

Als sie sich noch weiter entfernt hatten, war das Meer um die Inseln bereits aufgewühlt. An den Felsen stieg Sprühwasser in die Höhe, und Wellen schlugen über die Schären. Nun machten sich die Wogen bemerkbar, und manchmal machte der Sog einer Welle unter dem Boot die Ruderzüge zunichte und besprengte die Männer mit Sprühregen, und das Boot erhielt vom Wellengang einen Stoß. Der Himmel war finster und bewölkt, aber hellere Wolkenschleier trieben unter der dunklen Wolkendecke.

Die Felsen am Spülsaum der Inseln verschwammen im Sog der Brandung, die erstaunlich schnell anschwoll.

»Sollen wir uns nicht beeilen, an Land zu kommen, Bruder?«, fragte Kolbeinn.

»Der verdammte Wind kommt aus beiden Richtungen«, schrie Svarthöfði. »Lasst uns mit dem Segel noch warten.«

Kægill sagte nichts, umklammerte stumm sein Ruder. Die Gischt peitschte ihnen ins Gesicht, sodass sie ihren Kopf auf ihr Ruder hinabbeugten und die Schultern gegen Wellenschaum und Spritzer hochzogen.

»Nun hat Ægir angefangen zu schmatzen«, sagte Svarthöfði und spuckte gegen den Wind. Der Sturm brauste lauter, der Sog schwoll an und ebenso das Heulen. »Wir sollten versuchen, die Schürze zu hissen«, brach es aus Kægill hervor. Mehr sagte er nicht. Sie begannen, sich mit dem Segel abzumühen, bei einem Wind, der nun heftig geworden war und ihnen die Lappen aus den Pranken reißen wollte. Sie brachten das Segel hoch, und das Boot erzitterte knarrend unter einer großen Welle, der Svarthöfði mit knapper Not ausweichen konnte. Er hatte sich nun an die Pinne gesetzt, während Kægill die beiden vorderen Ruder packte. Und sie machten schnelle Fahrt aus dem Tal der nächsten Wellen heraus, die sich hinter ihnen eine nach der anderen auftürmten. Das Segel hatte sich beim Herabstürzen der vorigen Welle gelöst, sodass sie das Tau losließen, und nun schlug das Segel wie eine knarrende Fahne flach im Wind, während sie mit aller Kraft in die Ruder griffen, in denen es gewaltig knirschte, und es hätte nicht viel gefehlt, dann wären Kægills Ruder zerbrochen. Er hatte zwei, während Sturla und Grön jeder ein eigenes auf ihrer gemeinsamen Ruderbank führten.

»Überlass Kólga deine Ruder, Junge«, rief Svarthöfði, »und reich mir das Seil.« Die laute Stimme drang mit ihrer Botschaft nur mühsam durch das Tosen des Meeres.

Sturla wandte sich ihm zu und wartete darauf, dass der Sturm ihm Gelegenheit gäbe, das Tau zu ergreifen. Das Rasen des Sturms ließ mit seiner Gewalt gerade so viel nach, dass Sturla das Seil mit beiden Händen fassen konnte. Er musste sich vor dem Überkommen des Baums hüten, um nicht über Bord gespült zu werden, während er versuchte, das Tau zur ausgestreckten Hand Svarthöfðis zu reichen, der wie ein Bergtroll dasaß, die eine Hand an der anderen Schot und versuchend, den größten Sturzseen auszuweichen. Gemeinsam brachten sie die Segelschoten an ihren Platz. Meine Vettern hier gleichen kaum Menschen, dachte der junge Mann, und dieser Gedanke minderte seine Angst. Es gab ja auch kaum Zeit, sich zu fürchten.

Sie steuerten an einer Klippe vorbei, die man kaum sah, schwarz in der geschwollenen Brandung. Draußen tobte die See, als wolle sie den gesamten Felsen verschlingen oder mit ihren weißen Krallen zermalmen, die weißen Säulen ragten aus ihr hervor und verteilten sich in der Luft, stießen heulend auf Felsstufen hinab und plauderten auf Felsvorsprüngen in den Wind hinaus. Aber jetzt verhalf ihnen das Segel dazu, in rasender Fahrt davongerissen zu werden und an dieser Gefahr vorbeizusausen und an dem Begehren der Klippe, sie zu zermahlen und den Staub zur Hölle zu senden.

Diese Felsenburg verschwand im Sturmwirbel, und die Fahrt

entfernte das Boot unaufhaltsam von dem geschützten Ort in immer bedrohlichere Wellen, fort von dem verschwundenen Berg dort draußen. Und von jetzt an sah man nichts mehr von ihm.

»Wie geht es dir?«, rief Svarthöfði. »Was denkst du, Bruder Kægill?«

Nur der Sturm antwortete.

»Was glaubst du, wo wir sind, Kægill?«, rief Svarthöfði wieder, mit beiden Händen am Steuer. Die anderen hatten ihre Ruder im Wellengang aus dem Wasser gehoben, bereit, sie notfalls wieder in die wilde See zu tauchen, die schäumte und sich ständig am Schiff brach, und beim Steuern zu helfen, um Kentern und Brechern zu entgehen.

Nichts. Alles nur in der Gewalt des Sturms. Die See und der Himmel, alles ein einziges Chaos. Was war Meer und was war Luft? Fern der Himmel, nah der Abgrund.

»Ich denke, wir sind ...«, sagte Kægill und zögerte mit der Antwort, »irgendwo, irgendwo sind die Svörtuloft.« »Nicht allzu fern«, rief er eine ganze Weile später mit dunkler, zurückhaltender Stimme, wie um sich mit der wütenden Übermacht zu versöhnen.

Dann hörte Sturla oder glaubte zu hören, wie Svarthöfði lachte. Er war sich nicht sicher. Und dann schien ihm, als kreischte irgendwo ein Vogel. Irgendein Bergvogel mit Schreistimme, aber sicher war das nicht. Sie waren alle durch und durch nass, ohne es zu bemerken.

Als sie vorbeigeworfen wurden, kam es ihnen vor, als wären da Untiefen mit Schären und manchmal Riffe, hoch oben in der Luft Bergwände und kein Land, sie länger zu tragen, Felsenburgen am Himmel ohne Strand darunter. Dann war das verschwunden, und es wurde nur wütend auf Wolkenkissen gehämmert in dieser göttlichen Werkstatt.

»Soll man sich nun für Thor oder Christus entscheiden?«,

rief Svarthöfði dem Sturla zu, der an Kraft zu seinen riesenstarken Vettern aufschloss. Hatte er gelacht?

»Thor für den Mut«, sagte Kolbeinn grön. »Christus für die Bequemlichkeit.«

Wohin steuerte der Mensch? Es war, als wüssten die Brüder, wo die Bucht zu finden war. Als sie sich der Felsennase näherten, unter der ein Sandstrand sein musste, kam ein heftiger Wellenstoß, der sie weiter stieß, als ihnen lieb war. Da war ein kochender Wirbelstrom, und dann kam über die Felsnase eine reißende Meereswoge und schlug sie nieder; und alle vier fanden sich in einem einzigen Strudel wieder, und das Boot war gekentert, und Svarthöfði hing am Segeltau und ließ es nicht los wie ein ungezähmtes Zauberpferd. Kægill und Kolbeinn saßen auf dem Kiel; aber Sturla ging unter, und ihn schmerzte die Brust vor Atemnot, und als es ihn nach oben trug, da schrie er vor Schmerzen im Kopf, als sich diese furchtbare Umklammerung in der Tiefe löste, und dann ging er wieder unter und ging wieder unter und schoss wieder empor, und noch ein drittes Mal, und jetzt fühlt er, dass ihn die Kraft verlässt, und er will ins Nichts hineingleiten und ist ganz darauf vorbereitet, so zu verschwinden, aber dann hat Kægill seine Klauen in seinem Haar und reißt ihn nach oben, und Svarthöfði ist zu ihnen auf den Kiel gekommen, auf den nun drei von ihnen gespült waren, und packt Sturlas Schienbein mit beiden Händen und wirft ihn senkrecht neben sie aufs Boot, mit Schwung und festem Griff Kægils in seinem Haar.

»Na ja, Bruder«, sagte Svarthöfði nun. »Wie geht es dir jetzt?«

Sie mussten all ihre Kraft anwenden, um sich dort auf dem Wrack festzuhalten.

Da sagte Kolbeinn zu Sturla: »Hast du Lust, mit uns zu sterben?«

Sturla brachte kein Wort heraus.

Kægill antwortete: »Wir haben immer ein gutes Verhältnis

gehabt. Auch wenn wir zusammen sterben müssten.« »Ja«, glaubte Sturla zu hören.

Svarthöfði schlang eine Schot um Sturlas Mitte und hielt sie in der Hand, da wo er selber hing. Kægill ließ seine Haare nicht los.

Dann kam eine kräftig saugende, langgezogene Welle und hob die ganze Ladung in die Luft, das Boot mit den daran hängenden Menschen, und warf alles auf die Kiesbank in der Felsenbucht. Sie kamen auf einem Tanghaufen herunter, der die Bruchlandung abmilderte.

Später erinnerte sich Sturla, wie er sich gegen den Sog im schwarzen Ufersand festkrallte und den Tanghaufen hinaufklomm, wo ihn die Brüder in Empfang nahmen.

Mutprobe (1217)

Die Hofgebäude wurden bald kleine Buckel in der Landschaft, bis sie aufhörten, sich von den Hügeln und dem buckligen Morast oberhalb zu unterscheiden, und in der Hauswiese versanken. Noch zeichnete sich der Fluss in einem Bogen ab und wies dem Auge den Weg zu den versunkenen Häusern.

Sie waren nur zu zweit. Snorri war zu Besuch bei seinem Bruder Sighvatur – der vornehmste Mann des Landes, der Gesetzessprecher, besuchte den Bezirkshauptmann.

Ein abgemagerter Hund begleitete sie die Schlucht hinauf, zeichnete eine feine Trittspur in den frischgefallenen Schnee vor ihnen, und wenn ein Abstand zwischen ihm und den Männern entstand, hielt er an und lief in seiner eigenen Spur zu ihnen zurück.

Der Fluss verschwand streckenweise unter dem Schnee und sang in der Tiefe unter dem Hohlufer. Sie überquerten ihn an einer Stelle, wo sie das Eis trug, und betraten ihn erneut, wo die

Schlucht enger wurde. Auf der anderen Seite war ein abfallender Hang und er wurde steiler weiter oben bei einer Grotte, und der graubraune Berg stieg abschüssig an mit einer flachen Schrägwand. Oben vom Felsgrat herab hingen Eiszapfen, dick und blaugrün.

Sie setzten sich in den Schnee, wo Graumoos aus dem Weiß herausschaute, ein wenig grün, und schwärzliches Heidekraut daneben, und man konnte eine graue Steinplatte erkennen.

»Sieh nur«, sagte Snorri kurzatmig, und zeichnete mit dem Zeigefinger um das, was er zeigen wollte, einen Rahmen aus vier Strichen: »Siehst du dieses Bild?«

»Siehst du die Eisgeister?«, sagte Sturla.

»Siehst du diese Frauenfigur?«, sagte Snorri: »Wie sie dasitzt und wie ihr langer Rock in Wellen von ihren Knien hinabfällt?«

»Sie ist groß und schlank, ja, und ich sehe einen Jungen hinter ihr, und er kann sie nicht erreichen«, sagte Sturla: »Und noch mehr von ihnen. Eine ganz Schar von Eisgeistern.«

»Siehst du dort auf dem Eis«, sagte Snorri, »wo der Bach zwischen den schwarzen Felsen gefroren ist. Dort ist eine Gruppe von Ankömmlingen, Leute, die plötzlich auftauchen. Und sie treffen die anderen am Bergeingang, eine ganze Bande …«

Sturla sah nun wieder den vierkantigen Bergpfeiler, der wie ein Turm vor der Felsenburg stand, und beide traten aus dem weißen Hang hervor.

Dort waren er und Aron im vorigen Jahr zum Grat hinaufgegangen, und er hatte sich herausfordern lassen, auf den Felsen zu klettern, auf dem nur einer von beiden stehen konnte. Und er ließ sich dazu herausfordern, oben auf diesem kleinen Podest zu stehen, über dem Abgrund, und er bemerkte, dass ein Adlerweibchen viel weiter unten dahinflog, ohne zu wagen, ihr nachzusehen.

»Und heb nun ein Bein«, sagte Aron: »und strecke es über das Podest hinaus.«

Er begann, den Fuß zu heben; aber das Schwindelgefühl war stärker als die Versuchung, und er setzte den Fuß wieder auf. Er kauerte sich nieder und setzte sich auf diesen Hochsitz, die Beine den Fels herabhängend, und stützte sich mit den Händen an eine Steinlehne.

Er achtete darauf, nicht hinunterzuschauen, und folgte nicht den fliegenden Wolken über der Felskante auf der anderen Seite und bedauerte, dass er sich zu dieser Kletterei hatte verleiten lassen. Es verlangte ihn, die Schlucht entlang hinaufzusehen und nach dem Wasserfall zu suchen.

Nach dem Wasserfall, der wie ein Haarschopf über den Berg hinauswuchs, wenn der Wind in ihm spielte.

»Mach Platz«, sagte Aron, »lass mich versuchen.«

Sturla kletterte vom Podest und tastete mit den Füßen nach einem festen Halt. Er stand da, als hätte er das Kinn mitten auf dem Felsgrat und als umspannte er den Felsen mit den Armen; er bekam mit den Fingern Halt an der Kante mit einem einzelnen Stein im Arm, Zeitlosigkeit im Stein, er selbst aber vergänglich; während der andere sich ruhig aufrichtete und wie eine Fortsetzung der Säule dastand und so aussah, als wartete er nur darauf, dass die Frühlingsvögel kämen und in seinem braunen Haar nisteten. Dann hob er langsam und ohne zu zögern den Fuß empor ins Leere, zeichnete einen Bogen mit dem Zeh und stand, als wäre er schon selbst zu Stein geworden, den Fuß bewegungslos über dem Abgrund.

»Ihr beide seid im vorigen Jahr dort hinaufgestiegen?«, fragte Snorri auf dem Weg hinab, ein Flackern im Blick.

Sturla verfolgte die Spuren des Hundes mit den Augen; ein schmales Band im reinen Schnee.

»Und ihr habt auf einem Bein gestanden?«, fuhr der Dichter fort. »Freunde. Und habt, wie man sagt, das eine Bein über den Abgrund gestreckt.«

Sturla hatte Schnee in den Händen, presste ihn zu einem

harten Zapfen und warf ihn nach dem schwarzen Hund. Der mit einem Sprung zur Seite auswich und heftig mit dem Schwanz wedelte.

Drei Stimmen im Schweigen (1217)

Ein Mädchen war in die Gegend gekommen. Sie wohnte in der Hütte bei dem alten Ehepaar in der Talsenke am Meer. Bei ihrem Großvater und ihrer Großmutter. Die Ziehbrüder konnten gar nicht anders, als sie zu bemerken. Sie sahen sie hochnäsig an den Häusern vorübergehen auf dem Weg zum Felsplateau, wo sie mit ihrem Großvater Angeln auswarf und manchmal mit ihm ruderte, damit sich die alte Frau ausruhen konnte. Das Mädchen hieß Vigdís.

»Guten Tag«, sagte der eine.

»Guten Tag, Jungs«, sagte sie, und ihre Augen waren blau.

»Guten Tag«, sagte der andere.

Sie sah die beiden an, und sie schauten zurück. Sie setzte ihren Weg fort.

Sie hielt sich selten lange bei ihnen auf. Sie sprachen miteinander über sie, ohne ihre Gedanken zu offenbaren.

Nach einer Woche stieg sie mit ihnen zusammen aufs Pferd. Zu dritt. Da hielten sie ihre Pferde zurück; und sagten einander Belanglosigkeiten; pflückten manchmal mit ihr Kräuter in einen Beutel, beide.

Einmal führte Aron ein Pferd am Zügel. Die Sonne warf Lichtflecken, die sich mit dem Flug der Wolken bewegten. Und ein Windhauch legte das Gras in Wellen. Er sah eine Spur, die zum Meer führte, zuerst auf der Erde und dann vom hohen Meeresufer hinab im Sand. Er hörte das Meer, sah es aber nicht von da, wo er ging.

In der sandigen Bucht unten waren ein Buckel mit Strandroggen, Kälberkraut und ein Rasenfleck wie ein Tischtuch. Dort saßen die beiden und plauderten. Sturla legte ihr die Hand auf die Schulter. Sie zog sich nicht zurück. Sie saßen dort dicht aneinandergeschmiegt.

Ihre schmalen Lippen schwollen unter den Küssen des Jungen. Er brannte von ihrer beiden Feuer und hatte ihre Brüste berührt, die sich seiner Hand entgegenhoben, und als er ihre nackte Haut erreichte, da flutete es aus ihrem Schoß seinen Fingern entgegen und er geriet nun selbst in die ungeduldige Unwissenheit der beiden. Sie lagen dort beisammen, ohne sich vereint zu haben, lagen lange mit schuldbewussten Küssen und waren nur knapp der Vollendung ihrer unschuldigen Sünde entgangen.

Als sie über die Kante hinaufkamen, zusammen über die Hauswiese gingen und den Hof vor der Hütte erreichten, hielt der andere Junge Abstand.

Ein Totenschädel (1217)

Er sah die Lichter am Hof und dachte daran, was für eine Miene sein Vater wohl machen würde, wenn er nach Hause käme. Es leuchtete durch den Rauchabzug vom Langfeuer her, und da wusste er, dass Gäste da sein mussten.

Als er eintrat, sah er seinen Vater. Er sprach mit jemandem mit einer Herzlichkeit, die nicht vorbehaltlos war, obwohl er starken Eindruck auf seine Gesprächspartner machte und es ihm leichtfiel, sie mit den unterschiedlichsten Gesichtspunkten und Ideen zu unterhalten und sie dann einzuladen, ebenfalls das Wort zu ergreifen und zu erzählen. Sturla wusste, dass Sighvatur, obwohl sich ihre Zungen lösten, doch immer die Zügel fest in der Hand hielt und sich nie ganz öffnete.

Beim Hineingehen sah er, dass Þorvaldur Gissurarson auf

dem Hochsitz saß. Sie sahen von ihrem Gespräch auf, als er hereinkam, mit freundlicher Miene.

»Du hast mir neulich deinen Sohn Gissur gezeigt«, sagte Sighvatur. »Hier ist nun der Stammhalter meiner eigenen Familie. Und es läge mir viel daran, wie dir dieser Verwandte gefällt.«

»Gut, ohne Zweifel«, sagte Þorvaldur. »Er ist ein prächtiger Junge. Er hat gute Anlagen, außerdem verbinden sich unsere Familien und auch die der Ásbirningar mit deiner. Sein Erfolg wird davon abhängen, ob er die Reife aufbringen wird, die verschiedenen Familienzweige gleichmäßig wachsen zu lassen. Ich hoffe, dass ihn deine Klugheit auf seinem Weg leitet und den Übermut zügelt, den er möglicherweise in sich trägt.«

»Das wird wohl am meisten davon abhängen, ob das Verhältnis unserer Söhne nicht schlechter sein wird als das von uns beiden«, sagte Sighvatur.

»Dein Sohn Tumi«, sagte Þorvaldur, »er ist ja bei seiner Großmutter auf Hólar. Wie haben sich die Dinge bei meiner Schwester entwickelt?«

»In ihrer Nähe gedeiht alles bestens.«

»Und er darf sich mit dem Krawallbischof, diesem Gvendur, herumschlagen.«

»Und er wird seinen Ehrgeiz wohl befriedigen können«, sagte Sighvatur, »sich dort im Herrschaftsgebiet der Ásbirningar herumzutreiben.«

»Hast du vor, ihn sich dort auf Dauer festsetzen zu lassen?«

Sighvatur schwieg eine Weile und sagte dann: »Ich habe meinem Schwager Arnórr versprochen, dass sein Sohn Kolbeinn die Herrschaft übernimmt, wenn er nach Island zurückkommt. Dieses Versprechen ihm gegenüber kann ich nicht brechen.«

Sturla ging hinaus, ohne dass es groß auffiel, und traf Aron auf dem Hof.

»Lasst uns einen Schädel ausgraben«, sagte er plötzlich zu seinem Freund, der einen Bogen über der Tiefe gezeichnet hatte. Er erkannte die Tragweite der Worte erst, als er sie ausgesprochen hatte. Sie wurden nicht zurückgenommen. Ihn überfiel ein Schauder angesichts dieser Tat, die zu vollenden man nun aber nicht umhinkam.

Sie gingen schweigend, als der Friedhof in der Ferne sichtbar wurde. Manchmal sah er seinen Freund an, der ihn herausgefordert hatte, konnte aber seine Miene nicht deuten. Es war, als habe er eine Maske aufgesetzt, die alle Gefühlsregungen verbarg und keine Stimmungslage erkennen ließ.

Sie gingen durch das verwitterte Tor hinein. Er setzte seine Tritte zwischen die Erdhügel, die in dem alten Teil Gräber gewesen waren, aber Aron ging geradeaus, ohne Rücksicht darauf, ob jemand darunterliegen könnte. Sie kamen ans Ende des Friedhofs, wo das Meer heraufkam und in langen Nächten und dunklen Tagen unter einem wolkenverhangenen Himmel mit salzigen Klauen und einsamer Pranke am Steilufer kratzte. Merkwürdig, seine Toten in diesem Winkel in dieser engen Bucht beizusetzen und dem Meer die Gelegenheit zu geben, sie sich zu unterwerfen und hinabzuschmettern und Knochen und den Rest hinauszusaugen ins Unermessliche und Ortlose.

Aron verzog keine Miene. Sah er hinaus aufs grauschwarze Meer mit der schwachen Dünung? Vielleicht lauschte er.

Sturla beugte sich hinaus über den Rand, wo er von unten vom Strand her etwas Weißes hatte leuchten sehen, in Reichweite von der Kante her, wie er geschätzt hatte. Er musste seine Angst überwinden und den Frieden des Unbekannten in der Erde stören. Wäre es nicht etwas ganz anderes, in den Grabhügel eines bekannten Gespenstes zu steigen? Zum Wikinger Sóti oder zu Haki? Und die raffinierten und allgemein bekannten Hügelschranken zu zerbrechen, welche die gewöhnlichen Menschen fernhielten und die Helden herausforderten. Hinabzusteigen bei Nacht und Nebel, zu riskieren, dass der, welcher das Seil festhielt, sich davonmachte, vom Hügelbewohner das Schwert zu erobern, das im Kampf nie versagte. Aber die brechenden Augen des Hügelbewohners würden kalte Strahlen aussenden, sodass ein Schein auf das Schwert in seiner Hand fiele, bevor er mit einem Fluch zur Hölle führe; einem Fluch, welcher das Geschlecht des Räubers und Hügelbrechers in alle Ewigkeit verfolgen würde.

Er bewegte sich mit Vorsicht und Gelassenheit, lehnte sich über den Rand und tastete umher. Er sah weiter unten etwas Weißes. Er rief über seine Schulter: »Du musst meine Füße festhalten.«

Er wartete. Dann spürte er, wie seine Füße kraftvoll gepackt wurden, und bewegte sich vorwärts und noch weiter vorwärts. Nun war er ganz auf die Zuverlässigkeit des Mannes angewiesen, der ihn herausgefordert hatte.

Er bewegte sich noch weiter nach vorne.

Erfüllte sich in diesem Augenblick sein Schicksal? Dieser ewiglange Augenblick, bis er den Schädel mit sicherem Griff gepackt hatte und darauf achten konnte, die Schädelknochen des Unbekannten aus dem geweihten Platz des Tempelgoden nicht in Stücke zu brechen.

Und dann steht er da und wälzt in seinen Händen den fleischlosen Schädel mit dünner, harter Haut dort, wo nicht nur nackter Knochen war.

Ist das alles? Und so geht es uns allen. Zwischen ihnen wurde kein einziges Wort gewechselt. Er konnte nicht ahnen, was sein Rivale dachte. Er wusste nicht, wer von ihnen gesiegt hatte. Noch irgendetwas. Siegen worüber?, denkt er und der Menschenschädel war so leicht in seinen Händen wie ein Nichts. Wenn es getan war.

Dann sahen sich zwei junge Männer an; und den Abgrund zwischen ihnen.

»Aus Hochmut«, sagte der Priester, atmete tief ein und machte eine Pause zur Verstärkung der Wirkung, sodass schwarze Fliegen mit hellem Schimmer auf ihren glänzenden Körpern aufflogen, sich in Schwärmen im oberen Fenster nahe beim Priester erhoben, wo er auf der Kanzel stand, großgewachsen und kahlköpfig, das Kinn im Takt des Fliegenschwarmes vorstreckend, mit den Fingern in der Luft, als wolle er die Kerzen löschen, die in den Lampen brannten, oder die Welt umarmen und fest an sich pressen: »Aus Hochmut«, wiederholte er, reckte sich und sagte: »Aus Hochmut versuchte er ihn damals, als er zu Adam sprach: ›Ihr werdet sein wie Gott‹«, und er wiederholte es schaudernd, indem er sie wieder mit den Worten beschimpfte: »Sein wie Gott«, und seine Finger zitterten bei den brennenden Lampen. »Aus Habgier«, sagte er und ließ die Hände sinken und streckte die Finger nun nach unten über die Köpfe der Gemeinde mit den Vornehmen als Winzlingen unter sich, »oder aus Ehrgeiz, besonders nach Ansehen und der Macht der Überheblichkeit versuchte er sie«, sagte er und warf einen schnellen Blick über die vornehmen Männer vorne bis hinten zu den Armen, die draußen an der Tür standen, und einige ganz im Freien. Als er so sprach, mit klarem Blick für das Gute und das Böse.

Nun hob er den Blick von seinem Predigttext, stutzte ein wenig und schlug mit den Armen, als wolle er die Vehemenz des göttlichen Redeflusses eindämmen, der ihn durchströmte, damit die Kirche nicht dunkel würde, sondern ihre Helligkeit bewahrte.

»So verhext er sie, dieser Gvendur, den sie für so gut halten«, dachte Sturla. »Er verstärkt die Erregung in diesen unbedeutenden Menschen und hetzt sie auf, indem er sie mit einem Schwall von Wörtern überschüttet und mit den Auslegungen des Gottesworts, das die Kirchenoberen benutzen, um die Unvernünftigen und Brutalen dazu zu bringen, uns die Zügel aus der Hand zu nehmen, die wir doch die Führung und Leitung der Gesellschaft innehaben. Er, den sie den Guten nennen, stachelt seine Stellvertreter und Kleriker an, uns mit aller Strenge die Leviten zu lesen und sich zu benehmen, als stünde ein Gott der Rache und Ungerechtigkeit hinter ihnen, aber kein Gott der Milde und der Güte. Auge um Auge«, dachte er und hörte auf, dem Priester zuzuhören, der erneut so in Wut geriet, dass sich die Fliegen in schwarzen Schwärmen auf der sonnengebadeten Fensterbank abwechselnd hoben und senkten, und Sturla lächelte in seinen Bart, als er daran dachte, dass die Fliegen dem Fürsten der Finsternis mehr verbunden waren als der Macht des Lichtes.

Als Sturla hinauskam, traf er seinen Bruder Tumi, der mit seinen lärmenden Kumpanen auf einem Hügel saß, und man hörte schallendes Gelächter.

»Sei gegrüßt, Bruder«, sagte er, ohne sich zu setzen.

In diesem Augenblick schob sich eine Regenwolke vor die Sonne, aber der Wind war warm und bewegte den Löwenzahn auf den Böschungen.

»Sei gegrüßt, Sturla«, antwortete Tumi, stand auf und ging mit ihm hinab am Hofbach entlang, der dort zwischen Kirche und Wohnhäusern dahinfloss. »Wir wollen uns hier niedersetzen«, sagte er dann, wo eine Mulde an einer Bachbiegung lag, unterhalb von Stromschnellen; und Grashügel auf dem Uferbogen dämpften und milderten das Rauschen der Stromschnellen. Große Steine ragten aus dem Bach und bildeten einen Kolk, wo das Wasser ruhig und still war.

»Wir Brüder treffen uns nicht oft«, sagte Tumi nach einer Weile des Schweigens, mit einer Andeutung von Unwillen in seinen Zügen, als dächte er an etwas anderes.

»Da hast du recht«, sagte Sturla. »Es ist ja auch genug Trubel um dich. Und du hast genügend Leute, die dir sagen, was du hören willst.«

Tumi setzte die Zähne auf die Unterlippe und strich sich über den Mund: »Scheint es dir so? Ich habe den Eindruck, dass auch du genügend Leute hast, dir in die Ohren zu blasen, was dir am liebsten ist.«

»Wir wollen uns nicht streiten, Bruder«, sagte Sturla.

Sie schwiegen eine Weile und lauschten der Friedensbotschaft des Baches; die Sonne strahlte auf den Kolk neben ihnen und glitzerte. Ein Fisch bewegte sich und machte Ringe, die sich mit anderen Ringen überschnitten, bis die Sonne wieder nachließ und der Kolk von den Wolken grau wurde.

»Du siehst den Bischof wahrscheinlich öfter als ich«, sagte Sturla. »Was hältst du von ihm?«

»Wenig«, antwortete Tumi. »Übrigens kommt er mir in letzter Zeit selten vor die Augen, während es früher öfter geschah, als noch unsere Großmutter und mein Ziehvater Siggi die Wirtschaft auf Hólar führten. Aber mir scheint, er kann den Pöbel nicht loswerden, der sich um ihn sammelt und sich ausbreitet wie die Plagen, die Ägypten heimsuchten und die ganze Vegetation auffraßen …«

»Heuschrecken«, sagte Sturla leise.

»Ja«, sagte Tumi. »Und ihr wollt ihn schützen, wo er doch die Wurzel all dieses Unheils ist und des Aufruhrs der Nichtsnutze, die nur vom Betteln und Plündern leben wollen.«

»Er war auf der Hochzeit bei unserem Onkel Snorri in Reykjaholt«, sagte Sturla. »Und er ist auch regelmäßig bei unserem Onkel Þórður zu Gast. Und zwischen unserem Mutterbruder, dem Dichter Kolbeinn, und ihm war das Verhältnis ziemlich innig, bis Streit darüber aufkam, wer von beiden zu bestimmen hätte.«

»Und nun haben sie ihn getötet, den Dichter frommer Verse, der Gvendur zum Bischof gemacht hatte«, sagte Tumi.

»Der Bischof war es nicht, der den Stein geworfen hat, der das Leben Kolbeinn Tumasons verkürzt hat.«

»Vielleicht nicht er selbst«, sagte Tumi, »aber das wäre nie geschehen, wenn er das Volk nicht aufgehetzt und mit Worten seine Unverschämtheit gerechtfertigt hätte. Und übrigens, Bruder, hättest du es mir überlassen können, diese Ungehörigkeit in die Schranken zu weisen, und du hättest dich nicht darum zu kümmern brauchen, wie ich die Ansprüche in meinem Herrschaftsbereich durchzusetzen gedenke, ohne Unterstützung unseres Vaters, der die Macht unserem Verwandten Kolbeinn zuschieben will, dem Sohn seines Kumpans Arnórr, den er mehr schätzt als seinen eigenen Sohn. Und steht dieser nicht dem Herrschaftgebiet der Ásbirningar näher als ich, obwohl Sighvatur und du das anders seht als ich. Ich finde es ungerecht, dass er nichts sieht als nur dich, und da ist es am besten, dass ich Anführer der anderen Familie werde, der mütterlichen Familie, während Sighvatur dich im Westland und in den Westfjorden unterstützt und darüber hinaus im Eyjafjörður. Das dürfte genug für dich sein«, sagte er und schlug mit der Faust auf einen moosbewachsenen Stein daneben und zerquetschte Beeren auf dem Heidekraut, das über dem Moos wuchs.

Sturla ließ ihn reden.

»Ja, ich sehe keinen anderen, der dem Herrschaftsbereich unserer mütterlichen Verwandten nähersteht. Darüber kannst du dich nicht beklagen, Bruder.«

Sturla war weggegangen. Da rief Tumi ihm hinterher: »Was für einen Unsinn hat der Pfaffe eigentlich geredet?«

»Ich glaube, er hat über den Hochmut geredet. Und wie der Teufel Adam, den Ahnherrn von uns allen, versucht hat, und wie seine Unterteufel und Beauftragten immer dabei sind, uns zu verlocken und dich zu verführen und mich zu verführen.«

»Er hat sich wohl selber großgetan«, sagte Tumi. »So wie sie es immer mehr getan haben, wenn man ihnen keine Zügel anlegte. Man muss diese Leute in Schach halten, Strenge ist das Einzige, was sie verstehen.«

Sturla ging fort und hörte, wie sein Bruder weiterredete, obwohl er kein Gehör mehr fand.

Jakob und Esau (1221)

Es war, als ob der ältere Bruder das Erstgeburtsrecht zurückfordern müsste und sich im Verhältnis zu ihrem Vater betrogen vorkäme. Die Zwillingsbrüder in den alten Judenerzählungen, denkt Sturla: Jakob und Esau, die Söhne Isaaks, des Sohnes Abrahams; Jakob, der später geboren und der Schwächere von beiden war, aber auf Anraten ihrer Mutter Rachel den blinden Vater hinters Licht führte und vorgab, der Ältere zu sein, wickelte sich in Felle, wo nackte Haut war, denn Esau war sehr behaart; und erlangte den Segen des Vaters mit Betrug.

Aber wir waren doch keine Zwillinge, denkt Sturla: Und ich wurde nie mit ihm verwechselt. Und Sighvatur war auch nicht blind wie einst Isaak, sondern galt als einer der Scharfsichtigsten von allen. Aber als Tumi von uns den Kürzeren gezogen hatte, kroch er unter die breiten Flügel der Mutter, die seinen Ehrgeiz aufpäppelte und seinem Ungestüm keine Grenzen setzte.

Nein, er hatte nicht den Eindruck, dass sein älterer Bruder besonders gut zu ihm gewesen wäre. Oder ihm einen Vorteil gebracht hätte. Nein, dachte er. Und ihm schien, als sei ihr Verhältnis manchmal steif und meistens schwierig gewesen, sogar feindselig.

Außer wenn er mich dazu brachte, böse Streiche zu vollführen, und seine größere Kraft ausnutzte, als er mir in der Kindheit etwas über war. Um den Vater gegen mich aufzubringen und sich die Aufmerksamkeit zu erzwingen, die er auf andere Weise nicht erringen konnte, und desto weniger, je länger er es versuchte, bis es so weit kam, dass er wenig oder gar keinen Kontakt mehr zum Vater hatte, und am wenigsten, als Tumi Herrschaft und Wohnsitz forderte, die ihm gebührten.

Nur einmal entschuldigte er sich bei seinem jüngeren Bruder, und das war, um ihn gegen ihren Vater aufzuhetzen. Damals hatte Sturla Þorvarður auf Miklabær besucht, um zu erreichen, dass er ihm das Schwert lieh, das beide Brüder hatten kaufen wollen, aber Þorvarður hatte versprochen, es Sturla zu borgen. Damals war Tumi 19 Jahre und zu Besuch im Hause des Vaters, aber Sturla war gerade 18 geworden. Der Großbauer Þorvarður weigerte sich strikt, sein Versprechen einzulösen. Sturla war die freundlichen Ausflüchte langsam leid und ging nach Miklabær, ließ draußen zwei seiner Gefolgsmänner auf ihren Pferden zurück, betrat das Haus und wandte sich zum Alkoven des Bauern, nahm das Schwert aus dessen Bett an sich, um zu prüfen, wie es in der Hand läge und zu schwingen sei. Da stürzten die Hausbewohner herbei, es entstand ein Gedränge um ihn, das ihn so einengte, dass er sein Vorhaben nicht ausführen konnte; da versuchten alle, das Schwert zu fassen, und es wurde Sturla im Durcheinander aus der Hand gewunden, als er die Menge zur Tür hinaustrieb.

Es war eng um den künftigen Anführer, und ihm gefiel diese Notlage gar nicht, sodass er in seiner Hilflosigkeit nach der Axt langte, die er in der Achselhöhle hatte, und er schwang sie, um Þorvarður zu drohen, der ihn aus dem Haufen heraus hochmütig angesprochen hatte, als wäre er ein schlechterzogener Bengel, und er hatte nun nach all den sanften Worten einen ganz anderen Ton angeschlagen, als wenn Sighvatur zuhörte. Sturla schwang die Axt in seine Richtung, aber die Menge strömte vor und zurück in der Tür, wo es wieder eng wurde, und so spülte es den Haufen aus diesem Flaschenhals auf den Hof hinaus, und es geschah, dass dem Þorvarður die Axt auf den Kopf geschlagen wurde, sodass er ohnmächtig zu Boden sank. Da wusste Sturla, als er auf sein Pferd sprang, nicht, ob der Bauer noch lebte oder tot war, aber das Gesinde beugte sich betroffen über seinen Hausherrn.

Als Sighvatur davon erfuhr, sagte er kaum ein Wort. Aber die Pferde waren bei dem Lärm unruhig geworden und scheuten und rannten davon und sträubten sich gegen die Zügel, sodass die Begleiter die Ereignisse nur undeutlich verfolgen konnten. Sie sagten aber dem Sighvatur insgeheim, was sie glaubten gesehen zu haben.

Da beschimpfte er mich so heftig wie noch nie, und ließ es alle hören, dass ich den besten Bauern im Eyjafjörður getötet oder verwundet hätte.

Ich erinnere mich nur daran, dass ich die Vorwürfe damit beantwortet habe, dass es mir ebenso schlimm erschiene, wenn er nicht tot wäre.

Sighvatur steigerte die Beschimpfung noch und drohte, mich aus dem Haus zu werfen. Ich erinnere mich nicht, noch etwas entgegnet zu haben. Aber dann kam es dazu, dass Tumi das Wort ergriff: »Es wäre zu überlegen, noch mehr Leute zu verprügeln, und es hilft nichts anderes gegen die Bauern, als sie zu packen und zu unterwerfen, denn ihnen ist niemals zu trauen.« Ich weiß nicht, ob Sighvatur darauf achtete, was Tumi zu sagen hatte. Er verließ jetzt die Stube und hatte alle deutlich seine Rede hören lassen.

Ich war beunruhigt, obwohl mein Stolz nicht erlaubte, es mir anmerken zu lassen. Ob ich ruhig schlafen konnte? Jedenfalls war ich schon auf den Beinen, als niemand außer den Frauen da war, welche das Feuer in den Herden hüteten und das Frühstück vorbereiteten, und einige waren zu den Ställen hinausgegangen; ich hörte, wie man vorne Zaumzeug holte, es knirschte in der Kandare. Dann wusste ich, dass noch ein zweiter wach war, schon länger oder erst seit Kurzem, denn Sighvatur rief aus seinem Alkoven: »Wer geistert denn da vorne herum?«

»Ich. Sturla.«

»Komm her zu mir, mein Sohn«, sagte Sighvatur.

Und als ich zu ihm ins Bett gekrochen war, sagte der Alte: »Schmiege dich an mich, mein Sohn.«

So lagen wir beide auf den Kissen und schwiegen, zwei Männer. Dann kam Nebel übers Land. Die Pferde draußen auf der Wiese waren groß und geheimnisvoll, einige waren unten am Fluss und man sah sie kaum, waren wie frische Rasenhügel auf dem platten Land oder wie Unebenheiten, welche die Nacht beim Einsammeln übersehen hatte, als sie ihre Dunkelheit verwahrte und grau wurde. Mein großer Hengst schaute heimwärts zum Hof. Nein, damals war er noch ein Fohlen, vielversprechend und groß. Und folgte noch der Stute. Ich bin versucht, ihn so zu sehen, wie er später wurde, das größte von allen Pferden, erwachsen. Ich sah Sighvatur nicht an, um mich zu vergewissern, ob er wieder eingeschlafen war, vielmehr war ich sicher, dass er wach war. Ich wusste es genau. Er brauchte nichts zu sagen. Tat es aber später, um seinen Sohn zu beruhigen: Das scheint mir nicht so schlimm, wie ich vorgebe, und er tastete nach meiner Hand, umfasste sie am Handgelenk und drückte sie ein paarmal, ohne den Griff zu lockern, aber nicht so, als fühlte er mit den Fingern den Puls, und fuhr fort: »Und jetzt möchte ich dir nachträglich applaudieren. Aber du sollst so tun, als wüsstest du es nicht, das nicht«, und er zog das letzte Wort so lang, als wolle er sich Tanzschritte in Erinnerung rufen, wenn man einen schweren Schritt zurück tut nach einem Schritt vorwärts.

Ich dachte nach, sagte aber nicht, wie froh ich war, nach dem Schwert gegriffen zu haben, und auch, dass die Axt den Kopf dieses Teufelskerls getroffen hatte und mir unverhofft diese Stunde im Alkoven meines Vaters beschert hatte. Und ich erinnere mich nicht, dass wir bei der Gelegenheit mehr gesprochen hätten.

Solche Augenblicke sind mir nicht weniger lieb, je länger sie zurückliegen und je mehr die Probleme angewachsen sind.

Blick hinter Sighvatur her, draußen über die Hauswiese (1222)

Da sah ich dem alten Mann nach. Er sagte kein einziges Wort. Er hatte sich vom Stuhl erhoben. Er stand auf, als er dem Boten zugehört hatte. Wir sahen kaum sein Gesicht, während er dem Bericht lauschte. Der Mund war im Bart verschwunden. Der zitterte einmal, soweit ich sehen konnte, sodass der Mund schrumpfte, und der Schnauzbart sank über die Unterlippe, sodass man den dünnen Strich der Lippen nicht mehr sah, und es gab vielleicht manchmal ein Beben in dem Schatten, den der Schnauzbart auf den Bart darunter warf, der erheblich heller war als der mehr graue andere. Er hatte den Ellenbogen auf dem Tisch und den Handrücken über der scharfen Nase und den Augen und dem größten Teil der Stirn, und es war ein winziger Zwischenraum zwischen Knöchel und Zeigefinger, der schräg über dem Haar lag, dicht und ergraut, ein wenig. Es kam mir in den Sinn, dass er vielleicht durch den Spalt zwischen Daumen und Hand hindurchsah, um einäugig wie Odin die Halme vor dem Rauchabzug oben auf dem Dach zittern zu sehen und hinaus über Wiese und Felder zum Fluss zu schauen, der aufgehört hatte zu fließen, frostlos gefroren, still wie die Zeit, die ihren Lauf anhält.

Ich sah nichts im Antlitz dieses Mannes, welcher der Todesnachricht seines ungebärdigen Erstgeborenen lauschte.

Dieses unbelehrbaren Sohnes, der sich in seiner Ungeduld, Anführer zu werden, der väterlichen Zucht entzog, woher er diese Unbesonnenheit auch haben mochte, die ihn nun gefällt hatte, fern der väterlichen Zucht, fern von Warnung und Klugheit. Sorglos wurde er in seiner Höhle ergriffen, siegesgewiss auf dem Bischofssitz von Hólar, von wo er alle kleinen Leute und Landstreicher und Raufbolde ohne festen Wohnsitz verjagt hatte. Die sich unter den schützenden Fittichen des Bischofs gesammelt hatten, der glaubte, er könne Christus spielen oder jenen Mann in den päpstlichen Ländern im Süden in Italien, der den frohen Gemeinbesitz aller Früchte der Erde predigt und das genießt, was die Sonne wachsen ließ, und die wilden Tiere anredet: »Bruder Wolf«, und den sie den heiligen Franziskus nennen.

So sah ich ihn sitzen und der Botschaft vom Tod seines zügellosen Sohnes zuhören, der glaubte, dafür geboren zu sein, vor mir Anführer zu werden. Mein ungebärdiger Bruder, der vorwärts stürmte, unbesonnen und großzügig gegen seine Leute, grausam gegen andere – ergriffen im warmen Nest, wo er sich vor nichts fürchtete im Schutz des heftigen Unwetters, das mit schwerem Atem gegen die Gebäude des Ortes anstürmte und in den Dachluken heulte und mit harten Windstößen und Ausfällen Neuschnee herumwirbelte. Bei einem solchen Wetter ist niemand unterwegs außer den Gespenstern, vor denen wir tapferen und nicht abergläubischen Männer keine Angst haben.

Und sie ergriffen ihn und erschlugen ihn wie einen Stier. »Er hielt sich gut bei seinem Tod«, sagte der Bote und sprach das Wort Tod zögernd aus, als bemühte er sich um ein Verhalten, das sich für einen Boten ziemt, der eine solche Nachricht zu überbringen hat. Ich sah, dass etwas aus dem Auge meiner Mutter fiel, und musste an die alten Vergleiche aus den Sagas denken, dass es wie Hagel wäre. Und ich dachte: Dieser Hagel war nicht weiß oder grau von Eis, sondern rot und hart und kam direkt aus dem Herzen. Wie ein Steinsplitter. Ich wagte nicht, ihr ins Gesicht zu sehen, ich sah nur den Schatten ihres Ärmels und Armes wie einen raschen Flügel über ihr Antlitz fahren. Ich betrachtete ihre Hände auf der Stuhllehne, wie sie sich krampften und die Knöchel weiß wurden. Sie lauschte schweigend und brennend und gespannt und gierig der Todesmeldung ihres Erstgeborenen.

Ich warf einen verstohlenen Blick auf meinen stummen Vater, das Gesicht hinter seinem Handrücken verborgen. Seine Knöchel waren nicht weiß und die Finger lagen nicht angespannt in seinem schwarzen, ergrauenden Haar, das erbleichen würde, wenn sich der Kummer dort niederließe.

Es herrschte Schweigen. Niemand erleichterte dem Berichterstatter seine schwierige Lage. Schließlich sagte er, als müsse er sich aus Fesseln befreien, und der Klang seiner Stimme wurde lauter, als wolle er ausrufen: »Alle rühmten seine Tapferkeit.«

Niemand sagte ein Wort.

Dann sagte er wieder, als müsse man noch etwas in die Stille hinein sagen, nachdem die Sache so weit gekommen war, und er hatte nun seine Stimme gemäßigt und redete leiser: »Er hielt sich gut bei seinem Tod.«

Ich hörte meine Mutter etwas Bitteres vor sich hin sprechen, scharf und hart, ich hörte sie sagen: »Ja wirklich?«

Jetzt stand der Bauer Sighvatur auf. Mir schien er kein bisschen gealtert. Ich wusste nichts von ihm. Ich sah ihn nur durch die Tür verschwinden, sie ruhig hinter sich zuschließen und über die Hauswiese am Fluss entlang hinuntergehen. Mir war, als bliebe er dort stehen. Ich erinnere mich, dass er dort stehenblieb, als beobachte er das Fließen des Flusses; das Fließen. Als hätte die Zeit ihren Lauf wieder aufgenommen.

Sturla diskutiert mit Styrmir dem Weisen über Franziskus und andere (1224)

Sturla wusste, dass Styrmir der Weise sich im Kloster Helgafell aufhielt, und sandte ihm eine Einladung. Es war Herbst. Sturla wanderte über das verblassende Land und fand, es fehle etwas, nun, da die Farben des Herbstes sich verändert hatten, und fühlte, dass der Winter vor der Tür stand. Er hielt es deswegen für gut, diesen klugen Mann bei sich zu haben und etwas für sich zu profitieren.

Er begrüßte Styrmir herzlich und hielt sich ganz in seiner Nähe, als der Tag verstrich und das Licht schwand, und sie redeten viel.

Manchmal drehte sich ihre Unterhaltung um den Bischof von Hólar. Und Sturla äußerte sich manchmal bitter und boshaft über ihn und nannte ihn den elenden Bischofslumpen Gvendur. Styrmir wich aus, ohne aber für den Bischof Partei zu ergreifen, vielmehr fühlte er sich den Mönchen von Þingeyrar unter Leitung von Gunnlaugur Leifsson verbunden, die ihren Weg gingen, ungeachtet dessen, was der Bischof sagte.

»Man muss ihn verstehen«, sagte Styrmir. »Er meint es nur gut, auch wenn sich vieles in seinen Händen zum Schlechten wendet, so gemischt die Gesellschaft ist, die sich um ihn gesammelt hat. Er bringt es auch nicht fertig, jemanden abzuweisen, der ihn um Schutz bittet. Da gibt es viele, die verletzt oder beraubt oder um ihr Recht gebracht wurden, und Arme, die vor der Tyrannei fliehen. Und dann haben sich Grobiane und Wüteriche in die Schar eingeschlichen, die dem Ruf des Bischofs sehr schaden. Denn es ist langwierig und schwer, auf Erden oder am Himmelstor zur Seligkeit zu kommen, auch wenn der Wille stark und das Herz gut ist. Es ist auch nicht sicher, dass der Wikinger in diesem guten Kleriker und Gottesfürsten völlig gezähmt ist. Obwohl er versucht, seinen aufbrausenden

Charakter zu beherrschen. Es gibt aber kein Zurück, wenn man so in der Patsche sitzt wie der Bischof. Mir tut Bischof Guðmundur leid, den viele loben und den Guten nennen und manche sogar einen Seligen.«

»Ja, Gvendur befördert Unmoral und Gesetzlosigkeit«, sagte Sturla. »Und seine Gefolgsleute gleichen den Plagen, die der Himmelsherrscher einst über das Ägyptervolk kommen ließ, um es zu bestrafen. Sie ziehen wie Heuschreckenschwärme in dichten Wolken umher und fressen alles kahl, sodass das Land nackt zurückbleibt, nur mit Steinen und Nadelwäldern bedeckt. Allen vernünftigen Menschen jagt es einen Schrecken ein, wenn sie sehen, dass alles hinweggefegt wird und die ganze Ordnung durcheinandergerät, welche die Grundlage des Landes bildet. Das können wir als verantwortungsbewusste Männer nicht dulden. Was denkst du, Styrmir, woher ihm diese Geisteshaltung gekommen ist? Es ist nicht nur Bosheit und Trotz und Aufstand gegen meinen Onkel Kolbeinn Tumason, der ihn dennoch zum Bischof gemacht hat, diesen dummen Priester.«

Da fiel ihm Styrmir ins Wort und erzählte ihm vom Umbruch und der moralischen Erneuerung im Süden Europas, gegen die Verderbtheit der Kirchenfürsten, und von den Fehltritten einiger, die mit Gewalt auf den Papstthron gehoben wurden oder sich den Weg dorthin mit Hinterlist und Bestechung gebahnt hatten.

Er erzählte Sturla von Franziskus, dem Sohn eines reichen Vaters, der sich als junger Mann Ausschweifungen und sinnlichen Genüssen hingegeben hatte und von diesem ausschweifenden Lebenswandel fett und elend geworden war und dessen Seele sich verfinstert hatte, bis es eines Tages, als es ihm besonders schlecht ging, geschah, dass er ein helles Licht sah, das ihn blendete und ihm heftige Schmerzen bereitete, nicht nur an den Augen, sondern im ganzen Kopf, und das sich über den ganzen Körper verbreitete, als brenne er ganz von Qualen und als öffne sich die Erde bis hinab zur Hölle und er stürze durch die Schlucht hinein in das ewige Feuer.

In diesen Qualen lag er mit unsäglichen Schmerzen, bis die Mutter Gottes ihn in ihrer Barmherzigkeit ansah, ihn an der Hand nahm, aufrichtete und so aus seiner Not erlöste. Und er erlebte einen völligen Sinneswandel; er legte auf der Stelle seinen Hochmut ab, hörte das Klagen der Armen und Kranken, ging hin, sie zu trösten und mit wachsender Kraft ihr elendes Dasein zu erleichtern und sie Gottes Licht sehen zu lassen, das ihm ohne Verdienst zuteil geworden war.

Liebe begann seinen Geist zu durchströmen, und er verschenkte seinen gesamten Besitz mitsamt seinen Kleidern, zum Entsetzen seiner Familie, von der er Abschied nahm, um fortan, wohin er auch kam, die Schönheit der göttlichen Liebe zu verkünden. Und wer sich mit ihm unterhielt, wollte sich diesem Mann anschließen, der völlig neu und anders geworden war, und keine Scheu konnte jetzt seine Liebe beeinträchtigen, die ihn heiter und leuchtend umströmte. Alle Bosheit vermochte nichts und war kraftlos gegen dieses Leuchten und die Liebe, die diesen Mann umgab; die wilden Tiere der Wüste wurden sanft, wenn er kam, der Löwe wurde zum Lamm, der Wolf zum zahmen Hund, der Luchs zum schnurrenden Kätzchen. Er lehrte seine Jünger folgendes Verhalten: allem mit Freundlichkeit zu begegnen, den Wolf Bruder zu nennen, die Sonne Schwester. Skeptischeren Männern schien es nun, als müsste durch eine solche Veränderung die größte Unordnung entstehen, und sie versuchten, Widerstand gegen ihn und seine Leute zu leisten; aber all ihre Anstrengungen waren erfolglos, denn die Liebe ließ sich nicht beirren und verwandelte sich nie in abweisende Strenge, sondern behielt ihre Leuchtkraft und Wärme und erhitzte alles, was schmelzen konnte.

Und dann begannen sich verschiedene Wunder zu ereignen,

und die Nachricht davon verbreitete sich überall hin und erreichte auch den Thron der kirchlichen Macht, wo sie mit Missfallen aufgenommen wurde. Aber da vermochte es die Klugheit des Erzbischofs, den Franziskanern die Gunst des Papstes zu verschaffen und die Anerkennung der Regel des Franziskus und ihn zum Heiligen zu erklären, und man würde dann schnell die Führung zurückgewinnen und diese Bande an die herrschende Ordnung gewöhnen.

»Und das gelang auch«, sagte Styrmir, »diese Bande zu besiegen, indem man nicht gegen sie vorging. Aber es ist nicht sicher, ob es hierzulande helfen würde, auf dieselbe Weise gegenüber diesen halsstarrigen Kräften zu verfahren, die sich um Guðmundur den Guten aufgestellt haben, als wäre es ein Volksheer. Guðmundur selbst kann man niemals beugen, indem man ihn vertreibt und ihm Gewalt antut, wie ihr Häuptlinge es lange gegen ihn getan habt, und sicherlich ist er ein wenig zu verstehen, nach all den Dingen, die sich zwischen euch ereignet haben. Wo doch junge Burschen vor euren Augen einen so guten Häuptling wie deinen Onkel Kolbeinn getötet haben und auch deinen Bruder Tumi auf Hólar erschlugen, aber ich denke, dass das gegen den Willen des Bischofs geschehen ist, dass er getötet wurde, und dass auch seine eigene Unvorsichtigkeit eine Rolle dabei spielte.«

Sturla lauschte und erwog die klugen Worte bei sich, erwiderte wenig und unterbrach ihr Gespräch nicht, wie er es manchmal tat, wenn ihm die Rede nicht gefiel und er die Leute zu schweigen bat oder zurechtwies.

So saßen sie lange beim Gespräch; und ein anderes Mal erzählte Styrmir ihm vom Blumen-Jóan. Nämlich dem Abt Joachim von Fiore, der nach den Blumen oder der Stadt Fiore benannt war. »Nicht unpassend«, sagte Styrmir und zog seinen Mantel bis zum Kinn, dass der Bart an seiner Brust verschwand, und er sagt aus dem Schatten der Mantelöffnung: »Es ist so weit, Sturla, dir etwas zu sagen, von dem ich nicht weiß, wie begierig du bist, es zu hören, dass Joachim etwas verkündete, was viele eine Freudenbotschaft nannten, und am meisten die armen und schutzlosen Menschen, die sich in großer Zahl versammelten, um seinen Bergpredigten von Blumenhügeln herab zu lauschen. Denn er hatte nicht vergessen, was der Erlöser selbst auf dem Berg gesagt hatte: ›Selig sind die Armen im Geiste, denn ihrer ist das Himmelreich‹. Dieser Blumen-Jóan erzählte viel von der seligen Zeit auf Erden, als alle alles gemeinsam hatten und niemand mehr als ein anderer, und sie teilten die Früchte der Erde unter sich auf und die Jagdbeute und jeder half dem anderen. Das war lange bevor die Menschen auszogen, sich um das Gold Arabiens zu schlagen und um Macht und Herrschaft über andere zu streiten. Damals hörte man auf die, von denen man annahm, dass sie die klügsten Ratschläge in jeder Schwierigkeit vorbrachten, damit sie gelöst und nicht durch Gewalt und Selbstherrlichkeit verschlimmert wurde.« Und er erinnerte an das, was der Erlöser selbst den Armen predigte, die sich ihm anschlossen und all ihren Besitz aufgaben, so klein er auch war, auf Geheiß dessen, der sie von Habsucht und Gewinnstreben befreite. Und sie sollten Herz und Sinn reinigen, damit dort Blumen mit süßem Duft sprießen könnten, jedem zum Entzücken, der ihnen auf dem Weg in Gottes Frieden begegnete.

»Wer soll sich dann aber um den Haushalt kümmern? Wer soll auf dem Feld arbeiten, wenn alle ihre Sense oder Sichel wegwerfen? Das Korn wird nicht mehr geschnitten und nicht mehr gedroschen. Und der Acker bleibt ohne Saat. Heu wird nicht in die Scheune eingebracht, sondern alle gehen singend im Gänsemarsch zum Himmel, als wären sie ohne jemandes Zutun auf die Erde herabgekommen mit Nektar und Ambrosia, ohne die geringste Tätigkeit. Wohin wären wir dann gelangt? Und die Fischer ganz vorne in der Reihe: Ihre Boote faulen im Frühjahr und werden nicht ein einziges Mal in den Schuppen gebracht, während das Halleluja die Berge hinaufklingt«, sagte Sturla in einem Atemzug, während Styrmir das Kinn ein wenig vorschob, leicht in den Bart blies, so dass er sich über dem vorderen Halsstück des Kapuzenmantels so leicht bewegte wie ein samentragendes Fallschirmchen einer spätreifen Pusteblume.

»Jedenfalls«, sagte Styrmir jetzt, »wird es wohl eher der gemeinsame Besitz aller Güter gewesen sein, die gegenseitige Hilfe, damit es allen gut gehe, woran Abt Joachim gedacht hat, und man muss seine Armutsbotschaft so verstehen, dass jeder Einzelne wenig für sich beansprucht und nicht über den Bedarf hinaus, sondern mit anderen teilt, wenn er kann, und dass niemand sich am Anteil eines anderen vergreifen darf. Die Früchte der Erde und die Pflanzen und die Fische in den Seen und Flüssen und Meeren seien gemeinsames Eigentum aller, und jeder solle dem anderen helfen, seinen Hunger zu stillen, die Trauben von den Reben pflücken und mit Gesang und Tanz den Saft aus den Beeren treten, um mit göttlichem Segen allen zur Stärkung vino divino zu bereiten und durch mäßigen Genuss des Göttertranks die Freude zu steigern. Im Übrigen ist man unterschiedlicher Meinung über die Lehre des Abts von Fiore. Und es gehen viele Geschichten darüber um, was dieser herrliche Gottesmann selbst gesagt hat und was bloßes Gerücht ist oder Legende oder Unsinn. Und es gibt auch einige, die behaupten, unter seinem Schutz zu stehen, und Räuberbanden sammeln und kein Recht auf Eigentum achten, um mit Krawallbrüdern das Eigentum anderer Menschen an sich zu reißen. Und dabei mit Eifer herausposaunen und schreien, Christus und seine Jünger seien besitzlos gewesen, es solle Armut herrschen und jedes Eigentum verboten sein. Über diese Leute hat der Papst persönlich den Bann ausgesprochen. Und damit komme ich wieder auf dich zurück, Sturla, damit Maß und Regel in allen Dingen sei, damit die Erde weiterbestehen kann und nicht in einer Beil- und Schwertzeit zugrunde geht. Dies sehen auch diejenigen unter den Klerikern ein, die guten Willen und Verstand haben und von der Botschaft Guðmundurs des Guten nichts halten, wenn seine Güte jeden Begriff überschreitet, die auch seiner Bannsprüche nicht achten, wenn er sie gegen alle rechte Ordnung und Gesetze der Gesellschaft einsetzt, und ebenso die Leitung der Kirche, die keine Almosenverschwendung dulden will für die Unfähigkeit und die frechen Forderungen des einfachen Volkes. Hier kann man sich ein Beispiel an den Leuten von Þingeyrar nehmen, die unter der Leitung von Gunnlaugur Leifsson hierzulande die höchste Bildung besitzen.«

»Bezieht man sich denn auf diesen Joachim, ohne zu wissen, was er selbst gesagt hat?«, fragte Sturla. »Kann ihm denn jeder nach Gutdünken Worte in den Mund legen, um jeden Einfall oder Unsinn zu unterstützen, wie es einem gerade passt?«

»Ja«, sagte Styrmir und wischte am Knie eine Wollflocke vom Mantel und strich dabei einige Male mit der anderen, lose geballten Hand über die Schläfe und verfolgte den Schatten des Kerzenscheins, der den Tisch entlang und über die Kante hinauslief: »So vieles ist schon verloren, was er geschrieben hat, und über manches weiß man nichts Genaues, aber das halte ich für sicher, dass er glaubte, den Weltuntergang für das Jahr 1260 vorhersagen zu können. Ich weiß auch, dass er großen Einfluss auf die Menschen in seiner Umgebung gehabt hat und dass er als Heiliger und Seher galt. Ich weiß auch, dass er Abt bei den Zisterziensermönchen war, einem strengen Orden. Aber er verließ dieses Kloster und ließ sich in Fiore nieder und gründete dort eine Art Gemeinschaft von Einsiedlern oder Eremiten, und dies gefiel den Zisterziensermönchen zuerst gar nicht. Es wurde viel darüber geredet, wie genau er die Heilige Schrift auslegte, und sein Ruhm deswegen verbreitete sich weithin. Ich vermute, dass Guðmundur seine Ansichten kennt, auch wenn ich es nicht mit Sicherheit weiß.

Joachim teilte die Geschichte der Welt in drei Perioden oder Weltalter. Und er bezog sich dabei, wie er lehrte, auf das Wesen der Heiligen Dreifaltigkeit, wo er deutlich drei Personen unterschied und sie trennte, auch wenn sie zusammen eine Dreiheit bilden. Er ordnete jedem Teil der Heiligen Dreifaltigkeit ein Weltalter zu. Aber viele sagten, dass seine Anschauungen dem widersprächen, was die Kirche lehre, und dass er Byzanz mehr Bedeutung beimesse als gut sei. Darüber wurde nun heftig gestritten und ihm mehr zugeschrieben, obwohl manchmal beide Opponenten die Argumente für ihre Deutung bei ihm bezogen – zum Beispiel als der Papst im heftigsten Streit mit Kaiser Friedrich dem Zweiten lag, aber von ihm werde ich dir später erzählen, wenn du willst. Denn der wurde stupor mundi oder Wunder der Welt genannt.

Aber so teilte Joachim die Weltalter ein, dass es bei ihm mit der Zeit des Alten Testaments begann, das dem Vater aus der Dreifaltigkeit zugehörte und vom Gesetz und von der Furcht gekennzeichnet und geleitet wurde, die man Gottesfurcht nennen könnte. Das zweite Zeitalter nannte er die Zeit Jesu, und sie reiche bis zum Jahr 1260 und sei das Zeitalter des Sohnes, hier herrsche vor allem die Gnade und der vertrauensvolle Gottesglauben. Und schließlich das dritte Weltalter, das die Geschichte der Menschheit vollendet. Dies ist das Zeitalter des Heiligen Geistes und der Liebe und der Vervollkommnung der Seele gewidmet. Und so sei der Verlauf, dass jedes Zeitalter das vorausgehende auf einer höheren Stufe wiederhole, sodass man daraus genaue und sichere Vorhersagen ableiten könne.«

»Und so verhielt es sich«, sagte Styrmir wiederum, nachdem beide eine Weile geschwiegen hatten, »dass es so war, als legte sich ein Zeitalter über das andere mit wiederholten und neugestalteten Ereignissen, die denen aus dem vorigen Zeitalter ähnelten, allerdings mit einigen Änderungen. Und jede Ära bzw. jedes Weltalter dauerte, wie Joachim lehrte, vierzig Generationen lang. Aber die Geburtswehen seien schrecklich und es gehörte zu jedem Übergang, dass sich einige Antichristen erhöben. Aber jedes hätte auch seine Vorläufer, die ihre Stimme erhöben, oder Propheten der Neuerung, des neuen Zeitalters. Und dann will ich dir sagen, Sturla, dass er lehrt, der Prophet des dritten Zeitalters, das eine hellleuchtende Zeit des Geistes und der Seele sein werde, sei der Heilige Benedikt gewesen, der in der Gegend von Montecassino vor sechs Jahrhunderten das erste Kloster gründete. Und dann werde alles gestaltet und gelenkt von spirituellen Männern, von Männern seelischer Weisheit, die Mönche würden. Dann würden die Juden und auch die Sarazenen getauft und das Kloster werde seine Sittlichkeit über die ganze Menschheit verbreiten, die ein Urbild des Paradieses werde. Und dann werde das gesamte Menschengeschlecht seine vornehmste Bestimmung erreichen oder sein Schicksal erfüllen.«

Das Mädchen im Tal (1223)

Er traf das Mädchen wieder, sie kam auf dem Waldweg. Sie blieb stehen, als sie ihn sah; stand stolz da.

»Komm«, sagte er. Sie kam dicht an ihn heran. Er fühlte ihren heißen Körper an seinem und entbrannte. Sie war ziemlich klein gewachsen, er legte seine Hände auf ihre Schultern. Sie sah zu ihm auf, direkt in seine Augen; die ihren waren braun, doch mit ein bisschen Grün. Er legte seine Hand, nein, nur drei Finger unter ihr Kinn. Und sah sie fast traurig an.

Der Wind kräuselte das Wasser. Es rauschte im ganzen Wald, der Wind brauste in den Wipfeln der Bäume. Er küsste sie auf den Mund. Ihre Zunge kam seiner entgegen, tobte in seinem

Mund. Er wanderte mit seiner Zunge durch ihren Mund, über ihre Zähne, als wolle er sie zählen; über den Gaumen, unter die Zungenwurzel.

Dann fielen sie auf den Rasen. Sie half ihm, ihre Kleider abzustreifen, ihre Brüste zu finden. Dessen hätte es nicht bedurft; sie war auf diese Begegnung vorbereitet; sie war nackt unter dem Kleid.

Sie bahnte ihm den Weg, als er in sie eindrang.

Das Rauschen in den Bäumen wurde stärker. Es dauerte nicht lange, bis sie ihn fest umarmte; ihn heftig drückte, mit ihren blitzenden Zähnen nach seinem Hals schnappte; dann völliges Erschlaffen.

Er lag ruhig da – eine lange oder kurze Zeit. Und hörte die Erde unter ihnen dröhnen.

Dann begann er sich langsam zu bewegen und sie dann ebenfalls.

Er sah ihre Augen. Ihre weitgeöffneten Augen; sahen sie alles oder waren sie blind? Sah sie ihn?

Ist genug nicht genug?

Sie war weit und tief. Nun nutzte sie ihre Kenntnisse; umfasste sein Glied mit der Weisheit des Schoßes; neue Fesseln umfingen seinen Zauberstab, hielten ihn einen Augenblick gefangen, lösten sich; und so ging es fort, bis er plötzlich fühlte, dass er nirgendwo anders war als hier. Ganz hier; und er kam mit aller Macht, obwohl er versuchte, es zu verzögern; denn er war sich nicht sicher, ob sie ihre Vereinigung genoss, gleichzeitig kam. Aber er hielt nicht ein, sondern ergoss sich in die Grotte der Herrlichkeit.

Er der junge Gott, sie die Göttin des Frühlings. Dennoch war der Herbst nahe – Spätsommer; es war dunkel geworden.

Es war gut; danke dir, mein Liebster. Du bist Týr. Nein, du bist Freyr. Ich habe es gleich gewusst.

Sie hatten lange schweigend dagelegen. Er in ihr. Er hatte

fast das Gefühl, weinen zu müssen, als er fühlte, dass ihre Wange feucht war.

»Als ich dich zum ersten Mal sah. Hier am See. Da dachte ich: Freyr.«

»Sprich nicht weiter«, sagte er.

»Ich weiß nicht, wer du bist. Ich weiß nur, was ich glaube, wer du bist.«

»Das ist genug.«

Es war stockfinster. Kein Mond. Ein schwarzer Wind färbte das Wasser weiß an den großen Strandsteinen, an den Baumstämmen, die gefallen hinaus ins Wasser ragten. Er sah kaum ihre Augen, sah kaum ihren weißen Leib, in dieser schwarzen rauschenden brausenden tosenden Nacht.

»Man könnte meinen, du siehst etwas«, sagte er zwei Nächte später.

Sie schwieg. Ihre Augen leuchteten. Sie waren so hell, dass man kaum eine Farbe sah. Es war, als entgleite sie ihm so, wie die Farbe aus ihrem Antlitz schwand.

Er wartete, und als sie zu sprechen begann, erkannte er kaum ihre Stimme, so dunkel war sie, wie aus einem Grabhügel kommend, durch die Grassoden, es war, als hätte man trockenen Torf über sie geschichtet.

Leichenblass erhob sie ihre Hände, mit schlaffen Fingern, die sich nicht ganz streckten, sondern sich bewegten, als suchten sie nach Strömungen in der Luft, und nicht, um etwas zu greifen, eher um das Rauschen fließenden Wassers nachzuahmen und den Bach vom Fluss zu trennen, der am Vorgebirge floss und sich in den Kies hineingrub.

Und dann sagt sie mit dieser dunklen Stimme, die ein ruhiges Rauschen war im Vergleich zu der Stimme, die jetzt schwieg: »Ich sehe und ich sehe Feuer, ich sehe Feuer um Häuser lodern. Häuser, die brennen. Die Häuser brennen.«

Sie stehen auf einem niedrigen Hügel am Fuße eines steilen,

nachtdunklen Berges. Und weite Ebenen und Wiesen mit hohem Gras vor ihnen und Moorsenken mit stillem Wollgras. Und eine Menschenansammlung bei den Häusern, und oben auf den Häusern auf der Leeseite des Feuers färbt sich der Rauch in der Luft vom Schein der Dämmerung, die rosa über den Berg flutet und in Wellen den neuen Tag ankündigt.

»Ich sehe einen Mann aus der Räucherkammer rennen mit qualmendem Rauch hinter sich. Und andere laufen hinter ihm her mit erhobenem Schwert und einer mit einer Hakenaxt. Er schlägt mit der Axt nach ihm, und der Haken kommt in seine Schulter, dass seine Flucht misslingt und die anderen ihn einholen und viele zugleich auf ihn einschlagen. Ich sehe ihn fallen, mit Feuer in den Kleidern. Er liegt still. Rauch steigt von ihm auf. Die anderen stehen eine kurze Weile mit ihren Waffen über ihm. Dann kehren sie um zu den brennenden Häusern. Mir scheint, dass der Wind in die braunen Locken des Gefallenen fährt, ich sehe nicht, ob er seinen roten Bart zerzaust. Ich sehe …«

Er sieht, dass sie mit den Augen rollt und zu röcheln beginnt, sodass er Angst bekommt und nicht weiß, wie er sich verhalten soll.

Allmählich fasste sie sich wieder, und er fragte: »Was war das, wo?«

»Was?«, sagte sie.

»Was du gesagt hast …«

»Habe ich etwas gesagt?«

Es war, als wäre sie nie fort gewesen. Wäre die ganze Zeit hier gewesen. So nahe, dass er sie berühren konnte. So nahe, dass er ihren Atem auf seinem Handrücken spürte, als sie den Kopf neigte und schwieg.

Da hörte er einen Hund bellen. »Ich will nachsehen, ob jemand kommt«, sagte er sehr laut.

Am Fuß des Berges (1223)

Der Fluss strömte dahin.

Es kam ihm in den Sinn, aus dieser lichten Wolke, die ihn ganz unten am Fuß des hohen Gebirges umhüllte, weiterzugehen, aus der Felsenspalte heraus und immer weiter, was ihn auch dort erwarten würde; in eine Welt hineinzugehen, die beruhigen oder verzaubern könnte, eine kühle Welt. Wo Ungeheuer herrschten, keine Menschen: Trolle, Hexen, Gespenster und riesig starke, aus der menschlichen Gesellschaft Verbannte, die zu Trollen wurden oder in die Felsen, in die Berge gegangen waren. Oder niemand. Neuschnee ohne Spuren, außer von einem Vogel oder einem Fuchs, vielleicht einem herrenlosen Schaf, reiner Schnee, ein Gletscher. Bis zur Erschöpfung laufen und mit verführerischen Träumen einschlafen.

Er war vom Berg herabgekommen, der Fluss strömte grau unter dem Himmel, der mit einer Wolkendecke verschwamm; schlängelte sich durch das grüne Heideland, das vom bevorstehenden Herbst rot geworden war. Feuchte, graue Geröllhaufen schwangen sich um getrocknete Wege aus dem Vorjahr, die Ufer waren rosa, wo der Fluss unter dem Grund vor sich hin sang, der Wind versuchte, einen Ton aus einem schwachen Halm zu locken.

Er stutzte, als er den Mann bemerkte, der auf ihn wartete und darüber eingeschlafen schien. Er wanderte mit den Augen die steilen Hänge hinauf, wo er gegangen war, über Geröll und Dornen. Der Stein war dunkel geworden, der ihm oben im Berg so hell entgegengeleuchtet hatte, bevor er über den ruhelosen Geröllhang zu diesem prächtigen Thron gestiegen war, um die Entfernung vom Steilhang hinunter zu schätzen und mit der Entfernung hinauf auf die obersten Felsspitzen und Felsenburgen zu vergleichen. Ganz oben in den Gipfeln waren Felsnadeln, als hätte man den Schnabel eines Ewigkeitsvogels scharf geschliffen, der dort säße und sich nicht zum Flug erhöbe bis zum Jüngsten Tag.

Er stand still und ließ nur seinen Schatten den großen, kräftig gebauten Mann berühren und nahm sich Zeit, den Staub aus dem Heideland und die Pferdehaare abzuklopfen. Fragte aber nichts, sagte nichts. Sie gingen ohne Eile miteinander, um ihre Pferde zu suchen. Er hatte das Gefühl, dass Svarthöfði ihn heimlich ansah, als solle er selbst es nicht bemerken.

Dann ließen sie die Pferde über den sandigen Boden trotten; mit Steinen hier und da, die den sanften Klang des Hufschlags zu einem scharfen Klirren und Klopfen steigerten. Ein Rabe an der Felswand. Der Watvogel löste ihn ab, als er über den Fluss kam, um die Wanderer irrezuführen und sie von seinen kleinen Jungen abzulenken. Denn hier gingen Helden, Gefahr.

Ein Heiratsantrag (1223)

»Mir scheint, mein Junge, dass deine Gedanken weit umherschweifen«, sagte Sighvatur, die Finger im wolfgrauen Haar, während er auf einem Grasbuckel saß, ein Pferdehaarseil auf seinem Knie, das er mit der anderen Hand in die Höhe hob, als betrachte er dieses und nicht seinen Sohn: »Hast du nicht Lust, um eine Frau zu werben?«

»Ich denke an nichts anderes«, sagte Sturla, »sondern nur daran.«

»Hast du schon welche ins Auge gefasst, die in Frage kämen?«

»Eine einzige und keine andere.«

»Das ist forsch gesprochen. Und wohin sollen wir dann heute gehen?«

»Nach Keldur. Um die Hand Solveigs zu erbitten«, sagte Sturla.

»Ich bin bereit«, sagte Sighvatur. »Hol nun den großen Hengst, denn das Wetter wird uns heute nicht abhalten.«

Sturla ritt Álftarleggur, er trug einen roten Mantel, einen blinkenden Schild auf den Rücken gebunden, darauf das Bild eines Löwen; Sighvatur aber hatte einen silbertauschierten Spieß an seine Satteltasche gebunden und einen Buckelschild. Sie ritten zu zwölft.

Sie nahmen den Weg über den Bergrücken, die Gletscher glühten unter dem wolkenlosen Himmel, und das Land war vielfach gesegnet in der Pracht der Sonne. Adler kreischten und Lachse sprangen in Kolken und durch Wasserfälle und Stromschnellen. Kleine Blumen funkelten verstreut im Ödland und auf Sandflächen und schmückten sich mit bunten Farben, und das Geröll erschien ihnen sicher und fest, wo sie ritten. Alle Furten wurden leicht gefunden, und die Pferde überwanden sie schwimmend, als wollten sie sich bei diesem Auftrag zum Fluge erheben.

Und als sie die Milde der Ödlande verlassen hatten, empfingen sie die schönen bewachsenen Gefilde des Südlands, wo sie nicht länger von Bergen und Gletschern umgeben waren, sondern von fruchtbaren Ebenen, großen Wiesen mit einer Menge von Heuarbeitern. Schnitter sah man in Gruppen auf den großen Höfen, und Frauen trippelten leichtfüßig Reihe um Reihe mit ihren Rechen und harkten das Heu in die Sonne, damit sie es trockne, und die Hunde kauerten sich in die Böschungen, und oben auf dem Dach schnurrte die Katze im duftenden Gras und eine Fliege summte an den Hausbalken; der Watvogel war allein auf der Welt.

Sie kamen um die Zeit der Non nach Keldur. Sturla sah sich so intensiv nach Solveig um, als hätte er sich bisher noch nie für eine Frau interessiert.

Niemand war draußen außer einem Knecht, der nicht einmal aufsah, als die Männer auf den Hofplatz ritten. Man sah, dass an einem Rauchabzug mit einem Tuch gewinkt wurde. Sie sahen Leute jenseits des Flusses beim Heumachen. Der eine oder der andere sah zu ihnen herüber, die übrigen setzten ihre Arbeit fort. Die Knechte hielten sich nicht auf, sondern gingen geradewegs ins Haus hinein. Sie hörten leises Sprechen und gingen ohne Zögern in diese Richtung, Sighvatur vorneweg, er löste seinen blauen Mantel und ließ ihn im Flur zu Boden fallen, als wären es gestutzte Flügel. Als Letzter ging der, um dessen Angelegenheit es ging, Sturla. Er trug einen roten Mantel und war früher bisweilen schon selbstbewusster aufgetreten, nicht zuletzt gegenüber Frauen.

Als Sighvatur in die Stube kam, saßen dort Mutter und Tochter am Fenster, und die Lichtstrahlen fielen auf sie, und neben ihnen saß ein alter Freund Sighvaturs, Þorvaldur Gissurarson in Hruni. Valgerður von Keldur stand sofort auf und begrüßte die Gäste, die anderen blieben sitzen und warteten am Fenster. Der Himmel über dem Heklagipfel draußen war sonnenvergoldet und strahlte auf das lange schwarze und weiche Haar Solveigs. Sie hatte ein Tuch in der einen Hand und eine Nähnadel in der anderen.

Valgerður wies Sighvatur einen Platz neben sich und Þorvaldur an, dem Sturla aber an der Seite Solveigs. Er sah auf die Hekla und die Wolke, die über den klaren Himmel dahinzog. Þorvaldur fragte nach Neuigkeiten, und Sighvatur erzählte von der Heuernte zu Hause auf Grund und von den örtlichen Streitigkeiten im Skagafjörður und von Auseinandersetzungen zwischen Bischof Gvendur und den Nordleuten. Davon hatte Þorvaldur schon einiges erfahren, und er fragte nach dem, was er noch nicht wusste. Valgerður von Keldur fragte nach dem Aussehen des Bischofs, denn sie hatte ihn nur einmal vor langer Zeit gesehen, als er noch Priester war.

»Der Ärmste ist dabei, krumm zu werden«, sagte Sighvatur, »und ganz grau. Aber einige nennen ihn tatkräftig, obwohl er wie jeder andere Herumtreiber aussieht, und die Priester beachten weder seine Gebote noch seine Verbote.«

Die jungen Leute beteiligten sich nicht am Gespräch, und Solveig steckte die Nadel in das Tuch und nähte die Naht langsam mit weit ausholenden Bewegungen und stieß die Nadel manchmal so in die Luft, als wolle sie Fliegen im Flug fangen.

»Ihr seid wohl nicht den langen Weg gekommen, um uns das zu erzählen«, sagte Valgerður.

»Mein Sohn hat ein Anliegen, das dich und deine Tochter betrifft«, sagte Sighvatur. »Eigentlich wir beide.«

Sturla wandte seine Augen von der Hekla auf seine starken und schön geformten Hände, als wolle er sie untersuchen. Solveig folgte seinen Blicken und sah dann Sighvatur an.

»Wir sind nicht gekommen, um irgendjemanden vom Heumachen abzuhalten«, sagte Sighvatur. »Auch nicht, um uns bewirten zu lassen. Vielmehr bat der Junge, ich solle mit ihm kommen, um eine Frau für ihn zu erbitten. Und er sieht keine andere, die in Frage käme, Valgerður auf Keldur. Keine andere als deine Tochter.«

Als Sturla nun seine Handflächen auf die Knie gelegt hatte, sah Solveig dorthin. Aber Valgerður blickte mit froher Miene auf Þorvaldur, ihren Beschützer und Vermögensverwalter.

Þorvaldur nickte einige Male mit dem Kopf, Wärme in den Augen, und wartete darauf, dass mehr davon berichtet würde.

Sturla räusperte sich. Solveig und er sahen sich nun in die Augen und erinnerten sich an einige frühere Blicke. Aber wo? Auf dem Thing, obwohl sich nie eine Gelegenheit ergab, sich zusammen aufs Heidekraut zu setzen und den ganzen Tag zu plaudern.

Da sagte Þorvaldur: »Mir scheint, dass es nach alledem an der Zeit ist, dass ich das Angebot mache, die Hochzeit bei mir zu Hause in Hruni abzuhalten. Und nun möchte ich hören, wann sie stattfinden soll. Unter der Voraussetzung, dass mich mein Eindruck nicht trügt, dass Mutter und Tochter dieses Vorhaben willkommen scheint.«

»Willkommen gewiss«, sagte Valgerður: »Aber ich überlasse die Entscheidung meiner Tochter. Denn wie ich ihren Charakter kenne, will sie selbst über ihre Zukunft bestimmen.«

Solveig sagte leise: »Gewiss willkommen. Und sehr nach meinem Wunsch«, fügte sie hinzu.

Vater und Sohn ritten denselben Weg nach Hause, und als sie in die Berge hinaufgekommen waren, sang Sturla und war überglücklich.

Er hatte sich vor der Begegnung mit seiner Geliebten gefürchtet, aber als er von seiner Werbereise nach Hause kam, war sie nirgendwo zu sehen. Er brauchte nicht lange zu fragen, sondern sah Halldóra Tumadóttir, seiner Mutter, an, dass sie sein Problem gelöst und das Mädchen heim zu seinen Eltern geschickt hatte.

In Reykjaholt (1223)

Snorri saß in seinem Bad, als ihn die Nachricht von der Hochzeit Sturlas erreichte. Er saß da eine Weile ganz still und schien seine Finger im Wasser zu betrachten, bewegte sie abwechselnd und tauchte seine Hände tiefer oder flacher ins Wasser. Drei Fackeln leuchteten und sandten schwarzen Qualm in die hereinbrechende Nacht hinaus. Er verharrte eine Zeit lang in tiefem Schweigen, die Finger im trüben Lichtschein. Die mit ihm im Bad saßen, schwiegen ebenfalls und warteten, ob er etwas sagen würde, auch der Bote. Er stand neben dem Bad und wusste, dass er nicht mehr zu sagen brauchte, entfernte sich aber nicht.

Plötzlich ballte Snorri die Fäuste und sprang im Bad auf, und sie hörten ihn fauchen. Sie wagten nicht, etwas zu sagen.

Er griff seinen Mantel am Beckenrand und wickelte sich so

schnell in ihn ein, dass die anderen dachten, er würde einen Ärmel abreißen, und schon war er im Kellergang verschwunden.

Sie sahen einander an, seine Sitzgenossen im Bad, Styrmir und Gunnlaugur Leifsson und Árni óreiða.

»Es geht ihm sehr nahe«, sagte Árni.

»Wir sollten nicht zu laut darüber reden«, sagte Styrmir.

»Der Alte hat sich irgendetwas anderes vorgestellt«, sagte Árni óreiða und platschte ins Wasser, als er das Schweigen registrierte.

»Willst du nicht hinter ihm hineingehen, Styrmir, und nachsehen, wie es ihm geht?«, fragte Gunnlaugur.

»Dazu ist es noch zu früh«, sagte Styrmir.

»Du bist mit ihm und Solveig und ihren Leuten gereist«, sagte Árni, »als ihr Sturla auf dem Weg nach Oddi getroffen habt. Damals schien die Sonne, es herrschte Südwind und der Alte war ganz aufgekratzt.«

»Ja, er hat sich etwas anderes vorgestellt«, sagte Styrmir leise.

»Ja, er hat sich vorgestellt, auch noch Verwandter des Königs zu werden«, sagte Árni óreiða, »nachdem er zur Erziehung in Oddi gewesen war, der vornehmsten Residenz des Landes. Und er wuchs auf mit der Hochkultur der Länder im Süden des Kontinents. Gar nicht zu reden von der Zauberkunst eines Sæmundur des Weisen. Stattdessen aufzuwachsen und zum Mann zu werden in Streit und Härte dort oben im Norden in Dalir. Und wie die anderen Jungen zum Angeln zu rudern. Nein, er hat von frühester Kindheit an die Sanftmut der Leute von Oddi genossen.«

»Und vielleicht Teilnahmslosigkeit nach den Schulstunden«, sagte Gunnlaugur ein wenig zögernd.

»Und festliche Mahlzeiten«, sagte Styrmir, »gebildete Unterhaltungen zunächst jenseits kindlichen Begreifens und später an Stelle von Märchen und Liebkosungen.«

»Ja, eine gewisse Bitterkeit hat der Alte in sich, vielleicht weil er diese Förderung als Begabter erfahren hat«, sagte Óreiða.

»Ohne Zweifel ist die Frau schön«, sagte Gunnlaugur. »Sie ist jung und scheint begabt. Und irgendetwas an ihr hat ihn beeindruckt, ihre Jugend, ihre Intelligenz und ihre Lebhaftigkeit.«

Styrmir griff sich eine Fackel und ging hinter Snorri in den Kellergang hinein, um mit Behutsamkeit herauszufinden, wie schwer er die Sache nahm.

Die anderen blieben im Bad sitzen, und der Bote war die Wiese hinuntergegangen. Es schien ihnen, als habe er sich dort auf einen Grasbuckel gesetzt.

»Sicher ist er das, was er ist«, sagt Gunnlaugur wie zu sich selbst: »Und er überragt andere Männer hier im Land bei weitem. Wenn er spricht, wollen alle zuhören.«

Da sagte Árni óreiða nichts, sondern begann heißes Badewasser auf den trockenen Beckenrand zu spritzen.

Weißliche Schleier legten sich über die Wiese unten am Fluss, und bald sah man den Berghang auf der Gegenseite nicht mehr.

Styrmir ging Snorri im dunklen Kellergang entgegen, ließ aber den Fackelschein nicht auf ihn fallen, sondern nahm die Fackel in die andere Hand auf der Wandseite. Dort blieb er ruhig stehen, bis Snorri seine Anwesenheit bemerkte. Als das Schweigen sich in die Länge zog, lehnte sich Styrmir an die Erdwand im Gang. Snorri saß auf einem Torfklumpen, der bei der Arbeit im Gang zurückgeblieben war.

Endlich stand Snorri schnell auf und bedeutete Styrmir, ihm hinauf in die Stube zu folgen. Er nahm zwei Gläser, die ihm Kaufleute aus Welschland im Frühjahr mitgebracht hatten, füllte sie beide über den Rand hinaus gewölbt mit flämischem Wein. Styrmir senkte den Kopf wie ein Pferd, um die Wölbung abzutrinken, aber Snorri hob das Glas und führte es an die Lippen. Da befiel ihn ein heftiges Zittern, sodass die Wölbung über den vorderen Glasrand floss und hinunter auf die Finger des Dichters, die rot wurden, und er schluckte das, was im Glas übrig blieb, und goss wieder ein, so viel wie vorher, und stürzte es in einem Zug hinunter.

»Schenk dir selbst ein«, sagte er und fügte hinzu: »Lieber Freund.«

Er machte eine kleine Pause zwischen den Worten, hob zwischendurch das Glas in seiner Hand dreimal, bekam einen stumpfen Gesichtsausdruck, als hätte er sein Inneres entleert. Er füllte schnell den Becher Styrmirs des Weisen und dann, bedächtig, sein eigenes Glas, und winkte mit ihm in Richtung der kerzengeraden Flamme der Öllampe, die in der Wand steckte und die Schärfe der Züge in den ausgemeißelten Mienen verstärkte und das Grau der Schädelhaare hervorhob.

Die Miene wurde so scharf, dass sein vertrauter Freund nicht aus ihr zu lesen vermochte, was jetzt in diesem großen Haupt wütete, das sich ihm im flackernden Lampenschein zeigte, etwas Unverrückbares und längst Beschlossenes, von dem er nicht erraten konnte, was es war, das er aber erahnte wie Brecher oder Brandungen jenseits der Stille, die sich über ihr wortkarges Weintrinken senkte, wo die Farben und die giftigen Schatten dieser Stube immer undeutlicher wurden und die Dichtung die Herrschaft übernommen hatte. Das Licht flackerte in die Richtung eingewickelter Handschriften mit Bändern unterschiedlicher Farbe um sie herum, und Wachstafeln kieloben; eine lag auf dem Boden mit einem alten Text und mit Lücken darin.

Snorri warf Styrmir einen Pelzmantel zu und sagte: »Erkälte dich nicht in deinem Bademantel«, und legte sich selbst ein Katzenfell um den Hals. Und fügte hinzu: »Wir setzen die Geschichte morgen fort. Aber nun wollen wir trinken.« Und er sah Styrmir an, als wolle er seinen Freund abschätzen.

Styrmir erwiderte seinen prüfenden Blick und sagte: »Ja, morgen.«

Später in der Nacht gingen sie hinauf in den Wehrturm und standen dort, außer Atem von den vielen Stufen. Snorri schaukelte ein wenig und stellte sich auf die Zehenspitzen, als ließe er die Dunkelheit unter die Fersen fließen, und klatschte sie dann nieder und knurrte: »Dieser Satansbursche. Verdammte Schlange.«

Sie stiegen vom Turm herab und setzten sich in eine Vertiefung, kleiner als eine Talsenke. Sie sahen jemanden mit einer Fackel unten am Fluss reiten, und es sah aus, als wäre allein der Kopf des Pferdes im Lichtschein und der Körper am anderen Ufer in Kópareykir zurückgeblieben. Styrmir hatte vom Wehrturm eine Laterne mitgenommen. Er hätte am liebsten gesungen, aber Snorri erleichterte sein Herz, indem er vor sich hin lallte.

»So jung, wie sie ist«, sagte er, und sein Hass war für den Augenblick gewichen: »Ach, es war so viel Ausgelassenheit in ihr. Wenn man die Schwere des Alters fühlt und die Chance sieht, wieder jung zu werden. Diese junge Frau hat gut zugehört. Sie hat so gut zugehört, dass sich etwas öffnete, das man irgendwo in seinem Inneren versteckt hatte. Vielleicht schon lange. Und es war nicht schwer, sich eine Geschichte zusammenzureimen, wenn man einem Mann zugehört und jedes Wort von seinen Lippen gesogen hat.«

Styrmir unterdrückte seine Sangeslust angesichts der dringlichen Vertraulichkeit seines Freundes. Nun waren sie zwei Dichter, und der eine hatte das Bedürfnis, dass der andere ihm zuhörte und dass er die Gelegenheit bekam, sich auszusprechen. Zu sprechen, ohne Dichter sein zu müssen. Weil der andere einer war. Und jemandem das anzuvertrauen, was man sonst vergraben, wenn nicht gar mit einem Steinhügel bedecken müsste.

Styrmir ließ die Ballade in seinem Inneren verklingen und schaute seinen Freund an, damit er sprechen könne. Das Licht, das sie in der Spätsommerdämmerung umgab, wurde dichter, es lag noch kein Tau auf dem Gras. Sie fühlten sich wie in einer wandlosen Stube. Das bewirkte die Helligkeit und dieser weitgereiste Wein aus irgendeinem Kloster, von Mönchen, die ihre Gebete verrichteten und vom Messgesang kamen, um den Wein zu umsorgen, den sie in ihren Kellern reifen ließen, und sie warteten, bis er sein Bukett entfaltete, und hüteten ihn mit Hingabe, bis er seine Freude und Sehnsucht und den Klang seines Duftes in unbekannte Länder bringen konnte. Snorri hatte die Gläser in seiner Manteltasche, und beide hatten sich nach dem Bad Leinenhosen angezogen und trugen einen Rock unter dem Mantel, aber die Nacht war mild, und sie brauchten sich nicht in ihre Pelze zu hüllen.

»Du hast bei ihnen in Oddi eine liebevolle Behandlung erfahren«, sagte er, um es dem anderen Skalden zu erleichtern, im Vertrauen über das zu sprechen, was immer verborgen geblieben war.

»Ohne Zweifel empfand ich es mehr als Güte denn als Wärme. Ansonsten ist es merkwürdig genug, dass ich mich nicht besonders an jene Zeit erinnere. Mein Pflegevater bestimmte alle Angelegenheiten in Island. Er strich mir manchmal über den Kopf, als ich noch ganz jung war, riet mir oft, mich an einen anderen zu wenden, wenn ich ihn fragte. Er brauchte auch Ruhe, wenn keine Gäste bei ihm waren. Ich hatte gute Lehrer, die sich bemühten, mir Dinge beizubringen, für die ich mich weniger erwärmen konnte, und die froh waren, mir das zu sagen, was ich am liebsten hören wollte. Einige waren streng und trocken, aber ich erinnere mich besser an die anderen. Aber ich konnte nie vergessen, dass es die anderen Jungen waren, welche die Macht erben sollten und Königsblut in ihren Adern hatten. Das wurde mir schnell bewusst. Und

Sæmundur wusste das sehr wohl, obwohl er manchmal gönnerhaft zu mir war, ohne doch wissen zu wollen, was mir durch den Kopf ging.«

»Bist du ein Einzelgänger gewesen?«, fragte Styrmir, »warst du viel allein oder hast du dich einsam gefühlt?«

»Es war ein wenig weit bis zu den Bergen, doch zum Meer war es um einiges näher. Aber da gab es keinen Strand, alles flach, einige Flussmündungen, ein wenig Plätschern und Brandung an einer furchtbar langen Sandküste. Doch keine Klippen oder Felsen, außer vielleicht in meinem Kopf, als ich heranwuchs und zu ahnen begann, was fehlen könnte, und die Energie aufbrachte, die Augen zu schließen und mir das vorzustellen, was nicht da war.«

»Ja, die Mutter kann einem niemand ersetzen«, sagte Styrmir und goss sich Wein aus dem Glas in die Handfläche und trank.

»Kann sein, auch das. Und einen Vertrag zu schließen. Und den alten Herrn dazu zu bringen, damit aufzuhören, dem König auf die Zehen zu treten. Dem König von Island.«

»Die Leute von Oddi haben sich eine Menge auf sich eingebildet.«

»Das stimmt, obwohl sie bescheiden waren.«

»Ja, so kann man es sehen. Und so kann man es auch aussehen lassen«, sagte Styrmir, »auf verschiedene Weise. Indem man flüstert, wenn ein anderer, Schwächerer schreien würde.«

»Wenn man nichts beweisen muss.«

»Und du vermisst sie«, sagte Styrmir, unsicher, wie er das Gespräch fortsetzen sollte, »du hast sie sehr gemocht.«

Snorri zögerte, sagte dann: »Sie war jung. Und hätte den Alten vielleicht jünger machen können.«

»Es gibt genügend Frauen«, sagte der studierte Theologe aus dem Kloster. »Und dann hat Odin dir einen Ausgleich des Unglücks geschenkt wie deinem Vorvater Egill. Dir fehlt es nicht an weiblicher Gunst, Skalde. Und jetzt hast du dich schon längst über die Königsgebürtigen erhoben. Es ist auch schon lange her, seit Sæmundur auf Oddi über euch Brüder sagte, als ihm jemand schmeichelte, man habe ihm auf dem Thing bei Zwistigkeiten das Selbsturteil zugestanden: ›Was nützt ein solches Gerede, denn diese Brüder schieben sich so in den Vordergrund, dass es kaum Männer gibt, die es richtig mit ihnen aufnehmen können.‹«

»Wirklich?«, sagte Snorri und strich sich mit der trockenen Hand über das Gesicht, stöhnte dabei und streckte Styrmir das Glas entgegen, als wollte er ihn daraus trinken lassen oder sein Auge mit dem Wein kühlen, denn Styrmir kniff das andere zu, als er etwas schelmisch folgende Worte sprach:

»Mir scheint, dass du deine Stellung so gefestigt hast, dass kein Mann auf Island dem Ziel näher gekommen ist, dieselbe Macht zu erlangen, welche die Leute von Oddi besaßen, als Jón Loftsson König auf Oddi war. Verwandt sowohl mit den Leuten von Haukadalur, die dabei sind, die Leute von Oddi zu überflügeln, wie mit den Ásbirningar im Norden.«

»Nicht alles ist, wie es scheint«, sagte Snorri. »Und es ist nicht sicher, dass mein Bruder Sighvatur von Liebe erfüllt ist, und vielleicht am wenigsten, wenn er sich am leutseligsten gibt. Er sieht nichts anderes als seinen Sprössling. Und ich muss ein Auge auf meine Töchter haben, die offenbar so gut verheiratet sind.«

Da sagte Styrmir: »Das wünschte ich mir, mein Freund, dass ihr Brüder euch vertragt und dass ihr ein möglichst inniges Verhältnis zueinander habt. Dann sähe ich nicht, dass es irgendwelche Leute erreichen könnten, was ihr nicht wollt, wenn ihr ein und dasselbe wollt, wie eure Söhne. Hätte ich zu entscheiden, würdet ihr Brüder euch öfter treffen und Spaß miteinander haben und euch besser kennenlernen und euch ohne Hintergedanken messen. Es ist allein Þórður, der seine Söhne im Griff hat, ohne dass er sie es spüren lässt. Aber weder geht von ihnen Macht aus, noch sollt ihr euch in ihre Verhältnisse einmischen.«

»Ach«, sagte Snorri, »Ich fühle mich bedrückt. Auch wenn mir bei unserem Gespräch die Angst und andere Schmerzen schwinden. Aber ich fürchte vieles, fürchte vieles. Und das Wetter kann sich ja in kurzer Zeit sehr ändern.«

Drei Wochen später ritten Snorri und Sturla aneinander vorbei, jeder mit seiner Mannschaft. Snorri trug einen Zobelmantel mit einer russischen Pelzkappe, grau und ziemlich weiß, die Gregorius Dagsson besessen hatte, aber Jarl Skúli hatte sie Snorri geschenkt. Snorri tat, als bemerke er Sturla nicht, sondern sprach mit seinem steingrauen, gefügigen Hengst, aber Sturla tat, als sei nichts und als hätte er genug an seiner Gesellschaft, und er tätschelte sein großes, elegantes Pferd Álftarleggur, ein ausdauerndes Pferd und eher träge, wenn es nicht darauf ankam. Beide machten eine prächtige Figur, das Pferd und er.

Reise nach Þingvellir und Heimkehr mit Solveig (1224)

»Was hält Sturla auf? Warum ist er noch nicht gekommen? Wo doch so viel auf dem Spiel steht.«

Verschiedene Gefolgsleute Sighvaturs und Sturlas fürchteten, dass es zur Schlacht kommen könnte, bevor Sturla mit seiner Mannschaft käme, aber Sighvatur beruhigte sie. Andere waren ganz wild auf einen Krieg und stießen Drohungen gegen die Leute Böðvars und seines Vaters Þórður Sturluson aus, die mit Snorri verbündet waren. Auf beiden Seiten hatten die Anführer voll damit zu tun, die Krawallmacher in Schach zu halten. Aber die zum Heer eingezogenen Bauern waren mit ihren Gedanken noch zu Hause bei der Heuernte, von der sie wieder einmal fortgerissen wurden, und hofften so lange wie möglich, in ihre Heimat zurückzukommen, um den Hof zu bestellen, anstatt Menschen mit stumpfen Schneidewerkzeugen jeder Art ohne Grund und Feindschaft zu töten. Aber die kampflüsternen anderen sagten, man habe gutes Wetter zum Töten, und wollten keinen Aufschub des Blutvergießens.

Trupps sammelten sich aus allen Himmelsrichtungen. Snorri Sturluson hatte siebenhundert Mann vom Norden aus dem Miðfjörður und dem Víðidalur im Húnaþing und dem gesamten Borgarfjörður und von Suðurnes. Þórður und Böðvar hatten dreihundert Mann. Sighvaturs und Sturlas Gefolgsleute kamen alle aus den Ostfjorden, außer denen, die sie aus dem Norden dabeihatten, und das war ein großes Heer. Im Gefolge Kolbeinns des Jungen war die größte Zahl an Männern, sieht man vom Heer Snorris ab.

Die Truppen Snorris kommen über die Lava geströmt und schwenken nach Westen über höher gelegenes Gelände, aber das Heer seines Bruders Sighvatur saß im Südosten bei der Ebene oben auf der Lava. Kolbeins Heer aus dem Skagafjörður stand weiter unten auf der Lava südlich der Straße.

In allen Truppen verbargen sich Männer, die sich nicht sehen lassen konnten, geschworene Feinde, Verbrecher, welche die Treue gebrochen, Eigentum geraubt, Frauen vergewaltigt, Wohnhäuser besudelt und andere Untaten begangen hatten, die nicht vergeben wurden, bevor neue Bündnisse und neue Interessen die Feinde in neuen Banden zusammenführten, zu neuen Raubzügen.

Die Verwandten, die auf dem Gelände auf Sturla warteten, richteten ihre Blicke zu den Bergen hinauf, ob nicht Staubwolken von Pferdehufen auf der Einöde oben oder auf den Hängen zu sehen wären. So verstrich ein großer Teil des Tages, bis sie plötzlich sahen, wie er mit seiner Truppe aus der Lava geritten kam.

Vorher war er auf ebener Strecke durch den Kaldidalur gezogen, zwischen Bergen beim südlichen Hádegisfjall, mit Gletschern im Norden und Geröll auf der ganzen Ebene, kleineren Steinen und einigen Findlingen, wie Tischen und Stühlen für geladene Gäste, und dort machten sie Rast.

Sturla hob seine Frau vom Pferd, bereitete ihr einen Sitzplatz, indem er Kissen auf einen großen Steintisch legte, und zeigte ihr seine Liebe.

Seine Leute taten, als seien sie mit etwas anderem beschäftigt, und einige sahen hin, und die Unbefangenen lächelten vor Stolz, einen solchen Anführer zu haben, während einige von den anderen taten, als wäre es ihnen auch recht.

Bei ihrem Hochsitz war ein kleiner länglicher Stein, wie ein kleines Schmuckkästchen, es sah aus wie mit weichem, bräunlichem Plüsch überzogen. Sturla ging auf die Knie und hob den Stein auf. Als er ihn umdrehte, war da ein Gesicht eingeschnitzt mit scharfer Nase und tief eingegrabenen Augenhöhlen, die Stirn war auf der linken Seite eingekratzt und ebenso unter dem Mund das Kinn, und das verzerrte den Gesichtsausdruck.

»Hier hat ein anderer gearbeitet, und vielleicht will er seinem Werk später einen Besuch abstatten«, sagte er; und legte den Stein wieder an seinen Platz.

Als er die Lava herabritt, sah er in einiger Entfernung Truppen; die Sonne tat das ihrige, die Bilder zu vergrößern, denn es leuchtete von den Schilden und Schneiden weit hinaus auf Gesträuch und Lava. Als sie über den Bergsattel ritten, war Vogelzwitschern das einzige Geräusch, das die Stille unterbrach, und die Truppen zogen aneinander vorbei, ohne zusammenzustoßen.

Sturlas Trupp ritt geordnet hinunter nach Bolabás. Sturla ermahnte seine Leute, die anderen nicht zu reizen und Ruhe zu bewahren, solange es still bliebe. Seine Truppe zog langsam in guter Ordnung dahin, vorbei an einer Kehle, wo er die Schar seines Vetters Böðvar Þórðarson sah, und sie schauten sich an, aber es war ein Abstand zwischen ihnen und eine Graszunge mit Heidekraut.

Nun löste sich Böðvar mit zwei anderen aus seiner Gruppe, und sie ritten ohne Waffen auf Sturla zu, wo er auf seinem großen Hengst saß. Böðvar stieg vom Pferd, während die anderen auf ihn warteten, und näherte sich Sturla, die Zehen ein wenig nach innen gerichtet und mit erhobenen Schultern, grüßte ihn und verneigte sich und sagte: »Sei gegrüßt, Vetter.«

»Grüß dich«, antwortete Sturla kurz und nickte nur und schloss halb die Augen, und es war schwer zu sagen, ob ein Grinsen oder ein Lächeln oder vielleicht auch Spott in seinem rotbraunen Bart war.

Der Hengst hob den Kopf, sodass er beinahe Sturlas Arme berührte, und man konnte Stolz in der Miene des Pferdes lesen, als es den Mann am Zügel erkannte. Aber Böðvar stand unten, als warte er auf etwas.

Da sagte Sturla wieder: »Grüß dich, Vetter.« Und lockerte die Zügel zum Weiterritt.

Solveig griff nach Sturlas Arm und sagte: »Denk nun daran, von wie weit oben deinen Verwandten deine Grüße kommen.«

Sturla nahm seinen Mantel und legte ihn sich um die Schultern, hatte eine Hand an der Fibel, die seinen Mantel zusammenhielt.

Und nun ritten sie weiter, bis sich Vater und Sohn trafen, jeder mit seiner eigenen Truppe.

»Warum bist du noch nicht reisefertig, Vater?«, fragte Sturla.

»Das haben mein Bruder Þórður und ich so bestimmt. Ich habe ihm eine Botschaft geschickt und mit ihm vereinbart, dass du, mein Sohn, die Thingbude benutzt, die ein Stein des Anstoßes ist, solange ihr über das Erbgodentum uneins seid, und er wolle sie dir überlassen, wir hätten ja den Fluss zwischen uns. Und er werde sich zurückziehen, solange ich auf dich wartete und auf die Leute aus dem Osten.«

»Können wir uns mehr wünschen?«

»Sicher nicht viel, aber lassen wir auch dieses kleine Problem zwischen uns und deinem Verwandten Böðvar beiseite, der voller Ehrgeiz ist, aber ganz entgegenkommend sein kann, wenn er nicht das Gefühl hat, dass ein anderer über ihn bestimmt.«

Sighvatur begann ein heiteres Gespräch mit seiner Schwiegertochter, während Sturla sich bei seiner Gefolgschaft umsah und das Geschwätz derer dämpfte, die davon faselten, nun sei das Wetter ideal zum Kämpfen, so wie Sigvarður skolpa, der rief, warum man das gute Wetter denn nicht ausnutzen wolle, um Wölfe und Raben zu sättigen, die durstige Erde mit Blut zu tränken und das Heidekraut schön zu färben.

»Warte ein anderes Mal ab, Skolpa«, sagte Sturla, »wenn es passender und dringlicher ist, Kämpfer aufzuhetzen. Dann könnte es vielleicht Bedarf an einem großmäuligen Draufgänger geben.«

Als Sturla den Eindruck hatte, dass sein Heer und das seines Vaters diszipliniert genug waren, um an den Heeren der Vorausziehenden und derer, die dank der Besonnenheit ihrer Anführer abwarteten, vorbeireiten zu können, da räumten sie in geordneter Formation das Feld und ritten zum Thing.

Sie passierten Gissur und seine Truppe. Gissur war wie immer redselig und zuvorkommend, sprach freundlich mit allen, aber niemand wusste, zu wem er halten würde. Und da war auch Þorvaldur, sein Vater, mit seinem Heer, ein Freund aller, die hier im Streit miteinander lagen, der drei Brüder Sighvatur, Þórður und Snorri.

Sighvatur und Sturla machten sich bereit, zum Gesetzesfelsen zu gehen, um ihre Fälle vorzutragen, aber Snorri war nirgends zu sehen, vielmehr war sein kleingewachsener Sohn Jón murtur dabei, die unterschiedlichsten Klagen gegen die Klienten der beiden aufzuhäufen, die Betroffenen selbst aber waren fern, sodass diese Reizrede zu keinen offenen Feindseligkeiten führte.

Sighvatur traf seinen Bruder Þórður und machte einen bitteren Scherz: »Wo ist denn nun unser großer kleiner Bruder, der alles allein bestimmen will und sich in den Kopf gesetzt hat, mit Hilfe seiner Töchter ganz Island zu beherrschen, wir aber sollen am äußersten Nordmeer Blaubeeren pflücken.«

»Er liegt unter seinem Zobelfell in seiner Bude«, sagte Þórður: »und spricht mit niemandem, knurrt nur so unwirsch auf seinem Lager, dass niemand ihm näher kommt, ihr könnt also eure Schwerter in die Scheide stecken.«

Sturla ritt vom Gesetzesfelsen zur Kirche, und seine Leute hatten ihre Waffen nicht abgelegt: Torfspaten und Pfeile, Keulen und Knüppel, und alle hatten zur Sicherheit Steine in den Kleidertaschen.

Eine Reise nach Grímsey (1222)

»Bischof Guðmundur«, sagte Solveig und neigte ihren Kopf, dass ihre Haare über ihr Gesicht fielen, »er war früher ein gütiger Mensch.«

Er kühlte seine Finger in ihrem Haar: »Wo hast du ihn gesehen? Bei deinem Vater in Oddi?«

»Ja.«

»Nun scheint mir«, sagte er, »als sähe ich zuerst diese scharfen Augen. Sie kamen mir kalt vor.«

»Das fand ich nicht«, sagte sie, »mir scheint, dass sein Augen braun und mild waren. Außer wenn er gereizt wurde, dann sah ich sie schnell hart werden, und es war sogar, als würden sie dunkel.«

»War er nicht groß und schlank und nervenstark?«, sagte Sturla. »Und die Nase schmal, dicke Lippen, glattes Haar. Und kleine Hände.«

»Merkwürdig, dass du das sagst. Ich glaube, dass es starke Hände waren mit vielleicht eher kurzen Fingern. Aber ich verstehe, dass er dir hart vorgekommen ist. Du hast ihn ja nur in feindseligen Zeiten erlebt.«

»Ich versuche manchmal, ihn mir jetzt vorzustellen, doch gelingt es mir nicht. Er ist ein alter und einsamer Mann geworden«, sagte Sturla. »Vielleicht habe ich ihn nie richtig gesehen.«

»Du hast jetzt andere Feinde«, sagte sie. »Kannst du mir nicht etwas von Aron erzählen?«

Und sie saßen schweigend da.

Nun hatte er das Schiff bestiegen, das Vater und Sohn und ihre Mannschaft zum Rachezug an der Bischofstruppe auf die Insel Grímsey bringen sollte. Und er erinnerte sich daran, wie er seinen Pflegebruder Aron am Strand auf dem Kies unterhalb eines Algenhaufens hatte stehen sehen, und er spürte erneut, wie ihn ein Schauder durchfuhr, der zu einem Feuer wurde, so dass er nichts anderes als diesen Mann im Heer der Feinde sah, und das war ihm ganz entfallen, dass dieser Mann ihm viel lieber gewesen war als sein eigener Bruder, den er rächen sollte. Das Schiff kam näher und näher, das Heer stand am Strand, die Riemen peitschten die See und Schaumwellen schlugen ans Ufer, liefen auf den Sand hinauf, und er sprang auf den Tanghaufen, als wäre dies ein privates Treffen nur zwischen ihm und Aron und ginge allein sie beide etwas an.

Aron hatte Tumis Waffen und stachelte Sturla an, sie sich zu holen. Sturla rennt auf ihn zu und schlägt ihm mit dem Schwert ins Gesicht, und der Hieb trifft auf eine Wange des Mannes und geht quer über den Mund und durch die andere Wange hinaus. Da schlägt der andere, obwohl verwundet, zurück und verfehlt Sturla und schwingt die umgedrehte Axt gegen ihn, und sie kommt beim Zurückschwingen auf Sturlas Handgelenk, das unter der Brünne Lähmungen davonträgt, und er stolpert und verliert den Halt und stürzt auf den Haufen, auf den glitschigen, glatten Tang mit Blasen wie blinde Augen, und dort liegt er unter der glänzenden Axt, und die Schneide lacht ihn höhnisch an im Sonnenschein dieses Tages, und das Meeresrauschen ruft nach ihm. Gerade als er denkt, dass diese tödliche Schneide ihn zu Tode beißen und in die Hölle stoßen wird, da wirft sich Sigmundur snagi mit seinem Buckelschild dazwischen, der springt entzwei und die Teile fliegen auf Sturla, der auf dem glatten Tang davonkriecht und versucht, auf die Beine zu kommen, indem er die Hände zu Hilfe nimmt, und er rennt wieder und rollt sich aus der Reichweite der Hiebe.

Sturla springt auf, und einige greifen Aron an, der sich auf den höhergelegenen Kies hinaufrettet, während die anderen den Halt unter ihren Füßen verlieren. Da stürzen die Bischofsleute mit Aron heran, aber Sturla sieht niemanden außer ihm und ist wie von Sinnen und greift mit Sigmundur und seinen anderen Männern so heftig an, dass die anderen von Aron abrücken. Sturla und seine Leute gehen mit ihren Spießen gegen ihn an, und er hatte zwar einige vom Schaft gehauen, aber andere treffen ihn und sie scheinen so dicht nebeneinander, dass er kaum fallen kann, weil sie ihn aufrecht halten, aber dann stürzt er doch zu Boden und bleibt leblos liegen. Seine Kameraden laufen vom Strand hinauf über eine Bresche oben auf die Abbruchkante und Sturla mit seinen Leuten hinterher, und sie hielten Aron für tot oder doch todgeweiht. Aber sie hatten nicht bemerkt, dass Ermüdung und Blutverlust zusammenkamen und seine Ohnmacht verursacht hatten, dass er aber nicht tödlich verwundet war; und sie bemerkten auch nicht die vielen Verbände aus dickem Wollstoff, die er sich angelegt hatte und die einige Blutungen stillten.

Die Schar lief nun über eine Wiese da oben, und es wurden nur wenige Schläge gewechselt, als man dorthin gelangt war, und die Bischofsleute gebrauchten mehr ihre Füße als ihre Hände, und einige verloren beim Laufen ihre Waffen und warfen wie von Sinnen auch ihre Schilde fort. Kurz vor dem Friedhof wandten sich einige zur Verteidigung um, und es gab dort einigen Widerstand und es wurde tüchtig draufgehauen, aber weiter oben standen die, welche im Lauf ihre Waffen verloren hatten, und sie sahen unter diesen Umständen kein Entkommen von der Insel und begannen nun, mit Steinen zu werfen, aber die Priester standen an der Kante herum und sprachen laut und klagend Gebete, nicht allzu fern von den Kämpfenden.

Vom Bischof sah man nichts, denn er hatte sich mit einigen Priestern in die Kirche gerettet, um Gott mit heißen Gebeten um Hilfe anzuflehen.

Dort fielen einige von beiden Seiten, denn die bei den Bischofsleuten kämpften, waren wie von Sinnen, als sich die Hölle öffnete und die Himmel verschlossen waren, und stürmten in teuflischer Wut voran. Die Angreifer aber profitierten von ihrer zahlenmäßigen Überlegenheit und erschlugen nach und nach die Erschöpftesten. Die anderen rannten auf der Insel umher, einige wehklagend. Andere warfen sich nieder und stellten sich tot oder hofften auf Schonung.

Als der Kampflärm verebbte, vereinten sich mit dem Schreien der Vögel die Angstrufe und das Flehen um Schonung, das Weinen und Stöhnen der Verwundeten und das Todesröcheln der Sterbenden.

Nun war der Weg frei zu den Priestern, die sich eng umarmt hielten und angesichts der blutigen Schwerter predigten, sie sollten sie verschonen, wenn sie nicht dem ewigen Feuer anheimfallen wollten: »Wir sind geweihte Männer, und Gott wird uns rächen, wenn ihr uns tötet. Dann kommen wir in den Himmel und ihr in die Hölle.«

»Packt diese Schufte und lasst sie am Leben, aber nehmt ihnen etwas, dass sie den Verlust ihr ganzes elendes Leben lang nicht vergessen werden!«, rief Sturla, blutig von den Verwundungen anderer: »Und sorgt dafür, dass sie sich wie Priester benehmen und nicht wie Hurenböcke.«

Sie rissen sie nun aus ihren Umarmungen, schlitzten ihre Soutanen unten und auch die Hosen darunter auf, entblößten ihre Geschlechtsteile und entmannten sie.

Bevor sie die Insel verließen, griffen sie sich den Bischof, aber er sprach zu niemand anderem als zu Gott, während sie ihn vor sich hertrieben.

Wir hielten Aron für tot. Er lag dort direkt oberhalb der glänzenden, glitschigen Algen und schien ohne Leben. Er war dort allein und wachte auf und fing damit an, seine Aufmerksamkeit auf das Geschrei und Gebrüll und das Rauschen des Meeres zu richten. Man erzählt sich, dass dann Eyjólfur Kársson zu ihm gekommen sei, ihm hilfreich beistand und fragte, ob er am Leben sei.

»Ich lebe, aber ich kann mich nicht bewegen«, soll er geantwortet haben.

»Was geschah dann?«, fragte Solveig.

»Eyjólfur trug ihn auf ein Boot. Das hat mir der Priester Árni gesagt, der ihn zu viert ruderte. Dann stieß Eyjólfur das Boot kräftig vom Land ab und kümmerte sich nicht darum, dass die Ruderer riefen, er solle mit ihnen kommen.«

»Ich habe anderes zu tun, damit sie euch nicht verfolgen können, und rudert mit dem Mann, so weit ihr könnt.«

Wie besessen machte er sich daran, die Boote im Schuppen zu zerstören und unbrauchbar zu machen, und man konnte sein Wüten deutlich hören. Er hatte Ruder zu seiner Verteidigung, aber die Angreifer zersplitterten eines nach dem anderen. Dann wurde er verwundet, und der Blutverlust begann ihn zu ermüden. Einer floh vor der Schar der Angreifer zum

Meer, aber als er das Ufer erreicht hatte, traf ihn ein schräger Axthieb, der ihm beinahe den Fuß am Knöchel abgetrennt hätte, der nun lose am Bein baumelte. Und er watete auf eine Schäre hinaus. Die anderen sprangen in ein Boot und fanden ihn auf dem Bauch liegend mit gekreuzten Armen, wurde mir gesagt, aber ich war anderswo, um die Flüchtigen zu verfolgen. Und die ihn dort erschlagen hatten, sagten, dass keine Wunde an ihm geblutet habe. Und sie erzählten viel davon, wie mutig er sich mit den Rudern gegen sie verteidigt hätte, solange sie hielten, und wie viel Mühe sie alle hatten, gegen ihn allein anzukommen.

Strapazen (1222)

Man hatte Nachricht, dass Aron überall im Lande herumirrte, abwechselnd auf den Hochheiden oder in den Siedlungen im oberen Borgarfjörður oder auf Snæfellsnes. Sturla sammelte eine Schar von Männern, um den Gerüchten von den Fluchtwegen Arons nachzugehen.

Das Wetter war an diesem Tag günstig. Sie hielten die Truppe einigermaßen zusammen und sahen sich nach Spähern um, schickten manchmal Männer auf hohe Hügel und Berge, wo sie sich umsehen sollten, ob sie Menschen unterwegs sähen oder ob es einen Hinterhalt gäbe, und im Übrigen von den Aussichtspunkten aus ihren Zug verfolgen. Es gab nichts Neues, und sie setzten ihren Marsch fort, ohne Eile und mit großer Vorsicht. Der Himmel war bewölkt und die Luft etwas drückend, und von den Älteren in der Truppe sahen einige sehr oft nach einer blauschwarzen Wolke am Himmel, und die schien manchen nichts Gutes zu verheißen.

Die Luft wurde immer drückender, und so blieb es eine Weile. Aber plötzlich bezog sich der Himmel mit einer schwarzen Wolkenbank, und ehe man es sich versah, begann es zu hageln, und dann kam ein gewaltiger Platzregen. So ging es eine Zeit lang, und bald begann ein Sturm gegen sie zu wüten, und die Windstöße von vorn mit ihrem weißen Niederschlag wechselten sich mit heftigen, bitterkalten Regenschauern ab, so dass alle nass wurden, die keine gute Regenkleidung trugen, und sie konnten gegen den Sturm kaum vorwärtskommen und gegen den Regen, der sich oft mit schnellen, scharfen Hagelschauern abwechselte, sodass es auf der Haut schmerzte.

Die Pferde scheuten rasch, schnaubten heftig und stellten sich gegen den Wind, prusteten. Und nun wechselte das Wetter zu einem dichten Schneefall, und die Erde wurde weich und die Reise beschwerlich. Schnee klebte an Menschen und Pferden und färbte das Land, über das sie zogen, weiß, der Boden unter dem Schneematsch wurde grau und widerspenstig, als hätten das Land und seine Schutzgeister keine Freude an diesen Reisenden.

Sie hatten kein lebendes Wesen zu Gesicht bekommen, weder Füchse noch fliegende Vögel, außer hier und da einer Ente auf einem einsamen Teich, die den neuen Wellen trotzte; auf einem Teich waren zwei Schwäne mit gebogenem Hals, die heftig in einem starken Schneeschauer schaukelten und hinter einem Felsvorsprung verschwanden, der, vom Unwetter getroffen, ebenfalls verschwand.

Sie hatten Lava auf der einen Seite, und lange ragten die Spitzen aus dieser unebenen Steinwüste heraus, aber der Weg bog ab und die dunklen Spitzen verschwanden im grauweißen Niederschlag. Sie zogen eine Kiesfläche hinauf, und nun war es schwieriger, die Wegmarken zu finden, um sich auf dem rechten Weg zu halten, der Marsch verzögerte sich, wenn man die nächste suchen musste.

Das Wetter war nun so widerwärtig, dass sie alle damit zu tun hatten, dagegen anzukämpfen, und sie waren nur ganz langsam vorangekommen, als die Regengüsse wie wild auf sie niederprasselten. Sie hielten den Kopf oben und versuchten mit zusammengekniffenen Augen nach vorne zu sehen, obwohl man in diesem heftigen Schneegestöber kaum etwas erkennen konnte, nur kurz vor ihnen schimmerte etwas auf oder auch gar nichts. Der Gang der Pferde war ganz schwerfällig geworden, und der feuchte Schnee klebte an ihren Hufen und auf ihnen selbst fest, und es nützte ihnen wenig, sich zu schütteln. Die Kleidung der Männer war feucht und schwer geworden. Obwohl sie sich abklopften, waren die Schneeflecken so dicht, dass es schien, als nähmen sie auf der Stelle dieselbe Farbe wieder an.

Die Wegwarten waren inzwischen so schwer zu finden, dass es der Kenntnisse der erfahrensten Männer im Zug und auch der Phantasie bedurfte, um die Weiterreise zu ermöglichen, nicht zuletzt halfen Pferde und Hunde, diese Steinmale auf der Hochheide aufzuspüren.

Schließlich gab es so viel Schnee in den Senken und Vertiefungen, dass man in ihm versank. Die Pferde sanken bald so tief ein, dass die Reiter absteigen mussten, wenn sie nicht schon zu Fuß gingen, um ihnen herauszuhelfen. Und Mensch und Tier arbeiteten sich nun langsam in vereintem Kampf vorwärts, und jeder verließ sich in Partnerschaft auf den anderen, und manchem wurde die Führung überlassen, den man sonst nicht nach seiner Meinung gefragt hätte, dem zu folgen nun aber am aussichtsreichsten schien in der Hoffnung, auf dieser Welt zu überleben. Vielen schien das zweifelhaft genug.

Das Unwetter schien noch schlimmer zu werden. Nun begannen auch die Steinwarten unter dem Schnee begraben zu werden, einige waren schon verschwunden, und wenn man etwas von einer Warte fand, das herausschaute, dann war es unklar, wer sie dahin geleitet hatte, einige wollten es heiligen Männern oder Frauen zusprechen oder auch der Muttergottes, zu denen sie leise gebetet hatten, und sie glaubten, im Wind irgendein Gnadenflüstern oder eine Ermutigung gehört zu haben, als sie dabei waren aufzugeben. Einige beteten auch heimlich zu Guðmundur dem Guten, er möge ihnen ihre Missetaten verzeihen oder dass sie sich seinen Gegnern angeschlossen hatten, er solle ihnen helfen, ehe alles zu Ende ginge. Sie sprachen kaum laut darüber, obwohl der Lärm des Sturms unbeschreiblich war; bis sie so mitgenommen waren, dass sie sich nicht darum kümmerten, wer sie hörte, und sie beteten laut zu Gvendur, ihnen in größter Lebensgefahr zu helfen. Nun überfiel die Männer eine große Müdigkeit, ihre Kraft ließ nach, und einige wollten sich am liebsten hinlegen, mit einer weißen Bettdecke über sich, und sie über ihren Kopf breiten und Ruhe finden.

Da spürte Sturla eine Kraft in sich, die er noch nie gefühlt hatte, und er begann wie wild, die Männer, die sich hingelegt hatten, hochzureißen und mit Schlägen wie auch mit feurigen Zusprüchen und Flüchen und Drohungen und Beleidigungen vorwärtszutreiben. Er mühte sich nun mit allen Kräften, seine Leute zu retten, sie von den Pferden absteigen zu lassen, wenn sie noch gehen konnten, und die anderen, die nicht mehr gehen konnten, die Pferde besteigen zu lassen; und man wunderte sich später oft über die Kraft und Energie, die ihm in dieser Stunde geschenkt waren. Aber er gestand später doch, dass ihm am meisten sein Vetter Björn drumbur geholfen habe, der sicher keine Schlafmütze war, sondern im Charakter seinem Bruder Svarthöfði glich, der sich immer als sehr tüchtig erwiesen hatte.

Die Dunkelheit war eingebrochen, und sie befanden sich am Fuß eines Vorgebirges oder eines Felsens mit einem winzigen Unterstand darin, und da das Unwetter von den Kanten oberhalb kam, konnte man weder die Höhe noch die Abstände oder Entfernungen ausmachen. Sie waren inmitten der Wirbel, alles war weiß, doch wurde es an der windabgewandten Seite der Bergwand allmählich heller. Die Männer sahen sich nicht in der Lage, zu beurteilen, wie weit man ohne Menschenverluste kommen könnte, die ja unmittelbar drohten. Sie beschlossen daher, sich hier festzusetzen, so gut es ging auszuharren und ihre Schar dadurch am Leben zu erhalten, dass man sich im Schnee einrichtete, nach Möglichkeit eine Schutzhöhle in den Schnee grub und versuchte, das Unwetter so zu überstehen.

Sturla, sein Vater und ein ziemlich kleingewachsener Kätner von den Svefneyjar, an dessen Namen Sturla sich nicht erinnerte, nach dem er aber in dieser kritischen Situation auch nicht fragen konnte, er hatte sich aber in der Schlacht auf ihrer Seite bestens bewährt – diese drei warnten dringend davor, fest einzuschlafen, und stießen die Männer sofort an, wenn sie einnickten, wenn sie nicht von selbst vor Nässe und Kälte aufwachten, und sie versuchten, durch lautes Rezitieren Lärm zu machen, standen manchmal auf, brachen durch den Schnee und arbeiteten sich warm, trotz ihrer Ermattung; und dann legten sie sich wieder hin und ließen sich erneut einschneien.

Ihr Aufenthalt im Schnee schützte sie etwas besser vor dem Unwetter, als sie erwartet hatten, und dann brachen die, welche noch genug Überblick und Energie hatten, aus dem Gefängnis der Schneewehen aus und vergewisserten sich, dass das Wetter noch genauso wütete wie zuvor. So verging die Nacht. Als es Morgen wurde, beruhigte es sich etwas, sodass es ihnen ratsam schien, zu versuchen, ob sie nicht weiterkommen könnten.

Sie kämpften sich an diesem Tag unter großen Strapazen weiter. Nun kamen auch die ans Ende ihrer Kräfte, die sich am weitesten vorne hielten. Als man bis zur Kante der Hochheide gelangt war, konnte man undeutlich nach vorn und hinunter ins Tal sehen. Bevor sie dort ankamen, hatten sie auf dem Weg einen Haufen Pferdemist gefunden, weswegen frohe Hoffnung aufkeimte. Sie rasteten dort eine kurze Weile und diskutierten, wo man am besten den Abstieg versuchen sollte.

Da sagte Björn drumbur, ihm scheine, es sei vielleicht einen Versuch wert jenseits der Anhöhe am Fuße der oben eingeschneiten Eiswand, da sei auch eine Felsplatte und unterhalb der Platte eine Scharte mit abwärtsführenden Schluchthängen, an denen man sich hinuntertasten könne, wenn es der Herrscher der Welt gewähre.

Der Weg hinab zog sich hin, und sie verloren ein Pferd unterhalb der Klippe. Als es abstürzte, löste sich das Gepäck und rasselte in die Schlucht hinunter, und die Schilde, die mit einigen Spießen zusammengebunden waren, schlugen aneinander, und man hörte das Metall klingen, man hörte aber keinen Laut, als das Pferd aufschlug und in einem hartgefrorenen Flussbett auf den Kies fiel. Nicht weit davon sah man einen Wiesenzaun auf dem Abhang der Schlucht.

Allmählich erreichten sie die Kate, einige mit Erfrierungen, und man versorgte die Verwundeten, so gut man konnte. Einer war von seinem Todesschlaf nicht erwacht. Ein älterer Mann starb am folgenden Tag im Haus vor Erschöpfung; während das Wetter draußen noch immer nicht erlaubte, den Weg fortzusetzen.

Sie verteilten sich auf die ungeheizten Gebäude auf dem Heidegehöft und lagen nun jeder, wie er sich legen konnte, und sie wärmten sich drinnen in der Kate und den Nebengebäuden vor allem aneinander, aber einige gingen nach einem kurzen Aufenthalt mit einem Hirten zu den Schafställen und ließen sich dort mit den Tieren nieder, während der Sturm sich legte. Dabei waren auch Sturla und sein Neffe Drumbur. Und Seite an Seite mit ihnen der kleine Bauer von den Svefneyjar; dessen Bedeutung sich auf das beschränkte, was er kraft eigener Stärke für sich und die Seinen erreichte. Als Sturla aufwachte, sagte der Bauer auf seine Nachfrage, er habe länger als zwölf Stunden geschlafen.

Jetzt war das Wetter ruhig geworden, es herrschte windloser Schneefall, das Heu ging zur Neige und das Essen in der Kate war aufgebraucht, und nun konnte man nicht länger sitzenbleiben. Die nicht durch Wunden oder Erschöpfung am Gehen gehindert waren, zogen weiter. Die anderen kamen unbeschadet in bewohnte Gebiete.

Das Ergebnis dieser Suche entsprach nun ganz und gar nicht dem, was Sturla sich vorgestellt hatte, und er dachte nun über einen neuen Plan nach, wie er Aron fangen könnte.

Aron wird gefunden und verloren (1225)

Sturla schob die Suche auf und sie ritten zu dritt ins Kloster Helgafell, um im Gespräch mit dem Abt seinen Horizont zu erweitern.

Die beiden Begleiter Sturlas waren Vigfús und ein gewisser Kornbjörn, Björn drumbur aber war zurückgeblieben und wartete auf eine Nachricht Sturlas, dass er einen zweiten Versuch unternehmen sollte, Aron zu finden. Als sie von der Kerlingaskarð herabritten, war der Pass von Nebel bedeckt, und Herbstfarben und Trolle hielten sich in ihrer Felsenwohnung an den Händen, während Nebelschwaden sie umhüllten. Sie kamen herab in stille Gegenden, die in den Farben des Herbstes noch schöner geworden waren. Sie ritten ohne Hast an grauen Seen vorbei und redeten nicht vom Fangenspielen mit Aron, lauschten, wie niedrige Wasserfälle ruhig von Felsen fielen, unten sanft in Becken rauschten und in Spalten versiegten. Sie ritten durch einen Wald, wo Vögel auf Zweigen saßen und sangen, als wollten sie mit einem sprechen, dann aufflogen, um sich im Fernflug zu üben, weit in den Süden zu den Pyramiden, von denen Isidor von Alexandria berichtet hat.

Der Nebel zog durch den Wald und sank von den Bergen auf die See herab. Die Sonne schlich mit ihren Strahlen durch das goldene Laub der Bäume, und einige Sträucher waren blutig von Laub, das den Herbst erwartete. Aber es gab keinen Wind, um den Wald an diesem Tag lichter zu machen, ihm seinen Schmuck zu nehmen und über den Grund zu wirbeln. Doch der Weg war stellenweise weich von gefallenem Laub, und neben dem Weg begann das Gras zu welken, und der Hufschlag der Pferde wechselte von gedämpften Lauten auf weichem Boden und scharfem Klang auf Steinen.

Sturla dachte an sein Haus auf Sauðafell, an Solveig, mit einer Melancholie, welche gut mit der Vertraulichkeit der Natur korrespondierte; und sie ritten langsam.

Sie waren nicht weit von Valshamarr. Sturla verzichtete darauf, hier Halt zu machen und mit dem Bauern Neuigkeiten auszutauschen. Sie ritten über einen seichten Fluss und erlaubten den Pferden, einen tüchtigen Schluck zu nehmen, ohne aus dem Sattel zu steigen, sie sprachen miteinander und mit den Pferden. Bei einer Lichtung knackte ein Zweig oder brach ein Ast, als liefe dort ein Fuchs, sie ließen ihn in Frieden. Untiefengeplauder im Fluss, keine Stimmen im Strom.

Sie ritten weiter.

Viel später erfuhr Sturla, dass sie nicht allein gewesen waren und der Frieden nicht sicher. Denn im Wald bei Valshamarr hatte sich Aron versteckt und mit ihm sein Mutterbruder Hafþórr und noch ein anderer; und sie beobachteten Sturla und waren gleich an Zahl. Aron wollte sie unbedingt angreifen, aber Hafþórr hielt ihn zurück, sodass sie nicht aufeinandertrafen.

Sturla besuchte den Abt und schickte Kornbjörn fort, um herauszubekommen, ob er auf dieser Seite der Halbinsel etwas von Aron erfahren könnte.

Später im Herbst kam Björn drumbur zu Sturla auf Sauðafell zurück, er war weit umhergezogen und hatte aus einer sehr fernen Gegend erfahren, dass Aron sich jetzt bei Valshamarr aufhalte und vielleicht auch dort gewesen sei, als sie so nahe daran vorbeikamen.

Sturla machte sich erneut auf in Begleitung von vierzehn Männern, und sie kamen nach Valshamarr, als es schon dunkel war. Sie ritten auf die Hofgebäude zu. Obwohl über dem Felsen noch ein schwacher Lichtschein lag, konnte man weder die Ebenen an seinem Fuße noch die Häuser sehen. Aber sie fanden den Hof trotzdem dank des Widerscheins auf dem Felsen, und am Ende schloss sich die Spalte am Himmel im selben Augenblick, als sie die Hofgebäude erreichten.

Sie verhielten sich durchaus nicht still, riefen einander zu und machten großen Lärm. Sie brachen mit Getöse in die Häuser ein und hielten alle fest, die sie in der Dunkelheit zu fassen bekamen, bis in der Stube Licht gemacht wurde. Da setzten sie den Bauern neben sich, Aron fanden sie aber nicht. Sie holten sich Essen und forderten Auskunft. Es saß nun jeder, wo er wollte, und Sturla im Schein der Wandlampe, wo es am hellsten war.

Aron und Hafþórr glaubten beide, von der Hochheide oben Hufschläge gehört zu haben. Da oben herrschte schon ziemliche Finsternis, und auch auf den Ebenen war es fast dunkel.

»Ist der Teufelshund dabei, die Pferde zu jagen?«, sagte Hafþórr.

Sie gingen wieder in den Schafstall, setzten sich in eine Ecke und langten nach dem Verpflegungsbeutel, schnitten sich abwechselnd Bissen von der geräucherten Lammkeule und vom fetten Lendenstück. Hafþórr sah ab und zu durch eine Ritze hinaus, Aron saß still und kaute getrockneten Steinbeißer, doch mit Unterbrechungen, um angespannt zu lauschen.

Sie hatten das Gefühl, dass sich an der Tür etwas bewegte, und rührten sich nicht. Da hörte man ein leises Blöken. Sie schauten nach, was es sei, und sahen draußen einen Widder, der hineinwollte, dann entstand Unruhe unter den Schafen. Nicht dass der Widder mit Gewalt eindringen wollte, aber er verursachte doch Aufregung, wenn er sich selbst auch friedlich verhielt. Da ging Aron hinaus. Regen fiel auf ihn, sanft, eher wie ein Sprühregen aus pechschwarzem Himmel. Hafþórr kam heraus, trat hinter ihn, und sie sahen sich kaum, so dunkel war es. Sie hörten einander atmen. Lauschten. Hören nun wieder das Geräusch und glauben, es sei Sturla.

Sie gingen wieder hinein und wollten sich unter den Schafen verstecken.

Aber als sich der Lärm erhob, schauten sie einander an, ohne sich zu sehen.

»Sturla würde kaum einen solchen Lärm machen, wenn er nach uns suchte«, sagte Hafþórr. »Das werde ich bald herausbekommen.« Und zwängte sich durch die Tür.

»Sei vorsichtig«, flüsterte Aron, »riskiere nichts«, und kaute weiter an seinem Trockenfisch.

Hafþórr schlich hinaus. Er sah nicht einmal seine eigenen Hände und wendete sich in Richtung des Lichts von der Wandlampe in der Stube. Er achtete nicht auf den Bach, denn sein Plätschern klang ihm weit entfernt, und er musste ihn durchwaten, bis er an ein Seitenfenster gelangte und von der Seite einen Blick auf die Männer im Inneren werfen konnte, die sich ansahen und besonders auf Sturla im Zentrum des Lichtscheins schauten; ihn selbst konnte man, verdeckt von den anderen, nicht sehen, der Bauer saß neben ihm. Hafþórr legte ein Ohr an die Wand und achtete darauf, dass sein Schatten sich nicht so bewegte, dass man ihn von innen sehen konnte.

Er hörte von drinnen den Klang der Stimmen, verstand aber die Worte nicht und wusste noch immer nicht, wer sie waren, weil die Schatten drinnen so heftig flackerten und die Gefolgsmänner ihren Anführer überschatteten.

Einer war neu in der Schar Sturlas, und man nannte ihn Birkenbein, ein Vagabund und der Einzige, den es häufig hinaustrieb; er bemerkte den Spion und machte sich nicht die Mühe, ihn um Auskunft zu fragen, sondern erschlug ihn. Der Schlag kam an die eine Wange, und der Mann war sofort tot.

Er lief hinein, mit schwarzen Pupillen auf weißen Augäpfeln: »Ich habe einen Feind getötet«, sagte er. Die drinnen waren, griffen nach ihren Waffen und stürzten hinaus in die Dunkelheit.

Aron fand, dass Hafþórr zu lange ausblieb, und er schlich hinter ihm her, im selben Augenblick, als Birkenbein mit seiner Siegesnachricht ins Haus gerannt war. Er folgte demselben Weg. Kein einziger Stern; völlige Dunkelheit, sodass Himmel und Erde ihn umfingen. Er ging langsam auf unsicherem Gelände und fürchtete sich vor Stolperlöchern, lag, ehe er sich versah, plötzlich im trockenen Gras und hatte sich in der Leiche seines Onkels verfangen. Er tastete mit den Händen umher, wollte sich erheben, aber die Hände glitten in der Blutlache im Gras aus, sodass er hineinfiel und sich sehr beschmutzte, fühlte dann im Liegen mit einer Hand nach dem Haufen, der ihn zu Fall gebracht hatte, berührte mit der Handfläche eine zerfetzte Wange, von blutigem Schleim bedeckt; kein Lebenszeichen.

Er wusste, dass hier sein Onkel lag und dass er tot war, kam in der Blutlache wieder auf die Beine. In diesem Augenblick hörte er, was in der Stube vorging, und entfernte sich ein Stück, und die Schar stürmte mit klirrenden Waffen und Schildegedröhn aus dem Haus, und unversehens waren sie alle um ihn herum. Nun war also eine solche Menge in der Dunkelheit beisammen, einer gegen den anderen, und niemand wusste, wo sich der Feind verbarg. Aron war allein in der Dunkelheit; und nur er konnte ohne Gefahr Schläge austeilen. Eine Eule rauschte an seinem Ohr vorbei, und ihm schien, als hätte sie etwas Zappelndes in ihrem Schnabel, eine Maus oder einen Vogel.

Er hatte in der Dunkelheit keine Ahnung, wo sich die Männer befanden, außer wenn sie versuchten, miteinander Kontakt zu halten und sich zu vergewissern, wo die anderen waren, was ihm als Einzelnem eine Überlegenheit gegenüber den angsterfüllten Vielen gab. Er hörte, wie Äste unter ihren Füßen brachen, eine Bogensehne im dichten Regen gespannt, ein Pfeil mit nassen Fingern auf den Bogen gelegt wurde; er hörte das Pferd Sturlas, wusste aber nicht, wer es ritt; er bewegte sich ein wenig im trockenen Gras, still, und hob die Beine in schnellen, kurzen Schritten und wandte sich um mit dem Kurzschwert in der einen und der erhobenen Axt in der anderen Hand, und er schlug mit ihr um sich, falls jemand in seiner Nähe wäre, und er wusste nicht, ob es aussichtsreicher wäre, nach vorne zu gehen oder zurückzuweichen, solange seine Waffen noch niemanden getroffen hatten.

Dieses Spiel fand in pechschwarzer Finsternis statt, bis zu dem Augenblick, als sein Schwert jemanden berührte, der laut aufschrie, und er erkannte die Stimme Kornbjörns und verfolgte ihn mit dem Schwert, ohne genügend Platz, zum Schlag auszuholen, und so er stieß er dem Mann mit aller Kraft in den Leib und hörte ihn wimmernd auf den Boden fallen.

Er begann zu laufen, über den gefallenen Mann, und rannte über die Wiese, bis dahin, wo sie zum Fluss hin abfiel, und er sprang über Grasbuckel und ohne Zögern in den Fluss hinein, und er watete hindurch, so weit es ging, kam zu einer tiefen Stelle, begann sofort zu schwimmen und gelangte hinüber und kroch das Steilufer auf der anderen Seite hinauf, nicht wissend, ob man ihn unter diesen Umständen verfolgen würde. Er begann wieder zu laufen, einen seichten Bachlauf entlang, nachdem er eine kurze Strecke durch den Bach hinaufgewatet war, damit man keine Spuren sähe und die Hunde keine Witterung von ihm aufnehmen könnten. Er hörte in der Ferne den Regen auf das Laub im Wald fallen und folgte der Richtung des Flusses, den er überquert hatte; er kämpfte sich nun eine Weile durch das Unterholz und fand Orientierung durch die Berge, die ihn auf kürzestem Weg auf den Pass wiesen, damit er dort über das Gebirge gelangen konnte. Und als er dorthin gekommen war, hielt er sich näher an den Hängen als der Reitweg und er geriet dadurch etwas vom Weg in die Berghänge ab, bis er an den Rand einer Schlucht gelangt war, aber er traute sich nicht, in der Dunkelheit zu versuchen, dort in die Schlucht hinunterzusteigen.

Er dachte, er sollte die Dunkelheit nutzen, um so weit wie möglich fortzukommen, bevor es hell wurde, um dann in den Schutz seiner Verwandten jenseits des Gebirges zu gelangen. Er hatte die Wahl, oben im Berg oder vor der Schluchtkante einen Unterstand oder eine Höhle zu finden, aber er stieg doch den Schluchtrand hinunter, wo er einen Fluss rauschen hörte, so nahe, dass er sich in diese Richtung vortastete und ihm das Rauschen sagte, dass er nicht mehr weit über die Felsen zu klettern hätte, und er stieg vorsichtig nach unten.

Er hatte das Glück, heil anzukommen zwischen den Steinen am Fluss, großen Brocken, und er stellte fest, dass sich der Strom zwischen die Felsen zwängte, hörte am Geräusch, wie er durch den Engpass tobte und auf einen Klippenvorsprung hinausströmte, und maß mit dem Axtstiel die Tiefe, der jedoch nicht bis zum Grund reichte; es kam ihm vor, als sähe er undeutlich eine Felsplatte, obwohl es wohl vor allem das Geräusch war, an dem er sich in der Anspannung der Sinne orientierte. Und er vertraute darauf, dass ihn das Glück nicht ganz verlassen hätte, fühlte, dass jemand seine Hand über ihn hielt, wie damals, als man ihn auf Grímsey für tot liegengelassen hatte und die Feinde an ihm vorbeigelaufen waren.

Dieses Gefühl wurde zur Sicherheit in diesem kurzen Augenblick, der ihm half, hier mit einem Sprung zu entkommen.

Er landete mit seinem Sprung auf einer flachen Felsplatte, die sich oberhalb der Klippe auf der Gegenseite befand, als hätte man sie ihm unter die Füße oder Hände geschoben, die er bei der Landung ausstreckte, und es war wie ein Wunder, schien ihm.

Er setzte sich auf dieses steinerne Rettungsfloß, das auf dem Felsen ein wenig wackelte, und freute sich, dass er noch lebte. Er war sich nun sicher, dass er gerettet war, und begann in der neuen Gewissheit Schritt für Schritt auf dieser Seite die Felsen hinaufzusteigen, und er war nun nicht mehr so überrascht, sicheren Halt für Füße und Hände zu finden. Er kam dann zu einem Erdrutsch und hörte die kleinen Steine unter seinen Füßen vom Schafspfad hinabrollen, den er hier erreicht hatte. Er vernahm auch Schafblöken, nicht sehr weit von ihm entfernt, das aber bald vom Lärm des Flusses unten verschluckt wurde. Er sah über sich ein bewachsenes Ufer, kletterte hinauf und kam zu einem Grashang, bucklig und feucht; nun begann er wieder mit frischer Energie und neuem Selbstvertrauen zu laufen. Der ganze Berg war lebendig, und von hier aus konnte man die Gipfelspitzen im erwachenden Lichtschimmer erahnen, obwohl der Tag noch etwas auf sich warten ließ. Es leuchtete oben auf den Gipfeln durch Wolkenspalten und Risse, während es an den Hängen noch dunkel war. Vogel um Vogel flog von den Wiesen auf beim unerwarteten Auftauchen des Mannes. Sie hoben sich in die Luft mit eiligem, hörbarem Flügelschlag.

Als der Tag anbrach, lief der Mann noch immer und inzwischen vom Berg hinunter. Unten sah er Höfe liegen und versuchte, einen Bogen um sie zu machen. Er bemühte sich, Wasserläufen zu folgen oder sich da zu verbergen, wo es Gebüsch gab, manchmal überquerte er Lavafelder. Es herrschte trübes Wetter und manchmal nieselte es. Es erleichterte sein Fortkommen, dass Nebel vom Land aufstieg und sich über die Täler und Gründe legte. Nun vernahm er Rauschen vom Meer. Er begegnete niemandem außer einem Jungen mit einem Pferd und einem Reisigbündel, der ihn schläfrig ansah und seinen Ritt mit gleichgültiger Miene fortsetzte. Später am Tag traf er auf zwei Männer, die Waren in der Gegend feilbieten wollten und sich nicht um ihn kümmerten.

Auf dem Weg gewahrte er keine Menschen, die unterwegs waren, außerdem war Hochnebel gekommen. Als er den langgestreckten Sander überquert hatte, das Meer plätschernd zur Rechten, ging er die Straßen hinauf, die über die Lava führen; da merkte er, wie lebendig die Lava im Nebel war, dicht bewohnt von Wesen in ständiger Bewegung und von Ungeheuern, die ihm kein Leid antaten, aber ihre Geschäftigkeit vermischte sich mit den Phantasien des Mannes, der allmählich sehr müde wurde und mit dem Schlaf kämpfte, der ihn befiel, wenn er sich hinsetzte. Dann kamen diese dunklen Wesen aus ihren Felsenwohnungen, bedeckt mit Moos nach ihrem langen Aufenthalt in der erstarrten Lava, sie ließen in jeder feuchten Trittspur die unterschiedlichsten Kräuter und kleinen Blumen sprießen, in dieser grauen Welt, in der man kaum etwas deutlich sah, außer einem ängstlichen Troll, der sich taumelnd den Menschen offenbarte, wonach alles unter der Nebelhülle in seine unsichtbare Ordnung zurückfiel. Aber über ihm gab es eine andere Welt, strahlend hell und ohne Menschen, mit goldhellen Gipfeln und blauen und roten Hängen zwischen schwarzen und dunkelgrauen Felsen; und Sitzen mit Thronen für die Gottheiten, wenn sie denn alle Umbrüche in der Götterwelt überlebt hatten. Und er stellte sich vor, dass er in dieser Vision in den Traum seines Freundes Guðmundur des Guten eintauchte: Er sah Maria selbst hinaufschreiten und sich auf den Thron setzen, der ihr gebührte, am Fuß des Turms, der alle anderen überragte und bis zum Blau des Himmels reichte, doch nahe genug der Erde, um dort sitzenbleiben zu können, ohne weiterzugehen; und die Himmelskönigin würde sich nicht erheben, um sich vom Leben der Menschen abzuwenden und sie in ihrem Elend im Stich zu lassen, in Leiden und Nöten. Sie blieb dort sitzen und ließ ihr Erbarmen niederströmen durch diesen dichten grauen Schleier, der die Erde bedeckte mit ihren Sandern und mit Lava und Geröll und Moos, sodass er gar nicht bemerkte, dass er sich seine Füße wundgelaufen hatte.

Und nun glaubte er wieder daran, dass oberhalb dieses kühlen, wolkenlosen Blaus, das so rein war, dass dort nichts anderes leben konnte, jemand war, der über alles herrschte und alle Macht hatte, jeden zurechtzurücken und an sich zu drücken, der dem milden Licht gegen die arglistige, böse Macht der Höllenfinsternis und Brutalität dienen wollte. Und er glaubte, diese Macht habe ihm das Überleben ermöglicht und ihn geleitet, dass er unbeschadet dorthin gelangte, wo er so nahe dem Ort war, wo ihm ein Bett bereitet wäre, um sich auszuruhen; und eine milde Mutterhand ohne viele Worte ihren erschöpften Sohn streichelte, wenn er vor ihr niederkniete und sein Haupt in ihren Schoß legte.

Die Dämmerung war bereits eingebrochen, als er den Heimathof von Rauðamelur sah. Er hatte begonnen zu taumeln, als er zur Quelle kam, und das Wasser erfreute ihn, sprudelte ihm entgegen und kühlte seine Lippen. Er tauchte seine Hände in den Strom, ließ das Wasser an seinen Handflächen pulsieren, führte sie ans Gesicht und trank, um sich zu kühlen und auch aus Ehrerbietung. Er kauerte dort lange, erschöpft, aber bevor er wieder Kraft genug fand, die letzten Schritte zu seiner Mutter zu gehen, sah er in einer neuen Vision zwei Knaben um diese Paradiesquelle spielen, zwei Freunde, die ihre Träume teilten, er selbst und Sturla Sighvatsson.

Nebel (1225)

Die ganze Welt war voll gärender Zauberei im wabernden Nebel. Lavahügel wurden zu Festungen und Felsnadeln zu Türmen. Der Mann, der vor dir ritt, bekam göttliche Kräfte. Sein Schicksal begann Bedeutung zu erlangen. Das Schicksal eines jeden, der dort undeutlich sah, wie der Nebel über Senken schwebte und sie zu Kesseln machte, in denen gebraut wurde, zu Nornentöpfen, wie er über Lava und Steine und Höhen floss in einer Ferne, die man von den Reitwegen her nicht sah. Geräusch von Stimmen, ein Pferd scheute, Knirschen im Geröll unter einem Hufeisen. Rauschen von Gewässern, die man nirgends zu Gesicht bekam.

Und der Nebel wird drängend. Woher kommst du? Was erwartest du? Hast du etwas vor dir, etwas hinter dir? Oder ist es nur dies, nur dein Leben hier und jetzt, nämlich nirgends. Warum, wozu, du?

Du und dieses Pferd. Einträchtig im Rhythmus der Bewegungen durch dieses verirrte Land, dennoch getrennt. Erzählst du ihm von deinen Gedanken, dann ist es wie zum Bach oder zum Wind zu sprechen, du kannst dich in seinem Auge spiegeln; es ist ein Pferd und kann dir seine Gedanken nicht mitteilen; und du beugst dich nach vorn über seine Mähne und streichelst ihm in der Feuchtigkeit des Nebels den weichen Hals. Und seine ganze Mähne fällt auf die andere Seite. Und das Land gegenüber steigt an, und das Pferd geht Schritt für Schritt den Hang hinauf und zerrt manchmal am Zaum, um dich zu daran erinnern, ihn locker zu lassen.

Du weißt, dass du im Nebel deine Gefolgschaft um dich, vor dir und hinter dir hast. Das sagt dir dein Verstand. Dennoch bist zu allein. Bist du ganz allein.

Was hilft es, das ganze Land zu beherrschen, wenn es dir nicht gelingt, das zu tun, was dir bestimmt war? Wann ist ein

Mensch aufgestiegen, wann abgestiegen? Und wenn dein Sinn sich auch Trolle suchte, um sich mit ihnen in dieser grandiosen Landschaft zu messen, konnte er doch keiner Geschichte glauben. Es war nicht Tag, es war nicht Nacht. Nichts hinter dir noch vor dir. Nur der Nebel, der das schutzlose Bewusstsein bedrängte.

Als es endlich von der Hochebene wieder hinunterging, wurde das Wetter besser, und der Nebel auf der Schulter der Hochheide lichtete sich. Jetzt begann er, seine Gefolgsleute wieder zu sehen; und Nebelfetzen hoben sich vom Gestein der Kante und vom Geröll und von den Grasbuckeln und vergingen über dem Unterland, wo man die Höfe des Bezirks erahnte, der ihre Durchreise erwartete; vielleicht verbarg sich der Feind dort. Er schauderte, ihre Kleidung unter dem Regenzeug waren feucht vom Sprühregen, der überall durchsickerte, während der Nebel sie alle mit seiner Eigenart in Fesseln hielt: seiner Wandelbarkeit in einer überdeutlich empfundenen Einöde.

Er begann darüber nachzudenken, dass in Geschichten manchmal von Menschen erzählt wurde, die dem Tod geweiht waren.

Als er bei Tagesanbruch zu den Höfen kam und sich umsah, erblickte er seine eigenen Spuren im Schneesturm nach der Nacht. Er sah das Heidekraut von Reif bedeckt, und Blau und Rot in der eigenen Spur. Er ließ seine Augen über diese graugewordene Gegend schweifen, weiß auf den Bergen und braun im Grau; und er sah, dass er in dieser Spur selbst einige verschrumpelte Blaubeeren zertreten hatte, die unter den Schritten des Mannes wie blaue Augen bluteten.

Als er auf den Hofplatz kam, öffnete sich die Tür in der niedrigen Giebelwand, und ein Mann mit gebeugtem Rücken und mit einem Halstuch vor Mund und Nase trat heraus und blieb nicht auf dem Hofpflaster stehen, sondern sprang von einem Grashügel zum anderen, um seine Arbeit im Moor unterhalb der Bergschulter zu erledigen. Auf seinem Weg zerbrach er das dünne Eis auf einer Pfütze, die Sonne strahlte auf die hauchdünnen Eisscherben, und Sturla sah ein Leuchten auf der zerstörten Eishaut, wie von einem zerbrochenen Spiegel.

Beglichene Schuld (1225)

Aron wurde nun unruhig. Er hörte auf keine Einwände der Leute im Haus, nicht einmal auf die seiner Mutter, die sagte, er könne unmöglich reisen, und sie glaubte, sie könne ihn in der Gegend verstecken.

»Es gibt genügend Höhlen, mein Sohn«, sagte sie, legte ihm beide Arme um den Hals und musste sich dabei auf die Zehen stellen, »und Erdlöcher.«

»Ich bin doch kein Fuchs«, sagte er und riss sich los.

Als er in den Sattel stieg, merkte er, dass er seine alte Stärke längst nicht wiedererlangt hatte.

Abermals ritt er über dieselbe Hochheide, auf der die Monster im Nebel ihr Unwesen trieben. Er ritt langsam und vermied den üblichen Weg, rastete oft und ruhte sich unter größter Vorsicht aus.

Er besaß eine Unterkunft auf einem abgelegenen Hof unten am Meer, von wo aus man keine anderen Höfe sehen konnte, denn dazwischen lag ein Hügel, dennoch konnte man vom Hof aus weit in beide Richtungen sehen, und notfalls hatte man es nicht weit, sich hinauf in die Berge zu retten, wo die Helgrindur Schutz boten. Dort auf dem Hof wohnte eine Nebenfrau seines Vaters Hjörleifur, und Aron hielt sich dort gerne auf, und dann lebten die Beziehungen zu seinem Vater wieder auf, die seit seiner Kindheit nur flüchtig waren. Da es in der Gegend friedlich und still war, beruhigte er sich ein wenig.

Dennoch wurde Aron wieder von Unruhe ergriffen. Und er ritt bei ruhigem Wetter davon, als der Weihnachtsfrieden sich gemächlich in Form von großen Schneeflocken auf die Gegend herabsenkte. Da ritt Aron vom Hof, und sein Vater folgte ihm bis hinauf zum Pass und verabschiedete sich von ihm, bis die Steinfrau im dichten Schneefall zu erkennen war.

Und ein weiteres Mal überquerte er langsam die Hochheide und ein zweiter Mann mit ihm, der sich ebenfalls verstecken musste, Starkaður; er war untersetzt und x-beinig und wurde Dickwanst genannt. Sie verbargen sich an verschiedenen Orten der Gegend, zur Adventszeit vor allem südlich der Hochheide auf verschiedenen Höfen. Aber als Weihnachten eingeläutet wurde, erhob sich Aron aus seinem Bett, in dem er den ganzen Tag unter einer zerlumpten Decke gelegen hatte, ohne dass jemand ihn angesprochen hatte. Da sagte er zu Starkaður Dickwanst, er solle mit ihm hinausgehen; und sie standen eine Weile schweigend im ruhigen Schneefall, der manchmal in Regen überging: »Ich will, dass wir Sigmundur Haken besuchen, hier in der Gegend auf Eyðihús.«

Starkaður sagte: »Warum Haken?«

Aron schwieg und ließ Schnee auf seiner Hand tauen. Dann gingen sie hinein, und da sagte Aron: »Man hat ihn dazu bestimmt, meinen Kopf auf die Spitze seiner Axt zu stecken und mit ihm nach Sauðafell zu reiten. Diesem Haken soll es nicht gelingen, sich meines Kopfes zu bemächtigen.«

Sie gingen wieder hinein und nahmen mit den Hofbewohnern zusammen das Weihnachtsmahl ein. Manchmal senkten sie die Stimme und gingen auf den Hof hinaus, um sich miteinander zu bereden.

Einige Tage später brachen sie auf und kamen dorthin, wo sie sahen, wie Sigmundur Haken und ein anderer mit ihm Heu aus einem großen Heuschober nahe dem Hof Eyðihús holten. Starkaður wollte sie sofort angreifen, aber Aron zog ihn am

Ärmel und sagte: »Lass uns ein wenig warten.« Und sie lagen in einer Bodensenke nahe dem Hof, solange es noch etwas Tageslicht gab.

Es herrschte Dunkelheit, als Aron dem Starkaður an die Schulter griff und aufstand. Sie waren eingedöst. Die Erde war leer, das Wetter ruhig, am Himmel Schneewolken, die tiefer sanken. Ein Stern blinkte in einer Wolkenspalte, als einziges von den Himmelslichtern. Als sie nach Eyðarhús kamen, hörte man nichts. Nur den Fluss unterhalb der Hauswiese. Sie waren zu zweit draußen auf dem Hofhügel. Der Hof war niedrig mit drei Holzgiebeln und einer Tranlampe im mittleren Haus, die nur mit Mühe die dunkle Stille durchdringen konnte.

Aron stellte sich in die Nähe der Tür, da, wo die Wand in einen kleinen Absatz auslief, und stützte seinen Fuß auf sein äußerstes Ende.

Starkaður ging hinein und bat um etwas zu Trinken.

Kein anderer Mann war im Hause außer Sigmundur, der sich in seinem Bett wälzte, dieser Tag war ja ein Fasttag. Eine Frau wandte sich Starkaður zu und sagte, es gäbe kein Wasser im Hause, da riefen einige Kinder, sie hätten Durst. »He«, sagte Sigmundur und stand zögernd auf, »gib mir einen Eimer, dann werde ich Wasser holen.«

»Ich komme mit dir«, sagte Starkaður und begleitete Sigmundur Haken und redete laut über beiläufige Dinge.

Als sie hinauskamen, erschlug Aron ihn mit Tumis Schwert. Sie schlossen dann die Frau und ihre Kinder in der Stube ein, aßen, was sie in der Hütte finden konnten, und gingen bei Tagesanbruch nach Rauðamelur.

Als es Frühling wurde, hielt er sich eine Zeitlang im Schutz der Leute von Oddi auf, kam mit ihrer Hilfe auf ein Schiff und reiste zu König Hákon in Norwegen, der ihn mit Ehren aufnahm.

Er ging über die Sanddünen (1228)

»Warum willst du fort?«, fragte Solveig.

»Ich gehe, um Vergebung für meine Sünden zu erhalten.«

»Den ganzen Weg bis Rom?«, fragte sie.

»Ich muss Sündenvergebung erhalten für meine und meines Vaters Missetaten gegen Bischof Guðmundur«, sagte er leise.

»Vergebung der Sünden«, sagte sie. »Du kannst mich nicht hinters Licht führen. Sie nennen dich Dala-Freyr. Willst du nicht bloß deine Eitelkeit befriedigen? Warum überlässt du die Sache nicht mir?«

»Ich muss Vergebung meiner Sünden erhalten. Beim Papst in Rom.«

»Dann geh.«

Er erwacht nackt auf ihren Brüsten. Er kleidet sich an und geht hinaus. Das Land war dabei, zu erwachen. War es noch nicht erwacht?

Er ging über die Sanddünen und dachte darüber nach, was nach diesem Winter käme, was noch unter Schneewehen verborgen wäre. Worauf er achten müsste? Was müsste er bei sich haben auf dieser langen Reise ins Ungewisse? Wäre dies nicht ein entscheidender Wendepunkt?

Das Meer erwartete ihn. War das ein neues Leben, wenn er über das Meer in unbekannte Länder reiste?

Er ging über die Sanddünen und sah vor sich in Vertiefungen Graumoos und einen grauen, unten struppigen Kriechwacholder. Er stieß auf bescheiden duftenden Thymian und Krähenbeeren, an denen nicht einmal Knospen waren, nur kleine Höcker, und »Fliegenblumen« (Strand-Leimkraut), welche die Fliegen nicht gefunden hatten, und »Falkenbeutel« (Taubenkropfleimkraut). Aber kein Falke sauste durch die Luft.

Es waren vor allem der dunkle Sand und die Dünen, über die er ging, ganz klein. Seine Zuversicht stieg, als er den Felsen sah, an dem der Sand endete und der oben halb in gelbblassem Licht lag; unten aber zur Hälfte in violettem Dunst. Und er kam dort zum Ausläufer des Gletschers, der vom Sandsturm schwarzgeschliffen und gesprungen war, die Lagune davor mit vereinzelten hochragenden Eisbergen, die wie Inseln aussahen, aber mit einem ganz anderen, besonderen Charakter.

Und sie gingen den Gletscher nichts mehr an, der in der Ferne unberührt über allem wachte, ganz oben weiß mit vielen Spalten, und noch höher und weiter spiegelte sich die Luft am Fuße eines dunkel werdenden Berges und ebenso das Gebirge unter einem düsteren Himmel.

Nun war der Tag angebrochen. Jenseits der Berge, die schnell dunkel wurden unter den Schatten der aufquellenden Wolkenmassen und Himmelsfluten, schritt dort eine andere Gletscherzunge hinab, jenseits der Einöde, und wo Mooshänge waren, sind jetzt Berge; und ganz oben schartige Gipfel und graue Felskeile, die in dieser Helligkeit lebendig wurden, während das Ungestüm des Gletschers sich nicht frühzeitig regte. Grau rauschte der Fluss und grub sich in Windungen durch Geröll und Sand.

Am Westhimmel wurde es ein wenig hell, und er schaute nach den leuchtenden Wogen in der Luft, bis er die Augen abwandte und vor seine Füße sah. Da war Goldstaub über Bärentraube, Labkraut und Storchschnabel gestreut. Das war kein Ausweg. Auch das, und dort; und dann sind sie dir nahe, beruhigend, diese noch weißeren Eisschollen, die ganz still auf der Lagune treiben, wie Eisboote, deren Mannschaft aus der Geschichte geflohen ist, und sie setzen sich auch nicht in Bewegung, als große Brocken und Klötze aus hohen Gletscherwänden stürzen, die von der gewaltigen Masse abgestoßen werden; aber das Gepolter kann die Ruhe nicht beeinträchtigen. Stört diesen Frieden nicht, der sich erbietet, alles fernzuhalten, Leben und Tod und die ganze Zeit.

Auf dem Weg nach unten hört man einen Goldregenpfeifer, und ein Regenbrachvogel trillert ihm aus vollen Lungen zu. Ein Eistaucher tummelt sich unter dem Gletscherrand in der Ferne, und in der Luft begrüßt eine Bekassine wummernd die erwachende Nacht. Und als der Mann von der Moräne aus bloßem Geröll über die Lagune und hinauf zum Gletscher schaut, da ist nichts mehr ruhig, sondern alles scheint in fliegender Fahrt voranzustürmen.

Er hatte das Gebirge zur Linken, und als er hinaufsah in die dunklen Rinnen der Geröllhänge, leuchteten aus dem lehmhellen Erdrutsch am halbschattigen Hang drei langgezogene Tanzwesen hervor. Drei nackte Disen, von denen sich zwei nach vorn wandten und sich mit der dritten unterhielten, und er sieht ihr über die Schulter und hinter ihnen steht jemand mit einem Schlapphut und einem weiten Mantel, der bis auf die Zehen reicht, und er kümmert sich nicht um die drei, sondern hat einen tüchtigen Ritter erspäht, der auf seinem schnellen Pferd den Abhang hinaufgaloppiert.

Er hatte die Weissagung des Mädchens von sich gewiesen und sie kaltherzig verlassen; aber nun kam ihm wieder in den Sinn, was sie vom Feuer gesagt hatte und was er als Unsinn abgetan hatte. Er stand allein auf dem getrockneten Schotterweg mit Moosen auf beiden Seiten, als ihre Worte ihm wieder in Erinnerung kamen. Er sah den Mann mit brennenden Kleidern laufen, den Waffen der anderen ausgesetzt, und nach heftigen Hieben gefallen daliegen; mit Rauchfahnen aus den Kleidern und regungslos.

Ein Junge auf dem Berg (1208)

Er lag am Fuß des Berges auf einem weichen Bett, Grasbüschel mit Moos und Heidekraut. Dann öffnete sich das Steintor, und die gute Frau kam hinaus in ihre Talmulde, mit einem blauen Kopftuch; und sah das Kind. Vielleicht wusste sie von ihm. Sie streichelte dem schlafenden Jungen über die Wange. Wie konnte er das wissen, wenn er schlief?

Dann rief sie, ohne dass man etwas hörte, was ihn hätte wecken können. Und heraus kam der Mann mit bleicher Gesichtsfarbe und schwarzen Brauen, einem Höcker auf der Nase, und der rote Bart fiel auf die Brust hinab.

»Wo bist du gewesen, Kind?«, sagte er zu dem schlafenden Jungen. Seine Augen waren grün. Nein, sie waren bräunlich.

Aber es war die Frau, die grüne Augen hatte. Der Mann hob den Jungen vom weichen Gras auf, von seinem Heidekrautbett, mit Moos weich gepolstert, mit Alpenhelm und Alpenschmiele als Kopfkissen, und trug ihn ins Felsenschloss.

»Wie schön er schläft«, sagte die Frau. »Dieser Engel.« Als er in den gewölbten Saal kam, nahm der Mann einen Halm, den er mit dem Jungen auf den Schultern auf eine Steinplatte gelegt hatte, und kaute im Gehen das Obere der Schmiele, das wie eine unreife Kornähre war. Er legte den Jungen nieder ins Heu und breitete eine blaugesprenkelte Jacke über ihn, und er stand still und betrachtete ihn, als hätte er ihn viel zu lange vermisst.

Das Pferd hob seine Augen vom grünen Heu in der Futterkrippe, schaute auf aus dem grünen Heu auf der Futterkrippe. Schelmisch, aber fragend. Die Schafe an der Krippe kümmerten sich nicht um den neuen Gast. Ein Lamm schlief und träumte vom saftigen grünen Gras am Bach in den Rinnen am Fuß der untersten Felsterrassen. Es leuchtete schwach von der Tranlampe weiter innen, aber hier flackerte der Schein einer Laterne.

Als der Junge erwachte, sahen alle Tiere auf, und die Frau

warf dem Mann einen Blick zu; der nickte mehrmals, als wolle er durch Wiederholung sein Einverständnis bestätigen.

Es war drinnen ganz hell, obwohl man nicht sah, woher die Beleuchtung kam. Weiter hinten sah man einen Wohnsaal in flutendem Licht, der ihm weit und hoch schien, obwohl er ihn noch nicht betreten hatte.

Da kam der andere Junge zu ihm. Es war, als würden sie sich im selben Augenblick wiedererkennen, als sie sich sahen. Sie gingen miteinander in den inneren Saal, und dort waren viele Menschen dicht gedrängt beisammen. Der Junge geleitete ihn zu seinen Spielsachen, und sie vergaßen sich im Spiel. Die ganze Zeit hörte man den weichen Klang eines Saiteninstruments, mit dumpfen Schlägen handlicher Trommeln mit Fellen irgendwelcher Katzen. So vergingen die Tage, als gäbe es nichts als Wohlklang.

Bis es dazu kam, dass die Jungen auf das verfielen, wovor die grünäugige Frau und der rotbärtige Mann sie gewarnt hatten: Den Ausgang zu suchen.

Da waren sie allein im Vorraum draußen am Steintor und maßen sich, wer von ihnen mutiger wäre und sich traute, den Versuch zu wagen, mit einem Zauberspruch den Berg zu verlassen. Und ob sie es nun längere oder kürzere Zeit versuchten, jedenfalls kam dem Jungen ein Wort auf die Lippen, an das er sich nicht erinnern kann. Und dabei öffnete sich das Steintor langsam einen Spalt, sie gingen eilends hinaus und zu dem Grashügel, auf dem er einst eine Weile geschlafen hatte. Da spürte er, wie ihn eine solche Müdigkeit befiel, dass nichts ihn wachhalten konnte. Da verließ ihn der Spielkamerad. Und es war, als schlösse sich das Tor zur Felsenburg wieder.

Und dann war es, als erwachte er mit einem Schauder, und das Land verschwände im Nebel.

Da erwachte er. Und fand dieses Schloss und seine Bewohner nie wieder.

Frankreich (1233)

Zwei andere gehören immer zum Dritten:
Vater und Sohn und Heiliger Geist;
zwei laufen zugleich: Sonne und Mond;
zwei lieben sich: Wein und Wasser;
zwei beneiden sich: Paradies und Hölle;
zwei bekämpfen sich: Leben und Tod;
zwei verbergen sich: Liebe und Missgunst.

(Enzyklopädie)

Was aus deiner Heimat kommt, gilt hier nichts

Eine Reise über gewundene Pfade in einem französischen Wald. Bisweilen sah man den Fluss zwischen den Bäumen, wo er sich über die breite Ebene schlängelte, mit niedrigen, bewachsenen Ufern. Überall Schilf, aus dem eine Entenschar hervorschwamm.

Sturla ritt neben dem norwegischen Bischof von Hamar, der seine Sorgen wegen der Kosten der Reise ausdrückte und dabei manchmal auf seinen Fingerring und die Armbänder schaute, die er über seinen brodierten Handschuhen trug. Guðmundur skáldi hielt sich hinter ihnen, wissbegierig in seiner Bescheidenheit, nicht wenig stolz darauf, seinem Sturla so nahe zu sein, wenn er sich mit einem so vornehmen Mann unterhielt.

Er stammte aus dem Breiðafjörður, war von geringer Abkunft. Er war klein gewachsen und kräftig, mit einer scharfen, etwas aufgestülpten Nase, mit lebhaften Augen und schielend, als ob er zugleich in zwei Richtungen sehen könnte. Von seinen Eltern oder Verwandten wusste man nichts und von ihm selbst nur wenig, außer von seiner Treue und Ergebenheit zu Sturla. Einige trugen Gedichte von ihm vor und manche im Scherz. Er war als junger Bursche ins Kloster Helgafell gekommen, wo Mönche sich seiner annahmen und ihn nach ihren Sitten erzogen. Er kam bald ins Gefolge Sturlas, der sich daran gewöhnte, ihn auf Reisen und in einer Ecke auf Sauðafell bei sich zu haben. Sturla schärfte seinen Hausleuten ein, den Dichter nicht bei seiner Arbeit mit Wachstafeln und Häuten zu stören. Im Kloster hatte er sich in Geschichten von heiligen Männern und Frauen vertieft, Helden auf dem Feld des Glaubens, und das erwies sich für ihn als gute Vorbereitung, als er sich später daranmachte, die Taten seines Herrn, die Feldzüge Sturlas und seine verschiedenen Siege aufzuschreiben. Manchmal wurde er gerufen, Balladen vorzutragen, und das schien manchen lächerlich im Munde eines Mannes, der keine Erfahrung mit Frauen hatte, an deren Umgang er vom Kloster her ja auch kaum gewöhnt war.

Er ging immer langsam zu Werke und erledigte jede Arbeit sehr sorgfältig, ob er nun schrieb oder kopierte, das Pergament bearbeitete oder Pferdedecken herstellte; er sattelte und zäumte die Pferde, als wäre dies seine einzige Aufgabe, und er widmete sich ihr mit ganzer Hingabe, hörte aber dennoch mit Aufmerksamkeit auf alles, was sich um ihn herum tat. Er war bei Sturla gewesen, als die Leute vom Vatnsfjörður erschlagen wurden, und ihn traf dort ein Steinwurf, der ihn so zu Boden warf, dass er sich überschlug. Da machte sich Sturla über ihn lustig. Und als andere ihm aufhelfen wollten, da sagte Sturla: »Lasst ihn in Ruhe. Es ist ihm nichts passiert. So geht es ihm bei jedem Kampf …« – und dabei lachte er.

Er bewahrte sorgfältig alle Art von Wissen im Gedächtnis, interessierte sich für alles, was ihm neu schien. Er machte nicht viel von sich her, stand aber immer zur Verfügung, wenn es etwas aufzuschreiben oder zu bewahren galt, was nach Sturlas Meinung überliefernswert war.

Und nun versuchte er ungesehen die Worte seiner vornehmen Reisegenossen aufzunehmen und im Gedächtnis zu bewahren, in der gewohnten Weise, wie er es als Junge im Kloster gelernt hatte.

Der irische Mönch war noch weiter hinten, in Gedanken versunken über das Wissen aus alten Zeiten, und er sah vor sich glänzenden Bierschaum auf einem großen Metglas aufsteigen.

Er war neu in der Gesellschaft der anderen, die sich auf dem langen Weg zusammengefunden hatten: Guðmundur skáldi kam aus dem Hause Sturlas in Island, und Paul hatten sie in deutschen Landen getroffen, bevor man nach Frankreich gelangte.

Sturla hatte noch keine Gelegenheit gefunden, wie es sein Wunsch war, mit diesem Iren zu sprechen, der mit den Augen blinzelte, als würde er frohe Gedanken verbergen, damit sie nicht aus den blauen Augen in den Sonnenschein und das grüne Laub hinausstrahlten. Er hatte gehofft, dass der norwegische Bischof jemand anderen über seine Finanzen informieren würde. Die Reise war lang geworden, schien ihm, von Norwegen und über deutsches Gebiet, und noch lag ein langer Weg bis Rom vor ihnen, wo ihn ein Gang zum Papst erwartete, um Vergebung für seine und seines Vaters Sünden zu erlangen.

Reiher drückten ihre Spuren in den Lehm, Gecken auf einem Bein, die sich viel Zeit nahmen, das andere, das in der Luft war, niederzusetzen und die Beine zu wechseln. Sie bewegten ihre kleinen Köpfe mit den langen Schnäbeln ruckweise, als würden große Gedanken geboren, die zu belohnen es höchste Zeit wäre. »Fort mit dir«, sagte ein anderer. Und der Reiher stelzte hochbeinig in den Fluss hinein und griff sich kleine Fische im flachen Wasser.

Das dichte Laub verwehrte für einen Moment den Blick auf den Fluss. Verstümmelte Geräusche des Waldes, geweckt durch Hufeisen auf Steinen, wie Klingeln im dumpfen Hufschlag auf ausgetretenen Pfaden oder auf Heidekrautfeldern oder Blumenwiesen; Lilien des Feldes von Hufen gekappt.

Laub fiel Blatt um Blatt durch die Stille, wispernde Seufzer. Es knackte in Zweigen und Ästen unter den Klauen eines Kronhirsches, der mit einem Bein in der Luft stehen blieb, als hielte er ein empfindliches Siegel, und lauschte.

Bis hierher reichen weder die Zaubersprüche deiner Väter noch die Fürbitten deiner Mutter. Nicht bis hierher in den ausländischen Wald, wo alles neu war und ein viel höheres Alter hatte als dein ganzes Geschlecht und seine Geschichten und Lieder und gesungene Magie. Hier galt keine Begleitung von zu Hause, auf diesem Ritt durch den dunklen Wald. Und man sah nun nicht länger hinaus auf den breiten Fluss. Ein Eichhörnchen lief einen Baumstamm hinauf und hinaus auf einen schweren Ast. Am Morgen hatte Sturla eine Eule auf einer dichtbelaubten Astgabel gesehen. Sie blinzelte schlaftrunken mit einem Auge auf die Reise dieser vornehmen Gesellschaft. Sie waren an diesem Tag noch niemandem begegnet und hatten keinen Menschen bemerkt.

Nun bekamen sie Durst.

Vom Schlachtfeld

Sie sprachen nicht miteinander. Solveig, dachte Sturla. Sie ritten langsam und er schloss die Augen: Was sie wohl jetzt macht? Geht sie auf den Hof hinaus und hält Ausschau nach mir? Der so weit entfernt ist. Und doch näher, wenn ich die Augen schließe und versuche, sie zu sehen. Könnte ich sie das von hier aus spüren lassen? Von diesem heißen Waldweg aus, ohne Flussrauschen, sondern nur ununterbrochenem Brausen irgendwoher aus den Wäldern, und lautlose Wolken segeln friedlich über diesen Himmel, weiß und geschlechtslos.

»Dann geh doch«, hatte sie gesagt: »Geh!«

Plötzlich wendete der vorderste Mann sein Pferd und wartete auf die Anführer, weiß vor Schrecken.

Er wartete, wo sich die Lichtung öffnete, und wusste nicht, ob er weiterreiten sollte oder die Nachricht überbringen.

Ein Schlachtfeld.

Sie stiegen ab.

Sturla umfasste mit zwei Fingern, dem Zeigefinger und dem Daumen, das Handgelenk eines jungen Mannes, der zuoberst auf den Gefallenen lag, und hob es empor. Aber der Arm fiel sogleich kraftlos herab auf einen zweiten Mann, der darunter lag, schwarzbärtig und mittleren Alters, mit nacktem Oberkörper, außer dem Fetzen eines Halstuchs, wie ein schmales Band oder eine prächtige Schnur, wenn der Rest abgerissen war. Sie schienen nichts miteinander zu tun zu haben, außer dass sie benachbarte Leichen auf dem Schlachtfeld waren, welche der Zufall für die Hel zusammengeworfen hatte. Und noch weiter unten, bewegungslos, der völlig nackte Leichnam einer jungen Frau, verschleimt mit einem gelbgrünen Sekret und Fasern von etwas Unbekanntem, wie von einem zerrissenen Lebensfaden.

Auch die Geschlechtsteile waren blutig, und der Haufen sank zusammen, wenn man an den Obenliegenden zog.

Klosterfrieden

Jetzt begann man in der Ferne die Türme des Klosters und der Kirche über den Baumwipfeln zu ahnen. Als sich die Straße zum Kloster öffnete und der Zugangsweg zwischen zwei Reihen von Kastanienbäumen vor ihnen lag, hielten sie inne. Und Bischof Paul von Hamar winkte Sturla zu, der sich hatte zurückfallen lassen, in eine Diskussion mit Bruder Patrek verwickelt, wie lange die Seele im Fegefeuer nach dem Jüngsten Gericht ausharren müsste, wenn sich das Himmelstor für die Menschen guten Willens öffnete, und welcher Aufenthaltsort den Seligen vorher bereitet wäre.

Bischof Paul versammelte seine Mannschaft neben dem bunten Haufen von Bettlern, Landstreichern, Räubern, Pilgern und Wanderpredigern, und Gauklern und Marketendern, die sich in Lumpen gehüllt hatten und als Bettler ausgaben, die Seelenhilfe suchten. Sie waren nun dreizehn, Bruder Patrek aus

Dublin mitgerechnet. Der Bischof bat Sturla, an seiner Seite mit dem Gepäck ins Kloster zu reiten, und nun sahen sie die Kirche mit ihren Gewölben und Kuppeln.

Bischof Paul trug einen schwarzen Hut mit breiter Krempe und seitlich herabhängenden roten, geknüpften Quasten. Er war in einen Damastmantel gekleidet, mit gelben und hellblauen Motiven, auf denen zu sehen war, wie der heilige Georg den Drachen tötet und Vögel beim Todeskampf des Untiers nach dem Angriff des frommen und gottgefälligen Ritters, der mit seiner Kühnheit die Unschuld selbst vor Not und Schaden bewahrte, scheu von ihren Nestern auffliegen. An den Füßen trug er Schnabelschuhe von seinem früheren Aufenthalt bei Hofe in Paris, wo er sich schnell der Mode angepasst hatte. Der Mantel hatte einen Pelzbesatz mit Marderfellen. Als sie sich dem Klostertor näherten, zog drinnen jemand an einer Kordel, und eine kleine Glocke, die in einem Steinbogen über dem Tor hing, ließ einen leisen Klang ertönen. Dann wurde das Tor aufgeschlossen, und der Klosterhof füllte sich schnell. Der Abt stand auf einer Freitreppe mit einigen Gastmönchen neben sich und begrüßte die Ankömmlinge mit einem Kreuzzeichen, das er mit schlaffen Fingern spendete. Dann winkte er einem großgewachsenen, finsteren Mönch mit ausgemergelten Zügen, und dieser hob ein Kruzifix empor, und ein anderer Mönch gab den Gästen ein Zeichen zum Niederknien.

Dann sprach der Abt einige Segensworte, gefolgt von einem kurzen Gebet.

Dann stieg er von der Stufe herab auf den Hof und hieß die Leute aufstehen und ihm die Hand küssen. Ihm folgten drei Mönche in Kapuzen, die sich unbeteiligt gaben.

Der Abt kam zum Bischof Paul und umarmte seinen Bruder in Christus herzlich und legte abwechselnd seine Wangen an die seinen; er hatte ein Käppchen auf dem Kopf. Paul stellte dem Abt seine Fahrtgenossen vor, und als sie vor ihm niederknieten, legte er ihnen seine große, weiche Hand aufs Haupt und segnete sie schnell, aber mit Wärme in seinem milden Antlitz und Glanz in seinen blauen Augen. Ein Gastmönch wies die Menge zu einem großen Zelt auf einem Platz innerhalb der Klostermauern, einige Auserwählte aber in eine Gästehalle in einem langen Gebäudeflügel mit zwei Stockwerken. Hier gab es eine hohe Decke und eine breite Treppe zum oberen Stockwerk hinauf, wo kleine Zellen in einen langen, breiten Gang eingebaut waren. Unten war der Speisesaal der Mönche und jener Gäste, die man dorthin gebeten hatte und dort unterbringen konnte. Die Mehrzahl nahm ihre Mahlzeit in einer großen Halle neben den Schlafzelten ein.

Als die Mahlzeit begann, stand der Abt in der Tür und neben ihm ein Klosternovize mit einer Schale in den Händen; der Abt aber hatte eine Wasserkanne und wusch dem neu angekommenen Gast die Hände. Er hatte ein rundes Gesicht und wirkte wohlgenährt in seiner schwarzen Kutte, dickbäuchig in seiner Weichheit, und sein Lächeln hatte ein mildes Leuchten. Der Gästetisch nahm die gesamte Länge der Saalmitte ein, und man saß an beiden Seiten, die Tischenden blieben leer. Alle aßen schweigend, die Klosterinsassen wie die Gäste. Am Ende des Saals befand sich der Tisch des Abts, wo er allein speiste, wenn er nicht vornehme Gäste hatte. Da saß er nun zu zweit und lud Bischof Paul ein, neben ihm Platz zu nehmen. Mönche trugen das Essen auf Holztabletts herein und stellten es vor den Gästen auf den Tisch, die jeweils zu viert beisammen saßen. Auf der Mitte des Tisches stand Wein und Wasser in Tonkannen. Niemand sprach ein Wort, nachdem das Tischgebet beendet war, dann bekreuzigten sich die Männer und setzten sich.

Es herrschte Schweigen. Außer dass ein Mönch mit einem Buch zu einem Lesepult ging und daraus in einer Art singender Sprechweise vorlas und dabei die Abschnitte am Ende in die Länge zog, bis sie in den nächsten Abschnitt übergingen. Das dauerte, solange man aß, und endete fast gleichzeitig. In jeder Vierergruppe stimmte man sich in einem bestimmten Rhythmus ab, reichte einander die Platte zu, damit jeder etwas bekam, und so der Reihe nach, und genauso hielt man es mit Wein oder Wasser, dass einer die Kanne ergriff, sich seinem Nebenmann zuneigte und ihn leise fragte, mit erhobener Kanne. Wenn jemand etwas brauchte, gab er schweigend ein Zeichen.

Der Saal war hoch und weißgekalkt. Das Antlitz der Mönche passte sich der weißen Wand an, jedes mit seiner eigenen Geschichte, jedes geprägt von seiner Erfahrung, seinem Kampf, seiner Einsamkeit.

Gott will, dass alle einen König haben

»Ihr Isländer müsst einen König haben«, sagte Bischof Paul und legte seine Hand zärtlich an die weiche Wange. »Etwas anderes ist ungehörig. Gott will, dass alle sich einem König beugen. Seine Macht stammt von Gott. Und solange er das selbst nicht vergisst und mit der Kirche Gottes im Reinen ist, sollen die Untergebenen seiner Fürsorge vertrauen. Ihr seid wie Narren auf dieser Welt, ohne König auf eurer Insel. Und du, Sturla, bist dem König verpflichtet. Du bist sein Gefolgsmann mit allen Rechten und Pflichten, die damit verbunden sind. Außerdem hast du alles, was man braucht, um Bevollmächtigter des Königs und sein erster Mann in deinem Heimatland, auf dieser Insel zu werden.«

Der Gastmönch Leo, der sich um die Gastfreunde des Klosters kümmerte, kratzte sich an der Schulter, als gäbe es da eine Fliege, die er durch die Kutte spürte: »Der König hat seine Macht von Gott und Verpflichtungen gegenüber all seinen Männern«, sagte er. »Gott will, dass er über das Wohlergehen seiner Untertanen wacht. Dass er von den Nöten derer weiß, die arm und schwach sind, und ihnen Gerechtigkeit zusichert. Er soll sich immer daran erinnern, dass Gott alles sieht und am Jüngsten Tag über alles richtet, mit Barmherzigkeit und Gerechtigkeit und unendlicher Weisheit. Aber wie soll ein König das bewältigen, alles darüber zu wissen, wie es seinen geringsten Untertanen ergeht? Der jetzt hier in Frankreich König geworden ist, Ludwig der Neunte, berechtigt zu schönsten Hoffnungen. Er hat seine Leute hierher geschickt, um mit uns zu beraten, wie er seine heiligen Pflichten erfüllen kann. Und sofort hat er Sendboten aus der Gruppe der Mönche gewählt, damit sie durch das ganze Reich reisen und sich die Beschwerden und besonders das Wehklagen derer anhören, die um ihr Recht gebracht wurden und denen man vorher kein Gehör geschenkt hat. Erst jetzt weiß ich, dass Bettelmönche durch das ganze Reich unterwegs sind, um sich darum zu kümmern, was unser gegenwärtiger König in Angriff genommen hat. Einen solchen König wollen wir und danken Gott, dass er seine Rolle so versteht und sich selbst am strengsten beurteilt und nie seine Versprechen bricht.«

»All das mag wahr und richtig sein«, sagte Bischof Paul, »und es klingt wunderbar. Aber der König muss sich auf seine Lehnsherren verlassen und die wiederum auf ihre Lehnsmänner und so der Reihe nach. Es ist nicht möglich, dieses System in Frage zu stellen. Und die Könige müssen das Grab Christi gegen die Heidenhunde verteidigen. Sie müssen auch die Hofsitten beachten und die ritterlichen Tugenden und Großzügigkeit und Freigebigkeit gegenüber anderen zeigen, denen Gott eine hohe Stellung zu geben beliebte, und nicht zuletzt denen, welche dem König am nächsten sind, weltlichen wie geistlichen Herren, die Ehre erweisen, die ihnen gebührt. Anderenfalls hat das Reich keinen Bestand. Alles liegt in Gottes Hand. Und die, welchen es schlecht geht und die niedrig gestellt sind, müssen sich in Geduld und Gehorsam gegenüber denen, die

Gott über sie gesetzt hat, mit ihrer Rolle abfinden. Das sind die christlichen Tugenden, die in der jenseitigen Welt belohnt werden. Ein jeder muss seinem Herrn und Hausvater gehorchen, sei er hoch oder niedrig, mit christlicher Geduld und Standhaftigkeit in Prüfungen und mit Sanftmut des Herzens. Und seine Nachkommen im Gehorsam gegenüber Gottes Willen erziehen, den er von jedermann streng beachtet wissen will, und jede Neigung zum Widerstand unterdrücken.«

Sturla schwieg weiter und warf seinem Freund Patrek einen Blick zu, und er sah auch, dass Guðmundur skáldi das Gespräch verfolgt hatte, dessen Miene höchster Aufmerksamkeit sich nun entspannte.

Er dachte an diesen neuen König und an das, worauf der Gästebetreuer Leo hingewiesen hatte. Er hatte auch den Wunsch, mehr zu erfahren von den Wundern, die sich im Umkreis jenes überaus klugen Kaisers ereigneten, der auf Sizilien saß und sich Friedrich nannte und von dem man erzählte, dass er die anderen berühmten Männer seiner Zeit weit überragte. Dieser Kaiser erweiterte seine Kenntnisse, indem er auf seinem Hofe die gescheitesten Männer verschiedener Weltanschauungen beherbergte und verköstigte, auch aus der Gruppe der Anhänger Mohammeds, und alle, die auf rechte und vernünftige Weise Kluges vortragen konnten. Selbst hatte dieser Kaiser, wie man sagte, ein Buch über die Jagd mit Falken geschrieben und wie man sie abrichtet, damit diese eigenwilligsten Vögel ihrem Herrn folgen und auf jeden Wink und sogar Blick von ihm gehorchen. Alles, was er von diesem Kaiser gehört hatte, weckte sein Verlangen, mehr zu wissen. Es reizte ihn sogar, einen solchen Mann zu treffen. Er wusste aber auch, dass er von Kampfgetümmel umgeben war, das weithin in Italien und auch in anderen Ländern tobte, auch in Deutschland, von wo er seinen Titel hatte und auch die kirchliche Weihe als deutsch-römischer Kaiser.

Er wusste, dass er sich mit Vorsicht erkundigen müsste, denn dieser Held war vom Papst gebannt worden. So hob er seine Fragen bis zu einem vertraulichen Gespräch mit Bruder Leo auf, dem er neben Patrek am meisten vertraute.

Er wusste auch einiges von der Unordnung und Verwirrung in der höchsten Leitung der Kirche des Apostels Petrus und auch, dass manchmal mehrere Päpste zugleich geweiht wurden. Und dass es ungewiss war, wer der Sachwalter jener Macht wäre, die Christus dem Petrus mit den Worten anvertraut haben soll, dass er auf diesem Felsen seine Kirche bauen wolle.

Und als seine Gedanken zum Bischof Guðmundur auf Hólar schweiften, beeilte er sich, sie wieder auf die Worte des Bischofs Paul von Hamar zu lenken. Er spielte mit der Vorstellung, Jarl und Statthalter des norwegischen Königs auf Island zu werden, und später vielleicht sogar König. Mit der Königin vom Hof Oddi aus königlichem Geschlecht an seiner Seite.

Lesung im Speisesaal

Am folgenden Tag wurde zur Mittagszeit im weißen Speisesaal unter den blauen Dachbalken aus der römischen Geschichte vorgelesen. Alle aßen schweigend. Nur eine Stimme las die Epistel des Tages.

Und sprach nun von Tiberius Konstantinus. Dieser hatte sieben Jahre regiert. Und er war ein so freigebiger Mann gegen die Armen und Obdachlosen, dass er unter ihnen allen die Reichtümer verteilte, welche die früheren Kaiser angehäuft hatten. Und als die Kaiserin Sophia ihm wegen seiner Großzügigkeit Vorhaltungen machte, antwortete er so: »Das soll nicht geschehen, dass Gold oder anderes Geld ungenutzt herumliegt, während es den Bedürftigen fehlt. Lieber will ich das Geld hier entbehren, als es hier zu behalten und im Jenseits zu entbehren.«

Da dachte sich der Isländer: »Hier habe ich etwas, solange es währt, aber wie kann ich sicher sein, was das Jenseits angeht? Wer hat eine Welt, die so sicher ist wie diese hier, mit all ihren Illusionen und Sinnestäuschungen? Und sie sind doch etwas, wenn man an sie glaubt. Ist denn die Illusion nichts? Vielleicht ist die Illusion nichts wert, vielleicht ist sie aber auch höchst wertvoll, solange sie dauert. In früheren Zeiten setzten sich die Männer den Waffen der Feinde aus und ließen ihr Leben im Glauben, dass am Tage ihr Kämpfen kein Ende nähme und jede Nacht das Trinken des Dichtermets bei Odin.«

Nun wurde ihm von seinem Tischgenossen direkt gegenüber das Servierbrett mit Käse und Gemüse gereicht, und über seine Schulter blickte er in ein Gesicht neben dem Abt. Dieser Mann hatte auffallend finstere Augenbrauen und kleine dunkle Augen, die manchmal bräunlich, sonst aber fast nachtschwarz schienen; schmale Lippen und eine gerade Nase, er hatte eine Tonsur und eine schmale Narbe, wie von einer plötzlichen Berührung mit einer Schwertspitze, die vom Nasenflügel ausging, eine Biegung machte und am Ohrläppchen zum Vorschein kam. Das Haar an den Wangen war oben sehr schwarz, weiter unten aber ergrauend, die Gesichtsfarbe von starker Sonne gegerbt. Über ihn hatte man sich am Tag zuvor, als dieser eindrucksvolle Mann zuerst in Erscheinung trat, leise im Klostergarten unterhalten und vermutet, dass er einer der Tempelritter und Wächter des Heiligen Grabes sei.

Dieser Mann speiste nun am Tisch des Abtes, beschäftigte sich aber wenig mit anderen und gar nicht mit Bischof Paul. Trotz seiner kriegerischen Erscheinung war etwas Weibliches in seinen Bewegungen, nicht zuletzt, wenn er mit einer Gruppe gutgelaunter Klosterzöglinge zwischen Mahlzeit und Stundengebet zum Spiel ging.

Sturla nahm das Servierbrett entgegen und hörte nun wieder der Lesung zu, und die handelte jetzt von Theodosius:

… er war so gelehrt, dass es kein Buch gab, das er nicht auf Anhieb zu verstehen schien. Kein Fürst war so großherzig wie er, so geduldig oder so wenig rachsüchtig gegen Übeltäter. Er wurde von seinen Rittern gefragt, warum er niemanden töten lassen wolle. Er aber antwortete so: »Ich wollte viel lieber das Leben der Menschen verbessern, anstatt es zu vernichten.« Man sah ihn nie zornig und nie traurig.

Wieder richtete sich die Aufmerksamkeit auf den Tempelritter; der nahm den Tonkrug mit Wein und neigte sich seinem Gegenüber zu, der ihm sein Glas ein wenig entgegenschob, die Finger kräftig und viereckig, mit breiten, hornigen, kurzgeschnittenen Nägeln. Dann bot er den anderen Tischgenossen der Vierergruppe Wein an, die freilich ablehnten und Wasser vorzogen, füllte sein eigenes Glas mit Rotwein vom Weinberg des Klosters, dessen Mönche die Trauben von den Rebstöcken gelesen, sie mit ihren Füßen gepresst und gekeltert hatten.

»Du kannst den Tempelritter fragen, wenn ihr ins Gespräch kommt«, sagte Bruder Leo zu Sturla, »wenn du mehr über die Kreuzzüge wissen willst. Wie gemischt das Heer war. Aber sei vorsichtig. Ich weiß nicht, auf welcher Seite er steht.«

»Aber der König, von dem du mir erzählt hast«, sagte Sturla, »erzähl mir ein wenig mehr von ihm.«

Sie gingen durch den Klostergarten. Bischof Paul von Hamar in angemessenem Abstand mit seinen umherschweifenden Gedanken über die geistliche Gewalt auf Erden und über die Notwendigkeit, die Königsmacht dazu zu bewegen, dem Papsttum Gehorsam zu erweisen. Er hatte die Reise ja teilweise mit dem Ziel unternommen, in Rom Unterstützung gegen einen starrsinnigen König in Norwegen zu suchen. Und er wollte das zurückgewinnen, was in den Kämpfen gegen König Sverrir verloren gegangen war, der sich als Einziger den ausdrücklichen Befehlen Innozenz' des Zweiten entzogen hatte, als dieser die Könige disziplinierte und den Kaiser dazu.

»Ja, ich sehe, dass du dich auf deiner Reise nach einer Leitfigur umsiehst«, sagte Leo, »das ist recht. Ludwig der Neunte ist schon in den ersten sechs Jahren seines Königtums als pater familias zum Idol der einfachen Leute geworden. Familienvater seines Volkes. Wie ich dir sagte, sind nun Männer im ganzen Reich damit beschäftigt, in seinem Auftrag Beschwerden zu sammeln und Urteile zu sprechen, vornehmlich Kleriker, zumeist aber Mönche. Kein Fürst ist seinem Volk so nahe gekommen, denn nun endlich hat das Volk das Gefühl, dass es ganz oben Gehör findet. Und bedenke Folgendes«, sagte der Mönch, »dass sich jetzt alles ändert und die Adelsherrschaft zu Ende geht; nun steigen die Händler auf, die ihre Macht von einer anderen Art von Reichtum haben. Die Kirche stellt sich der Geschäftemacherei entgegen, wo sie sich von Verderbnis fernhält. Wucher ist ja verboten. Aber, unter uns, ich kann dir flüstern, dass sie immer wieder einen Weg finden, das zu umgehen. Und ihren König hintergehen. Die Fetten unterscheiden sich wie schon immer von den Mageren. Und die reichen Männer in den neuen Ständen haben sich die Herrschaft mit den Landadligen geteilt. Und verbünden sich, um Abgaben zu vermeiden und die Last weiterhin den Armen aufzubürden. Das ist gegen den Willen des Königs, und deshalb liebt ihn das gemeine Volk und betrachtet ihn als ihren einzigen Schutz auf dieser Welt. Es freut mich, dass du mich danach fragst. Ich möchte, dass es diese Vorstellung von einem König ist, über die du nachdenkst. Im Vergleich mit der, welche du in deinem Inneren entwickelt hast und von der ich das Gefühl habe, dass du sie dort hegst. Wozu ist es gut, grausam zu sein? Um Herr seiner selbst zu werden, muss der Mensch sich von jeder Gemeinschaft fernhalten und so allein sein, dass er die fruchtbare Nähe Gottes spürt. Aber das heben wir uns für ein anderes Gespräch auf.«

»Ist denn die Welt dabei, sich zu verändern?«, fragte Sturla.

»Glaubst du vielleicht, dass dein innig geliebter König eine Art Gottesstaat auf Erden errichten kann?«

»Nein«, sagte der Mönch. »Nein, das glaube ich nicht. Aber alles, was der Mensch besitzt, ist wenig wert, wenn er nicht danach strebt, darauf zu verzichten. Den Waffen mit sanfter und demütiger Weisheit die Stirn zu bieten, so sicher, dass er weder Schwertschneide nach Axtblatt fürchtet. Und auch nicht das Maul des Wolfes oder den Rachen des Löwen. Und vertraue darauf, dass das wilde Tier sanft wird und sich beschwichtigt, wenn man ihm auf diese Weise mit Liebe begegnet. Ich glaube an diese Macht und dass sie eine Unzahl von Siegen erringen kann in dem unaufhörlichen Krieg, der nie vollständig zu gewinnen ist.«

»Und dein König, vertraust du ihm?«

»Ich glaube daran, dass alles, was in seinem Namen unternommen wird, zum Besten gereicht. Aber diese Arbeit ist sehr vergänglich und wird durch die Raserei und Wankelmütigkeit der Machthaber zunichte gemacht. Aber das ist ein Zeichen seines augenblicklichen Erfolges, dass alle den Münzen König Ludwigs vertrauen, trotz der Betrügereien und Tricks der Geschäftemacher und Machthaber, der Fälschungen und Unterschlagungen von Geld. Seiner Münze wird am meisten vertraut. Und ich kenne kein besseres Vorbild für die, welche zeitweilige Macht über andere haben.«

Sie gingen eine Weile schweigend, und Sturla kam der Gedanke, dass Leben und Verhalten eines solchen Regenten sich sehr weit von jemandem unterschieden, der noch nicht die uneingeschränkte Herrschaft über alles hat.

»Komm mit mir in die Kirche«, sagte Leo, »ich möchte für dich beten. Du aber setze dich woanders hin und denke über dich nach. Doch vorher möchte ich dir von der Zuverlässigkeit Ludwigs des Neunten und seinen Forderungen an sich selbst erzählen, von seiner Ehrlichkeit, von der er nicht abgewichen ist, wie viel Betrügereien auch um ihn herum stattfanden, sogar gegenüber den irrgläubigen Hunden, die ihn oft betrogen haben. Er hat in keiner Situation sein Wort gebrochen und geriet in den größten Zorn, als Männer, die er ausgesandt hatte, die irrgläubigen Hunde um die vereinbarten zehntausend Pfund hintergehen und betrügen wollten, während jene ihrerseits bei vielen Gelegenheiten ihre Abmachungen brachen und sich über verschiedene Vereinbarungen hinwegsetzten, sogar einige seiner Leute getötet hatten, nämlich alle Kranken und Verwundeten, die in ihren Händen zurückgeblieben waren und Gnade verdient hätten. Einige Befehlshaber der irrgläubigen Hunde wollten den König selbst und die Königin töten lassen, und ebenso andere Personen aus seinem Gefolge, obwohl sie später Lösegeld dafür nahmen, dass sie sie freiließen. Auch gegen solche erfüllte er alle seine Versprechen.«

Der Tempelritter

Er sah diesen Mann neben sich im Klostergarten und merkte, dass er ihn unwillkürlich anstarrte. Da riss er sich zusammen und wandte seinen Blick von ihm ab. Doch spürte er weiter seine Gegenwart, dieses schweigsamen Einzelgängers in der Schar der Mönche.

Er betrachtete einige Käfer, schwarz, auf der rauen, stark gefurchten Rinde einer Eiche, und verfolgte diese wunderbaren Tiere mit den Augen, die ein rotes Muster auf ihrem glänzend schwarzen Rückenpanzer hatten. Dann erschien in diesem Muster plötzlich ein loderndes, aber totes Antlitz.

Und er schaute auf und begegnete der verschlossenen Miene des Mannes, der seine Neugier geweckt hatte, und registrierte die Ähnlichkeit zwischen dem aufblitzenden Antlitz auf dem Körper des Käfers und der verschlossenen Miene des Ritters.

Da kam Leo hinzu, wartete ein wenig neben Sturla und sagte dann: »Du bist tief in Gedanken versunken. Woran denkst du?«

Sturla stellte die Gegenfrage: »Dieser neue Gast, der offenbar ein schweres Schicksal hinter sich hat, als hätten ihn die Flammen des Fegefeuers umzüngelt. Wer ist das?«

»Dieser Mann –«, sagte Leo, der Mönch, »er ist weit gereist. Er hat im Heiligen Land mit den Heiden um das Grab Christi gekämpft und es dann mit seinen Ordensbrüdern verteidigt. Er hat mit seinem Kampfgenossen viele Schlachten gefochten, Niederlagen erlitten und Siege errungen. Mir ist einmal, als er sich vor geraumer Zeit hier aufhielt, über ihn gesagt worden, er sei wie ein Kind, mit all seinen Vorzügen und Mängeln. Er wurde aus dem Orden der Tempelritter ausgeschlossen und suchte dann bei uns Unterschlupf. Mir wurde auch gesagt, dass er von der Inquisition verdächtigt worden sei, unter dem Einfluss der Irrlehren der Bogumilen zu stehen. Das ist freilich lange her, und man erzählte sich weiter, dass er sich dann den Kreuzrittern angeschlossen habe, um sich so vor den Foltern und Strafen des Inquisitionsverfahrens zu retten.«

»Konnte sich denn jemand, den die Inquisition der Ketzerei verdächtigte, ins Heer der Kreuzfahrer retten?«, fragte Sturla. »Gab es damals einen Ausweg über die Wege der Frommen, wenn die Spürhunde Gottes bereits Witterung aufgenommen hatten?«

»Ja, aber ich werde dir ein andermal, wenn wir allein miteinander sind, erzählen, was ich von den Kreuzfahrern weiß, und dann etwas ausführlicher als jetzt. Offenbar hatten nicht alle das Zeug zu einem Heiligen, die sich diesen Heeren anschlossen, sondern es waren Radaubrüder und Grobiane darunter, Mörder und üble Kerle und Banditen, die ihren Kopf vor der weltlichen und geistlichen Gewalt retten wollten, und einige zog es mehr wegen der Illusion eines leicht zu erwerbenden Gewinns dahin als wegen der Hilfe für die Seele in dieser Welt, um sich durch das Tor des Himmelreiches einschleichen zu können. Viele glaubten, sie brauchten weder ihre Worte zu mäßigen noch ihre Wut, sondern sie könnten sich im Glanze des Heiligen Grabes wer weiß wie gegen die Heiden benehmen. Sag nicht, dass du es von mir hast, aber die Tempelbrüder sind in den Verdacht geraten, einer Neigung zu sexuellen Beziehungen mit ihren Geschlechtsgenossen im Orden nachzugehen, und einige von ihnen hätten sich sogar zu Dienern des Teufels selbst gemacht, indem sie mit kriegsgefangenen Mohren schliefen oder sich Knaben griffen, um derartiges mit ihnen zu treiben, und so den scheußlichen Mohammed Macht über sie gewinnen ließen. Du brauchst nicht zu sagen, dass du es von mir hast, denn diese Geschichten sind durch die Geständnisse jener Ritter bestätigt worden, als sie sich der Expertise der Spezialisten unter den Inquisitoren offenbarten, die genügend Tricks kennen, um ihre Spielzeuge jede Schuld gestehen zu lassen, die sie auf Grund ihrer Erfahrung für gut halten. Und dazu kommt noch, dass einzelne Ordensbrüder und vor allem der Orden selbst sich auf dem Kriegszug bereichert haben – durch Räuberei und Kontakte und Handel mit fernen Völkern, von denen einige unendlich weit im Osten liegen. Die verborgenen Heiligtümer des Ordens und sein Reichtum stachen den weltlichen Herrschern in die Augen, die nach uneingeschränkter Macht streben und deshalb versuchen, in den Tempel einzubrechen, sogar mit Unterstützung des Papstes. Der hat kein Vertrauen in sein Tribunal über diese Macht noch ihre Rechtgläubigkeit und argwöhnt, im Schatten der Mysterien dieses Ordens gedeihe ein vermischter Glaube, der seine Geheimnisse mit fremden Sitten und altem Irrglauben verunreinigt – bis an die Grenze zur reinen Hexerei. Und so versuchten geistliche und weltliche Machthaber zusammen oder jeder für sich, den Tempelrittern Schaden zuzufügen und sie zu schwächen, ohne offen zum Angriff überzugehen oder gegen sie zu kämpfen. Aber nun wollen wir dieses Gespräch auf ein andermal vertagen.«

Allein in der Kirche

Manchmal saß er allein in der Kirche.

Er saß noch immer da, als die anderen hinausgegangen und die Stundengebete verklungen waren, der Chor leer war; die Kirche leer schien. Nur er, dieser Weitgereiste, der nirgendwo zu Hause war auf den Landkarten, die man hier kannte. Seine Welt fehlte auf der Weltkarte. Diese Welt, die er von Land zu Land in sich trug, die in ihm wuchs, Etappe um Etappe.

Was war er denn?

Auf langen Wegen über das Meer und durch unbekannte Länder gezogen, immer um etwas zu sehen, was er nie zuvor gesehen hatte? Und der nirgends etwas sah, das ihm vertraut war. Was sollte er dann sein? Hier, unter dem Zwang neuer Herausforderungen, die Fragen stellten an Stelle des Selbstvertrauens zu Hause, wo er Land und Leute kannte oder zu kennen glaubte.

War er etwas anderes als ein Junge aus Island, aus einer anderen Welt? Wo das Meer salzig an den Strand stiebt und in den Augen und auf der Haut brennt und fast alles schwierig ist.

Zugleich war er der Anführer, der das Reich mit Geschick und Heldenmut an sich bringen musste. Sollte er all das erobern, was seinem Vater Sighvatur nicht der Mühe wert schien, es zu besitzen? Der hatte ihn auf eine gefährliche Reise geschickt, während er selbst sich mit dem Gesinde und den Stützen der Gegend vergnügte? Hatte ihn losgeschickt, ihrer beider Seelen in Rom zu erlösen und mit dem Papst um Vergebung für die Missetaten gegen Bischof Guðmundur und sein Pack zu feilschen.

Es war dieser Alte, der ihm von allen die meisten Schwierigkeiten machte. Er erwartete von seinem Sohn, dass er das Reich erbte und es so weit vergrößerte, bis das ganze Land unter seine Herrschaft gelangt sei, der Stolz des ganzen Geschlechts. Und jetzt sitzt er hier und schaut seine Hände an und zittert vor dem, was der alte Sighvatur von ihm erwartet.

Der alte Sighvatur. Er ist nie zur See gefahren. Was wusste er aus eigener Erfahrung von den Gefahren auf hoher See, was wusste er von der Welt? Du schaust auf die Berge hinauf, die Felsen, die dich anziehen und zu sich holen, um dich an ihr Gestein zu pressen. Was wusste der Alte von der Quelle des Elends, den Massen sich quälender Menschen; was verstand er von der Musik und den Bildern und den großen Schlössern und Burgen und Kirchen und Klöstern, den Städten mit Hütten und Palästen und gewundenen Straßen. Labyrinthe mit Verwirrung unter den Menschen, die verschiedene Sprachen sprechen. Ein guter Anführer, wirklich – in den ländlichen Gegenden Islands.

Woran erinnerte er sich? Was hatte er so gründlich von seinem Vater gelernt, dass er manchmal das Gefühl hatte, als erinnere er sich selber? Sie trugen ihren Kopf nicht hoch, er und sein Bruder Tumi, als sich ihr Vater mit ihnen auf die lange Reise bis nach Hólar begab. Und sie kamen an Möðruvellir vorbei, wo sich ihnen ihre Großmutter anschloss und ihr Mann Sigurður Ormsson. Er glaubte zu bemerken, dass sein Vater und Sigurður Ormsson sich bei dem Ritt ziemlich beieinanderhielten. Was hätte zwischen sie kommen können? Und er konnte sich nicht mehr erinnern, ob er Kolbeinn Tumason selbst gesehen hatte, als sie auf Hólar angekommen waren. Dennoch sieht er diesen Mann vor sich und er scheint den linken Mundwinkel zu verziehen, als wolle er ein Lächeln andeuten. Oder er versuche etwas zu sagen; aber weder sagte er etwas, noch brachten diese Lippen ein Lächeln hervor. Er verzog nur den Mund, und die Unterlippe hatte die Oberlippe hochgeschoben, aber die Zunge hatte vielleicht darauf gewartet, dass sie nachgäbe. Dann öffnete er den Mund nur so weit wie ein Wal, der weder zögernd noch gierig einen Hering schnappt. Und die Blicke richteten sich grauscharf und aufmerksam auf die Jungen, um dann hinunter über Wiesen und hinauf über Höhenzüge zu schweifen.

Erinnerte er sich nun daran? Oder hatte es sich bei ihm eingenistet, weil sein Vater es Bauern weitererzählte, als er den Schwager besuchte, den er am höchsten schätzte und der ihm von den Freunden am nächsten stand. Vielleicht wurden die Knaben auch von den Frauen in Obhut genommen, als man nach Hólar kam. Bei ihrer Mutter und ihrer Großmutter Þuríður, als die Freunde weiter in den Hjaltadalur hineinritten in der Absicht, den Priester im Schutz Kolbeinns, der ihn zum Bischof machen wollte, aufzusuchen.

Als Sturla darüber nachdachte, erinnerte er sich tatsächlich daran, dass er seinen Vater dabei ertappte, wie er Grimassen zog, als wären sie auf Kolbeinn gemünzt.

Ewig erinnerte er sich daran, dass Tumi auf dem Heimritt nicht bei ihnen war. Es wurde nur wenig am letzten Tag des Besuches gesprochen. Seine beiden Eltern standen am Rand des Hofplatzes und er fand, sie hätten allzu lange geschwiegen. Bis Halldóra Tumadóttir plötzlich sagte: »Und du willst den Jungen allein zurücklassen.«

Sighvatur schwieg, bis er freundlich sagte: »Ja, meine liebe Halldóra. Ich sollte dir noch sagen, dass Sigurður Ormsson hinzufügte, als er für den Jungen die Pflegekindschaft anbot, dass er ihn zu seinem Erben machen wollte über seine Ländereien hier im Norden. Das könnte eine solide Basis für sein Heranwachsen sein. Und es ist vernünftig, nicht unsere gesamte Familie an einem Ort zu haben.«

Viel Unterstützung hat Tumi von seinem Vater nicht genossen, er hatte auch keinen Nutzen von diesen Ländereien, dachte Sturla: vielmehr zog er selbst daraus Profit.

»Du, Sturla. Du bist mein Sohn«, sagte Sighvatur.

»Aber mein Vater«, dachte Sturla, »manchmal bist du mir nicht geheuer. Und ich fürchte mich vor dem, was du mit mir vorhast. Ich denke daran, wie du in diesen Bezirk kamst, wie wenig du zu sagen hattest. Und alle Großkopfeten, die schon vorher in diesem Bezirk saßen, diese Großbauern und Grundherren, die alle mehr Rechte hatten als du, alteingesessene Männer, dachte er: Du hattest nicht viel Einfluss, als du hierher kamst, aber nun hast du all diese Kerle unter dir, die bei deiner Ankunft am unfreundlichsten waren. Ich bin nicht du.«

»Wir wollen keinen Unsinn reden«, sagte Sighvatur da.

Und plötzlich hörte Sturla, wie ein Instrument gespielt wurde. Zuerst wie tastend. Irgendjemand war dabei, zu üben, und wiederholte fortwährend dieselben Töne, in derselben Reihenfolge. Allmählich gewann die Tonfolge eine feste Struktur, eine Richtung, der seine Seele folgte, immer zielstrebiger, bis er fühlte, dass Flügel ihn über die Kirchenbänke trugen, durch den Chor, wo die Mönche gesungen hatten, hinauf aus der Kirche und über die Kirche und die umgebenden Häuser; und er sah die Leute auf den Feldern und wie sich das Laub der Bäume regte, und er schwebte über den Wald, über hohe, sonnenbeschienene Baumwipfel, und das Laub wechselte seine Farbe im Wirbel des Windes; und der Schatten einer Wolke glitt dicht dahinter über den Wald; eine zersprengte Flotte von Wolkenschatten folgte in einiger Entfernung und löschte das Grau, das die Windstöße ins Laubdickicht des Walddaches geschnitten hatten.

Und es trug ihn über weißrissige Wasserfälle und angeschwollene Flüsse, Dörfer und abgeerntete Äcker, und niemand beobachtete seinen Flug so weit dort oben; und eine

Lichtung öffnete sich, und er sah einen Zug von Reisenden, der anhielt, und Räuber, die auf die Menschen zurannten, die dort liefen, um ihnen die Waffen und Kleider abzunehmen und das Silber zu rauben; und den einen oder anderen im Wäldchen zu erschlagen und Frauen zu vergewaltigen. Aber die Angstschreie drangen nicht zu ihm, er sieht nicht das Blut, sah nicht, wie es leuchtete, als sich die Sonne nach beendetem Spiel über das Schlachtfeld schob; und er flog über einen Kirchturm, wo ein ungelenker Wetterhahn quietschte; und er sah eine Prozession von Nonnen aus ihrem Kloster, der sich ein dünnes Rinnsal von Mönchen aus dem Kloster gegenüber der Kirche anschloss; und beide Gruppen trugen ihr Kruzifix, ihren blutüberströmten Gekreuzigten durch die Weinberge und segneten die Pflanzen der Erde, die im nahenden Sommer blühten und vor dem Herbst, der noch so weit war, mit goldenen Früchten reifen sollten.

Und dann flog er mit regelmäßigen Flügelschlägen weiter in die Höhe, und als er die Wolken durchquerte, fühlte er, wie seine Schwingen länger wurden, dass an ihnen gezogen wurde und dass sein ganzes Federkleid steif wurde; aber die Daunenfedern schützten ihn vor dem Hagel im frostigen Unwetter im hohen Himmel, zu dem er emporstieg und das wolkenlose Blau erreichte.

Er hatte allein dagesessen und zugehört, wie sich das Instrument darauf einstellte, der Tonfolge der menschlichen Stimmen zu folgen, und nun kam die Orgel hinzu, wo die Helfer mit langen Stangen Luft pumpten und auf die Bälge traten.

Auf einmal spürt er, wie ihn jemand von hinten anschaut. Da blickt er sich um und sieht die undurchdringliche Miene des Tempelritters, der flüchtig mit dem Kopf nickt, nicht ohne Vorbehalt.

Als sie draußen waren, nahmen sie denselben Weg. Zuerst schwiegen sie. Eine gelbe Wiese erhob sich an der rechten Seite des Pfades und beschrieb einen Bogen um einen Hügel. Sie sahen einem Priester nach, der einem Weg zwischen den Kornähren folgte. Sie sahen auch schwarze Krähen flattern, die Sturla in seinen Gedanken mit dem Gang des Priesters verband.

»Du kommst von weit her«, sagte der Tempelritter.

»Sehr weit ist es«, sagte Sturla.

»Der Abt sagte mir, dass du von Ultima Thule wärst. Ich weiß, dass ihr es Island nennt. Ihr selbst.«

»Ja«, sagte Sturla und wunderte sich über das Gespräch.

»Du bist nicht der Erste, der von dort kommt«, sagte der andere und schaute nach dem Acker, wo das schwarze Bild des Priesters verschwunden war, die Krähen aber nicht. Die schwarzen.

»Ich habe einmal einen Isländer getroffen«, setzte der andere fort, »nicht sehr weit vom Grab Christi, im Heiligen Land. Ohne ihn wäre ich jetzt tot. Ich war damals im französischen Heer, und wir hatten gesiegt und einen Friedensvertrag geschlossen, dem ich aber nicht trauen konnte. Ich irrte in den Sanddünen umher, die eine Oase umgaben, wo ich aus einer klaren Quelle getrunken und Datteln gegessen hatte, und eine Rispe davon hatte ich mitgenommen. Ich gab der Versuchung der Wüste nach, die mich anzog. Ich war in Begleitung eines jungen Mannes mit einem Maulesel, und ich wusste, dass ich mich mit ihm nicht sehr weit entfernen durfte. Er war aber alt genug, um sich genügend auszukennen. Da sprangen plötzlich in Kapuzenmäntel gekleidete Männer hervor und griffen mich mit ihren langen Krummsäbeln an. Meine Waffen waren an der Quelle liegen geblieben. Nun sah ich mein letztes Stündlein gekommen. Ich hatte keine Zeit, darüber nachzudenken, ob mich der Himmel oder das Fegefeuer oder gar die Hölle erwartete. Das kommt ja darauf an, wie alles gewogen und meine Sünden bewertet würden. Da tauchte dieser Mann aus der

Wüste hervor, als hätte ihn Gott gesandt, begleitet von Beduinen und nach ihrer Art in einen Burnus gekleidet, mit einem Tuch vor Mund und Nase gegen den Sand, sodass nur seine Augen herausschauten, die blauer waren als alles, was ich je gesehen habe. Sie loderten kühl in der Sonnenhitze, als er sein Schwert emporschwang und ohne zu zögern dem direkt am Ohr vorbei schlug, der als Erster auf mich zulief, um mich zu töten. Wollte er ihn nicht töten, hätte der Schlag kein bisschen näher kommen dürfen, so schnitt er nur ein Haarbüschel aus dem Bart. Der Mann fiel in den Sand, und der nächste stürzte über ihn. Da hielten die anderen an und sahen ihre Felle davonschwimmen, obwohl sie es nur mit einem einzigen Mann zu tun hatten, aber der war so furchtbar wie ein Cherub mit dem Flammenschwert. Ich habe nie zuvor einen solchen Mann gesehen.«

Sie blieben stehen, Sturla und er, und auf einmal war dieser verschlossene Mann offen wie ein Buch. Sturla wunderte sich, dass er nicht überrascht war, als die nächsten Worte waren:

»Er hieß Aron.«

Himmelfahrten der Blitze

Zuerst war da im ganzen Wald ein Rauschen von heftigem Regen, der sich laut prasselnd über niedrige Hügelketten und Täler ausbreitete. Später hörte man andere Klänge, die Frieden und Stille ankündigten, aber am Himmelsgewölbe zogen sich heimtückisch schwere Wolken zusammen. Schließlich prallten sie aufeinander und setzten den ganzen Himmel mit zuckenden Blitzen in Flammen. Und die Wolkenfracht zersprang, die Schleusen öffneten sich und aus jeder Ritze züngelten Blitze in dichter Folge und erhellten alles mit gleißenden Strahlen. Dazwischen Schweigen, jenseits des ganzen Getöses und Lärms, aber aus welcher Richtung? Denn jetzt rollte der Donner mit anhaltendem Gepolter, als müsste davon auch die Hölle in der Tiefe erzittern.

Er stand aufrecht und presste sich an die Mauer unter dem überhängenden Regendach. Obwohl es ihn drängte, sich hineinzubegeben, um sich in einer sicheren Ecke vor diesen Bedrohungen zu schützen, vermochte er sich nicht zu rühren, denn er erlebte es als einen unbekannten Genuss, den Himmel zerspringen und die rastlosen Feuer mit ihren vielfältigen Verzweigungen über den ganzen Himmel laufen zu sehen. In diesem Augenblick der Verwirrung war die Zeit aufgehoben, neue Spalten öffneten sich mit erneutem Niederzucken der feurigen Verästelungen, und nun folgten die Donnerschläge dicht und immer dichter aufeinander. Ein Feuerkeil schlug in eine Lichtung ein und bemächtigte sich eines Baumes, der sofort in Flammen aufging wie eine Botschaft oder ein Hinweis auf einen verborgenen Schatz.

Er wusste nicht, wann der Himmel oben sich beruhigte und die Blitze erloschen. Aber nun fiel der Regen in solchen Fluten, als sollte die ganze Welt auf einen Schlag gereinigt werden, aber ohne den Bau einer Arche, vor den Augen der Schleier eines Wasserfalls, er sah nur den trotz der Wassermassen brennenden Baum, als wäre diese besondere Flamme von den Gesetzen der vier Elemente ausgenommen.

Er stand still. Alles war wie neuentsprossen. Die Welt war neu geschaffen. Alte Erinnerungen warteten auf ihn wie Hinweise auf Offenbarungen. Die Nordlichter, sagt er zu sich selbst, sie hatten in seiner weit zurückreichenden Erinnerung eine ganz andere göttliche Natur. Damals geschah alles langsamer, was seinen Geist erregt oder besänftigt hatte. Damals war es möglich, ruhig auf der Erde zu leben wie auf einem vornehmen Fest, das die Seele erhob und den Geist reinigte, das Bewusstsein emportrug, ohne dass man Flügel brauchte. Das war wie eine Fahrt in den Himmel mit den Wurzeln tief in der Erde.

Aber für die Zukunft war der dies irae angekündigt, der Tag des Zornes, der das Dunkel zerreißen, das Verborgene enthüllen und jede Kreatur durch die Himmelfahrten der Blitze erschüttern würde.

Hoher Besuch

Jemand klopfte leise, aber bestimmt an die Tür, und der Abt trat ein. Guðmundur skáldi, der dagesessen und Sturla vorgelesen hatte, entfernte sich, den Finger zwischen den Worten der Heiligen Schrift gekrümmt. Der Abt nahm am Fenster Platz, aber Sturla setzte sich wieder auf sein Bett und begann, dem Abt von den bedeutsamen Vorzeichen zu erzählen, die ihm durch den Kopf gingen.

»Gott wählt die Seinen, um sie mit Feuereifer zu erfüllen. Dieses Feuer muss aber gebändigt werden, damit es nicht die vernichtet, die Gott erreichen will«, sagte der Abt, nachdem er mit einer etwas abwesenden Freundlichkeit zugehört hatte, und seine Augen waren tiefblau in diesem fahlen Antlitz, das die Gabe zu haben schien, unversehens die Farbe zu wechseln. »Ich deute es nur an, aber das zu verstehen ist uns, die wir hier zusammen wohnen, eine Lebensaufgabe. Propheten sind das eine, wir aber, die wir bescheiden und zurückgezogen derselben Macht dienen, etwas anderes. Die Propheten greifen die Blitze und haben Visionen, von denen andere nur die Asche sehen. Wir haben uns auf einem Wachposten versammelt und verteidigen unser Leben, um genügend Kraft zu bewahren, um das Feuer unter Kontrolle zu halten, ohne dass die Glut erlischt, und es weiterzutragen mit unermüdlicher Dienstbereitschaft und Disziplin. Dem sind alle Tage geweiht zusammen mit den Gottesdiensten, wenn wir zum Appell gerufen werden, um das Geschenk in Empfang zu nehmen, welches die Demut ist und die Freude, beim heiligen Dienst von Nutzen zu sein im Interesse anderer Menschen. Ich weiß nicht, junger Mann, wie lange du mich über diese Dinge reden hören willst, denn ich spüre, dass in dir zwei Mächte wohnen, und ich bete für dich, mein Sohn, dass du den Hochmut besiegen mögest, der den Menschen umso kleiner macht, je höher er sich zu erheben glaubt. Der Hochmut entfernt umso mehr von den anderen, je mehr er versucht, ihr Schicksal zu bestimmen. Und er endet in der Tyrannei, die ihn schließlich zu Fall bringen wird, und desto weiter hinab in das ewige Höllenfeuer, je höher hinauf er sich glaubt erhoben zu haben. Aber ich spüre in dir auch etwas, von dem ich nicht weiß, ob es dir bewusst ist, obwohl du es mit dem Herzen begreifen könntest: etwas, das in eine ganz andere Richtung als all deine Wachträume und dein Ehrgeiz geht. Es ist zu früh, darüber jetzt mehr zu sagen. In diese Richtung führt der Weg, und du würdest verurteilt sein, ihn ganz allein zu gehen und in Berghöhlen oder düsteren Waldwüsten zu leben.«

Sie schwiegen eine Weile. Sturla betrachtete die weißen Wände der Zelle, suchte nach einer Antwort. Schließlich brach er das Schweigen.

»Vielleicht wisst Ihr nichts von den Schrecken, die sich auf der Welt ereignen. Ihr seht die Bettler und die Not durch den Dunst Eurer eigenen Liebenswürdigkeit. Überdeckt sie mit einem Schleier, der in Euren eigenen Augen liegt, geblendet von einer lauteren Herzensgüte und inneren Ausrichtung nach oben. Und wenn die Not ruft, hört Ihr den süßen Klang der göttlichen Vorsehung, des heiligen Wegweisers ins Himmelreich. Dorthin sollen wir alle oder die meisten zur ewigen Seligkeit. Die Welt retten, sagt Ihr; Ihr, der Ihr ein heiliger Mann seid. Zu mir, der nur ein Junge von einer Insel ist, weit im Norden beim Eismeer, das nirgendwo anders endet als in der Hölle. Die nicht heiß ist, wie Euch verkündet wurde, sondern schneidend kalt. So redet Ihr zu mir. Warum sollte ich so denken? Die Welt. Was ist die Welt? Das Universum. Was sagt Dicuil dazu? Oder Isidor von Sevilla? Mein Onkel Snorri spricht vom Weltkreis, und wir wohnen ja auch auf einer Insel. Nahe am Meer. Seefahrer, die heimlich tun mit ihren Wissen, dass die Erde eine Kugel sei. Wie die Wissenschaftler der alten Griechen. Und Snorri ist ein Dichter.«

Der Schuft, dachte er und betrachtete erneut die leeren Wände: Ein Held ist er nicht.

Der Mond scheint

Der ganze Boden duftete von Kräutern, und als er die Augen schloss mit Sonnenwärme auf den Augenlidern, sah er im dichten Nebel ein graues Pferd auftauchen, seine Augen glühten, während der Fluss zu Füßen des Pferdes, das sich satt getrunken hatte, blau leuchtete.

Später stand das Pferd still in diesem Fluss, der anschwoll und sich an seiner Brust brach, und es schüttelte seine feuchte Mähne, und die Tropfen wurden silbrig auf ihrem kurzlebigen Flug wie Silberperlen und verschwanden; um den Kopf des Pferdes flatterte ein Schwarm von Schmetterlingen, die man erst sah, als der Mond aus den Wolken brach. Und das Steilufer ein wenig erleuchtete, und das Pferd hob die Mähne und verließ so eilig den Fluss, dass der Uferkies in den dumpfen, hohlen Gesang des Flusses einstimmte, und es arbeitete sich hinauf auf die ebene Fläche mit kurzem Gras und winzigen Blumen.

Es kämpfte sich durch das Gebüsch auf eine Lichtung, wo das Mädchen mit erkalteten Hoffnungen saß und sich von allen verlassen fühlte. Sie hatte zwar eine Eule gehört, sie hatte das Dröhnen aus der Schlucht gehört, sie hatte den Gesang des Laubes gehört, aber diese Stimmen von sich gewiesen. Aber als das Pferd kam, aus dessen Nüstern weißer Dampf stieg, sah sie auf, und das Pferd blieb stehen, damit sie es willkommen heißen konnte.

Aber sie war traurig; das Pferd näherte sich ihr langsam und berührte mit seiner Oberlippe ihre ausgestreckte Hand. Soweit sie wusste, hatte es keine Botschaft zu überbringen. Sie fasste dem Pferd mit einer Hand unter den Kopf und spürte das Zittern des Tieres, das sich auf sie übertrug. Sie kraulte das Pferd hinter den Ohren, und es wandte ihr die Ohren zu, als erwartete es, dass sie ihm etwas zuflüsterte. Aber sie summte etwas, als ahmte sie den erwachenden Wind nach, der eine weite Reise tun wollte. Sie fühlte, wie sich das Pferd beruhigte, und sie wurde selbst ruhig bei dieser unerwarteten Gesellschaft. Wieder hörte sie die Eule, fern.

Der Mond war voll und sparte nicht an Silber. Die Schatten der Blätter tanzten im welken Gras, fast schwarz, ohne aber richtig schwarz zu sein. Und die Halme nahmen sie zitternd in Empfang.

Da stand sie auf und legte ihre Wange an den Kopf des Pferdes. Das warf ihr einen verstohlenen Blick zu, ohne sich zu bewegen.

Schließlich kletterte sie dem Pferd auf den Rücken, streichelte ihm mit der rechten Hand den Hals und griff mit der anderen in seine dunkle Mähne. Dann trabte das Pferd langsam in den dunklen Wald, und das Mädchen musste sich manchmal unter die Äste der Bäume ducken.

Der Silberschein wurde abwechselnd schwächer oder stärker, je nach dem eiligen Lauf der dunklen Wolken, zwischen denen es kalt leuchtete. Sie fühlte sich geborgen mit dem Tier unter sich, das ruhig über den leblosen Waldboden schritt, durch Strauchwerk mit den verborgenen Bauten der Mäuse und Hasen und Eichhörnchen; und mit den Ameisen in ihren wimmelnden Burgen, darunter die Labyrinthe der Maulwürfe; und Hirsche und Rehe vermieden jede Bewegung, als sie das Gerücht von der Reise eines Kentauren durch die Mythenwelt des Waldes hörten.

Da öffnete er die Augen und verlor das Mädchen und das Pferd im verzauberten Wald aus dem Blick, hörte jedoch das Rauschen des Flusses in weiter Ferne; und er vernahm in den Laubdächern jenseits des Pfades ein Getuschel, sodass er wieder die Augen schloss, aber nichts sah, bis er sie mit seinen Händen bedeckte, und dann stürzten rote Sonnen herab und Monde mit kleinen Blitzen wie Bruchstücke zersprungener Sterne. Aber man hörte keinen Laut, als diese Botschaften auf der Erde aufschlugen.

Er drehte sich auf den Bauch und schaute auf die Halme hinab; ließ sie und die kleinen Blumen in seine offenen Augen atmen.

Schwarze Messe

Sturla folgte dem Geräusch.

Er hatte sich von seinen Männern entfernt und das Klostergelände verlassen, ohne auf die Zeit zu achten, wann das Klostertor geschlossen würde. Die Nacht nahm und nahm kein Ende, sie zog ihn an mit ihren Geheimnissen im Geäst des Waldes und seinen geschwätzigen Blättern. Das schwere, ruhige Rauschen des Flusses verzauberte alles, was hier auf dem Wiesengelände und den Höhen um die breiten Äcker lebte. Mühlen drehten von Winden umarmt ihre Flügel im Kreis und mahlten mit ihren Mühlsteinen das Korn.

Windmühlen.

Er folgte einem Pfad, der an einer Höhle vorbeiführte, wo

einem Einsiedler ein Altar geweiht war. Dieser hatte seine Grotte verlassen und forderte andere heilige Eremiten auf, aus ihren Erdlöchern und ihrer Einsamkeit zur Ehre des Allmächtigen herauszukommen. Und er verkündete, sie alle hätten es wegen ihrer Keuschheit und Askese verdient, dass Gott ihnen Kraft sandte, ohne sie zu vernichten, vielmehr könnten sie dank ihrer Frömmigkeit und ihrer Bußübungen die Kraft empfangen und an andere sehnsüchtig Hoffende weitergeben, die ihr Fleisch nicht so weit besiegt hätten, dass sie vor dessen Macht sicher sein könnten. Was würden sie nicht alles zustande bringen können – durch ihre spirituelle Harmonie und das gemeinsame Gebet, durch Meditation und Vertiefung in das lobenswerte Beispiel Christi, im Schweigen oder im Chorgesang, alles um das Vorbild des Meisters nachzuahmen.

Er ging an dieser Öffnung im Berg vorbei, wo auf einem Leuchter noch ein Kerzenlicht flackerte, obwohl der Einsiedler längst in den Himmel gekommen war. Er folgte dem Weg in die Höhe, vorbei an einem behauenen Stein mit einer verwitterten lateinischen Inschrift, von der man noch lesen konnte gamba … eri … us … onda … huj … aster …

Und dann war ihm, als vernähme er menschliche Stimmen im Rauschen des Windes.

Zuerst war ihm nicht klar, woher ihm diese Töne auf den trockenen Luftströmen zugetragen wurden. Er blieb stehen, drehte den Kopf, als suchten die Ohren nach dem Flüstern. Er verließ die Straße und kletterte den Abhang hinauf, zwischen den Bäumen auf den weichen Laubhaufen neben glattgeschliffenem Geröll. Am Gipfel angekommen begann er die Worte zu verstehen. Er sah nun in einer Talsenke in ziemlicher Ferne im Lichtschein am Fuß eines Felsens flackernde Schatten. Freilich wusste er nicht, ob dieser Anblick aus seiner Einbildung kam oder ein Traum war. Er ging in Serpentinen über den laubbedeckten Boden hinab, wobei er manchmal den Anblick aus den Augen verlor, wenn sich Laub oder Baumstämme dazwischenschoben.

Nach einiger Zeit öffnete sich vor ihm eine kreisförmige Lichtung mit einer Steinplatte in ihrer Mitte, und gelblicher Rauch stieg empor im Schein eines Feuers vor dem Stein. Und nun sah er zwischen grauen Kieseln um den Hain nackte Menschen, die sich im Tanze zerrten und zogen. Oben auf dem Stein stand ein stämmiger Mann mit kräftigen Waden und einem wallenden Bart, der in Locken auf die Brust hinabfiel, und mit schwarzen, in Wellen nach hinten fallenden Haaren mit graugesäumten kahlen Ecken. Der Mann warf den Kopf in den Nacken und schien zu singen, ungeachtet, ob jemand zuhörte oder nicht, und pendelte mit dem Kopf hin und her. Schatten flackerten vor seinen Augen, die manchmal, von den gesenkten Lidern geschlossen, wie leere Flecken schienen; und es war, als sei er ganz erfüllt von einem geheimnisvollen Rhythmus, der in seinem Inneren pochte, und als sei er mit Bändern auf den Stein gebunden, sodass er allein vom rasenden Rhythmus auf dem Felsen geschüttelt wurde und nicht den Zauber des Tanzes betrachten konnte, der sich wild und taktfest um ihn herum drehte, und unsichtbare Blitze strömten von seinen Fingern; dachte Sturla, der alles von einem Felsen her beobachtete, der weit genug aus dem Boden ragte, damit er sich eine Weile in seinem Schutz verstecken konnte.

Der Mann schien die anderen an Gestalt und Benehmen zu überragen, obwohl er von Zeit und Erfahrung grau geworden war. Ein undeutlicher Haufen wurde im Streulicht hinter dem Stein sichtbar, so dunkel, dass nicht zu erkennen war, ob er zum Stein gehörte und von da eine menschliche Erscheinung annahm, oder ob er sich aus der Menschenwelt auf ihn herabgelassen hatte. Da hob sich aus der Menschengruppe mit Rucken und Zucken ein Fackelträger heraus, vielleicht gehörnt und mit Flügelfüßen wie Hermes, und schwenkte seine Fackel in ausgreifenden Bögen, die er langsam mit einer Pause in der Höhe begann und dann beendete, als gäbe er einem Wind nach, der jenseits der Höhe wehte.

Und nun erhob sich aus der Menge mit ähnlichen Zuckungen ein verhextes Mädchen und wiegte sich in Reichweite des Anführers auf dem Stein wie ein Schilfrohr im Wind, während dunkle Zaubersprüche lautlos von seinen Lippen strömten und sich in den Fluten des Bartes bargen.

Das Mädchen war unbekleidet und bewegte sich nach einem Rhythmus, der für sie allein bestimmt war und dem Rhythmus des Tanzes mit Variationen entsprossen war; wie für sie auf einem unsichtbaren Instrument gespielt, abseits.

Sturla kauerte sich in sein Felsversteck und dachte nicht mehr darüber nach, ob er wache oder schlafe. Er hielt sich an der Kante des Felsens fest und spürte den scharfen Grat durch das weiche Moos. Er fühlte eine Berührung an seiner Schulter und zuckte zusammen. Es war ein Pferd, von grauer Farbe.

Es knackte in einem Zweig.

War ihm jemand nachgeschlichen?

Und da ist es, als leuchte ein anderes Licht hinter dem Pferd auf, mit einem blaugrünen Schimmer; und plötzlich erscheint eine Frauengestalt vor ihm, auf der Lichtung erweckt und hierher getragen. Sie hob ihre Arme. An ihrem weißen Busen grinste eine Schlange mit gespaltener Zunge und bedrohte ihn, ehe sie zurück in ihre Höhle kroch; aus der er wie sie gekommen war. Ihre Brust und ihre Arme, sie waren rosa, nicht weiß. Er schrie gegen sein Schicksal an, das ihn erwartete, bis seine Zunge anschwoll und kaum noch Platz in seinem Mund fand. Ihre Finger hielten einen belaubten Zweig, als suchten sie eine zarte Melodie, als wollten sie den verborgenen Saiten des Laubs an dem langen Zweig Töne entlocken, den blinkenden Blättern, die dort dicht hingen, mit leuchtenden Rändern, in der Mitte eine dunkle Furche. Da verblasst die Vision und verschwindet, aber vor ihm wacht die Frau, nackt.

Verschwunden war die Lichtung mit dem Tanz um den Felsen, wo der ergraute Held residierte und die Frau aus ihrer Verzauberung erweckt hatte; der Tanz dröhnte nicht länger, das Feuer war erloschen und die Fackeln waren verschwunden, der Hain aus seinem Gesichtsfeld gewichen.

Doch da war die nackte Frau hier an seiner Seite. Und es war dieselbe wie die Traumfrau zuvor. War dies denn ein Traum? Er träumte jetzt nicht, so nah war ihm diese nackte Frau, obwohl sie ihm so fremd war.

Ihr waches Antlitz war wie aus weichem Stein geformt, aus ihm erweckt und noch zur Hälfte in ihm wohnend; und wenn er seinen Atem auf den Stein hauchen wollte, sie zur Gänze herauszubeschwören, dann hätte er darauf zu achten, sich bei der Anrufung nicht zu verletzen und sie wieder in den Stein zu verlieren.

Als er die Frau das nächste Mal auf der Brücke traf, wo sie sich zuerst begegnet waren, deutete nichts darauf hin, dass sie ihre Heimat im Stein hatte. Sie war geheimnisvoll und behandelte ihn mit herausforderndem Spott. War denn zwischen ihnen nichts vorgefallen; trotz des Traumes?

Die Erinnerung an sie war noch in ihm lebendig, als er bei Tisch die Lesung aus Merlins Prophezeiung hörte:

Gleichwohl wird eine Jungfrau aus einem Dorf im Knutswald gesandt werden mit dem Auftrag, Rettung zu schaffen mit ihrer Heilkunst. Nachdem sie bei allen Orakeln Weisheit gesucht hat, wird sie die giftigen Quellen austrocknen, indem sie sie nur anhaucht. Wenn sie dann ihre Kraft durch einen stärkenden Trank wiedergewonnen hat, wird sie in ihrer Rechten den Kaledonischen Wald tragen und in ihrer Linken die pfeilergestützte Festung der Stadtmauern Londons. Wo sie auch geht, wird sie Fußspuren aus Schwefel hinterlassen, stinkend mit doppelter Flamme. Ihr Rauch wird die Rutenen aufstacheln und Nahrung für die Geschöpfe des Meeres bieten. Mitleidstränen werden aus ihren Augen strömen, und sie wird die Insel mit ihren angstvollen Rufen erfüllen. Töten wird sie ein Hirsch mit einem Geweih mit zehn Enden, von denen vier goldene Kronen tragen, die anderen sechs aber werden sich in Ochsenhörner verwandeln, und diese Hörner werden mit ihrem verfluchten Gebrüll die drei Inseln Britanniens entstehen lassen.

Und die Stimme entfernte sich, bis sie wieder näher kam und sagte, man werde die Mönche in ihren Kutten in die Ehe zwingen und ihr Jammern werde oben auf den Gipfeln der Alpen zu hören sein …

Und dann sah er vor sich das Gesicht einer Frau, gleichsam strahlend, und etwas verdüsterte ihre Augenlider, als trügen sie eine Last von Laubschatten, und die grünen Augen darunter waren halb geschlossen, als diente das Gewicht der gewölbten Augendeckel dazu, ihren grünlichen Glanz zu schützen; und wie Algen in der Strömung des Flusses reichten sie nicht aus, zu verbergen, wie es jetzt in den Augen gelb wurde, und er hatte das Gefühl, als sähe er sie, und er achtete darauf, sich vor Ungestüm zu hüten, sich das Bild vor Augen zu führen, und dabei leuchtete es wieder im fließenden Wasser, und da glaubte er, das blauende Rinnen des Wassers zu hören; und er senkte die Augen wieder, als konzentriere er sich auf die Lesung, doch nahm er nichts von ihr wahr, ihm war nur, als hörte er in der Ferne ein Hundegebell, das mit welpenhafter Ausgelassenheit einen halbwüchsigen Schwan aufscheuchte, einen einzelnen Vogel, der jetzt aufschreckte, dessen Blick sich im Wasser verlor und der vor der Ruhestörung in eine neue Einsamkeit entfloh, ein wenig mit seinen flugfähigen Schwingen schlug und sich eilends unter das ausgewaschene Ufer begab und die Geborgenheit im Versteck darunter suchte, ein schwächliches, graues Schwanenjunges, und da stürzte Schnee vom trockenen Gras am Ufer hinunter, und ein reifbedeckter Halm löste sich und fiel in den reißenden Strom, der ihn an der Landspitze erfasste und mit den anderen Dingen unter die Oberfläche zog.

Und dann öffnet er die Augen wieder und sieht, wie der Mönch das Buch mit der furchtbaren Prophezeiung schließt.

Welche Verblendung führte mich in die Irre?

Er liegt im Obstgarten, als Steinboote auf Lavameeren segeln. Über breite Flüsse aus dem Inneren der Erde; und sie gleiten langsam dahin. Das Weinlaub ist ganz still und die Trauben, in Reichweite, bewegen sich nicht. Es fällt etwas aus der Burg herab, und glühende Steine wirbeln umher, und in der Nähe sind Gewürzkräuter, deren Duft er wahrnähme, wenn da nicht dieses Bild wäre.

Hekla.

Und der helle Schein erleuchtet jedes Gesicht. Fürchtest du nun das Gericht, wenn der Tag des Zornes erscheint, wenn der kommt, der das Urteil über Lebende und Tote spricht. Über die, welche leben, und die anderen, die als Tote das Urteil erwarten, und sie werden sich aus ihren zeitentrückten Behausungen erheben und in Wirbeln zu ihrem Richter aufsteigen.

Er winkt ab, als ihm sein Tischnachbar Wein anbietet. Und Felsen rücken vor und türmen sich auf wie Eisberge. Nacht und Tag, all die Stunden, wenn der Fluss die Fesseln des Frostes zerbricht und sich seinen Weg durch die hohen Eisberge bahnt, hier wirft das Feuer das Gestein des Landes aus dem uralten Gefängnis der Erde, sprengt Berge, schmilzt die Grundmauern der Felsen in den Feuerspalten; und die Felsblöcke stürzen kopfüber in die brodelnden Kessel, die den Abfall in die Luft zurückwerfen; und extreme Hitze lodert bis an den Himmel. Mit Dampf und Flammen. Ein Stier wird von den nahen Feuerausbrüchen wild und zerreißt seine Fesseln, stampft durch die Aschehaufen, rast die Berge hinab und stürzt sich dreißig Klafter in den Abgrund, ins Meer; dort wo der Mond den Grund nicht erreicht, doch danach ist alles wieder ruhig.

Ein jaulender Hund kriecht zu seinem Herrn, den Bauch am Boden. Die Vögel, sind sie davongeflogen, bevor das Feuer losbrach?

Sturla hatte das Bewusstsein in diesem Weinberg des Herrn verloren. Er wusste nichts vom gastlichen Tisch und seinem Überfluss im Wald, auf den Hängen und auf der Ebene, wo man nur die Hand ausstrecken oder sich bücken musste, um die Gaben Gottes zu genießen. Das war unendlich weit, der milde Duft der Kräuter und das Korn auf den Äckern, über denen schwarze Krähen ihre Kreise zogen.

Ihm kam es vor, als wäre keine Zeit verstrichen, seit er dort im Wald lag und nichts von den Wohltaten des Schöpfungswerks wusste, sondern sich mit Erinnerungen an gewaltige Visionen herumschlug, bis er in seiner Zelle lag und die Gedanken mit den Visionen, wie Hekla ihre Gänge hinunter in die Tiefe der Hölle aufschloss und alles offen stand, sich in Rauch auflösten. Er war eingeschlafen, dachte er.

Als er erwachte, war es stockfinster. Draußen sah man hohe, majestätische Bäume, himmelhohe Riesengestalten, und sie bewachten den Friedhof, der dunkel war wie alles andere. Keine Sterne, der Mond verbarg sich hinter einer dunklen Wolkenbank zwischen Himmel und Erde. Er war unruhig und tastete sich an den Wänden entlang zum Flur, der Glut im Herd folgend. Er führte die Hand an das Feuer und bewahrte es in der Handfläche, bis er wieder in die Zelle kam, stellte eine Kerze auf eine Schale und schaute in die Nacht hinaus, während sein riesenhafter Schatten auf den Wänden tanzte. Er fühlte, wie ihn tödliche Stille befiel. Er wusste nicht, wann die Zeit gekommen wäre und worum es ging; niemand könnte dem Jüngsten Gericht entgehen, wenn allen ein Aufenthalt im Feuer oder in der ewigen Seligkeit bestimmt war. Rechenschaft abzulegen.

Und das hellwache Gewissen fragte: Was steht mir bevor? Und dann fragte er sich selbst in dieser kleinen, schmucklosen, Zelle, ob nicht die ganze Reise ein Bußgang sei, um sich von den begangenen Sünden reinzuwaschen. Da konnte man sich nicht allzu sehr darauf verlassen, dass alles mit einem Wisch ausradiert würde und er ohne Ende Missetaten in seinem Ranzen sammeln und diesen dann in eine tiefe Schlucht werfen könnte. Rechenschaft ablegen. Männer, die er hatte erschlagen lassen. Und dabei weit entfernt gesessen und alles gelenkt zu haben. Er schaute auf die weiße Wand und streckte dabei seine Hand aus und sah sie dort, wo die weiße Decke auf die weiße Wand traf, was ihn so aufrührte, als sähe er in sein Inneres und nicht auf die Wand.

Der junge Mann setzte sich auf die Mauerecke. Sturla verhielt sich ruhig, aber gab seinen Leuten einen Wink. Und ließ es geschehen, dass der Henker hinging und seine Axt gegen den blonden Jüngling schwang, sodass das Bein fast abgetrennt wurde. Und er konnte es nicht vermeiden, dies erneut zu sehen: den Mann, der mit dem abgehauenen Bein stürzte und sich an die Mauer lehnte, bis Sturla ihn erschlagen ließ wie alle die anderen. Und dabei lachte. Er hörte sich selber lachen über die Bitten einiger seiner Leute, die entsetzt um Schonung baten. Und er stachelte die Grausamsten unter ihnen an.

Als er seine Hand der Kerze näherte, die nur noch ein Stummel war und von der Wachs in die Schale floss, war es, als rechne er damit, dass sie ganz blutig würde und Menschenblut von ihr ins Wachs hinabtropfte.

Er legte sich auf sein Lager, während die Flamme den Kerzenstummel verzehrte und in der Wachspfütze der Schale ertrank. Und es war dunkel.

Als es draußen wieder hell wurde und der Himmel sich von den dunklen Bäumen löste, hatte er die Reisebekanntschaft einer lebendigen Seele gemacht, die in die Folterabteilung der Hölle gesandt worden war, damit andere vor dem gewarnt würden, was diese lebendige Seele im Reich der Toten gesehen hatte.

Und dann begann eine andere Vision, als wäre der Geist durch den Trichter der Hölle hinabgesaugt worden und durch glühende Gänge hinunter auf ein Podest in der Hölle, wo ihn weder die Flammen erreichten noch er die Hitze oder den todbitteren Frost spürte. Als sähe er durch einen Glasvorhang, was sich ereignete. Und er befand sich nun in Gesellschaft dieser verwandten Seele aus Irland, die sich Duggall nannte und davon erzählte, wie sie entrückt wurde:

Da blickte sie in eine vierkantige Grube, wie eine Schlucht und ein riesiger Pfuhl, und aus ihm erhob sich eine Säule aus donnerndem Rauch und einer Flamme, so hoch, als berühre ihr oberes Ende den Himmel. Diese Flamme war voll sündiger Seelen, die von ihr emporgetragen wurden, und als sich der Rauch verzog, fielen die Seelen hinab auf den Grund des Pfuhls und in den Feuerofen. Als die Seele dieses schreckliche Schauspiel gesehen hatte, wollte sie sich entfernen, konnte aber die Beine überhaupt nicht bewegen, sooft sie es auch versuchte, und war wie angewurzelt. Da geriet sie vor Kummer außer sich, zerfleischte ihre Wangen mit den Fingernägeln und schrie: Weh mir, rief sie, warum sterbe ich nicht? Warum wollte ich den heiligen Schriften keinen Glauben schenken? Welche Verblendung führte mich in die Irre?

Als die Teufel ihr Rufen hörten, flogen sie empor wie Ruß aus der Flamme, umringten die Seele sofort mit den Waffen, die sie zur Peinigung der Seelen bei sich trugen, und knirschten mit den Zähnen und brannten alle wie Feuer im Ofenholz und schrien mit einer Stimme: »Elende Seele, würdig der schrecklichsten

Qualen, woher bist du gekommen? Du weißt nichts von Qualen und hast noch keine erfahren. Nun sollst du erst einmal sehen, welche Qualen du für deine Taten verdient hast. Du wirst ihnen nicht entgehen. Dort wirst du für immer und ewig sein und am Leben bleiben und in alle Ewigkeit bei lebendigem Leib verbrennen. Keinen Trost und kein Licht sollst du dort finden. Keine Hilfe und kein Erbarmen darfst du dort erwarten. Du sollst nun durch das Tor des Todes treten und in die untere Hölle geworfen werden. Der dich hierher gesandt hat, der hat dich verraten, möge er dich nun aus unseren Händen retten, wenn er kann. Du wirst ihn niemals wiedersehen. Trauer, Elend, Sorge und Weinen, Jammern und Schreien, Heulen und Wehklagen, nun sollst du mit den Weinenden weinen und mit den Brennenden brennen. Hier ist niemand, der dich beim Namen nennen noch dich aus der Gewalt der Feinde befreien wird.« Und dann sprachen die Teufel untereinander: »Was zögern wir noch? Wir wollen sie packen und ihr die Grausamkeit zufügen, sie dem Oberteufel Lucifer zu übergeben, damit er sie verschlinge.« Dann erhoben sie ihre Waffen gegen sie und drohten ihr den ewigen Tod an.

Diese Teufel waren alle schwarz wie Kohle, ihre Augen wie Feuerbrände, ihre Zähne schneeweiß, ihre Schwänze wie die jener Schlangen, die man Skorpione nennt …

Da kam der Engel und vertrieb alle Teufel und tröstete die Seele mit freundlichen Worten, wie er es gewöhnt war …

»Jetzt«, sprach er, »werde ich dir den schlimmsten Feind des Menschengeschlechts zeigen.«

Und da ging ihr der Engel voraus, und als sie zu den Toren der Hölle kamen, sagte er: »Komm«, sprach er, »und sieh und erkenne in Wahrheit, dass die, welche Augen haben, hier nicht sehen können. Und doch sollst du die sehen, die hier sind, aber sie können dich nicht sehen.«

Als die Seele näher trat, blickte sie in den Schlund der Hölle …

Sie sah, wo der böse Feind und Fürst der Finsternis und Hauptwidersacher des ganzen Menschengeschlechts war, der größer war als alle Lebewesen und Tiere, die sie zuvor gesehen hatte. Als so groß beschrieb die Seele seinen Körper, dass nichts, was sie gesehen hatte, sich mit ihm vergleichen konnte …

Dieses verfluchte Wesen war schwarz wie ein Rabe, hatte von Kopf bis Fuß die Gestalt eines Menschen, außer dass es viele Arme hatte, nicht weniger als tausend, und dass jeder Arm hundert Spannen lang und zehn Spannen dick war und dass die Klauen der Finger länger als Speerschäfte und die Spitzen der Finger und der Zähne aus Eisen waren. Er hatte eine große, dicke und lange Nase und einen scharfen, langen Schwanz, der ringsherum mit den spitzesten Stacheln besetzt war.

Dieses schreckliche Untier lag auf einer Grube auf einem Eisengrill über einer Feuersglut, und eine so große Menge von Teufeln blies mit Blasebälgen dort hinein, dass man kaum glauben kann, dass die Welt seit ihrem Anfang so viele Geister hervorgebracht hat. Aber dieser Feind des ganzen Menschengeschlechts war an allen Gliedern gebunden und an allen Körperteilen mit unzähligen dicken Eisenketten gefesselt. Aber wenn er sich wegen der Gluten umdrehte, da wütete er in unbändigem Zorn und wälzte sich von einer Seite auf die andere, und dabei schlug er mit den Armen auf die große Menge der Seelen und zerquetschte sie, wie ein hungriger und durstiger Ackerknecht die Weintrauben in seinem Munde zerquetscht. Sodass es keine Seele aus der großen Menge gab, der er nicht den Kopf abriss oder andere Körperteile. Dann atmete er aus und blies im Umkreis in alle Winkel der Hölle Feuer, und sogleich schossen aus dem Pfuhl, von dem ich zuvor erzählt habe, Gestank und Flammen heraus, die dieser grimmige Wolf einatmete, dabei sammelte er die Seelen, die er auseinandergetrieben hatte, wieder ein und schluckte sie alle mit Rauch und Schwefel, und so stürzten sie ihm ins Maul. Und wenn sie ihm entkommen wollten, schlug er sie mit seiner Nase oder peitschte sie mit seinem Schwanz, und so wurde dieses elende Monster geschlagen, während es andere schlug, und gequält, während es andere quälte.

Als die Seele das sah, sagte sie zu dem Engel: »Ich bitte dich, Herr, mir zu sagen, wie dieses große, verdammte Monster heißt.«

»Das heißt Luzifer«, sagte der Engel, »und er war ein Fürst und wohnte im Paradies. Wenn er jetzt frei wäre, würde er die ganze Welt und den Himmel und die ganze Hölle in Schrecken versetzen und zerstören. Aber von dieser großen Menge, die bei ihm ist, sind einige Engel der Finsternis, welche die Menschen Teufel und Diener des Feindes nennen. Es sind auch Nachkommen Adams, die kein Erbarmen verdienen, denn sie erhofften sich keine Hilfe von Gott und glaubten nicht an ihn, und deswegen erleiden sie hier ewige Qualen, weil sie es ablehnten, dem ewigen Herrn aller Ehren mit Worten und Werken zu dienen. Es gibt auch solche«, sagte er, »die verdammt sind und viele andere Qualen erwarten und keine geringeren, die Gott mit Worten anrufen, aber keine Werke folgen lassen. Dieselben Qualen werden die erdulden, die Gott völlig verleugnen oder Taten derer verüben, die ihn leugnen, wie Hurer, Totschläger, Diebe oder Mörder, Hoffärtige und solche, die Gott keine Demut erweisen in Reue und Buße für ihre Sünden. Das werden sie zuerst erdulden, was du zuvor gesehen hast, und dann zu diesen Qualen geführt werden. Und denen entgeht niemand, der einmal an diesen Ort der Peinigung geraten ist. Hierher kommen die üblen Herrscher der Welt, welche die Macht, die ihnen übergeben wurde, zum Bösen anwenden, und die nicht an Gott glauben, den Helfer aller Menschen. Deswegen sagt die Heilige Schrift: Mächtige Menschen dulden viele Qualen.«

Da sagte die Seele: »Ihr sagt«, sprach sie, »dass alle Gewalt von Gott kommt. Warum lässt Gott sie dann quälen wegen ihrer Macht?«

»Die Macht«, sagte der Engel, »die Gott verleiht, ist mit Gewissheit gut. Aber es ist schlecht, sie in unredlicher Weise zu nutzen.«

»Warum gibt Gott«, fragte die Seele, »nicht immer nur den Guten Macht und den anderen nicht? Und warum gibt er ihnen nicht die Möglichkeit, sich zu bessern und Hilfe zu erfahren, damit sie sich so verhalten, wie es sich ziemt?«

»Manchmal«, sagte der Engel, »wird guten Menschen die Macht genommen, wegen der Sünden derer, die ihnen mit Schlechtigkeit dienen und böse Menschen sind und guter Herren unwürdig. So wie auch manchmal guten Herrschern ihre Macht entzogen wird …«

Als es Morgen wurde nach einer kummervollen Nacht, kam Guðmundur skáldi, damit sie am Morgengebet teilnehmen könnten. Ihm schien Sturla verändert und er fragte nach.

»Ich habe heute Nacht um meine Seele und ihr Heil gefürchtet und wohin ich einmal kommen werde. Zeige mir noch einmal, was du mir vorgetragen hast über die Vision Duggals und die Seelen im Höllenfeuer. Und über den Bericht dieser lebendigen Seele von ihrer Reise durch die Orte der Peinigung in der Hölle.«

Abschied vom Kloster

Bruder Leo wartete auf ihn in der Allee, die zum Kloster führte; er war vom Acker gekommen und hatte seine Geräte ins taufeuchte Gras gelegt. Sie hatten beide das Gefühl, zwischen ihnen sei so vieles ungesagt geblieben, aber sie schwiegen darüber, sahen sich nur an, und Sturla entdeckte in den Augen des Mönchs eine kummervolle Besorgnis, die sogar in Furcht überzugehen schien. Er stieg vom Pferd, wandte sich dem Mönch zu und wusste, dass er ihn nie wiedersehen würde.

»Vergiss nicht, dass Gott dich immer im Auge hat«, sagte der

Mönch, »wo immer du auch bist. Im Hellen und im Dunklen. In Städten und auf Bergen. Auch wenn du glaubst, dass niemand dich sieht, niemand deine Gedanken lesen kann, auch dann denke an Gott. Ich bete für deine Seele.«

Sturla stieg aufs Pferd, hielt es zurück, sah, wie der Mönch seine feuchten Werkzeuge vom Gras aufhob und langsam hinaus auf den Acker ging. Guðmundur skáldi und der Mönch Patrek hielten sich am Ende der Gruppe, als warteten sie ab und machten sich mehr Gedanken über Sturla, als sie aussprachen.

Die Hitze stieg im Laufe des Tages an. Allmählich vergingen die fragmentarischen Bilder vom Klosteraufenthalt wie in einer wenig zusammenhängenden Abfolge. Er wusste von der Gruppe, war aber allein. Das Land begann sich zu verändern, die Berge erhoben sich am Horizont und strebten höher zum Himmel, kamen näher, steil und imponierend, mit gelben und braunen Felsen, die Erde wellte sich mit frischer Vegetation und Obsthainen und Weinbergen und Kornfeldern weiter in der Ferne.

Sie ritten durch ein lichtes Tal. Sehr lange. Bis plötzlich ein oben abgeflachter Felsen auftauchte mit Gebäuden auf dem Gipfel.

Im Tal wurde die Besiedlung lockerer.

Sie zogen langsam weiter über gewundene Pfade, waren im Wald; die Wege waren gut ausgetreten vom unablässigen Strom der Pilger, die oben auf dem Felsen Rast machen wollten.

Sie sahen Hirten mit kleinen Herden über die Hügel ziehen, eine Gruppe von Bauern auf den Äckern.

Als sie den Felsen erreicht hatten, ließen sie Pferde und Gepäck unten zurück und legten den Pilgerweg über die steilen Treppen wie vorgeschrieben auf Knien zurück.

Er ging zuerst über einen Innenhof, ganz von Mauern

umgeben, und kam in einen Vorsaal, wo verschiedene Figuren standen, aber Dunkelheit herrschte, außer einigen schwach leuchtenden Unschlittkerzen innen auf den kahlen Wänden, und kam dann in einen inneren Gewölberaum.

Und dort saß sie im Dunklen.

Diese dunkle Statue der Gottesmutter mit ihrem Kind, die Schwarze Madonna, Unsere Frau von dem Felsen, der seinen Namen dem römischen Glaubenszeugen Amador verdankt, dem Soldaten, den Christus besuchte. Sie saß da mit schwarzer Hautfarbe, besetzt mit Silberscheibchen, ihren dunklen Sohn auf dem Knie, und beide wirkten wie Menschen mittleren Alters, ihre Kleidung war schlicht und völlig faltenlos. Kein Schleier. Das Kind mit dem Gesicht eines Erwachsenen hielt in der linken Hand ein geschlossenes Buch der Bücher. Sie lauschten beide dem Klang ihrer Seele. Die Statue war so dunkel in der Finsternis, dass er einige Zeit verharren musste, um sie zu sehen. Als seine Augen besser zu sehen begannen, war ihm, als wolle er zurückschrecken, um Zeit zu gewinnen, dieser Kraft standzuhalten. Aber das half nichts, denn das Standbild wuchs in seiner milden Übermacht; und es war nicht er, der zurückwich, sondern die Statue verinnerlichte sich mehr und mehr, wohin er auch schaute, auf das prophetische Kind oder seine Mutter, die beide übermenschliche Kraft in sich bargen, die aus immer größerer Tiefe ausströmte; und er fühlte, wie weit entfernt er vom Einflussbereich der Statue stand, der er doch so nahe war, dass er sie mit seinen Fingerkuppen hätte berühren können, wenn er gewagt hätte, seine Hand nach ihr auszustrecken. Er schaute nicht auf die Wand, wo eine kleine Lampe glühte, noch zur Seite, wo Fackeln in Harmonie mit den kleiner werdenden weißen Kerzen leuchteten, die auf einer schwarzen Platte mit Eisendornen standen und die er umso weniger beachtete, je mehr er sie nutzte, die Statue zu sehen und zu beschauen.

Woher sie wohl gekommen war? Aus dem Dunkel der Jahrhunderte und in dieser Dunkelheit saß sie noch immer mit ihrem inneren Licht, das durch die Jahrhunderte leuchtete und zurück in die vorchristliche Zeit reichte. Zurück ins Heidentum. Dorthin, wo die Frau die Welt regierte, die Göttin, die allem Leben gab. Welche die Pflanzen wachsen ließ. Demeter, die gezwungen war, ihre Tochter das halbe Jahr dem Hades in der Unterwelt zu überlassen. Isis, die in der Welt der Toten nach Osiris suchte. Semele, die Dionysos ans Totenreich verlor, nicht weniger traurig als Orpheus, der seine Eurydike beweinte. Eine Göttin der Liebe, die das Leben einfordert, den Tod zurückweist und tröstet. Maria Magdalena, Freyja, Astarte.

In diesen Felsen wohnten andere Bilder als in den Bergen zu Hause. Er sah verführerische Frauen, die einen lüsternen, langbärtigen Herrn umarmten, der fleischeslüstern über die Heiden herrschte und über die christlichen Gebäude, die alte Kapelle und die Kirche und den Bischofspalast, und das leere Grab des seligen Amador.

Er versuchte, sich gegen diese Anfechtung zu verteidigen. Er versuchte, sich gegen seine aggressiven Träume von der schwarzen Magd zu wehren, die sich ihm im Hain hingegeben hatte. Die ihn beim Flackern der Laubschatten verführt hatte in ihrer mondbeschienenen völligen Nacktheit. Er konnte ihrer Verführung nicht widerstehen noch seinen Geist von ihrer Verzauberung reinigen. Obwohl er wieder und wieder Mariengebete murmelte, wurde sein Geist vom Fieberwahn der Erinnerungen beschmutzt. Er rief die Gottesmutter an, ihn zu retten, ihn zu reinigen, ihn rein im Geist und rein von fleischlicher Begierde zu machen.

Er wusste nicht, wie lange er dort gestanden hatte, gegenüber der schwarzen Mutter mit dem goldenen Halsschmuck und der unergründlichen, nach innen gerichteten Miene und den Händen, die den kleinen Sohn nicht berührten, der auch schaute, als ginge er einen ganz anderen Weg als die dunkle Mutter auf ihrem ruhigen Thron, und als wäre er in Wirklichkeit allein auf Reisen mit seinem schweißbedeckten Reitpferd über Klippen und Felskanten, die man erst sah, wenn sie vor einem auftauchten, wenn die Kerzenlichter flackerten und mit jedem Windstoß ihren Schein die Wände der leeren Kapelle hinaufsandten, die schmucklos war mit nackten Wänden und unsichtbarer Decke.

Anders als die Felswand war diese Mauer aus grobbehauenen Steinen geschichtet, deren Konturen sich im Dunkel verloren. Hier verrichtet jeder Pilger sein Gebet, so inbrünstig er kann, denn es ist entscheidend für die ganze Reise, dass es hier gelingt, Gehör zu erlangen. Und nun fiel dieser Reisende ebenfalls auf die Knie. Und konnte sich nicht rühren.

Bis er einen leichten Schlag auf die Schulter fühlte und sich schnell umdrehte.

»Du kommst von weit her«, sagte sein Reisegefährte und bemerkte seinen Schrecken.

Sturla war so beeindruckt, dass er seinen Gefährten nicht erkannte in der dunklen Kapelle.

»Sie ist schwarz«, sagte er.

»Sie ist aus dem kostbarsten Holz geschnitzt, das es gibt. Schwarzem Ebenholz. Und altem. Es gibt wenige solche, soweit ich erfahren habe«, sagte Bruder Patrek: »Dies ist die erste, die ich mit eigenen Augen gesehen habe. Die schwarz ist. Die Mutter. Und so irdisch. Sie ist nicht zum Himmel aufgefahren, noch nicht.«

»Es ist fast so«, sagte Sturla, »dass man Angst bekommt …«

»So ging es auch mir«, sagte der irische Mönch. »Aber ich hätte doch wissen müssen, dass es einen nicht unberührt lässt. Sie ist anderes als alle anderen, die ich gesehen habe. In diesem schlichten Kleid und ohne seine unvermeidlichen Falten, die sozusagen zu jeder Statue gehören. Und siehst du, hier ist das

Buch geschlossen, das der Erlöser in der linken Hand hält. Und die Glocke über deinem Kopf aus einem Stück Bronze gegossen, sie hat Henkel, und man sagt, sie habe von selbst geläutet, um zu verkünden, wenn Seeleute mit himmlischer Kraft aus Lebensgefahr gerettet wurden. Und deshalb siehst du hier auch diese Schiffsmodelle hängen. Und an Haken auch Eisenfesseln jener Gefangenen, die durch die Gnade dieser Jungfrau und Mutter freikamen.«

Sie kamen in die Sonne hinaus, mit einem Leuchten in den Augen, der Felsen ragte über ihnen auf, und unter ihnen lag das Schloss. Darüber war der blaue Himmel.

Der Weg machte einen großen Bogen, bevor sie die Felsenburg erreichten, und einige Gebäude waren kreisförmig wie große Weinballons mit einem kleinen Kegel anstelle eines Flaschenhalses. Sie waren an einem römischen Amphitheater vorbeigekommen, das in Trümmern lag. Im Berg sah man Verteidigungsmauern, teilweise von Zweigen und Blättern verdeckt.

Und dann erstiegen sie Treppen unter Kreuzbögen, passierten Säulengänge und gingen, als sie herausgekommen waren, durch das Burgtor, unter einem Spitzbogen hindurch. Da erst erinnerte er sich daran, was ihm zu Hause auf Island gesagt worden war, bevor er zu dieser Reise aufbrach, um seine Seele zu retten.

Sveinbjörn kráka Hrafnsson hatte ihm einmal von einer Felsenburg erzählt und sie so beschrieben, wie sie hier vor ihm stand. Zu der Geschichte gehörte, dass hier vorher sein Vater, Hrafn Sveinbjarnarson, gegangen war, bis er in einer Heiligenlegende verschwand, nachdem er brutal von Þorvaldur aus dem Vatnsfjörður getötet worden war.

»Dies ist der Weg, den Hrafn ging, um den Herrscher in sich loszuwerden und den Arzt und Helfer in sich wachsen zu lassen und auf dem Jakobsweg alles zu lernen, was er könnte, um die Wunden der Menschen zu heilen und sich der Krankheiten anzunehmen, und er hatte Orte aufgesucht, wo die Pest wütete, war zu Barbieren gegangen und zu denen, die heimlich Leichen von Menschen obduzierten, und auch zu solchen, die erforschten, was an der Kräuterkunde der alten Frauen zu Hause hilfreich und heilsam sein könnte.«

»Hüte dich vor den Hexen«, sagte sein Gefährte, der Mönch, »aber bewahre stattdessen das, was diese Statue dir anbietet. Denke daran, wenn du beim nächsten Mal in Versuchung gerätst.«

Sturla kommt erneut auf ein Schlachtfeld

Leichen über eine Lichtung verstreut, auf blumigem Grund; ein Verbrechen im Paradies. Bei diesem Anblick werden seine Gedanken plötzlich auf ein älteres Ereignis gelenkt; es läuft ihm kalt den Rücken herunter. Die Erinnerung an die Gefallenen aus dem Vatnsfjörður auf ödem Sand überfällt ihn. Als er die Toten sah, verließ ihn die Kampfeslust und er verlor das Lachen und die Euphorie, die über ihn gekommen waren, als er seine Männer anfeuerte, sich selbst aber im Hintergrund hielt und von der Überzahl profitierte. Er erinnerte sich noch an diesen Lachreiz, der ihn gekitzelt hatte und für den er sich später geschämt hatte; als er sich wieder gefasst hatte, dachte er, er sei ein anderer gewesen während dieser Ereignisse, betrachtete dann die Toten und wie ihr Blut auf dem Kies trocknete und in den Sand rann.

Hier wiegten sich die Blütenstände oben in den Bäumen, standen im Licht und verkündeten Leben. Die Früchte schwebten in der Luft und suchten festen Halt, in der Ferne sangen die Vögel, der Kuckuck schrie; die Pferde schnaubten, die Kandare klang und der Sattel knarrte.

Niemand hatte das Totengebet über diese Männer gesprochen, um ihnen den Weg nach oben oder unten zu erleichtern, damit die Seelen nicht jede Gesellschaft vermeiden und kleine Streiche spielen mussten. Nun schien die Sonne auf die Kadaver unter den blühenden Zweigen, und keine Seele regte sich, als schätzten sich alle glücklich ohne Priestergesang.

Der am weitesten vorne lag, hatte einen Schlag quer über den Mund erhalten, so dass dieser nun von Ohr zu Ohr reichte, und die Zähne lagen lose im Sand daneben zwischen Baumwurzeln, die sich aus dem Boden reckten, als wollten sie diese kleinen Kostbarkeiten einsammeln; das eine Auge hing auf die Wange herab, in der starken Hitze geronnen.

Sturla wunderte sich, als er vorbeiging, dass die Krähen nicht von ihrem Acker hierher geflogen waren, um sich an einem solchen Leckerbissen gütlich zu tun, nichts spiegelte sich mehr in diesem losen Auge auf der Todeswange. Der Wind trug den Gestank aus dem Wald, und obwohl Sturla sich unangenehm berührt fühlte, auf ein Schlachtfeld zu kommen, an dem er keinen Anteil hatte, achtete er darauf, sich auf der Luvseite der Gefallenen zu halten, die der Tod von allen Treueverpflichtungen entbunden hatte, und sie waren nun jeder einzeln für sich. Und dann stand er über einem anderen, dem das Gesicht abgeschlagen war und dessen Arm eine Spanne weit entfernt lag. Er hatte plötzlich den Wunsch, den Arm mit dem Fuß zu seinem Besitzer zu stoßen, damit der nicht aus der anderen Welt dieses Schlachtfeld aufsuchen musste, um seine Glieder zu suchen, aber da hörte der Wind auf und der Leichengestank erreichte seine Nase. Er wollte dieses Gefühl mit der Hand wegwischen, konnte es aber nicht, stand erstarrt, mit kaltem Schweiß, und begann zu zittern.

Als er seine Stimme wiedergefunden hatte, sagte er leise, sodass man es kaum hörte: »Hier hat jemand ganze Arbeit geleistet.« Und fast flüsternd: »Lasst uns weiterziehen. Wohin die Reise auch geht«, sagte er, nur lauter, sodass einige nur diese Worte hörten.

Abstieg

Sie nahmen Quartier in einer niedrigen Herberge. Sie durchquerten das Torhaus und gelangten auf einen Hof, wo überall Gerümpel lag mit Misthaufen vor den Seitengebäuden. Auf der einen Seite waren Kuhställe, auf der anderen Pferdeställe, vor denen sich das Reitgeschirr in Haufen türmte. Tonnen mit Wasser standen herum, in unterschiedlicher Höhe. Da gab es auch Zäune, an welche die Pferde außen angebunden wurden, einige lehmverschmutzt, aber manche waren dabei, ihre Pferde mit großen Bürsten aus dem Bottich zu reinigen. Sturla und seine Leute lagen zusammen in einer Dachkammer, andere Reisende aber in anderen Gebäuden oder anderswo in diesem.

»Skáldi, komm her und bring dein Pult mit«, sagte Sturla.

Zusammen fanden sie im Schein einer Laterne die Stelle in dem Buch mit der Erzählung vom Abstieg Duggals zur Hölle hinab, von der Sturla unbedingt mehr erfahren wollte. Und sie kamen zu dem schrecklichen Bericht, den er suchte, wo die Rede von den Teufeln mit ihrer überaus zweckmäßigen Ausrüstung ist, die aus Eisenschädeln mit Klauen aus gründlich feuergehärtetem Stahl Feuer gießen und mit ihrem Schwanz mit Widerhaken gemäß ihrer Lust und ihrem Auftrag das Fleisch der Gepeinigten in Stücke hauen und herauszerren.

Denn diese Tiere hatten an allen ihren Gliedern Köpfe aller Arten, die das ganze Fleisch von ihrem Körper bis zu den Sehnen und Knochen abfraßen. Ihre Zungen waren gespalten wie bei der Schlange, die Aspis heißt, und sie zerstörten alles, darunter alle Eingeweide ihrer Leiber. Die Geschlechtsteile der Männer wie der Frauen bekamen Schlangengestalt und krochen in den ganzen Körper hinein, fraßen und zerrissen und zogen die Eingeweide aus den Leibern der Seelen …

Sturla hielt das Buch geöffnet vor sich und sah Guðmundur skáldi an, der seinen Oberkörper vor und zurück wiegte, als hoffe er, an diesem Text schuldlos zu sein, sodass die Teufel keinen Grund hätten, ihn zu schlagen und zu zerreißen, er hatte ja auch sehr darauf geachtet, den Text getreu aufzuschreiben, ohne sich selbst in ihn zu verstricken. Er näherte sich Sturla, sodass sein Schatten den Text mit seinen Feuern und seinem Wehklagen sofort auslöschte. Als er wieder an seinen alten Standort zurückgegangen und das Licht zurückgekehrt war, da las Sturla mit halblauter Stimme:

Aber alle Tiere, die dort geboren wurden, hatten brennende Eisenköpfe und Schnäbel aus schärfstem Stahl, und sie zerrissen mit ihnen ebendieselben Leiber, die sie geboren hatten. Und die Schwänze dieser Tiere waren alle vielfach und hatten Schlangenköpfe, die alle wie Angelhaken gebogen waren, um die Seelen zu zerreißen, die sie hervorgebracht hatten. Und wenn die Tiere sie nicht mit ihren Klauen zerreißen konnten, dann schlugen sie die Körper und zerrissen sie mit ihren Schnäbeln in kleine Stücke, unter wütendem Geschrei dieser großen Menge und einem schrecklichen Bersten des Eises und Jammern der Seelen, die dort geboren wurden, und die ganze Luft war bis zum Himmel erfüllt von erbarmungswürdigen Lauten, so elendig, dass, obwohl die Teufel selbst dabei standen, man sich fürchten und die armen Seelen bemitleiden konnte, die da gequält wurden …

»Willst du nicht zum Essen gehen?«, fragte Sturla seinen Dichterkollegen.

»Sturla, ich folge dir wie immer«, sagte Guðmundur. »Und wenn du schon nicht hungrig bist, kann ich ja wenigstens meinen Hunger stillen.«

Sie schwiegen, während das Licht auf dem Buch flackerte, das sie nun zuschlugen.

»Jetzt reicht es, mit ihm in eine Höhle zu gehen, dort allein zu sitzen und allein über den Lauf der Welt nachzudenken und von dort zu hören, wie der Lärm aus der Ferne sich mit diesen Schreien und Schrecken mischt«, sagte Sturla.

»Aber muss der Mensch denn nicht gereinigt werden?«, fragte Skáldi vorsichtig. »Dadurch, dass er durch die Welt pilgert und durch gute Werke Versöhnung erfährt, wie es auch woanders geschrieben steht, nicht nur in dieser Schrift.«

Sturla antwortete nicht.

Als der Engel vor die Seele trat, da sahen sie ein Tier, das sich von allen anderen Tieren, die sie bisher gesehen hatten, unterschied und schrecklicher war als diese. Es hatte zwei Beine, zwei Flügel und einen langen Hals. Es hatte einen Eisenschnabel und Eisenklauen, und aus dem Maul blies es schreckliche Flammen. Und es saß auf einem See, der ganz mit Eis bedeckt war, und verschlang alle Seelen, die es erreichen konnte. Als sie aber in den Bauch des Tieres gekommen waren, da war es, als wären sie wiedergeboren zu Qualen, und alle Seelen, die in den See kamen, Frauen wie Männer, die schwollen an, als wären sie schwanger, und sie warteten unter großen Schmerzen und Qualen darauf, dass sie gebären müssten. Aber in ihren Eingeweiden und ihren Geschlechtsteilen waren Schlangen und Kröten, und ihre Bisse waren schlimmer als alle anderen Qualen. Und so lebten die Elenden in diesem schmutzigen See, froren dann im Eis dieses Sees ein. Als die Zeit ihres Gebärens kam, da wurden sie von so heftigen Schmerzen gequält, dass man ihr wahnsinniges Geschrei, ihr Jammern und Weinen in der ganzen Hölle hörte. Und sie gebaren Schlangen, Männer wie Frauen, und nicht nur aus den Stellen ihres Körpers, wo die natürliche Frucht geboren wird, sondern aus allen Körperteilen, Beinen und Füßen, Rücken und Armen, sodass es keine Körperstelle gab, aus der nicht diese giftigen Lebewesen heraussprangen.

Rufe

Nun lag das schon so lange zurück.

Dennoch kam er immer wieder, in ständig neuer Variation, der Anblick jener Toten auf der Lichtung, die er nicht loswurde und die mit neuen Berührungen aufgeweckt wurden und ihm manchmal so deutlich vor Augen standen, dass er glaubte, seine Gefolgsleute zu sehen, wie sie jemanden an den Fußknöcheln zogen, der sein Gesicht in dem Leichenhaufen verborgen hatte, und ihn herauszogen, immer zwei an jedem Bein, und er fühlte, wie der ganze Haufen aus toten Männern zusammensank und sich verschob und seine Form änderte, und als man weiter zog, da wurde mit ihm ein Kind herausgezogen, das einen Schlag ins Gesicht erhalten hatte, der ihm die Nase gespalten hatte und die Stirn und die Kinderaugen, die jetzt einzeln in den Hälften des Kopfes lagen, und das Kind mit seinem traurigen Schicksal wurde nun aus dem Haufen herausgezogen und fiel zu Boden, und Sturla hörte auf, den Mann anzusehen, der jetzt weit genug herausgezogen war, dass man nun sein Gesicht sehen konnte, aber das Kind, dessen eines Auge funkelte ihn gleichsam an im gnädigen Todesschlaf, während der andere Schädelteil zur Seite fiel und das Kopfinnere freilegte.

Und da schreckte er von seinem eigenen Schrei auf, als er auf dem Grasfleck lag. Das Rauschen des Flusses trug seinen Schrei weiter als alle anderen und in ihn selbst hinein und heilte ihn zwischen dem Dröhnen und seiner Angst um sich selbst, obwohl er zugleich Hörer war und sich selbst sah, so klein und zitternd auf dem Grasfleck der Schlucht unterhalb des rauschenden Wasserfalls, den der Berg abwechselnd ausweitete und breiter und reißender machte.

Italien (1233–34)

Ein Mann im Skagafjord träumte,
er käme in ein großes Haus.
Darin saßen zwei blutige Frauen und ruderten.
Ihm schien, als regnete Blut durch die Fenster.
Die eine Frau sprach:

Wir rudern und rudern,
es regnet Blut,
Gunn und Göndul,
kündigt Männertod an.
Wir werden uns
zur Kriegerschar begeben,
dort erwarten uns Opfer
und Flüche.

(Íslendinga saga)

Reisestrapazen

Die Welt war über und über weiß. Nirgends ein Fleck. Alles weiß, Himmel wie Erde, alles außer diesen verirrten Männern mit ihren orientierungslosen Augen. Und ihre Kleidung war dunkel, solange sie es schafften, den Schnee von sich abzuklopfen, ebenso ihr Bart. Die Pferde, wenn sie sich schüttelten. Sonst war alles weiß in dieser Welt, kein Ort, keine Zeit. Einige wollten sich in den Schnee legen, sich dort ausruhen und einschlafen. »Lass mich nur in Frieden schlafen«, murmelte der Reisende in seinem Himmelbett in der Schneewehe.

Die wenigsten hatten so etwas schon einmal erlebt und sie ahnten nichts von der Gefahr beim Einschlafen, wussten nicht, dass dieser Schlaf ewig dauern konnte. Die aus dem Norden kamen, vom äußersten Norden, die wussten natürlich, dass man auf keinen Fall dem Verlangen nach Schlaf nachgeben durfte. Aber auch sie hatten immer mehr Mühe, sich selbst und die anderen vorwärtszutreiben, ohne dabei die Richtung zu wissen, denn die Wegzeichen auf dem markierten Pfad waren auch immer schwerer auszumachen.

Je apathischer die Gefährten wurden und je mehr von ihnen sich hinlegten, desto stärker wurde Sturla angesichts ihrer Schwäche und in Erinnerung an andere Märsche dieser Art zu Hause. Er arbeitete wie ein Besessener, riss die Gefährten aus der daunenweichen, bequemen und nachgiebigen Gefahr. Nun sah man keinen Unterschied mehr zwischen Himmel und Erde, außer dem fallenden Schneegestöber. Und Sturla mühte sich weiter nach allen Kräften und erhielt dafür Flüche und Verwünschungen von denen, die er auf die Füße jagte und mit aller Härte vorwärtstrieb. Er versuchte, die Gruppe zusammenzuhalten, bis er sah, dass die vor ihm, welche sich noch einigermaßen dahinschleppen konnten, zu wenige geworden waren, und die meisten nicht weiterkonnten; und er dachte an den Rat von zu Hause, dass nur eine Möglichkeit bliebe, um die Gruppe zusammenzuhalten, nämlich die Männer sich eingraben zu lassen oder sie zusammen in eine Schneewehe einzugraben, und er drohte ihnen und beleidigte sie, damit sie sich wachhielten, wo sie sich wenigstens aneinander wärmen konnten und nach Möglichkeit die Pferde in ihrer Nähe halten sollten, soweit sie nicht störrisch geworden waren.

Aber es erwies sich, dass die Tiere ihre Fassung weit eher behielten als die Männer; und er herrschte drei Männer an, sich um die anderen zu kümmern und sie vom Schlafen abzuhalten, und wenn sie einschliefen, sie sofort anzustoßen, damit dieser Schlaf nicht ein ewiger würde; und so richtete man sich ein, so gut man konnte in der weißen Tiefe des Schneereiches auf irgendeinem verlorenen Passweg zwischen Gipfeln, die vorher zu sehen waren und nun nicht mehr. Diese Männer hielten sich am Leben in dieser Nebelhölle, in der sie nicht schwitzten und keine Feuer sie verzehrten, vielmehr beißende Kälte herrschte, alles brannte und vom weißen Feuer verzehrt wurde, das biss und schnitt und stach und keine Gnade kannte, außer dass es mit seinem unsichtbaren, haarfeinen Schlafdorn eine verführerische Barmherzigkeit versprach; tanzende Göttinnen mit ihren Dienerinnen hervorrief, die im brüllenden Schweigen des Sturmes flüsterten und eiskalte Liebenswürdigkeit verhießen, und hinter ihnen waren Eunuchen, die auf die Dienerinnen aufpassten und den Königinnen und Prinzessinnen und adligen Jungfrauen behilflich waren und sie mit den Dienerinnen verwöhnten, die sie hierhin und dorthin wiesen, wobei ihre Finger immer länger und zu Peitschenschnüren wurden, die nach ihnen geschleudert wurden, langsam, wie wirbelnde Gürtel, die sich von den Fingern um Arme und Beine schlangen, und ihr bodenlanger Bart erhob sich über die weißen Wellen, die Schneewogen, die über den Grund fegten und der Feder in der Luft begegneten, die aus den Himmelsbetten gerissen war, denen zum Vergnügen, denen das nicht gelang, wenn es sie gab; wenn es etwas anderes gab als diese tanzende Schar, anziehend und verführerisch und streichelnd und zwickend und kraulend, so sanft und zärtlich, dass man es nicht mehr spürte, und nirgends blutete es von den Klauen dieser Wölfe und bei der Zeremonie in diesen Sälen, wo Hütten und Paläste sich so schnell abwechselten, dass man kaum etwas anderes wahrnehmen konnte außer einer weißen Flut, die sich vor dieses Tanzvergnügen zog, aber auseinanderfiel, und überlangsam zerrissen die Vorhänge, und wieder kamen Wesen mit ihren Versprechungen und Erwartungen, und alles ohne Raum und ohne Zeit und überall wirbelte es weiß.

Sturla fühlte, dass diese weißen Fesseln auch ihn umschlingen wollten. Aber da hörte er die Stimme Solveigs, und ihr Name leuchtete irgendwo innen, wie weit entfernt, eine in der Allgewalt des Frostes verborgene Glut; vielleicht hatte er selbst ihren Namen gerufen in der Schneehürde, die sie alle bedeckte und immer dichter wurde, obwohl er seinen langen Stab durch die Decke getrieben hatte, um Luft hereinzulassen, und denen, die noch genug Verstand hatten, geraten hatte, es ihm nachzutun. Nun kam wieder Luft herein, damit man wachbleiben konnte, und ein neuer Klang, der eher tröstlich war, wie von einer Glocke, die nicht die Klangschwere und Urteilsmacht der Totenglocke von Hólar hatte.

Er wusste nicht, ob er noch auf dieser Welt war, als er eine feuchte Schnauze in seinem Gesicht fühlte. Als die große, breite Zunge eines Geistes oder Tieres ihm über Nase und Mund fuhr, wie um seinen Willen zum Überleben anzustacheln und dazu einzuladen, das irdische Leben wieder aufzunehmen, und als es in ihm heftig taute und sich aufklärte, da sah er, dass ihre Schneeburg offen stand und dass es drei Tiere waren, und zwar keine Bären, sondern so große Hunde, dass sie Bären an Gestalt fast gleichkamen. Nun tauchten in den Spalten eingemummelte Menschengesichter auf, die Augen mit bereiften Brauen über den ein wenig vorspringenden Wangen, die Nase bis zum Schal hinunter, der Nase und Mund verbarg. Ganz außen hatten sie große, dicke, braune Wollmäntel mit Pelzbesatz auf den Schultern und Fellmützen mit Seitenschutz bis auf die Schultern herab, und da wusste er, dass ihm noch ein weiterer Aufenthalt auf der Erde bevorstand, für dieses Mal. Und er arbeitete sich aus seinem Sitz in den Ruinen des Schneehauses, das die Ankömmlinge zerstört hatten, und er ging, ihnen zu helfen, die Langsameren zur Weiterreise zu bewegen.

Die Ankömmlinge hatten einen Schlitten bei sich, den sie selber zogen. Und da setzte der Glockenklang wieder ein, viel leiser, als er ihn durch den Schneehaufen gehört hatte, und jedem Hund hing eine Glocke um den Hals. Bevor sie aufbrachen, langten die Ankömmlinge nach den Gefäßen, die ihre riesigen Hunde am Hals hängen hatten, und sie besprengten die Aufgefundenen mit einer bitteren Flüssigkeit.

Es war nicht weit bis zum Kloster. In verstreuten Fenstern leuchteten flackernde Lichter und warfen ihren Schein in eine völlig weiße Welt.

Selig sind die …

Diese Mönche in ihrem Kloster lachten gerne. Sie reichten den Gästen unter Gekicher einen Krug. Es platzte manchmal aus ihnen heraus, wenn sie sich dem Nächsten zuwandten und auf eine Gelegenheit zum Lachen warteten. Die meisten von ihnen waren groß und kräftig, aber nicht dick, eher mager. Er erwartete vielleicht ein dumpfes, tiefes Lachen. Aber ihr Lachen klang fröhlich und angenehm und überlagerte nicht die Worte, wenn sie etwas erklärten oder fragten. Dieses Gelächter war keine alberne Angewohnheit, sondern kam aus einer inneren Freude darüber, zu existieren und dass andere existierten; aus dem Bekenntnis, dass das Leben erstrebenswert und gut und dankenswert sei; das solange währte, wie es einem bestimmt war. Danach könnte der Mensch sich dankbar verabschieden in der Gewissheit, dass das Leben in der anderen Welt nicht schlechter wäre als dieses. Nichts wäre unsicher. Über dir würde der wachen, der dich in jeder Widrigkeit auf die Probe stellen und sich in seiner übergroßen Güte darüber freuen würde, wenn du niemals versagtest, und der davon ausgeht, dass du ihm mit Freude gehorchst und das annimmst, was dir bestimmt und zugeteilt ist; und alles, was du tust, ist vorweggenommene Danksagung für die noch größeren Wohltaten, wenn alles im Licht der Gnade beurteilt wird.

»Wie macht ihr das nur?«, fragte Sturla mit seinem Dichter neben sich, der abwechselnd ihn und die beiden anderen ansah, denen die Frage galt, »wie macht ihr das nur, dass ihr so fröhlich seid? Und wie macht ihr das, wo ihr hier so wenige seid, einander zu ertragen und nicht aufzuhören, einander anzulachen, ohne euch über die anderen lustig zu machen?«

»Jeder Tag ist ein Geschenk. Diese Gewissheit verlässt uns nie. Mit ihr in der Brust schlafen wir ein. Dankbar für den Tag und dafür, dass wir hier zusammen sein dürfen. Vielleicht gibt es jemanden, der sich nicht sicher ist weiterzukommen. Der für immer in einer Schneewehe schläft, die ihn erstickt. Der nicht die Kunst beherrscht, sich einzugraben und es sich in der Schneewehe gut gehen zu lassen, solange es schneit. Unsere Hunde werden unruhig. Stoßen uns an, obwohl wir im Gebet sind. Dann müssen wir unseren Posten in der Kirche verlassen und die regelmäßigen Stundengebete. Denn es sind Menschen in Gefahr. Dann erlaubt uns Gott, in den Sturm hinauszugehen und, wenn wir können, Reisende aufzusammeln, die nicht können, was die kleinsten Vögel können, sich federleicht auf dem Schnee zu bewegen, auf Glatteis sogar, ohne festzufrieren. Und wir sind froh, dass Gott uns das erlaubt. Alles liegt in seiner Hand. Deswegen sind wir so froh.«

Der eine von ihnen war alt. Er hatte einen gewaltigen Bart, und als er lachte, sah man ein schwarzes Loch, weil er alle Zähne verloren hatte, die Mundhöhle war dunkel, außer der Zunge, die manchmal eine weiße Haut hatte, als hätte Gott dort eine Schneewehe liegen lassen. Eine graue Katze rieb sich an seinem Bein und an seinen Wollstrümpfen und legte sich manchmal auf die Sandalen, um der Wärme der Wolle zu entkommen. Er nahm seine große Hand mit dem von Altersflecken gesprenkelten Handrücken und hob die Katze mit einem Griff um den Nacken hoch und legte sie unter seinen Bart, wo sie zufrieden schnurrte, und die Barthaare bewegten sich in den Atemzügen der glücklichen Katze.

»Erzähle unseren Gästen doch davon«, sagt der jüngere Mönch, »erzähle ihnen davon, Bruder Friðfinnur, wie es war, als du dich damit abgemüht hast, die Knochen deines Bruders zu reinigen, nachdem du sie nach dieser langen Trennung wiedergefunden hattest. Und dann hast du die Gebeine Bruder Bljúgurs auf Hochglanz gebracht.«

»Ja«, sagte Bruder Friðfinnur, »das hat doch keine Bedeutung und ist kaum der Erwähnung wert.«

»Aber doch«, sagte Bruder Gottlieb, »ganz im Gegenteil. Es könnte ihnen helfen, sich wieder zu fassen, nachdem sie diesem schrecklichen Wetter entkommen und nur knapp dem Tod entgangen sind. Vielleicht ist es für sie eine Ablenkung, während sie alle wieder zu Kräften kommen.«

»Ach«, sagte Bruder Friðfinnur und griff mit beiden Händen unter den Bart und streichelte die Katze am Rücken, ließ die Hand bis zu ihrem schlaffen Schwanz gleiten und kraulte ihr mit der anderen in Gegenrichtung über den Bauch: »Ja, mein Bruder, er war schon so lange tot. Und es ist lange her, seit Gott mir seine Himmelfahrt gezeigt hat, und er war so gnädig, mir zu erlauben, ihm nachzuschauen, bis er mit allem verschwunden war, was er für das Paradies bei sich haben musste. Aber ich habe oft darüber nachgedacht, ob er nicht noch etwas mehr brauchte, weil er Gott so willkommen war, dass mir gezeigt wurde, wie die Engel ihn hinauftrugen.

Ich war gerade in den Gemüsegarten gekommen, ganz in der Nähe des Waldes, und las in einem heiligen Buch. Und da blickte ich auf, ohne ein Rauschen in der Luft gehört zu haben, denn Gott wollte meine Aufmerksamkeit darauf richten, dass zwei Engel meinen Bruder Bljúgur zwischen sich hatten und jeder ihn unter einem Arm stützte. Sein Kopf wackelte ein wenig, als wäre er in einen gnädigen Schlaf gefallen, und die Beine waren ganz schlaff. Und doch kam es mir vor, als sähe ich einen Ruck in der Sohle des linken Fußes, und sogar nicht ganz undeutlich, dass der große Zeh sich ein wenig bewegte und die anderen Zehen in Richtung der zusammengekrümmten Fußsohle hinabdrückte. Das geschah blitzschnell, und ich konnte mir nicht ganz sicher sein, ob ich das richtig erkannt hatte, aber es hatte doch einen solchen Eindruck auf mich gemacht, dass ich mich fragte, ob sie wohl seinen Bart sorgfältig gekämmt hätten, der noch kein bisschen grau war. Und als ich ihn aus der Nähe sah, denn sie zogen mit ihm in geringer Höhe an mir vorbei, da sah ich, dass sein Gesichtsausdruck so war, wie ich ihn nie zuvor gesehen hatte. Es war eine so große Seligkeit in seiner Miene, dass ich weder Freude noch Sorge bemerkte, keine der wechselnden Gefühle bei uns Menschen. Da dachte ich: Ja, der allmächtige Gott hat ihn ohne Vorbehalte zu sich genommen, damit er direkt neben dem Thron des Lammes sitzen kann.

Und dann musste ich immer daran denken, dass unter diesen Umständen nichts irgendeinen Makel oder Fehler haben dürfte, wenn man sagen kann, dass in dieser Hinsicht alles vergangen ist, dass Fleisch und Haar dank der Geschäftigkeit der gesegneten Würmer und anderer Tiere völlig von den Knochen gelöst sind und dass alles, was vergehen soll, im gesegneten Mutterboden einem neuen Nutzen zugeführt wurde. Und als ich selbst schon begonnen hatte, steif zu werden und zu wenig nützlich zu sein und Gott mir das zugeteilt hat, da ging ich hin und gewann gesegnete junge Männer, Novizen des Klosters, mir zu helfen, die Gebeine meines Bruders, die Gott in der Erde bewahrte, zu suchen und zu bergen. Und dann ging ich daran, diese Knochen zu reinigen, und ich dankte Gott dafür, dass er mir das gewährt hatte, diese Gebeine zu reinigen und zu versuchen, sie strahlend sauber zu machen, und ich ging zu einem gutherzigen Weinbauern, von dem ich wusste, dass er Wein hatte, den er nie verkaufte, und der überließ mir einen großen Ballon, so dass ich die Knochen waschen und mit großer Sorgfalt reinigen konnte, sie im Wein baden, der direkt von Gott stammte und von dem gesegnet war, der alles erschaffen hat, und der geheiligt war von unserer Schwester, der Sonne, wie unser geliebter Ordensgründer Franziskus zu sagen pflegte, als er bei uns war und unseren Eifer im Großen und Kleinen lenkte und uns zeigte, dass das Große nur durch all das Kleine zustande kommt, und dass wir jeden Augenblick an Gott denken sollen.

Ich badete die Knochen im göttlichen Wein und ließ sie dann auf weißem Leinen in der Sonne liegen und weiß werden, mit einem winzigen Schimmer von dem roten Wein. Ich sah jeden Tag nach ihnen, bis ich fand, dass sie bereit zur Reise in den Himmel wären.

Dann suchte ich eine Frau auf, die in ihrem Schloss wohnte, allein mit einigen Dienerinnen, und sie dachte jeden Tag an ihre sieben Kinder, die sie alle begraben hatte, und richtete ihren ganzen Sinn darauf, ihnen zu helfen, zu den Engeln zu kommen, und sie vertraute manchmal darauf, dass sie alle zusammen im Engelchor wären. Sie saß an ihrem Fenster und beobachtete, wie draußen die Pflanzen wuchsen und die Blüten an den Sträuchern wie Sterne leuchteten, und wie die Bäume weiß und blau und rosa und rot wurden, ebenfalls von Blüten, die in Trauben oder jede für sich wuchsen, und sie zählte sie manchmal, aber immer nur bis sieben, dann begann sie an einem anderen Zweig zu zählen. Sie stand von ihrem Fenster auf und legte den Schal über ihre steingrauen Locken und schaute mich freundlich mit ihren schwarzen Augen an, die so oft in die Dunkelheit gestarrt hatten und manchmal in die Sonne, so dass ihr Gesichtssinn gelitten hatte. Sie setzte mich auf einen Stuhl neben sich, als ich neben ihr niederknien wollte, und wartete darauf, dass ich redete. Ich erzählte ihr von meinem Problem, das darin bestand, dass ich keine Umhüllung hätte, die für die Himmelfahrt der Knochen meines Bruders Bljúgur geeignet wären, nachdem nun alles Fleisch von ihnen entfernt sei. Da nahm sie mit ihren weißen Händen den Schal ab und reichte ihn mir, und ich sah, dass ihr Haar nicht mehr steingrau oder graugesprenkelt war, sondern fast völlig weiß, wie Neuschnee, über diesen schwarzen Augen, die nicht mehr leuchteten.

Und nun gab es nichts mehr, das mir fehlte, um die Gebeine meines Bruders Bljúgur abzuschicken, damit ihm nichts an Spielzeug mangelte, um mit den sieben Engelkindern und allen anderen zu spielen.

Ich legte den Beutel mit den Knochen auf einer Lichtung neben einer plätschernden Quelle nieder, damit sie sich nicht ohne Gesang auf den Weg machen mussten. Und manchmal, wenn ich einschlafe, sehe ich, wie mein Bruder mir aus einer Wolke zuwinkt, und sein Lächeln begleitet mich in den Schlaf.«

Da sagte Bruder Gottlieb: »Aber mein geliebter Bruder. Warum hast du dich so um die irdischen Reste Bruder Bljúgurs bemüht? War das deswegen, weil ihr beide vom selben Fleisch wart und Brüder im Fleische und bessere Brüder als wir anderen? Warum hast du dir nicht genauso die irdischen Überreste von uns anderen Brüdern angelegen sein lassen, die vielleicht nicht weniger heilig sind als dein leiblicher Bruder? Bist du so an das Fleisch gebunden, trotz allem, was unser Meister uns lehrte?«

Der alte Mann lachte in einem jammernden Ton, und seine Augen leuchteten: »Ja, mein geliebter Bruder, das ist ganz richtig, wie du vermutest. Aber Gott gab mir keinen Hinweis auf die anderen. Er zeigte mir, was ich zu erledigen hatte. Sonst hätte er mir etwas anderes gezeigt.«

Das Universum

»Ich gehe in den Schnee«, sagte er. »Die Welt ist Schnee. Schnee unten auf dem Boden, der aufgewirbelt wird, Schnee ist die ganze Luft; der Himmel stürzt in Stückchen auf uns herab, in weißen Flocken, und dann komme ich in dieser schneeweißen Welt zu einem schwarzen Teich, einem schwarzen See. Zu einer schwarzen Himmelsträne in einer Schlucht zwischen Felsen, die sich erheben wollen. Bald.«

Sagte er im Halbschlaf zu sich selbst, allein in der Dämmerung des Morgens, bis dieser Anblick beim frischen Luftzug des nahen Tages verschwand, einem Windstoß von den Bäumen her, der durchs Fenster gedrungen war und den Vorhang wie eine senkrechte Wolke in den Saal hineinsegeln und die Stange, die das Fenster offen hielt, knarren ließ; und er hat aufgehört, in seinem Gedächtnis nach den Spuren des Schlafs und des flüchtigen Traums zu forschen, der mit dem Schlaf verschwand, außer dass er sich an Worte wie diese erinnerte: Ein schwarzes Auge in tiefer Schlucht. Und man ahnte Ereignisse, die daher rührten, dass es schwarz wurde um den blinden Glanz des senkrechten Felsgesteins, während alles weiß gewesen war, aber nun begonnen hatte, grau zu werden.

Und er fing an, die Welt zu sehen, die vorgab, das Universum zu sein.

Der Ursprung der Freude

Als Guðmundur skáldi draußen umherging, begegnete er dem großen, stämmigen Mönch, der noch kräftig war trotz seines hohen Alters, und er erinnerte ihn daran, dass die Mönche ihn und seine Gefährten aus der Schneewehe gezogen hatten. Dieser Mann hatte besonders große Kiefer, eine ziemlich schmale, hohe Stirn und dichte Brauen, seine Haare waren nicht lang und er blinzelte häufig mit den Augen. Die anderen Mönche hatten ihm gesagt, dieser sei wie auch Bruder Friðfinnur früh mit Vater Franziskus zusammengewesen. Der Mönch sprach nicht viel, als sie zusammen vom Kloster die Höhe hinaufgingen, über einen gewundenen Weg und durch einen Wald, das Lächeln wich nicht von seinen Lippen und war wie ein kleines Licht in diesem mächtigen Bart drinnen verborgen und beleuchtete ihn wie eine halbverdeckte Laterne in einem dichten Gebüsch. Wenn er lachte, dann war sein Lachen hell, auch wenn er heiser war.

»Ich würde von dir gerne einmal hören, wie du so früh in die Gesellschaft von Franziskus gekommen bist.«

»Setze dich neben mich«, sagte Bruder Benevol. »Setze dich neben mich auf den Baumstumpf, der hier auf uns wartet, so wunderbar nahe dem Weg. Ich war bestimmt kein Unschuldslamm. Und als Gerüchte umgingen, dass der Sohn des reichen

Bernardino, selbst ein Hauptwüstling der Stadt, dem alle Gecken nacheiferten, dass er begonnen hatte, bettelarm vor jedermanns Tür zu gehen und zu betteln und Gottes Huld und Liebe zu verkündigen, da kam es mir nicht ganz geheuer vor. Meine Mutter hatte sozusagen aufgehört, für mich Brot zu backen und Polenta für mich zu kochen, Gerstenbrei, unsere Leibspeise hier im Norden. Und dann hob ich sie hoch, meine Mama, wie sie auf dem Fußboden lag mit Gebetsgemurmel und mit der Stirn auf den Boden schlug zur Ehre Gottes, als wäre da das Himmelstor, und sagte: ›Liebe Mama, so geht das nicht weiter! Hat dieser Lebemensch dir den Verstand geraubt, wo du doch immer so klug und vernünftig warst. Und nun bekomme ich nicht einmal mehr meine Polenta.‹

Aber meine Mutter sagte nur: ›Ach, lieber Sohn, du solltest dem Beispiel des Franziskus folgen und diesen sogenannten Lustbarkeiten den Rücken kehren, um nicht von Gelüsten zu reden, und aufhören, dich von dieser Gottesgabe, die der Wein sein kann, wenn man nicht vergisst, wem man ihn verdankt, um den Verstand zu bringen.‹

›Ha, ha‹, sagte ich zu meiner Mama. ›Ha, ha‹, sagte ich zu ihr.

›Ach, ach, ach, mein kleiner Junge‹, sagte sie.

›Du siehst doch, dass ich kein kleiner Knirps mehr bin‹, und ich lachte diese winzige Frau, die meine Mama war, desto mehr aus, je mehr sie versuchte, mich zu Verstand zu bringen.

›Das sind alles Taschenspielereien‹, sagte ich. ›Ich werde dir die Augen öffnen, damit es bei uns wieder Polentabrei gibt wie in den anderen Häusern. Pass nur auf. Ich werde jetzt eine große Weinflasche nehmen und zum Strand gehen, um ihn zu suchen, und ihn dann so sturzbetrunken machen, dass ich ihn unter den Arm nehmen und hier neben dich auf den Boden werfen kann, dass der Alkoholgestank wie eine Säule in die Höhe steigt, um den du einen großen Bogen machen musst, während du dich besinnst und Hirn und Verstand wiederfindest nach diesem frommen Irrsinn und dieser gotteslästerlichen Angeberei.‹

Und ich lachte, als ich das Haus verließ, so heftig, dass meiner Mutter die Kerze ausging.«

Sie saßen dicht beieinander auf dem Baumstumpf, Guðmundur skáldi und dieser kräftige Mönch, der barfuß in seinen Sandalen war, und seine Gestalt erinnerte Guðmundur für einen Moment an Svarthöfði, den Vetter Sturlas, obwohl sie außer der Größe und Stärke keine Ähnlichkeit hatten.

Guðmundur wartete auf die Fortsetzung, aber der Mönch griff in seine Kutte und holte eine kleine Maus heraus, streichelte sie mit dem Ringfinger und ließ sie wieder hinein zu sich und sagte: »Ich ging zu Franziskus mit diesem schändlichen Vorsatz«, sagte er und stieß ein lautes, abschwellendes Lachen aus. »Und ich kam dort zu den Ruinen, wo sie sich eine Hütte gebaut hatten, und hörte Franziskus' Stimme. Er sprach mit Tieren und fragte sie, ob sie sich in der Höhle vermehrt hätten, und sagte ihnen, dass Gott auch von ihnen wüsste. Ich versteckte mich dort im Gebüsch und war von seiner Rede betroffen, weil ich fand, sie sei ebenso an mich gerichtet wie an die Eichhörnchen und die Drosseln, die Wachteln und die Schwalben. Ich konnte erkennen, dass dort auch ein entkräfteter Igel war, der seine Stacheln flachgelegt hatte wie gekämmtes Haar, und dann war ich hier im Versteck mit mehreren Litern Wein im Arm, und da lag ich ganz still, obwohl mich ein Stein am Knie schmerzte und ich das Gefühl hatte, er wisse von meiner Anwesenheit wie von den anderen Tieren. Es kam etwas über mich, das ich nie zuvor erlebt hatte, und ich konnte es mir nicht erklären. Ich fühlte mich einbezogen in alles andere, zu dem dieser Mann redete und das er Brüder hier und Schwestern da nannte. Dann beendete er seine Rede und saß eine Weile mit leeren Händen dort, bis er seinen Kopf in beide

Hände stützte und hinab ins Gras schaute, wo eine kleine Maus ganz ruhig direkt neben seinen Zehen saß. Dann lehnte er sich zurück an die rissige Baumrinde, und da sah ich, dass dort kleine Käfer auf Reisen waren, die eine rote Zeichnung auf ihrem Rücken trugen. Ich stand auf und vergaß, dass ich das Weinfässchen noch bei mir hatte, und räusperte mich, aber er beeilte sich nicht, nach mir zu sehen, als hätte ich nur darauf zu warten, bis die Reihe an mir wäre, und dass alles Zeit hätte in dieser Gesellschaft unter der großen Eiche mit ihren Ästen, die alles beschirmten, aber doch die Strahlen durchließen. Endlich schaute er auf und hob die Hände zur Sonne, als wolle er Wärme vom Himmel sammeln, sah mich an und sagte leise mit tiefer Stimme: ›Unsere Schwester‹, sagte er, ›die Sonne‹, und dehnte das Wort und schwieg.

Ich stand da so tölpelhaft und groß und fühlte zum ersten Mal, wie klein ich war. Ich fühlte mich wie ein kleiner Junge, der allzu schnell gewachsen war, und wusste nicht, was ich mit all diesen Dingen um mich anfangen sollte.

›Gott hat uns schönes Wetter geschenkt‹, sagte er dann. ›Wir wollen uns freuen, Bruder.‹

Ich hatte das Gefühl, niederknien und ihn um Verzeihung bitten zu müssen, denn ich wusste, dass er es war, über den ich mich hatte lustig machen wollen, und nun sah ich, dass er ein ganz anderer Mensch war.

›Du wolltest mir etwas sagen, Bruder.‹

Und dann erzählte ich ihm, was mein Vorhaben gewesen war.

›Ja, er ist eine Gottesgabe, der Wein‹, sagte er und führte mich in die halbgereinigte Hütte, wo zwei andere Mönche werkelten, wie er gekleidet, und stellte mich ihnen vor. ›Dieser unser Bruder bringt uns Wein. Das ist eine große Gabe Gottes‹, sagte er, und machte ein Kreuzzeichen über dem Krug, als er ihn fast bis zum Rand gefüllt hatte, und ließ ihn dann unter uns kreisen.

›Er erfreut das Herz, wenn wir daran denken, dass er von Gott stammt und alle erquicken soll, die durstig sind. Sag mir, Bruder, was du dir gedacht hast, was wir jetzt weiter tun sollen?‹

Es entfuhr mir, dass ich beabsichtigt hatte, ihn dazu zu bringen, in der Menschenmenge auf dem Marktplatz der Stadt zu tanzen, und ich verschluckte mich dabei und konnte kein Wort mehr herausbringen. ›Tanzen?‹, sagte er. ›Das ist eine gute Idee. Wir werden zusammenkommen und mit all den Leuten tanzen, die gemeinsam Freude suchen wollen.‹

Und er geleitete mich durch den Wald und erklärte mir, das Leben sei gut, das Gott geschenkt habe, und wie gut es sei, sich zu erinnern, dass Er es war, der uns alles geschenkt hat. Ich hatte nie zuvor die Vögel in den Bäumen gehört, und auf einmal hörte ich auch, dass es im ganzen Wald raschelte, und ich hörte die Blätter fallen. Und anstatt meine Muskeln spielen zu lassen und mich groß und stark zu fühlen, erkannte ich, dass ich dabei war, ein Teil von allem anderen zu werden und …

Und als wir auf den Marktplatz gekommen waren, wo das Volk tanzte, da hielt mich dieser Mann noch immer an der Hand, dass ich vergaß, wie groß ich war, und wir tanzten den ganzen Tag, und auf einmal lachte ich auf, ohne zu wissen warum, bevor wir wieder in diese himmlische Hütte gekommen waren, wo sich bald eine kleine Kirche erhob und dann das kleine Haus, und ich bin seitdem immer bei ihm geblieben und bin noch immer bei ihm, denn ich fühle noch seine Nähe, obwohl es lange her ist, seit er uns verlassen hat und Gott ihn zu sich rief.«

Sie saßen eng beieinander auf diesem Baumstamm, und Guðmundur schaute diesen großen, kräftigen und unerschrockenen Mann an, dessen Lachen aus langer Gewohnheit leise war, aber den Klang nicht verloren hatte, auf dem alles aufbaute. Er fragte den Mönch, worauf es am meisten ankäme bei dem, was Franziskus predigte.

»Die Freiheit. Die Besitzlosigkeit. Die Liebe zu allem, die sich auf alles richtet. Das Laub an den Bäumen, das Blatt, das so langsam fällt, dass du es fangen kannst, die Fliege, die sich auf deine Wange setzt, du scheuchst sie nicht fort.«

»Euer Orden ist gewachsen an Einfluss und Macht, wurde sogar vom Papst anerkannt, hat seine Standorte in vielen Ländern, und der Papst sendet Vertrauensleute aus eurem Orden in seinem Auftrag in die ganze Welt. War es das, was dem heiligen Franziskus vorschwebte?«

Bruder Benevol antwortete zögernd: »Alles liegt in Gottes Hand. Franziskus hatte Gott sagen hören, er solle die Obhut über unseren Orden dem Bruder Elias übergeben. Und Bruder Elias erklärte, das Wichtigste sei, Einfluss auf alle Ratsversammlungen zu haben, und Ehrenbezeugungen nicht abzulehnen, um Ohren und Gunst derer zu erreichen, die über Städte und Reiche und sogar die Peterskirche herrschen. Und um Einfluss zu gewinnen, benötige man Reichtum und jede Art von Unterstützung und eine starke Organisation und Anhängerschaft. Um große und prächtige Kirchen zu erbauen, die das Andenken an Franziskus bewahren. Alles liegt in Gottes Hand«, sagte er. »Aber was Franziskus uns gelehrt hat, wird doch nicht verändert, auch wenn sich der Orden, den er gegründet hat, in eine andere Richtung bewegt hat. Seine Botschaft ist die Quelle, die immer hilft. Es ist die größte, nie versiegende Hilfe unserer Seele. Nichts ändert sich, auch wenn der Orden, der nach Franziskus benannt ist, sich von seinen Ursprüngen entfernt hat. Die Quelle ist noch dieselbe und erquickt alle, die brennenden und quälenden Durst haben. Dort erfahren sie Erfrischung und die Freude der Gnade.«

»Bist du zufrieden?«

»Wie könnte ich nicht zufrieden sein?«, sagte der große

Mann an seiner Seite. »Ich sitze hier im Wald neben dir und sehe, wie die Vögel ihr Futter sammeln. Sie brauchen keinen Besitz. Freilich haben sie Flügel. Meine Flügel aber sind mein Glaube und mein Vertrauen. Hätte ich ein eigenes Haus, müsste ich fürchten, dass es mir jemand wegnehmen könnte, mir mein Haus wegnähme und mich an den Bettelstab brächte. Vielleicht würde ich gar nicht wagen, das Haus zu verlassen, aus Angst, jemand könnte in der Zwischenzeit ernten, was ich gesammelt hätte. Ich wäre der ärmste Gefangene. Hätte ich eine Familie, eine Frau, Kinder, dann würde ich vielleicht keine Nacht ruhig schlafen, aus Furcht, jemand könnte ihnen etwas antun. So aber bin ich frei, und meine ganze Existenz liegt in Gottes Hand. Ich bin frei wie diese kleinen Vögel zu unseren Füßen, schau nur, wie nah sie uns kommen, auch dafür bin ich dankbar. Und ich freue mich darüber, dass ich anderen davon erzählen kann, was Franziskus gelehrt hat.«

»Du hast dich dem Franziskus schon so früh angeschlossen, damals wart ihr doch Narren in den Augen des Volkes. Und die Leute haben euch ausgelacht.«

»Ja, man hat uns ausgelacht. Steine geworfen, Eier und verfaulte Früchte. Man hat uns angeschrien. Da versuchten wir, die Liebesbotschaft zu predigen, wenn die anderen schwiegen. Wir hielten es für einen Erfolg, wenn man uns verlachte. Wir versuchten dagegenzuhalten. Franziskus rief ihnen manchmal zu: ›Geliebte Freunde, wir predigen euch die neueste Torheit!‹ Und die über uns gelacht hatten, wurden nun stutzig und lachten manchmal weiter, aber nun lachte alles mit uns. Und es war ganz himmlisch, als wir zusammen lachten.

Eines Tages schenkte ihm ein Adliger einen ganzen Berg in der Toscana. Da wäre es leicht gewesen, allein zu sein und Gott und dem Gottessohn zu begegnen. Wir waren dort am Weißen Sonntag zu viert beisammen. Wir fanden eine Kirchenruine und wollten dort rasten und uns ausruhen. Wir schliefen ein.

Franziskus dagegen war ganz in sein Gebet versunken, aber kurz nach Beginn seiner Nachtwache erhob sich ein gewaltiger Tumult, denn nun griffen ihn allerlei Teufel an, die Lärm veranstalteten und ihn ärgerten und auf alle Art belästigten. Einer zog ihn hierhin und ein anderer dorthin, einer wollte ihn in die Höhe reißen und ein anderer ihn herunterziehen, und es entwickelte sich ein Tauziehen mit dem Ergebnis, dass er sich nicht von der Stelle bewegte, weil alle mit gleicher Kraft in alle Richtungen zogen. Aber das verdankte er natürlich Gott, der ihn wie immer schützte.

Wir sprangen alle auf, als er rief: ›Oh, ihr verdammten Geister! Ihr könnt mir nichts wegnehmen, was die Hand Gottes gewährt hat. Und das ist gewiss der Plan des allherrschenden und allmächtigen Gottes, dass ihr mit meinem Leib das machen könnt, was Gott zulässt, und das will ich gerne ertragen. Alles kommt daher, dass ich keinen schlimmeren Feind habe als meinen eigenen Körper; und wenn es denn so ist, dass euch der Sinn danach steht, weiter gegen diesen meinen Feind und Widersacher vorzugehen, dann könnt ihr mir keinen größeren Dienst erweisen.‹

Da gerieten alle Teufel in schlimmste Raserei und Wut, und sie wollten mit ihm durch die ganze Kirche ziehen und mit ihm desto mehr Unfug treiben und ihn noch viel mehr belästigen als zuvor.

Aber der heilige Franziskus hatte davon keinen größeren Schaden, als dass er die Worte zu rufen begann: ›Mein Herr Jesus Christus, dir danke ich für all die Liebe und Fürsorge, die du mir gnädig erwiesen hast. Das Wichtigste ist, dass es ein Zeichen größter Liebe ist, wenn der Herr seinen Diener so für alle seine Vergehen und Untaten bestraft, die er in dieser Welt begangen hat, denn dann darf ich hoffen, nicht in der anderen Welt dafür gezüchtigt zu werden. Und deswegen bin ich bereit, alles mit Freude zu erdulden, alle Qualen und Bosheiten, die der allmächtige Gott wegen meiner Sündenschuld über mich ergehen lassen will.‹

Da überkam die Teufel erst recht eine wilde Raserei. Sie wussten sich nun keinen Rat mehr. Ihre brennende Wut verflüchtigte sich wie der graue Rauch von den Resten einer erloschenen Fackel. Da nahmen sie Reißaus, den Schwanz wie einen kahlen Ast zwischen die Beine geklemmt. Aber Franziskus verließ in göttlicher Begeisterung die Kirche und kam in einen Wald ganz in der Nähe, wo er sich auf die Knie warf mit Gebeten und Lobpreisungen und einer Flut von Tränen. Und er öffnete seine Brust in dem Bestreben, Jesus Christus, den himmlischen Bräutigam aller Menschen und Geliebten seiner Seele, zu finden. Und als er ihn schließlich im Versteck seiner eigenen Seele fand, da redete er ihn in Ehrfurcht als seinen Herrn an oder antwortete ihm als seinem Richter oder betete zu ihm als seinem Vater oder beriet sich mit ihm als seinem Freund. In dieser Nacht und in diesem Wald sammelten sich seine Gefährten um ihn und lauschten und achteten auf das, was er tat, sahen und hörten ihn flehend und mit lauter Stimme innig und demütig um göttliches Erbarmen für die Sünder beten. Und sie hörten und sahen auch, wie er mit lauter Stimme und bitterem Weinen die Leiden Christi beklagte, als könnte er seine Schmerzen an seinem eigenen Körper fühlen. In dieser selben Nacht sahen sie ihn unter Schmerzen beten, die Arme über Kreuz gelegt, die er dann hoch hinauf erhob, wo sie von einer strahlenden Wolke umfangen wurden. Und so verging diese ganze Nacht mit frommen Übungen, ohne dass jemand ein Auge zutat.«

Sie verharrten im Schweigen auf dem Baumstamm, als hätten auch sie diese Nacht ohne Schlaf verbracht. Bis Guðmundur skáldi zu dem großen Mönch aufschaute. Wollte er nachsehen, ob er eingeschlafen war? Ein Rabe flog vorbei und krächzte im Flug, wie um zu verhindern, dass die Rede einschliefe, und verschwand.

»Die Vögel«, sagte Skáldi. »Ich habe von euch gehört, dass er den Vögeln gepredigt haben soll.«

»Ja«, erwiderte der Mönch, ohne sich aufzurichten. »Er hat den Vögeln gepredigt, wie man es sich erzählt. Und öfter, nicht nur einmal. Und auch auf dieser Reise, auf der ich ihn begleitet habe. Da ist es am besten, ich erzähle dir auch von dem Bauern, der ihn ermahnt hat. Auf jenem Berg. Franziskus war erschöpft nach dieser Nacht, der Nachtwache und den Anstrengungen. Wir machten uns Sorgen, ob er überhaupt in der Lage wäre, die Reise fortzusetzen, obwohl er es unbedingt wollte und uns ermunterte. Aber wir hielten ihn nicht für reisefähig und baten ihn, sich unter einer Eiche auszuruhen.

Wir fanden da einen Bauern, der mit seinem Esel sein Feld bestellte. Wir hatten kaum unser Anliegen vorgetragen, als er fragte: ›Seid ihr die Brüder von diesem Bruder Franziskus von Assisi, von dem alle so gut reden?‹

Und als das bejaht wurde, kam er mit dem Esel, und wir setzten Franziskus auf seinen Rücken, und der Bauer führte ihn am Zügel, blieb dann aber plötzlich stehen und fragte, in der Hand den lockeren Zügel: ›Sag mal, bist du vielleicht der Bruder Franziskus von Assisi?‹

Das bestätigte der heilige Franziskus.

›Dann will ich dir einschärfen‹, sagte der Landmann auf dem Berg, ›nun immer so gut zu sein, für wie alle dich halten, deswegen, weil es unendlich viele gibt, die großes Vertrauen in dich setzen. Und deswegen will ich dich dringend ermahnen, dass du nie etwas anderes im Sinn hast als das, was die Leute von dir erwarten.‹

Es war nun keineswegs so, dass sich Franziskus bei einer solchen Rede vor Stolz in die Brust warf, vielmehr stieg er schnell vom Esel, fiel vor dem Bauern auf die Knie, der mit dem Zügel in beiden Händen über ihm stand, und dankte ihm demütig, dass er sich darum bemüht hatte, ihn aus großer Liebe heraus anzufeuern. Und dann setzten wir unsere Reise fort. Wir hatten den Berg halb bewältigt, als es so heiß geworden war, dass wir schweißüberströmt waren und schrecklichen Durst hatten. Und nicht zuletzt der Bauer, der die Zügel hielt.

Und er begann zum heiligen Franziskus zu rufen: ›Ach, ich sterbe vor Durst, und wenn ich nichts zu trinken bekomme, dann kann ich nicht weiter.‹

Und da stieg Franziskus wieder vom Esel, und er hatte nur kurze Zeit auf den Knien gebetet, die Hände zum Himmel erhoben, als er sagte: ›Lauf dort zum Felsen. Dort findest du das Wasser, das Christus in seiner unermesslichen Gnade aus dem Stein hat entspringen lassen.‹

Und das bewahrheitete sich, und man fand dort die schönste Quelle, welche das heiße Gebet des heiligen Mannes hatte aus dem härtesten Stein fließen lassen, und der Bauer trank reichlich und war zufrieden. Und alle dankten einmütig dem gütigen Gott für dieses Wunder, aber die Quelle wurde nie wieder gesehen. Und als wir zusammen im Schutz einer Eiche, die an unserem Wege stand, rasteten, da schaute Franziskus sich um und blieb nachdenklich stehen, und es sammelte sich eine große Schar von Vögeln aller Art mit lautem Gesang und allerfröhlichstem Flügelrauschen. Und sie flatterten umher, als wollten sie alle in seine Arme kommen. Und sie sammelten sich aus allen Richtungen um ihn, ein Eisvogel kreiste um sein Haupt, als alle Plätze auf den Schultern besetzt waren, und andere schlugen mit den Flügeln, um eine Gelegenheit abzupassen, sich irgendwohin zu setzen, und bei diesen Versuchen erschien der Schein einer Aura, den wir wahrnahmen wie glitzernde Staubkörner im Sonnenstrahl, die Funken auf die Brust und die ausgespannten Flügel der Vögel warfen.

Und wir hörten entrückt in diesem feierlichen Augenblick, dass Franziskus sagte: ›Ich glaube daran, liebe Brüder, dass es unserem Herrn Jesus Christus gefällt, wenn wir uns auf diesem abgelegenen Berg niederlassen, da uns unsere Brüder und Schwestern Vögel mit solcher Freude willkommen heißen.‹

›Ehre sei Gott in der Höhe und seinem Namen in alle Ewigkeit. Amen.‹«

Zwergenhöhle

Das Haus war nach allen Richtungen von hohen Bäumen verborgen. Wenn man den Berg hinaufkam, sah man nur den First des Daches, und bog man dann auf den Hof ein, erschien ein zweistöckiges Gebäude mit einer ganzen Reihe winziger Zellen und einigen leeren Anbauten, um Gäste aufzunehmen, die sich mit dem beschränkten Raum abfinden konnten. Aber nirgends war es zu eng, denn überall herrschte eine Freude, die alle versöhnte. Der Gesang war froh und voller Verheißungen, sicherer Eintracht und Dankbarkeit. Dem Haus gegenüber war die kleine Kapelle, die sich auszudehnen schien, wenn sich die Zahl der Besucher vermehrte.

Das Wetter war milder geworden. Zuerst waren sie erfüllt von Dankbarkeit, lebend an diesen Zufluchtsort gekommen zu sein. Und in den ersten Tagen, nachdem sie hierher gelangt waren, hielten die Mönche alle zurück, die sich in die offensichtliche Gefahr stürzen wollten. Als sich aber das Wetter beruhigt hatte, setzte Bischof Paul mit dem größten Teil der Reisenden seinen Weg fort, in der Hoffnung, nach Siena zu gelangen, wo, wie es im Reiseführer des Abts Nikolaus Bergsson von Þverá heißt, die schönsten Frauen lebten. Das mochte stimmen oder auch nicht, jedenfalls verabredeten sie, sich dort zu treffen, aber Sturla blieb mit seinem treuen Begleiter Guðmundur skáldi und dem Mönch Patrek zurück, um sich derer anzunehmen, die sich nicht trauten oder denen andere nicht zutrauten, sich wieder auf den Weg zu machen. So verging die Zeit, bis alle ihre Wunden geheilt hatten, ermuntert von der nie versiegenden Fröhlichkeit der Ortsansässigen. Eines Tages kam dann der Tempelritter zu ihnen geritten, ohne zu erklären, warum er verschwunden war oder wie er sie gefunden hatte.

Guðmundur skáldi saß lange und kritzelte auf seine Wachstafeln und bewahrte das Gedächtnis der Geschichten und Aussprüche des Heiligen, der in allen Geschichten vorkam, und im ganzen Auftreten der Mönche lag eine Ehrerbietung, die auch ihre Bewegungen bestimmte, als ob sie immer auf ihr großes Vorbild schauten, als stünde er neben oder hinter ihnen, und sie blickten sich oft um, als erwarteten sie Hinweise von dort, obwohl niemand von den Fremden etwas anderes als Leere wahrnahm.

Und so verabschiedeten sie sich von diesen Mönchen, deren wichtigste Abwechslung darin bestand, sich in lebensgefährliches Wetter zu stürzen, zu Ruhm und Ehre Gottes, Christi und des Franziskus, und Menschen den Klauen des Todes zu entreißen und vor den höllischen Mächten an einen sicheren Ort zu bringen; und sie vertrauten Gott und ihren Hunden.

Und so folgten sie ihren Gefährten in einigem Abstand in die Toscana nach Siena.

Eingeschlossen

Um sie herum und über ihnen waren überall Tonnen. Große Fässer, die man kaum sah und die hier aufgestapelt waren. Es war so dunkel hier drinnen, dass ihnen erst allmählich klar wurde, dass ihr Versteck ein tief eingegrabener Weinkeller war, der sich desto weiter ausdehnte, je mehr sie mit tastenden Händen umherstolperten und diese Landschaft der Tiefe mit ausgestreckten Fingern erkundeten.

Der Hausbesitzer löschte sofort das Licht und sagte seinen sechs Kindern, sie sollten sich still verhalten. Sie hatten sich alle an die dickbauchigen Weinfässer gelegt und lagen mit dem Bauch flach auf dem Erdboden, und als der Lärm am größten war, hielt die Frau dem Kleinsten die Ohren zu; und sie sagte zu den anderen, sie sollten es genauso machen, damit sie nicht das Gebrüll und das grausame Gelächter im Blutrausch hörten, das gedämpft aus der Ferne hinab in diesen ausgedehnten unterirdischen Raum drang.

Dorthin hatten die vier sich gerettet, Sturla, Guðmundur, Patrek und der französische Tempelritter.

Sie waren in der Scheune, als sie aus dem Schlaf aufschreckten und schnell reagieren mussten, denn plötzlich war der Krieg über sie gekommen und schreiende Horden waren mit Schlägen und Bogenschüssen in diesen stillen Ort eingebrochen, und es war ungewiss, wie viele der Bewohner es bis hinauf auf die Burg oben auf dem Felsen geschafft hatten. Die Feinde waren schnell und unbemerkt vorgerückt, bis sie das Dorf erreicht hatten und alles niedermachten, was ihnen in den Weg kam, besonders Männer, Kinder und alte Leute, und sie zerrten Frauen an Armen und Haaren und Beinen aus den Häusern heraus; einige wurden in Kirchen und Kapellen geschleppt, um sie zu vergewaltigen. Einige wurden ohnmächtig zurückgelassen und andere getötet, wenn man ihnen genügend Gewalt angetan hatte.

Sie sahen durch das Scheunentor das Gemetzel auf den Straßen toben. Patrek griff Sturlas Rockkragen mit der einen Hand und den Ellenbogen mit der anderen, um ihn davon abzuhalten, hinauszustürmen, um sich mit Waffengewalt einen Fluchtweg gegen die Übermacht freizukämpfen: »Du kannst doch niemandem helfen«, flüsterte er. Und dann sahen sie, wie ein Kind durch ein Fenster auf das Straßenpflaster hinausgeworfen wurde, wo es zuckend liegen blieb, und wie eine schwangere Frau an den Haaren den Kanal entlang gezogen wurde, wo in der Mitte der Straße das Abwasser floss. Und da musste auch der zitternde Guðmundur skáldi Sturla festhalten.

Der Tempelritter hatte sich ins Heu eingegraben, nur der Kopf und der eine Arm ragten aus dem Haufen, mit dem er den anderen heftig zuwinkte, sie sollten es ihm gleichtun. Da kam ein Junge durch den unteren Teil des zweigeteilten Tores herein und flüsterte etwas, das sie nicht verstanden, zerrte an ihnen und winkte so vertrauenerweckend, dass sie ihm folgten. Der Tempelritter kämpfte sich aus dem Heuhaufen und folgte den anderen zu einer Bodenluke, die sich unter dem Heu befand, dann gingen sie hinter dem Jungen hinab, wo sie die Familie des Hausbesitzers in Empfang nahm. Die größeren Kinder und der Bauer streichelten sie beruhigend, wenn auch vor Aufregung etwas heftig, aber die Frau drückte die kleinen Kinder an sich, beruhigte sie und gab dem kleinsten die Brust, damit sie sich nicht durch ihr Weinen verrieten.

»Das Licht«, sagte die Frau, während sie das Kleinste durch Säugen beruhigte und den anderen leise Lieder summte. Der Bauer beeilte sich, die Laterne zu löschen. Erst jetzt war es ganz dunkel.

Oben herrschte der Tod

Tag, Nacht, gab es zwischen ihnen vielleicht gar keinen Unterschied? Oben herrschten der Tod und seine Knechte. Als der Hunger immer quälender wurde, ließen sich die Kinder nur mit Mühe dazu bringen, sich weiter still zu verhalten. Sie hatten in der Eile einige Würste von oben mitnehmen können und bemühten sich nun, sie möglichst lange reichen zu lassen. Aber Wein gab es genug. Schließlich kam es, dass das Essen zu Ende ging und keine Geräusche mehr von oben zu hören waren. Der Bauer ging, um die Lage zu erkunden, und bedeutete Sturla, ihm zu folgen. Dieser war auch der Einzige, der eine Waffe besaß, und zwar ein kurzes, breites, scharf geschliffenes Schwert.

Sie gingen äußerst langsam die Treppe hinauf zur Luke, hoben sie vorsichtig und lauschten nach jedem Geräusch. Kein Laut außer dem Knarren eines Fensters. Und im Tal ein fernes Rauschen vom Wald her, das einem vorkam wie ein Föhnwind, in weiter Ferne. Sie bewegten sich vorsichtig und lauschten am Scheunentor nach draußen. Da lagen die Toten auf der Straße verstreut, unter und über sich Blutlachen, und mitten auf dem Weg in der Vertiefung der Straße floss Abwasser, noch immer rot von Blut. Hier war nichts mehr lebendig außer den Leichenvögeln, die sich ihre Leckerbissen in den Augenhöhlen suchten, mit roten Schnäbeln und Klauen; und Hunde, die nach den Wölfen zu den Resten des Festmahls kamen und wie diese die Leichen zerfetzten.

Ein Rabe saß vollgefressen auf einem Menschengesicht, dessen Mund noch immer offen stand, nachdem er seinen letzten Seufzer ausgestoßen hatte. Manchmal beschattete der Schwanz des Raben diesen todesstarren Mund; und er schaute sich mit spöttischen Bewegungen um, einen Augapfel im Schnabel, herausfordernd und hochmütig, als hätte er die Männer beim Eindringen in ihr Reich bemerkt. Und er flatterte langsam mit seiner Beute davon, wie mit einem Edelstein, um sein Nest unter der Glocke auf dem Kirchendachboden zu schmücken.

Sturla und der Bauer warteten lange. Dann hörten sie einen Laut, wo ausgestreckt drei Leichen lagen, eine über der anderen. Unter einem Männerfuß sah man eine nackte Brust und eine andere abgetrennte, die im erstarrten Blut an Sehnen hing. Dieser leise Laut kam aus diesem Haufen. Sturla bemerkte ein Bündel, ging zu ihm hin und nahm das Päckchen an sich. Er sah, wie ihn verlöschende Kinderaugen anblickten, und es war so wenig Kraft in diesem kleinen Wesen, dass es kaum weinen konnte, sondern nur ein klägliches Winseln wie von einem sehr kleinen Tier herausbrachte. Sie nahmen dieses Bündel mit sich hinunter in die Tiefe, nachdem sie etwas zu Essen gesammelt hatten, das die betrunkenen Räuber in der Eile auf dem Boden der Vorratskammer übrig gelassen hatten.

Die Frau unten in der Tiefe nahm dieses kleine Wesen an sich, und der Mann entzündete eine Kerze in der Laterne; und sie gruppierten sich alle um dieses Licht, während die Frau versuchte, den Neuankömmling dazu zu bewegen, ihre Brust anzunehmen. Sie versuchte es wieder und wieder, bis der letzte Hauch verging und das Kind erlosch.

Bei dem trüben Licht sah man nicht, ob aus den dunklen, feuchten Augen der anderen Kinder Tränen rannen.

Frieden

»Es ist Zeit, dass wir uns auf den Weg machen«, sagte Sturla zu seinen Gefährten. »Sie brauchen ihre Lebensmittel selber. Wir wollen versuchen, einen Weg von hier fort zu finden. Fort oder auf die Festung, und in Erfahrung bringen, wie es unseren Kameraden ergangen ist.«

Sie verabschiedeten sich von den Leuten mit Worten, die niemand verstand. Und schlichen ins Freie, wo sich nichts regte, kein kalter Wind, aber ein Windhauch war doch stark genug, die Wetterfahne auf dem Kirchturm zu drehen, dass man ihr Quietschen hörte. Unten war alles still und leise. Alles Blut längst geronnen. Als wäre es schon lange her, dass hier ein Sieg errungen wurde.

Als sie diesen menschenleeren Ort verlassen hatten, entschlossen sie sich, dem Pfad hinunter ins Tal zu folgen, anstatt hinauf zur Felsenburg zu steigen. Sie vermuteten, dass sie wahrscheinlich belagert würde, wenn die Soldaten die Festung nicht schon erobert hätten. Sie gingen ein kurzes Stück und warteten dann ab, bis es dunkel wurde.

Dann setzten sie sich wieder in Bewegung und kämpften sich durch das Unterholz. Sie kamen zu einem Wendepunkt am Fuß eines Felsens, als sie unversehens von Männern angegriffen wurden, die sich dort am Bergrand aufhielten und ihre Waffen, Schwerter und Lanzen, gegen sie erhoben. Einige hatten auch Bogen, machten sich aber nicht die Mühe, sie von der Schulter zu nehmen. Sie verfielen bei dieser unerwarteten Begegnung keineswegs in Hast, befahlen den Gefährten aber in verschiedenen Sprachen, ihnen zu folgen. Die Soldaten waren schläfrig und satt und führten ihre Gefangenen zu einem, der in dieser Gegend die Macht zu haben schien. Er saß am Feuer beim Trinken, während sich ein riesiges Fleischstück an einem dicken Bratspieß Runde um Runde über der Flamme drehte. Sie wurden ohne Gewaltanwendung vor ihn geführt. Ein Mönch saß neben ihm und nagte an einer Fleischkeule. Er trug eine braune Kutte, hatte einen dicken Bauch, ein rundliches, rotes Gesicht, und der Schweiß glänzte im Feuerschein auf seinen breiten Wangen. Unter den Augen hatte er Tränensäcke, ein scharfer Blick strahlte aus der Stille der Augen und seine rosa Tonsur leuchtete. »Frag diese Herumtreiber, woher sie kommen«, sagte der Anführer in seiner bestickten blauen Jacke, mit einem langen Gesicht, einem schwarzen Bart und gewölbten Brauen über lebhaften, verschlagenen Augen, die Nasenspitze über dem auffallend breiten Mund gebogen, die Unterlippe dick, die obere aber eher schmal, und sie spreizte sich über den großen Zähnen wie bei einem lauernden Raubtier.

Sie erklärten dem Mönch, dass sie aus einem Land kämen, das Thule genannt werde. »Ultima Thule«, sagte Patrek. Und fügte hinzu, dass dort die Welt endete. An der Nebelhölle.

»Thule!«, sagte der Anführer und stieß mit seiner Kanne auf die Schulter eines Mannes mit finsterer Miene, der mit seinem Schlapphut neben ihm saß, mit Schmuck an jedem Finger, funkelnden Steinen, die Fontänen von Strahlen aussandten, die das Feuer vor ihnen hervorrief, als er aufblickte und die Arme hob, dass die weiten Kapuzenärmel auf die Ellenbogen rutschten. Er bewegte seine Finger mit dieser prunkvollen Fracht, bevor er antwortete: »Thule«, sagte er. »Irgendwo habe ich den Namen schon einmal gehört, und von Ultima Thule auch. Was ist damit? Ist das nicht eine Art Eismauer, wo alles zu Ende ist? Wo niemand weiterkommt?«, fragte er grinsend. »Ich habe gehört, dass nicht einmal Vögel aus dieser Gegend kämen. Und du, Uguccino? Was weißt du davon?«

»Fragen wir doch diese Ankömmlinge«, schlug der Anführer vor. »Ich sehe, dass sie keine Einfüßler sind, wie ich glaubte, dass sie in jenen Gegenden zu vermuten wären. Ich hatte einmal einen Mönch bei mir, ehe dieser faule Schmerbauch mir die Beichte abnahm. Der hatte in irgendwelchen Schriften gelesen, ich erinnere mich nicht, ob es Dicuil oder Isidor oder sogar jemand aus Irland war, dass dort Menschen im ewigen Schnee lebten, die sich nicht anders fortbewegen könnten, als mit Stangen zu springen. Dort wäre ewiger Schnee auf dem Felsboden und Eis auf dem Wasser, sagte er, sodass man weder das Gestein noch das fließende Wasser jemals sähe, außer durch das blaue Eis. Er sagte, da gebe es keine Tiere, außer Bären, die dort weiß wie der Schnee seien und groß wie Elefanten. Jeder müsse sich vor ihnen in Acht nehmen. Aber da gebe es einen Vorteil bei diesem Eis, dass überall darunter Feuer seien und dass die Berge manchmal Feuer bis an den Himmel sprühten. Und danach entstehe eine gewaltige Rauchwolke, und diese kleinen menschlichen Wesen sprängen hinein und versteckten sich darin vor den Bären. Dann sprängen sie nach Hause in ihre runden Schneehütten. Dann kläre sich der Himmel mit dem neuen Tag wieder auf, und manchmal ziehe sich das Feuer wieder in seinen Kessel zurück. Aber dann sei es ihre Rettung, dass ganz in der Nähe der Kugelgebäude Seen mit kochendem Wasser seien, welches die Tiere abschreckte. Und wenn sie ausschweifen, dann gehen diese fellgekleideten Menschen, um im Gras zwischen Steinen nach gefrorenen Beeren zu suchen oder sie kratzen sich Flechten ab.«

»Was für ein Unsinn«, sagte Ezzolino. »Umgibt sie nicht von allen Seiten der Ozean? Ich habe gehört, dass er sich von den Strandklippen wie Säulen hoch in die Luft erhebt und auf den Berg schlägt, als wäre er eine große Trommel, und dass sich eine gewaltige Brandung in die Berghöhlen und Klüfte stürzt. Wegen des Wütens des Ozeans fliegen die Vögel in solcher Menge auf, dass es sich niemand vorstellen kann. Und sie stoßen helle, scharfe Schreie aus, unter Begleitung der Meeresgötter, sodass daraus ein furchterregender Gesang wird, der alle menschlichen Wesen in den Wahnsinn treibt, die nicht damit aufgewachsen sind. Aber andere stürzen sich ohnmächtig in die Meerestiefe, verschlungen von aus dem Schlaf erwachten Walen, die Fische und Menschen mit dem süßen Geruch aus ihrem Maul anlocken.«

»Und von dieser Felsenklippe kommst du?«, fragte der Anführer Uguccino Sturla. »Ein so stattlicher Mann, wie du bist, und dieser schieläugige Knirps, der neben dir im Schatten steht? Ihr könnt doch nicht beide aus derselben Gegend stammen, so verschieden ihr seid.«

Da sagte Skáldi ziemlich leise: »Alles liegt in Gottes Hand«, wie er es jeden Tag im Kloster bei den Anhängern des Franziskus gehört und sich zu eigen gemacht hatte. Er näherte sich Sturla.

»Haben wir etwa nicht recht damit?«, fragte Uguccino wieder.

Sturla nickte. »Wie es im Buche steht. Bei uns genauso wie bei euch.«

Da rief Uguccino nach einem Mann, der groß gewachsen war, von dunkler Hautfarbe und mit schwarzem Haar, aber einem ergrauenden Schnurrbart und weißen Flecken auf den Wangen, besonders rechts, wo sie aussahen wie Ringe auf einer Schießscheibe. Er trug eine bodenlange weiße Kutte. »Mohr, komm her!«, rief er. »Und wärme dich am Feuer bei uns und erzähle uns mehr von deinen Reisen in dem Land, wo das Feuer vom Himmel kommt und die Erde erhitzt, du Wüstensegler und Glücksritter. Ist es angenehmer, sieben Tage über diesen Ozean zu segeln als über den anderen, der die Länder trennt und wo man Tag und Nacht fährt, ohne etwas Neues vor die Augen zu bekommen?«

»Ja«, sagte dieser dunkle Mann in der weißen Kutte, richtete sich auf und dehnte seine gewölbte Brust. »Besonders, wenn man in sein Inneres reist, während man riesige Entfernungen von Oase zu Oase durchquert. Das könnt ihr nicht wissen. Aber vielleicht kennt der das, der am weitesten aus der anderen Richtung gekommen ist, von den besonders großen Schneefeldern, die kein Ende nehmen, bevor die Eismauer die Erde an das Himmelsdach kettet, nach dem, was ich euch hier am Feuer habe erzählen hören. In der Wüste kommt das Feuer vom Himmel, und wir schützen uns mit unserer Kleidung und bedecken alles, damit es nicht verbrennt wie die ganze Erde. Ich habe gehört, dass sich bei euch das Feuer unter Schnee und Eis befindet. Und deswegen scheint mir, dass wir untereinander viel enger verwandt sind als mit euch.«

Er ging zu Sturla und legte dem Nordländer seine dunkle, große und starke Hand auf die Schulter und sagte: »Friede diesem Manne. Und denen, die mit ihm durch diese Gegend ziehen.«

Da lachten die beiden anderen, aber nicht lange. Sie warfen

Sturla und dem Mohren ziemlich feindliche Blicke zu und schwiegen. Die Zähne der beiden blitzten in ihren Bärten, wie bei Raubtieren, wenn sie angesichts ihrer Beute zögern.

»Alles liegt in Gottes Hand«, flüsterte Skáldi. Dann sahen die Heeresführer einander an. Auf einmal brach Uguccino in lautes Gelächter aus und fuchtelte mit den Armen, als hätte er die Sprache verloren, aber Ezzolino schlug sich mit den Fäusten auf die Knie und sagte nichts mit seiner zischenden Stimme. Aber in sein Gesicht kam ein unergründliches Grinsen und er nickte. Sie zeigten gegenüber dem Mohren keine offene Feindschaft.

»Ihr Landstreicher, schließt euch meiner Truppe an und wärmt euch an meinen Feuern, solange es euch gefällt zu bleiben.«

Sie traten zu viert vor. Der Tempelritter hatte noch nichts gesagt. Er sah sich verstohlen um, ohne die Augenlider zu heben. Wo sie sich zum Mohren setzten, war ein zweites Feuer und ein Hirsch wurde auf einem Drehspieß gebraten, und ein kleingewachsener, sehr dunkler Mann goss den Saft, der von dem Fleisch herabtropfte, wieder auf den Braten. Er schnitt für die neuen Gäste Fleisch von dem Tier ab, schöne Scheiben, und winkte anderen, sie sollten ihnen Wein einschenken.

Sie fühlten sich wohl und sicher.

»Ich bin wie ihr von weit her gekommen. Ich kann mich wie ihr nirgends sicher fühlen«, sagte der Mohr leise zu Sturla. »Aber du hast nichts zu befürchten. Sie brauchen mich und meine Leute. Aber ich muss mich vor allem in Acht nehmen und folge ihnen, solange man mich noch nicht bezahlt hat. Aber ich diene jedem«, sagte er so leise, dass Sturlas Kameraden es nicht hören konnten und nicht wagten nachzufragen. »Meine Leute sind ganz darauf angewiesen, dass ich die Situation richtig einschätze. Und wenn mich meine Urteilskraft verlässt, dann sind wir alle tot. Daran ist nichts zu ändern.

Ich würde mich unter Raubtieren sicherer fühlen, denn ich kenne ihre Art. Hier beruht die Sicherheit aller meiner Leute darauf, welche Angst ich den anderen einflöße, denen ich in der Schlacht folge, nicht weniger als den anderen, die mir in der Schlacht wütend entgegenkommen. Ich habe auch dieselbe Einstellung gegenüber beiden. Das sage ich dir, der du so weit her kommst wie ich, wenn auch aus entgegengesetzter Richtung. Ich bin von dir nicht abhängig, und wir können uns zusammentun. Setze dich zu uns, Bruder, und geh dann, wohin du willst, meine Männer werden euch über den Bergpass begleiten, bis ihr hinunter auf die andere Seite und das Dorf dort sehen könnt. Wir haben dort nichts zu suchen. Es ist schon in unserer Gewalt.«

»Und wer sind denn diese Männer?«, fragte Sturla.

»Du hast gehört, dass der zweite Ezzolino heißt. Er gibt sich manchmal ganz freundlich, aber in Wirklichkeit ist niemand grausamer. Er ist zur Gewalt geboren und hat von seinem Vater die Alleinherrschaft geerbt. Wenn jemand Widerspruch erhebt oder seine Befehle in Frage stellt, sei es auch nur durch sein Mienenspiel, dem lässt er den Kopf abschlagen. Und besonders deswegen gebe ich euch eine Begleitung mit, denn er duldet es nicht, dass man seine Pläne durchkreuzt. Die beiden, die so einträchtig an dem anderen Feuer sitzen, sind keine großen Freunde, sondern bereit, in kürzester Zeit die Richtung zu ändern, wenn sich ein unerwarteter Vorteil bietet, oder es ihnen so scheint. Und der dicke Mönch mit den ständig aus ihm herausströmenden Gottesworten ist auch nicht besser als sie, denn er kennt kein Erbarmen. Du wirst den Namen Ezzolinos noch öfter hören. Er ist einer der Schlimmsten unter den Wölfen, die jeder ihr eigenes Reich haben, und einige von ihnen geben sich aristokratisch. Aber sie lassen die vornehme Maske schnell fallen, und ihre Ratschläge sind kalt und beißen zu Tode. Ich kenne weder deine Absichten noch deine Sorgen, aber ich spüre, dass es da welche geben dürfte, und vielleicht sind es dieselben oder auch andere, wenn wir uns getrennt haben. Ich wünsche dir eine glückliche Reise zurück in deine Heimat, aber ich ahne, dass du auch dort nicht sicher sein wirst.«

Die Herkunft des Mohren

Sie saßen am Fuß eines Felsens, wo die Steilwand zwischen helleren Felsvorsprüngen hoch über ihnen blau schimmerte. Die Raben hatten ihre eigene Klippe, aber ganz oben über den Felsgraten schwebten größere Vögel, die einer anderen Zeit angehörten und gemächlich auf breiten Schwingen kreisten, als bewegten sie sich in der Stille des Himmels und brauchten die Flügel nicht, außer es regte sich irgendwo eine Beute; dann schlossen sich die trägen Flügel blitzartig, und der Vogel stürzte sich aus dem Berg, schlug die Beute und packte sie mit seinen gelben Fängen.

Sie saßen dort am Fuß des Felsens, das Gebirge lag weit hinter ihnen. Sie holten aus ihrem Ranzen eine gute Wegzehrung, Essen und Wein, und bereiteten sich auf ihrer Rast ein kleines Festmahl, bevor sich ihre Wege trennten. Da saßen sie sehr lange und plauderten, denn nun brauchten sie keine Angst mehr zu haben. Der Tempelritter sagte, er wisse einiges über den Mohren, und seine Reisegefährten wollten gern Genaueres davon hören. Skáldi ritzte es zur Erinnerung auf Wachstafeln und schrieb es später nieder.

»Er ist ein Bastard«, sagte der Tempelritter. »Seine Eltern sind Brunetto, der Anführer der Leibgarde, und eine Frau, um die sich Ezzolino II., der Vater dessen, über den wir nun ohne Gefahr reden können, und sein Verwandter Gherardo von Camposanpiero stritten. Es handelte sich um eine reiche

Witwe, Anna von Fiordiligi. Gherardo bat seinen Verwandten wegen seines Einflusses und Reichtums um Unterstützung bei seiner Werbung und glaubte, so sei ihm die Frau sicher. Aber Ezzolino II. nutzte die Situation aus, um sie für sich selbst zu gewinnen. Nun wurde der verschmähte Bewerber von unziemlichem Begehren und Rachedurst gegenüber der Frau erfüllt. Er fand sie am Strand hinter dem Schloss in einem Gartenhaus oder Pavillon beim Plätschern der Springbrunnen und dem Zwitschern der Vögel. Dort saß sie bei Handarbeiten mit Gold und Silberfäden, bei ihr die Amme und ihr Page, den der Kämpe aus dem Zimmer in eine kleine Kammer trieb und darin einschloss.

Er bemächtigte sich dieser Frau, die ja mit ihm verwandt war, hob ihre Röcke, als wären es Leintücher, entblößte ihren weißen Unterleib und vergewaltigte sie, wobei sie in Ohnmacht fiel und unter ihren Röcken beinahe erstickte. Der Mann wütete wie von Sinnen in wildem Hass und aus Furcht, ihn könnte mitten in der Aktion die Kraft verlassen, und er weinte vor Bosheit und Siegestrauer und wusste nachher nicht, ob er seinen Samen in diesem eiskalten Schoß vergossen hatte. Darauf fiel die Frau bei ihrem Ehemann in Ungnade wegen der Schande und Erniedrigung, die man ihm zugefügt hatte, aber das Opfer dieser Untat wurde im Gartenhaus zurückgelassen, wo sie über die Behandlung durch beide weinte und nur bei ihrem Leibwächter, dem Riesen Brunetto, Trost fand. Und es kümmerte niemanden, als aus dieser Beziehung ein Sohn geboren wurde, und man vereinbarte darüber Stillschweigen. Und man beschloss, den Knaben heimlich bei einem ihrer Brüder auf seinem kleinen Hof aufwachsen zu lassen, und der erzog ihn wie seinen eigenen Sohn, brachte ihm Fertigkeiten bei und fügte zur Verwandtschaft Liebe hinzu.

Die Frau starb vor Kummer. Aber den Diener, der sie geschwängert hatte, stellte man an die äußerste Spitze des Heeres, wo es nicht nur am gefährlichsten war, sondern auch sicher, dass er ruhmlos in der Fußtruppe fallen würde.

Der Knabe wuchs sehr schnell heran und war schon mit zwölf Jahren voll erwachsen. Da wurde er zu seinem Großvater väterlicherseits nach Afrika geschickt, um seine Ausbildung in allem zu vollenden, was einen tüchtigen Krieger auszeichnet. Und so ist er von allen Söldnergenerälen auf dem Markt der allerbeste und gefürchtetste geworden, und die Fürsten reißen sich darum, ihn für ihre Gefolgschaft zu kaufen. Kein anderer als er hat euch gerettet. Gelobt seien Gott und die Himmelskönigin, die unbefleckte Mutter Maria, Rose der Rosen.«

Sie zogen nun in aller Ruhe über sanfte Hügel und geneigte Hänge, während die Berge und die Täler dazwischen hinter ihnen lagen. Bald waren sie auf eine Ebene gelangt, und die Siedlungen wurden dichter, Dörfer und Äcker und manchmal ordentlich befestigte Hügel. Und nun war es möglich, sich mit Signalsystemen und Feuerzeichen zu warnen, sodass sich Nachrichten von drohenden Gefahren schnell verbreiteten.

Später am Tag kamen sie in eine Stadt, die an einem sehr breiten Fluss lag, der sich verengte, wo er durch diese Stadt floss. Viele Brücken verbanden die Stadtteile, und überall erhoben sich Kirchen mit Türmen, und einige von ihnen besaßen Kuppeldächer, die ihnen allen als bemerkenswerte Neuerung erschienen, und sie wunderten sich, wie man solche Kuppeln zur Krönung schöner Kirchen überhaupt errichten konnte. Sie ritten zum Gebäude mit dem größten Kuppeldach, blieben dort lange stehen, voller Bewunderung und Entzücken, wollten aber mit dem Besuch warten, bis sie ein Quartier für die Nacht gefunden hätten. Sie verweilten danach an einem achteckigen Gebäude, einer Kapelle mit einem Bronzetor davor, auf der es viele gegossene Reliefbilder mit Ereignissen aus verschiedenen Teilen des Alten Testaments zu sehen gab; die Geschichte von Moses, wie er mit seinem Stab auf einen Felsen schlägt, damit das Volk Israel nicht vor Durst zugrundeging. Eine andere zeigte ihn, wie er von seinem Volk auf einen Berg hinaufstieg, dort niederkniete und wie die Engel des allmächtigen Herrn mit großen Flügeln zu ihm schwebten, um ihm die Angst der Einsamkeit oben auf den Felsengipfeln zu nehmen und ihn wissen zu lassen, weswegen er dorthin gerufen wurde; und als wäre ein Gesang in ihrem Flügelrauschen, so kamen sie hilfreich mit einer Steintafel, die sie zwischen sich trugen und diesem einsamen Anführer reichten, damit klar würde, dass sein Auftrag und der Segen von Gott kam; und man sah auf dem Guss, dass etwas auf der Tafel geschrieben stand. Und er nimmt die Tafel, mit Kraft versehen, sie den Berg hinabzutragen; und man sieht ihn auf dem nächsten Bild auf einer Bergkuppe stehen auf einem kahlen Fleck, und er hebt die Steintafel in die Höhe und lässt das Volk die Schrift lesen, während er laut die Zehn Gebote verkündigt. An manchen Stellen waren die Bilder abgegriffen, wo eine Bürgermenge voller Sehnsucht nach göttlicher Gnade und Führung mit ihren Fingern gerieben hatte, um Hilfe durch göttliche Kraft zu erlangen.

Sie blieben lange dort stehen. Als es dunkel wurde, ritten sie weiter, um sich ein Quartier zu suchen, unter Leitung des Tempelritters, der sich in Gelddingen auszukennen schien. Am Ufer erblickten sie eine Brücke, die sich von denen unterschied, die sie vorher gesehen hatten. Auf ihrem Bogen standen auf beiden Seiten Verkaufsbuden mit aller Art geschmiedeten Schmuckstücken und Kostbarkeiten. Sie ritten dort über die Brücke und ein kurzes Stück den Fluss hinab, in dieselbe Richtung, wie sie gekommen waren, und sie waren beeindruckt von der heftigen Strömung des Flusses, der sich zwischen den befestigten Ufern hindurchzwängte und braungelb von dem war, was er von den Hügeln mit sich herabgerissen hatte, Erde und Lehm und Baumstämme und Kleinholz.

Sie fanden eine lange, niedrige Herberge mit einem Pferdestall in Verlängerung des Schlafhauses. Und sie ritten durch einen Steinbogen hinein, und dahinter befand sich der Haushof. Es waren nicht viele unterwegs, die Pferde waren angebunden, und die Hunde, Katzen und Hühner liefen frei herum. Und sie erhielten dort Unterkunft.

Lebte dort nichts mehr?

Zwei Tage später war die Gruppe in einem kleinen Dorf wieder vereint, nachdem sie sich in Siena getroffen hatte.

Sturla ging durch diese Ruinen, die einmal ein Dorf gewesen waren. Nirgends ein unbeschädigtes Haus. Mauern standen ohne Stütze durch andere Mauern. Und wo es Mauern gab, vielleicht sogar vier, und leere Fensterhöhlen, da lag das Dach in Trümmern auf dem Fußboden, zusammen mit zerstörtem Hausrat und Möbeln aus den oberen Stockwerken und Haufen von Dielenböden. Nirgends ein Wesen mit menschlicher Gestalt, außer verstümmelten Puppen und beschädigten Spielsachen, und manchmal ließen die zerrissenen Glieder noch etwas von befriedigter Brutalität ahnen.

Lebte denn gar nichts mehr? Er stand da und und hielt kurz inne bei dieser Erinnerung an eine menschliche Wohnstätte und schaute hinaus durch das Tor, das durch Katapultbeschuss breiter geworden war, Holzbalken aus einem gewaltigen Türblatt lagen quer und ein Ende ragte so auf den Vorplatz hinaus, dass man hinüberspringen musste. Da sah er einen räudigen Hund, gelb, mit zottigem Fell. Aus seinen Augen troff wässriger Eiter. Der Hund hatte seine Schnauze unten bei seinen Pfoten und schnüffelte mit wenig Hoffnung. Er nahm den Geruch des Mannes nicht wahr, der in den Ruinen stand und nach Leben suchte, nach irgendetwas Lebendigem. Der Hund entfernte sich langsam; und man hatte den Eindruck, dass die Zeit kaum verging, dass sie schon verstrichen wäre, völlig aufgebraucht. Man konnte nicht sicher sein, dass sie sich wieder in Gang setzen und ihren Lauf aufs Neue aufnehmen würde.

Und dann fiel sein Blick auf diese weiße Terrakottafigur. Sie sah eher wie ein Zimmerschmuck oder ein Erbstück aus als wie eine Puppe, deren Finger und Zehen Kinder antatschen konnten. Es war die Figur eines erwachsenen Menschen, aus der Blüte der Jugend ins hinfällige Alter hineingeworfen; über einem Auge und über einer Wange war ein gelber Fleck und über den Augenbrauen etwas, das stark an ein Muttermal erinnerte, als hätte jemand in sinnlosem Verlangen Saft aus gelben Blumen gepresst, ohne Unterlass, eine Blume nach der anderen, als gäbe es eine Hand, die sich bewegt hätte, um aus einem leeren Brunnen in monotoner Bewegung zu pumpen, wieder und wieder, Blume auf Blume, und der Saft tropfte in das blinde Puppenauge, bis er über den Wangenknochen und über die Wange hinunterfloss, wo er wie festgetrocknetes Mus hängenblieb.

Er berührte mit seinem staubgrauen Zeh ein Mauerbruchstück und stieß es auf diese unversehrte Figur.

Daneben war ein langstieliges Glas mit beschädigtem Rand, als hätte jemand hineingebissen, der Boden dunkel vom Bodensatz.

Eine Halskette mit vergilbten Perlen, von Steinstaub bedeckt, hatte sich um den unbeschädigten hohen Stiel des Glases gelegt.

Ein Kamm aus Bein, kunstvoll wie zu einer Morgengabe geschnitzt, mit feinen Zacken an beiden Seiten und einem Bild auf der Fläche dazwischen, das einen jungen Mann in Begleitung eines jungen Mädchens in einem Garten zeigte, die Farben gedämpft durch die Nuancen des Knochens, in den das Bild eingeritzt war; sie gingen Hand in Hand in den Wald, die Bäume streckten ihre federnden Zweige nach ihnen aus, um das Haar der beiden zu berühren oder nach der Feder im Haar des Mannes zu greifen, die er griffbereit bei sich trug, um Gedichte für die Auserwählte seines Herzens zu schreiben, die ihm in den Wald folgte, und die Zweige der Bäume neigten sich ihnen zu mit ihrem verschwenderischen Angebot. Tibi delegavi cor meum. Und schmückende Schnörkel um die Inschrift.

Er erhob sich aus der Hocke und ging zu einer Öffnung, wo ein Fenster gewesen war, und die Glasscherben knirschten unter seiner Ferse. Da sah er die Vögel.

Sie saßen ganz oben in diesen hohen Bäumen, die nirgends ein Blatt und kaum Knospen hatten. Sie saßen ganz ruhig und dichtgedrängt auf den Zweigen, nichts bewegte sich. Kein Reis zitterte unter einem Vogel. Es waren große, dunkle Vögel, aber weder Raben noch Krähen. Sie waren bräunlich, auch wenn sie zu Schwarz hin tendierten. Er stand lange, ohne zu sehen, dass sie sich bewegten. Als hätten sie alle Hoffnung aufgegeben und blieben dort sitzen, ohne sich jemals umzublicken, alles wäre vorbei.

Er war lange gegangen. Es war Morgen geworden. Er ging und ging. War alles aus? War noch Zeit übrig? Es begann dunkel zu werden. Einen Augenblick sah man lange Schatten auf dem Boden, einige kamen von diesen hohen Bäumen. Und einige nur von den Mauern der eingestürzten Häuser. Da hörte er ein Quietschen in diesen großen Ruinen. Er ging dorthin und wunderte sich. Er sah über einen Steinhaufen auf eine gemauerte Wand und ging hindurch; und dahinter sah er auf eine Hängebrücke unter einem zerfallenen Brückenbogen. Die Brücke darunter bestand aus Weidengeflecht mit Querhölzern und hing an Seilen, die an Felsen befestigt waren, auf beiden Seiten verschiedene Häuser, alle zerstört. Und er hörte das unterbrochene Rauschen von fließendem Wasser, das da über den Kies rann. Zugleich hörte er wieder das Quietschen; und er kletterte über Kieslöcher und Mauergrate eingestürzter Häuser und sah hinab, wo in einer Senke ein Knabe beim Pumpen war, und das Quietschen kam aus der Brunnenwinde mit dem blaugestrichenen Handgriff, und er fuhr fort zu pumpen und pumpte immer weiter, ohne dass Wasser kam. Und die Brunnenöffnung war wie ein schwarzes, blindes Auge.

Er kletterte oben auf der Steinkante herum, bis sich ein Stein löste und auf einen anderen Stein rollte und schließlich im weichen Sand zur Ruhe kam. Da drehte der Knabe, ohne sein Pumpen zu unterbrechen, seinen Kopf in Richtung des Mannes oben.

Und schaute ihn an, ohne ihn anzuschauen.

Schwarze Krähen

Schwarze Krähen flogen auf, in der Nähe der Äste hoher Bäume, die sich in die Höhe schraubten. Sturla lag auf einer duftenden Wiese und schaute den Wolken nach, wie er es manchmal zu Hause in Sauðafell gemacht hatte, draußen im Heideland oder an Flussufern; und er dachte daran, einen wie langen Weg er von dort zurückgelegt hatte.

Waren das Unglückskrähen? Und diese merkwürdigen Vögel, die hier in den Mooren wateten, mit ihrem krummen Schnabel und gebogenem Hals einherstolzierten und in Vornehmheit und Größe eher Schwänen als Regenbrachvögeln glichen – die verließen das Moor und standen in der flachen Bucht lange auf einem Bein, das andere Bein in der Luft, als wären sie bereit, mit ihren Krallen Gedichte ins Blaue zu schreiben. »Warum gehst du?«, fragte Solveig.

»Ich gehe, um Vergebung meiner Sünden zu erlangen.«

»Dann geh.«

Er erwachte nackt.

Schreckte von einem Albtraum auf, der ihn quälte. Ein Kampfstier schien ihn mit seinen spitzen Hörnern aufzuspießen, er fühlte seine Eingeweide herausquellen; und hörte dann die Glocken läuten.

Er hatte unendlich weite Wege zurückgelegt. Wie tröstlich war doch der schöne Klang dieser Glocken nach seinem Erwachen. Im Halbschlaf hatte er die Glocken gehört, die ein Mönch läutete, er hatte geträumt oder sich vorgestellt, dass das Glockenseil durch ihn hindurchgezogen würde und dass er sich mit diesem Seil nach oben und nach unten bewegte, das die Glockentöne hervorrief, die laut das Klanggewirr übertönten, das überall zu hören war.

Rom (1234)

Dico quod tempus non est velox nec tardum.
(Ich sage, dass die Zeit weder schnell noch langsam ist.)

Franciscus de Marcia

Von Hauptkirche zu Hauptkirche

Ihre letzte Etappe legten sie in langsamem Ritt zurück; sie hatten sich von der Hauptgruppe und den Soldaten getrennt. Patrek der Mönch und Guðmundur skáldi ritten Seite an Seite, begleitet von einigen anderen, aber der Tempelritter war von der Bildfläche verschwunden. Der norwegische Bischof Paul von Hamar hatte vor, in einem Kloster auf dem Lande eine Rast einzulegen und sich Gedanken darüber zu machen, mit welchen Worten er dem Papst die Klagen des Erzbischofs und der Chorbrüder in Trondheim gegen die Übergriffe des jungen norwegischen Königs Hákon vorbringen könnte, der ihnen die Sache der Aristokraten gegen die Rechtsansprüche der Kirche zu favorisieren schien.

Sturla selbst war voller Ungeduld, endlich ins Zentrum der Welt zu kommen, wo der Papst saß, der ihn und seinen Vater von der Last ihrer Sünden befreien und Vergebung für das gewähren sollte, was sie gegen den Bischof verbrochen haben konnten. Er wollte aber auch daran erinnern, dass die Leute des Bischofs seinen Bruder, einen vielversprechenden jungen Mann, getötet hatten und außerdem einen der hervorragendsten führenden Männer des Landes, seinen Onkel Kolbeinn Tumason, der doch das schönste Gebet verfasst hatte, das Sturla kannte und in der lateinischen Übersetzung des Guðmundur skáldi vorzutragen gedachte, dazu auch auf Isländisch, damit der Papst einmal den schönen Klang dieser Sprache kennenlernte und sähe, ob es nicht wahrscheinlich wäre, dass das die Ohren Gottes erreichte:

Gott, dich rufe ich an,
dass du mich heilst.
Gedenke meiner, o Herr,
ich bedarf deiner Hilfe sehr.
Reiße, du Himmelsfürst,
mächtiger Herrscher,
jedweden Kummer
aus meinem Herzen.

Er wollte von Sünden gereinigt werden und die Absolution aus den Händen des Papstes selbst empfangen, und zwar nicht nur wegen der Missetaten gegen Bischof Guðmundur den Guten, sondern auch für alles, was sich sonst auf seinem Lebensweg angesammelt hatte. Und was ihn mehr und mehr bedrückte, je näher er dem Ziel kam: die Totschläge, die er in Island angeordnet hatte. All das wollte er dem höchsten Urteil dessen überlassen, dem die Schlüssel des Petrus anvertraut waren und der selbst die Vollmacht hatte, ein solcher Felsen zu sein.

Musste man nicht Verständnis für Bischof Guðmundur haben? Es kam ihm in den Sinn zu fragen: War er vielleicht zu hart gegen Guðmundur vorgegangen, den die Armen den Guten nannten? War es ihm überhaupt anzurechnen, dass er eine so undisziplinierte Anhängerschaft hatte?

Sie hatten beim Fürsten Colonna Unterkunft gefunden, der mit seiner Familie die gesamte Macht in dieser Gegend besaß. Der Fürst bestellte einen seiner Männer, ihnen den Weg zu zeigen, er schärfte ihnen auch ein, nur mit äußerster Vorsicht durch sein Land zu reisen und sich möglichst an die Burgen dieser Gegend zu halten, denn überall gebe es untreue und unzuverlässige Untertanen, manche sprächen zudem eine unverständliche Sprache. Und stünden den Tieren näher als den Menschen, fügte Colonna hinzu. Der Fürst selbst habe mit dem Papst um die Oberherrschaft über die Ländereien um Rom herum gestritten, aber ein berühmter Sieg über die Seeräuber zum Wohle des ganzen Volkes sei ihn so teuer zu stehen gekommen, dass er dem Papst viele Ländereien und Burgen verkaufen musste. Später habe er sich einen Spaß daraus gemacht, eine Truppe aufzustellen, welche die päpstlichen Gefolgsleute, die das Geld transportierten, angreifen und das Geld an sich bringen sollte.

Sturla und seine Kameraden verfügten nur über eine kleine Schutztruppe und einen Reiseführer, der ihnen die Wege zeigen sollte, auf denen man die Räuber vermeiden und sich verstecken konnte. Sie bevorzugten es, in der Dunkelheit zu reisen.

Wenige Tage später ritten sie in der Abenddämmerung durch die Porta del Popolo in die Stadt Rom ein. Der Platz war lehmig, hier und da brannte eine Fackel. Sie ritten hinunter zum Tiber. Hielten dort am Ufer an, unter Kiefern, die ihre Schirme über ihnen ausbreiteten, die aber zu hoch waren, als dass sie ihnen Schutz bieten konnten. Ein rosa Mond am Himmel. Keine Sonne. Sie wateten durch den Schlamm und ließen ihre verschwitzten und durstigen Pferde das gelbe Tiberwasser trinken.

Der Fluss strömte ruhig dahin und wand sich zwischen niedrigen Ufern hindurch, weshalb sie oft überschwemmt wurden, aber jetzt saßen Landstreicher an den Ufern, einige an Feuern, und schauten nicht auf, als die Gruppe vorbeiritt, unterbrachen weder ihr Reden noch ihr Schweigen beim Anblick der Fremden.

Als sie die Pferde getränkt hatten und sich umschauten und in der Nähe wenig entdeckten, das daran erinnerte, dass hier ein Stellvertreter des Himmels seinen Sitz hatte, setzten sie sich langsam in Marsch und folgten bedächtig dem Weg am Ufer entlang. Sie sahen Türme, Burgen und Kirchen und an manchen Stellen auch Ruinen, die Hügel wuchsen und näherten sich mit ihren luftigen Kieferndächern und den schlanken Zypressen, und sie nahmen Richtung auf die Engelsburg und den Papstpalast.

Ihre bewaffneten Begleiter trennten sich nicht von ihnen, bevor sie in eine Herberge in der Nähe eines belebten Platzes gekommen waren. Dort herrschte ein lebhaftes Treiben. Am Morgen hatte dort ein Markt stattgefunden, wovon noch Überreste zu sehen waren. Nun war es schon spät geworden, und die Leute kamen mit ihrer Ware auf Karren und Eseln, vor einige Wagen mit Zeltplanen darüber waren Ochsen gespannt, und man war schon dabei, den Markt des folgenden Tages vorzubereiten. Dort gab es Tavernen mit vielen Männern darin und großem Gelächter, das sich ausbreitete, Rufe und Schreie, wenn Frauen von groben Händen gezwickt wurden.

Als die Gefährten sich mit ihrem Gepäck auf dem Strohlager eingerichtet hatten, ging Sturla allein hinaus, um die Volksmenge in der ewigen Stadt zu beobachten.

Und als er durch das Menschengewimmel mit seinem ausgelassenen Trubel um sich herum über den Marktplatz ging, kehrte er in die eine oder andere Taverne ein und bestellte sich Becher mit Wein. Dann brauchte er nur die Augen zu schließen, um die ländlichen Gegenden vor sich zu sehen, durch die er auf dem Weg nach Rom gekommen war. Wie sich die Hügel ringsherum weich und freundlich wellten, sanfte Höhenrücken über grünen Äckern, ausgedehnte Landstriche mit dem grausilbernen Laub der Olivenbäume, hohe römische Kiefern mit Nadeldächern. In der Ferne aufragende Berge. Diese Gegenden, die niemals selbständige Stadtstaaten waren, sondern Festungen auf den Höhen, beherrscht von fremden und manchmal sogar weit entfernten Fürsten, altertümliche Turmburgen zum Schutz gegen Räuber, von wo wechselnde Truppen kamen, das Volk zu verteidigen, die aber doch häufig genug mit ebendiesen Räubern verbündet waren. Auf dem

Flachland herrschte Sklaverei, viele konnte man fast als Höhlenbewohner bezeichnen, und sie kamen, um die Müllhaufen unterhalb der Burgen nach etwas Essbarem zu durchwühlen. »Sie entstehen aus Abfall und Dreck«, sagte der Fürst. »Sie erinnern ein wenig an menschliche Wesen, es sind keine richtigen Tiere.« Sturla hatte diese Leute gesehen, die ihnen finster und unwirsch nachschauten, als sie vorbeiritten.

Er öffnete die Augen in der berauschenden, flackernden Helligkeit in diesem schwarzen Meer der Nacht, wo der Himmel schwarz und tief und bodenlos brodelte. Schweine grunzten und wühlten mit ihren Rüsseln in Kohlblättern und heruntergefallenen Blumen unter den Füßen des Volkes, das vor- und zurückdrängte, grölend, kreischend, lachend, heulend, stöhnend, dröhnend, lärmend, gellend, bellend, brüllend, singend, klingend, jauchzend, brummend, summend, flüsternd und schreiend.

Eine tote Taube auf dem Marmorsims einer kleinen Kirche, der Körper aufgetrieben.

Pferde furzten, Hunde bellten, und einer jaulte hinter einer Mauer unter Sträuchern mit roten, rosa und blauen Riesenblüten, sodass die Sehnsuchts- und Schmerzenslaute des Hundes einen berauschenden Duft verbreiteten.

Dunkle Verheißungen aus einem brandungslosen Ozean. Ein verrottender Katzenkadaver und eine tote Ratte mit einem angenagten Schädel daneben auf dem Sockel eines Denkmals mit einem Heeresführer auf seinem Schlachtross, mit erhobenem Schwert und einem Wimpel auf seinem Helm. Er schloss die Augen und sah die Landschaft nicht mehr, die sie gerade durchquert hatten, und er hatte ihre Gefahren vergessen, die Furcht; jetzt war jetzt.

Nun zog sich die Gegenwart hin und wuchs, wurde groß; und sprengte ihre Grenzen in den verführerischen Farben dieses Abends und dem trügerischen Licht der unsteten Fackeln und Kerzen und Lampen, die vielleicht Irrlichter sind oder Grabhügelfeuer; aber dieser Gedanke kam ihm erst später; war jetzt nicht gegenwärtig, sondern nur das, was er sah und hörte und was seine Sinne von dem reinigte, was vorher war, und die Angst vor dem Künftigen nahm, und das waren nur: der Gestank, die giftigen Farben und der Wein in seinem Becher.

Er war sich seiner selbst nicht bewusst, nur all dessen, was ihn umströmte: Rom.

Die Leute drängten sich in der Taverne und strebten zur Theke, wo die Gäste von drei frühreifen jungen Mädchen und ihrer korpulenten Mutter bedient wurden, die an Umfang in dem Maße zugenommen hatte, wie ihre Anmut schwand, und ein Bart war ihr auch gewachsen. Sie organisierte nun mit harter Hand, gellendem Lachen und unaufhörlichem Reden die Bewirtung, gab ihren Grazien und ihrem armen Mann Anweisungen für das Ausschenken von Met und Wein aus Fässern mit Zapfhähnen, die auf Holzböcken im hinteren Teil des Raums standen. Sturla bewegte sich langsam dorthin, widerstand dem Gedränge und bahnte sich seinen Weg nicht selbst, sondern schmiegte sich in die Lücken, die entstanden, wenn andere, die rücksichtsloser waren, hinein- oder hinausdrängten. Da stand er nun, hellblond, in dem dunklen Gewimmel. Er fühlte, wie er aus der Menschenmenge hervorragte, so groß sie auch war, und die drei Mädchen schauten alle zugleich auf diesen hochgewachsenen, schlanken Mann mit den breiten Schultern, der gewölbten Brust und den hellen Augen, der von so weit gekommen und noch nicht abgestumpft war gegenüber neuen Erfahrungen, trotz der Strapazen seiner langen Reise. Sie waren gerade dabei, die anderen Gäste zu bedienen und ihre Kupfer- oder Silbermünzen zu zählen, sodass ihre dicke Mutter sie anwies, sich um das zu kümmern, was ihre Aufgabe war, und sie von dem neuen Gast wegzog. Ihm gegenüber gab sie sich freundlich, doch ohne dass sich die Schärfe in ihrer

Miene abmilderte, und sie machte sich daran, ihm Met einzuschenken, aber er deutete auf den dunkelroten Wein, den er auch bekam. Er löste sich mit seiner gewohnten Langsamkeit aus dem Gewühl, das ihn jetzt aus allen Richtungen bedrängte, und ließ sich nicht zu größerer Eile zwingen, als ihm angenehm war; er bewahrte sich sein Zeitgefühl und ließ sich nicht von der Hetze um ihn anstecken.

Und dann stand er wieder im Gewimmel auf dem Marktplatz. In seiner Nähe der Dunst schwitzender Pferde und der Geruch von Pferdeäpfeln, die vor ihre Füße fallen gelassen wurden, als der Sattel abgenommen, die Kandare gelöst und die Zügel locker über den Hals gelegt waren, während sich die durstigen Reiter und ihre Knechte einen Becher oder Krug zum Trinken holten. In einem Stall dort in der Nähe waren einige kurzhaarige Schafe mit gekräuselter Wolle, nur entfernt verwandt mit den schönwolligen Tieren, die zu Hause scheu und frei lebten und etwas vom Wesen der Berge hatten. Die hier standen teilnahmslos in ihrem Verschlag herum, unberührt vom Mahlstrom der Menschenmenge. Manchmal sahen sich aufdringliche Frauen nach ihm um und spreizten aufreizend die Beine, fassten ihn an und einige griffen sogar an sein Gemächt, aber er stieß sie ruhig von sich, den Becher in der einen Hand und den Tonkrug in der anderen, und musste Ellenbogen und Schultern benutzen, um sie sich vom Leibe zu halten.

Er schlenderte zu dem Kriegshelden mit dem erhobenen Schwert auf seinem sich aufbäumenden Pferd und ließ sich auf dem Sockel nieder, bis er die tote Katze und die am Kopf angenagte Ratte sah. Da stand er auf und setzte sich zu der seligen Taube mit dem aufgedunsenen Körper, den der Mond beschien. Er goss sich in seinen Becher nach und beobachtete, wie der Wein aus der Kanne floss, gesegnet vom Silberschein des Mondes, und begann nun, einen verborgenen Kummer zu fühlen. Mitten in diesem ausgelassenen Menschengetümmel kam ihm zum Bewusstsein, von wie weit er gekommen war und wie fremd ihm das alles war, was um ihn vorging, und er spürte, dass ihn ein anderer Zauber erfasste als die Verlockungen der Szene hier. Er dachte daran, dass so viele andere ebenfalls die lange Reise hierher gemacht hatten, aber er war jetzt der Einzige, der von dieser Insel im äußersten Nordmeer kam, die dich nie loslässt, wie weit auch die Reise sei, mit ihren ruhigen Gletschern unter dem Leinenlaken aus Schnee, die eines Morgens von einem neuen Tuch bedeckt sind, und wenn man es am wenigsten erwartet, erwacht das Feuer und schwärzt dieses frische reine Leinen, den Neuschnee, der am Morgen, als du ihn erblicktest, dein Leben erneuert hatte, und dann kommen diese schwarzen und grauen und blauen und roten Brocken aus der Erde; und er ging nicht weiter und trank seinen Wein.

Er ließ einen Tropfen von seinen Fingern auf den gedunsenen Körper der Taube fallen und goss dann Wein aus dem Krug, sodass sich ein dünnes Band bildete, das im Gefieder blinkte und unter dem auf dem Boden liegenden Flügel verschwand. Er stieß mit seinem Becher an den Schnabel, als hätte die Taube eine Frage beantwortet, die er ins Blaue flüsterte, als hätte er es getan, anstatt nur daran zu denken.

Er hörte den Klang einer Antiphon aus dem Inneren der Kirche, in der es so gut wie dunkel war, nur manchmal fiel ein Lichtstrahl in die Finsternis. Es war eine niedrige Kirche ohne Turm. Die Tür stand offen, dahinter ein Gang, aber vor der zweiten Tür ein Gitter. Sehr oft ging der fromme Gesang im Lärm auf dem Marktplatz unter und in den Geräuschen, die aus den engen Straßen zwischen niedrigen, dunklen Häusern um den Platz hervordrangen. Ihn erfasste Neugier, was sich dort in der Gegend abspielte, aber er fürchtete, in einem Labyrinth zu landen und nicht mehr den Rückweg zu finden, lieber wollte er sich auf die Unwegsamkeiten hier in der Mitte einlassen, von wo aus er jedenfalls den Weg zur Herberge kannte.

Hier gab es alle Arten von Missgestalten, x-beinige Zwerge mit Köpfen, so groß, dass sie für zwei gereicht hätten, einige mit Buckeln, Menschen ohne Beine, die sich auf den Knöcheln vorwärtsbewegten, einige ohne Finger, auf ihren mit Rädern versehenen Brettern erstaunlich schnell, Frauen mit geflochtenen Bärten saßen da und boten an, aus den Sternen das Schicksal der Gäste vorherzusagen; einige liefen auf einem Seil mit einer langen Stange und einer Kappe mit vielen herabhängenden Zipfeln, an jedem eine unterschiedlich klingende Glocke. Sie schüttelten den Kopf bei ihrem Gang auf dem schmalen Weg über den Köpfen des Volkes und schnitten Grimassen beim Glöckchenklang, zischten mit ihrer langen, schmalen Zunge wie eine Giftschlange und pendelten manchmal mit ihr hin und her, als versuchten sie, das Silber einzufangen, das hoch vom Himmel den langen Weg vom Mond herabfiel, der über dem Ganzen lächelte. Einer spuckte Feuer, als gäbe es in seinen Eingeweiden genug davon und er selbst käme mit seinem Feuer aus dem Krater eines Vulkans. In seiner Nähe stand ein vierschrötiger kleiner Kerl mit einem Büschel Flaumhaar auf der Stirn, einem kahlen Schädel und schwarzen, dicken Augenbrauen, und seine flinken und ziemlich bösartigen Augen funkelten durch das Stirngebüsch. Er wirkte wie ein Schmied, der sich eilig von Esse und Amboss entfernt hatte, als das Eisen fertig geschmiedet und erkaltet war; er hatte ein Schwert mit auf den Marktplatz genommen, schwang es vor den Gesichtern seiner Zuschauer, spannte seine großen, festen Bizepse und ließ seine Brustmuskeln spielen, was Getuschel hervorrief, und Matronen streckten sogar ihre Hand aus, um die Muskeln auf den Oberarmen zu befühlen, Witwen oder Landstreicherinnen oder reife Frauen mit ihren Gespielen.

Unter einem Baum mit herabhängenden, hellbelaubten Zweigen saß an einem kleinen Feuer eine Gruppe von Männern und Frauen mit einer Fleischkeule, die sie herumreichten und von der sie mit ihren wenigen Zähnen abbissen, mit fettigen Lippen und verfilzten Haaren, dazu tranken sie im Wechsel Wein aus Tonkrügen oder ließen eine Lederflasche mit Wein herumgehen und spritzten sich den Strahl ins Gesicht, ohne das Mundstück mit den Lippen zu berühren. Sie zielten auf den Mund, aber einige spritzten sich den Strahl auch auf die Stirn, von wo er am Auge vorbeifloss, wobei sie die Lider schlossen, während der Wein sich seinen Weg in den Mundwinkel suchte, wo ihn die geschürzten Lippen aufnahmen, sehr zum Vergnügen der anderen, welche die Prozedur mit heiserem Gelächter aus ihren strapazierten Stimmbändern begleiteten. Sie hatten drei Esel an denselben Baumstamm gebunden, mit einem Zaum, an den zwei Verzweigungen angeknüpft waren, und manchmal sangen sie improvisierte Verse zwischen den Liedern, in welche die Nahestehenden einfielen.

Wo das Blätterdach aufhörte, begann eine kleine Weinlaube an einem Schuppen, der auf den Mauerresten einer alten Ruine stand. Mondstrahlen fielen durch die Weinreben und warfen die Schatten des Weinlaubs auf diese zusammengewachsene Herde. Schließlich erhoben sie sich, warfen zwei räudigen Hunden, die sich der Gruppe angeschlossen hatten, den abgenagten Knochen der Keule vor und begannen einen Kettentanz, wobei sich jeder hüpfend und mit den Füßen den Takt schlagend seinem Vordermann anschloss, die Hände auf seiner Schulter oder Hüfte. So zogen sie durch die Menschenmenge, die ihnen den Weg freigab, und einige gesellten sich dazu und hüpften mit. Der Anführer hielt zwei Fackeln in die Höhe, er hatte einen roten Bart unter seiner gebogenen Nase und ein schwarzes Tuch vor dem einen Auge, das steingraue Haar war zu einem Pferdeschwanz zusammengebunden, und unter seinem Gürtel hatte er eine Kappe mit gelber Borte. Plötzlich löste sich eine Frau aus der Menge, stürzte sich auf ihn, riss ihm die Kappe aus dem Gürtel und setzte sie auf sein graues

Haar, und da richteten sich steife Stoffzungen auf und bildeten eine Art Krone. Die Frau wiegte sich in ihren bunten Röcken mit ihm hin und her, mit ganz dunkler Haut und Pech in den Augen, das den Fackelschein widerspiegelte; und sie lachte so herzlich, dass man die Perlen in ihrem Mund bis zu den Backenzähnen sehen konnte, und mit ihrer Zunge richtete sie sich verführerisch an die Menschenmenge, vor allem aber an den Mann, und rief: »Viva il re! Viva il re dei burattini! Viva il re! Il re di sogno, il mattone della luna, il mattonuccio mio! Es lebe der König!«

Und als sie dort vorüberzogen, wo Sturla mit seinem leeren Krug saß, da ließ diese lockige schwarze Schönheit ihren Mondkönig los und griff sich den blonden nordischen Prinzen mit dem braunen Bart und den blauen Augen und zog ihn, zu seiner eigenen Verwunderung ohne Widerstand, in diesen gewundenen Springtanz hinein.

Auf diese Weise selbst zu einem Teil des Geschehens geworden, wofür der Wein den Weg geebnet hatte, spaltete sich Sturlas Bewusstsein, und es kam ihm vor, als bewege er sich in Harmonie mit den Tanzenden, sähe die tanzende Kette und sich selbst darin in Schlangenbewegungen durch die Menge winden, sähe auch die Leute, die den Tänzern zuschauten, bemerkte bei einigen das Zögern, sich in die Kette einreihen zu lassen, die Unentschiedenheit der Beobachter, die sich fragten, ob auch sie sich zur Teilnahme entschließen sollten, sähe die ganze Szene. Die Dunkle, die den Tanz anführte, wandte sich zunehmend ihm zu, ließ aber dem Mondkönig seine Macht und Führung. Sie drängte sich an diesen Mann, der so verschieden war von den anderen, wie an einen künftigen Gefangenen ihrer Lust, provozierte ihn mit plötzlichen Annäherungen und aufreizenden Verweigerungen zugleich; sie lachte ihn an, wobei ihr Lachen ganz hell wurde, wenn er mit seinen Schritten aus dem Takt kam.

Als die Anführerin des Tanzes am Tisch mit den Getränken vorbeikam, griff sie einen Tonkrug mit einer kurzen, schmalen Tülle und setzte ihn dem Sturla an den Mund, wobei sie ihre schlanken Finger auf seine starken, dicken Finger legte, und kippte den Krug, während er trank, sodass er kaum mit dem Schlucken nachkam und Rinnsale zu beiden Seiten in den Bart hinabliefen. Jetzt stand ihm diese Mondgöttin so vor Augen, als wäre sie aus der Lichtung seines Erinnerns auferstanden, wieder aus dem Stein erwacht, und die heidnische Messe und der Zauber, alles wäre wiedergekommen, schien ihm in diesem Augenblick, als die Wirkungen des Weins seine Seele zum Vergleich herausforderten, zu einer schnellen Wiederholung dieser Vision von Gleißen und Glut, dem roten Wasserfall aus der alten Götterwelt, der alle Alphabete in sich schloss, und sie wurde durch den rotweißen Wasserfall und den rhythmischen Tanz auf einem schmalen Pfad zu einem breiten Weg getragen, wo sich alle Richtungen verloren, außer diesem schmalen Pfad, wo sie ihm winkte und ihn auf den einzigen Weg im Wirbel der Weltrotation hinwies, wo sich alle Rufe und Schreie zu einem einzigen Windstoß vereinigten und nur dieser dunkle Schritt und sie mitten im Wasserfall, streckte ihre Arme nach ihm aus und tauchte ihn unter, vielmals, und zog ihn wieder hoch, damit er Luft schnappen und wieder in die Tiefe des Nichtvergessens hinabsinken konnte, um dann mit Flügeln über sich zu erwachen, außer Atem in schwindelnden Weiten, die sich mischten und wellten, spalteten und anstießen und fortfuhren zu stürzen jenseits dieser verzerrten, fließenden Flächen, außer es genügte, sich von ihren Flügeln emportragen zu lassen, um nicht hinabgezogen und zwischen den wirbelnden Steinen am Grund des Wassers zerrissen zu werden und auf dem Weg nach unten völlig das Bewusstsein zu verlieren.

Und dann ging es ihm etwas besser, und die Frau lag halb über ihm und halb unter zerknittertem Leinen. Er wusste nicht, wo er war, und musste noch herausfinden, wer er wäre, nachdem einzelne Bruchstücke aus der Nacht vor dem nahenden Tag aus den rosenfarbigen Fingerspitzen des Morgens gefallen waren, der mit einer bläulichen Lichtflut bezauberte und Kringel in den Saal malte und ihn in ein kleines Zimmer verwandelte.

Sie bewegte sich, als er versuchte, sich vorsichtig von dem dunklen Busen an seiner bleichen Brust zu lösen und von dem Arm, der über seinem Hals lag, die ausgestreckten Finger auf dem Kopfkissen mit dem Blumenmuster, das von diesen leichten Fingern eingedrückt wurde. Ihre Atemzüge veränderten sich, als wollte sie aufwachen. Er wartete ein wenig, hielt sich mit all seinen Fragen zurück und versuchte herauszubekommen, wohin es ihn verschlagen hatte. Aber alles andere lag in weitester Ferne, alles außer dem, was hier war und was er nicht verstand. Bis er sich nach langer Zeit wieder bewegte und von seinem Lager aufstand. Er blieb stehen, mit dem Rücken zum Fenster. Draußen war der Tag gekommen und er drängte sich hinein und zerstörte den Zauber.

Er holte sich einen Tonkrug vom anderen Ende des Zimmers und trank gierig, um wieder Fuß zu fassen. Er zitterte am ganzen Körper und erkannte mit Schrecken, dass er nichts wusste. Er setzte sich auf einen Hocker und stützte den Kopf in die Hände; er presste die Handflächen so fest auf die Augen, dass er rote Sterne fallen sah. Da nahm er die Hände vom Gesicht und streckte sie nach vorn, als wollte er beten, und er öffnete die Augen und sah, dass die Frau erwacht war und ihn mit diesen Augen aus dem Reich der Nacht, die nun vergangen war, ansah, und jetzt nicht mehr existierte, außer in jenen Augen. Vielleicht hatte sie lange wachgelegen und ihn angeschaut.

Dann brach sie in ein vibrierendes Lachen aus, dessen Schwall ihn ergriff und weit von ihr wegschwemmte. Jetzt stand sie auf, wickelte sich in ein Laken, als wäre es ein Brautkleid, ging zu ihm und streichelte ihm die Wange wie einem kleinen Jungen, der sich beim Schafehüten verirrt hatte, als er die Herde in den Bergen suchte, wo sie zu Hause wäre, in einem verschlossenen Felsen. Sie bog blitzschnell seinen Kopf zu seinem Bauch hinab und kitzelte mit ihren Nägeln zärtlich seinen Hals, stieß ihn vorsichtig von sich und ging zur Tür, wo sie in die Hände klatschte.

Nun füllte sich das Zimmer mit Menschen. Sie waren schon zum Spiel vorbereitet, hatten die Festkleider der Theatertruppe angezogen, bei denen alles darauf abzielte, dem Auge zu gefallen. Einige waren wie Fürsten gekleidet, andere wie Wächter, wieder andere wie Mönche in braunen Kutten, und einer wie ein Prälat mit einem roten Kreuz, und sie sammelten sich um Sturla. Die Dienerschaft steckte ihn in ein schmuckloses Büßerkleid. Die Leute machten sich lustig über diesen reumütigen Sünder, der seine Seele retten und für sich und seinen Vater Absolution erhalten wollte. Eine Frau stand in einiger Entfernung neben dem, der den König des Mondreichs dargestellt hatte und jetzt ein dunkelgekleideter Schlossgraf war, mit weißen Zierstreifen an Ärmeln und Hals und mit Silberspangen auf schwarzen Schuhen. Er trug Kniehosen, die an den Waden mit verschiedenfarbigen Bändern zusammengebunden waren, und dünne weiße Seidenstrümpfe, sein steingraues Haar war in Wellen nach hinten gekämmt und mit zweifarbigen Bändern, blauen und rosafarbenen, wieder zu einem Pferdeschwanz zusammengebunden. Die Frau dagegen hatte ein vornehmes, bodenlanges Kleid angezogen, mit weiten Röcken und Puffärmeln, als Schmuck trug sie nur eine Halskette aus weißen Perlen. Der Fürst neben ihr trug ebenfalls eine große Kette um den Hals, und in ihr waren Goldringe sichtbar.

Zwei Soldaten standen an der Tür, mit Lanzen in der Hand und Kettenpanzern, mit Helmen, die mehr der Zierde als dem Schutz dienten.

Es wurde nicht viel geredet.

Etwas später setzte sich die Gesellschaft in Marsch und schritt schleppend voran, begleitet von langsamen, durch Pausen unterbrochenen Trommelschlägen, was eher den Eindruck machte, als würde eine Leiche zu Grabe getragen als ein lebendiger Mensch zur Barmherzigkeit. Man ging gemächlich, und die Schar bekam Zuwachs. Die Wächter mit den Lanzen gingen zu beiden Seiten dessen, der gereinigt werden sollte. Allmählich vergrößerte sich der Zug, einige schlossen sich an, manche unter Weinen und Klagen, aber die meisten hatten nur Spott und Beleidigungen übrig. Die Teilnehmer des Umzugs taten, als gehe sie das nichts an. Die Seele des Sünders war nun von Angst gequält, er brannte vor Reue und vor Verlangen nach Reinigung, bedrückt von sündigen Erinnerungen rief er still seinen Gott und die Gottesmutter an, diese Rose der himmlischen und irdischen Güte, sie mögen ihm Gnade und Barmherzigkeit gewähren, damit alles vergeben würde, was er gegen Menschen und Gottes Willen verbrochen hatte, sei es aus Jähzorn, Unbedachtheit oder Absicht, aus Stolz oder schändlichem Hochmut. Nun wurde er von Kirche zu Kirche geführt, gefolgt von einem Menschengewimmel, das aufschrie, als die Wächter seine Kutte und sein Hemd am Rücken herunterrissen, nachdem sie sie vorher mit einem langen Messer eingeschnitten hatten, damit sie die Stücke leichter abreißen konnten, um seinen Rücken zu entblößen, und als ihn die Geißelhiebe trafen und er vor den Kirchentoren derartig traktiert wurde, da rang die Menschenmenge um Fassung und schluchzte und stieß Rufe aus, dass sie nie zuvor einen so stattlichen Mann gesehen hätten, dem so übel mitgespielt wurde, damit er durch die Geißelung die Bürde seiner Sünden verminderte.

Vielleicht wunderte sich der, welcher diese Züchtigungen zu erdulden hatte, wie gemischt die Menschenmenge war. Obwohl ihm auf dem Weg hierher vieles begegnet war, hatte er sich doch darauf eingestellt, dass diese Zeremonie in einer Atmosphäre von ausgesprochenem Ernst, sogar von Heiligkeit vonstatten ginge, da man hier ja darüber urteilte, womit ein Mensch sich gegen seinen Schöpfer vergangen hatte, und der Pönitent war sich auch selbst bewusst, wie schwer er sich gegen seine himmlischen Wohltäter vergangen hatte, die von der jenseitigen Welt die irdische beobachten und auch ihn überwachten und traurig darüber waren, was er und seine Verwandten an Übeltaten begangen hatten. In dieser Stunde, als die Geißeln auf seinen Rücken, die Schultern und die Hinterbacken schlugen und auch den Hals und das Kinn trafen, wenn die Zuchtmeister die Arme aufs Äußerste streckten, da hörte er das Jammern derer, die der Meinung waren, man sei zu weit gegangen bei diesem stattlichen Mann, aber er konnte auch nicht vermeiden, das höhnische Grinsen und das Jubelgeschrei der anderen zu bemerken, die mit Freude zusahen, wie bei seiner Tortur Blut floss, sich Wunden öffneten und Haut zerfleischt wurde.

Dieses wiederholte sich vor mehreren Kirchen, aber obwohl er empfindungslos und erschöpft war vom Verlust an Blut und Haut, dachte er voll Reue an die Sünden, die nun durch diesen Schmerzensgang vergeben werden sollten, damit das Fegefeuer in der anderen Welt weniger heftig brannte und er das irdische Urteil des Mannes empfing, der vom Himmel bevollmächtigt war. Er wurde weitergeführt von denen, die die Sündenreinigung durchzuführen hatten und passend zu ihrer Rolle farbige Kleidung trugen. Einige steckten in merkwürdig primitiven, verschiedenartigen Rüstungen. Einige trugen lange Messer am

Gürtel, wieder andere Kornsicheln, um so den Anteil der Ackerbauern zu symbolisieren und an das Wohlgefallen Jahves am Viehzüchter Abel zu erinnern, in der Frühzeit, als die Welt sich noch nach Gottes Geboten richtete. Einige waren in langen braunen Kutten wie die Kapuzinermönche. In diesem Gefolge waren vorgebliche Bettelmönche, mit Tonsur und manchmal einer Andeutung von Stolz als Seelenretter, der sie von anderen Bettlern unterschied. Und noch weiter vorne waren Wärter mit löchrigen und manchmal verrosteten Kettenhemden oder Bruchstücken von ihnen; sie hatten Lanzen mit rostbraunen Spitzen, die an den Schaft gebunden waren. Und der von ihnen von Kirche zu Kirche geführt wurde, wunderte sich, dass der so mächtige Papst seine Leute nicht besser ausrüstete, aber es stimmte ja, dass er so vieles zu berücksichtigen hatte, um Gottes Christentum aufrecht zu halten, und seine ganze Hingabe auf die guten Sitten richten und das Böse in Grenzen halten musste.

Er verfolgte diese Gedanken nicht weiter, denn nun war er wieder an einer Kirche angekommen, bei ihr ein hoher Wachturm, der älter schien, mit drei Reihen dunkler Fenster mit Rundbögen und weißlichen Säulen vor den beiden oberen Fensterreihen, Ecktürmchen auf dem flachen Turmdach.

Hier hielt man an, und die Trommelschläge verstummten, während viele Stimmen die heilige Cäcilia anriefen. Die damit beauftragt waren, begannen wieder mit den Geißelhieben, hielten sich jetzt aber ein wenig zurück. Der Umzug ging in die Kirche und man hatte vor sich ein Bild mit dem Jüngsten Gericht, und darauf zu sehen war Er, der alle richtet und nach Verdienst zum Himmel oder zur Hölle bestimmt, mit einem milden, nicht einem strengen Gesichtsausdruck, eine goldene Scheibe über seinem Kopf schwebend, auf welcher Kreuzesarme hinter dem trostreichen Antlitz des Erlösers ausgingen, dessen linke Hand auf der Armlehne seines Throns lag, mit der anderen aber machte er eine Geste, mit welcher er die Seligen zu sich einlud, den Daumen von den anderen Fingern abgespreizt, die zu dritt zusammenlagen, der kleine Finger mit einem winzigen Zwischenraum von ihnen getrennt, aber hinter der offenen Hand sah man seine Kirche in Gestalt einer Festung.

Nun wurden die Vorderen etwas kleinlauter, aber dahinter hielt sich Missmut mit Geflüster und Geplauder. Der Aufenthalt in der Kirche war kurz, man machte nur eine kleine Pause am Grab der heiligen Cäcilia am Fuß des Hochaltars. Ihre leiblichen Überreste waren in den Katakomben ausgegraben und in diese Kirche gebracht worden, die dieser Heiligen geweiht war, die Folter und Bedrängnis für ihren Glauben ertragen hatte. Man tauchte sie in kochendes Wasser, und als das nicht half, sie davon abzuhalten, Gebete zu murmeln und die Lippen zu bewegen, um auf heiligmäßige Weise Gott anzurufen, er möge ihren Peinigern vergeben, wurde sie enthauptet. Niemand befand sich in der Kirche, als die Menge dort hineinströmte, aber er hatte einen Priester gesehen, wie er gerade durch eine Tür hinausging. Von hier war es nicht weit zur nächsten Kirche. Dann verließen den, der in der Hauptrolle des Leidenden war, so sehr die Kräfte, dass er abzustumpfen begann. Vorher hatte er sich eine Zeit lang gestärkt gefühlt durch die Woge des Mitgefühls, das ihm von der Menge, besonders den Frauen, entgegengebracht wurde, die ihn eindrucksvoll fanden und herausragend wegen seiner Qualitäten.

Manchmal verschwammen die Gesichter vor ihm, und in seinem Kopf fühlte es sich an wie Donner. Er glaubte sich in einer Kapelle, in einem großen Raum, und nirgends schien die Menge ein Ende zu nehmen; ihm kam ein freundlicher Mann entgegen, doch mit harter, strenger Miene, wie ein drohender Vater gegenüber seinem verirrten Sohn, der verloren war und mit großer Reue zurückkam. Nun fiel er auf die Knie, während viele Hände ihm die Schultern herabdrückten. Der Vater trug einen langen, mit Gold und Silber verzierten blauen Mantel, zusammengehalten von einer Halskette, die wie ein Schild geformt war, mit eingravierten Szenen vom Jüngsten Gericht, fein ziseliert mit einer bewundernswert klaren und reichen Darstellung der christlichen Lehre auf einer so kleinen Fläche. Vor Schwindel und Tränen konnte er nur undeutlich sehen, aber er erahnte die Gestalt des Vaters mit den erhobenen Händen, den mit Goldringen dichtbesetzten Fingern und den funkelnden Steinen an den Armbändern. Die Halskette mit der Darstellung des Jüngsten Gerichts leuchtete silbern und erinnerte ihn an den Mond. Der Mann hatte eine Mitra und einen Bischofsstab, den er wie einen Fanghaken nach einer Taube ausstreckte, die auf dem Sockel einer Statue saß, die einen römischen Soldaten darstellte. Der Soldat war dabei, seinen Speer auf einen am Boden liegenden Heiligen zu werfen, der aber schneller als erwartet wieder aufstehen würde, um sich für immer mit den Engeln zu vergnügen, während der Soldat in einem Abgrund versänke, der sich im Kirchenboden auftäte und wo ihn gierige Flammen in Empfang nähmen. Aber er fing die Taube nicht mit der oberen Krümme seines Stabes, sondern richtete den Stab auf die Brust dessen, der für seine Unklugheit und seine absichtlichen Verbrechen so bitter bezahlen musste, und sang: »Te absolvo filius meus peccatam tuam, patremque tuorum omnium peccatum suorum liberati erint.« Und dann sprach er, den Bischofsstab hoch erhoben, wobei ihn eine silbrige Flamme umspielte, mit donnernder Stimme: »Ite, missa est.« Und die ganze Menge in seiner Nähe wiederholte diese Worte, andächtig und tränenfeucht, mit Jammern und Mitleid und Missbilligung, sei es mit zitternder Stimme oder kräftig singend: »Ite, missa est«, und es ertönte immer wieder in Wellen durch die verstreute Herde, mal lauter, mal leiser: »ITE, MISSA EST.«

Und unter all diesem Lärm fühlte der plötzlich eine große Erleichterung, der die Absolution für sich und seinen Vater bekommen sollte; und es beschlich ihn ein vager Verdacht, und ihm war, als schauderte er davor zurück, unter der Mitra den Blicken des Mondkönigs vom Fest auf dem Marktplatz zu begegnen, und die Gesichtsform der blaugekleideten Elfenkönigin zu seinen Knien erinnerte ihn für einen Moment an die dunkle Göttin auf der Lichtung, nicht auf der Lichtung, sondern im Mauergewölbe mit dem Rebendach darüber, die ihn zum Tanz verführt hatte. Und nun war das schöne Antlitz von einer schneeweiße Blässe überzogen, kühl, die roten Lippen schön wie Blumen und fromm. Maria Magdalena.

Welttheater – Theatrum mundi

Der lange herbeigesehnte Augenblick der Sündenvergebung, dem diese ganze Reise galt, war vorüber. Nun reichte dieser mächtige Mann mit Bischofsstab und Mitra den Stab als Zeichen seiner Macht an einen jungen Mann mit einem langen, silbernen Schultertuch weiter. Fackelschein beleuchtete die Szene, und um alles herum schwebte nun eine Wolke von Weihrauch aus einem Gefäß, das ein zweiter dabeistehender Junge schwenkte. Beide hatten auf den Schultern kleine Flügel, teilweise durchsichtig. Man konnte durch sie hindurchsehen und wurde daran erinnert, dass sie zwar hier saßen, aber ihren eigentlichen Ort an einer anderen Stelle des Kostüms hatten. Der junge Mann errötete, als er schüchtern und engelrein den Stab entgegennahm, aber die Hand, die den Stab losließ, nahm aus dem Gürtel einen riesigen Schlüsselbund und rasselte mit einigen Schlüsseln, die zu Stadttoren oder Hauptkirchen Roms zu passen schienen. Mit der anderen Hand strich er dem Mann über den Kopf, der an diesem Tag und in dieser Stunde die Lossprechung erhalten hatte, und der spürte durch die Haare, wie sanft und ein wenig kühl die Handfläche war.

Als dieser Teil der Zeremonie beendet war, kamen zwei kräftige Neger mit Lendenschurzen aus Zobelfell und hielten mit einer Eisenkette einen Panther fest, der in seinen Fesseln fauchte. Die Menge aus der Stadt wich zurück, und im Kielwasser des Tieres drängte sich ein graubärtiger, sehniger Mann in schwarzen Leinenhosen, deren Beine unterhalb der Knie abgerissen waren, nach vorn, die Unterschenkel nackt mit dicken Waden und krummen, langen Zehen, als könnte er sich genau so gut oben in den Bäumen bewegen wie auf städtischen Straßen. An seinem Rücken hatte er einen langen, schlaffen Schwanz befestigt, den er hinter sich her zog, von irgendeinem Tier aus dem Urwald oder der Wüste, vielleicht waren es auch zwei so sorgfältig zusammengefügte Schwänze, dass sie wie einer aussahen, aber ziemlich leblos. Er hatte eine Fackel, die Feuer in die Luft sprühte, war oben nackt, hatte aber ein rotes Band um die Stirn, und schwarze, graumelierte Locken umrahmten sein Gesicht, seine Augen waren klein und lagen so tief unter den mächtigen Brauen, dass man kaum etwas von ihnen sehen konnte, es ging von ihnen ein grauer Glanz aus, der plötzlich in seiner Tiefe scharf wurde, ein harter und flacher Glanz, obwohl er tief verborgen lag. Ein Junge folgte ihm, der eine Schlinge mit drei unterschiedlich langen Schwertern trug, die der Riese diesem wenig gepflegten Jungen abnahm, der einen Leinenbeutel oder einen Kornsack um seine Mitte gebunden hatte; und als der Grobian eine Weile mit Feuer um sich gesprüht hatte und die Männer den Panther festhielten, der in dieser Stunde ihre Kraft und Geschicklichkeit nur wenig auf die Probe stellte, da nahm er ein Schwert und stieß es sich in den Schlund hinein, ganz bis unten, dass die Zuschauer um ihn herum verstummten und die anderen, die nicht zusahen, das Schweigen übernahmen, sodass das Schweigen in

Wellen durch die Menge wanderte, bis der Schwertschlucker das Schwert wieder herauszog, und da brachen die Beistehenden in Geschrei aus, das denselben Weg ging wie vorher das Schweigen, und die Aufmerksamkeit breitete sich von dort bis zu denen aus, die das heilige Spiel im Schutz der Kirche spielten.

Die Engel gingen daran, sich die Flügel abzunehmen, und der blaugekleidete Mann mit der Mitra reichte sie nach hinten, ohne hinzusehen. Eine hochgewachsene Frau mit Sohn nahm sie an sich und auch den Bischofsstab und legte sich den blauen Mantel über den Arm. Der Mann zog ein kleines Tuch aus der Kleidung und wischte sich den Schweiß und die Farbe, die ihn so väterlich fromm gemacht hatte, aus dem Gesicht, und nun wuchs die Ähnlichkeit zwischen ihm und dem, der am Abend zuvor den ekstatischen Tanz auf dem Marktplatz angeführt hatte, bei vollem Mond, der ihm in dieser Nacht seine Macht übertragen hatte. Aber nun war der von den Sünden Erlöste schon allein davongeschwankt und sah deshalb nicht, wie die Theaterkostüme und Requisiten abgelegt wurden, entfernte sich stattdessen von der Menschenmenge und dem Mahlstrom und suchte sich selbst in der erregenden Hitze.

Er bog in eine Kolonnade ein, wo es ein klein wenig kühler war, und taumelte in eine Taverne, die in einer engen, ungepflasterten Straße vor ihm auftauchte, und hätte jetzt nichts nötiger gebraucht als jemanden, der ihn auf einen Esel setzte und die Staubwolke an diesem brennendheißen Tag entfernte, an dem die Sonne ganz oben am Himmel stand und kein Windhauch zu spüren war.

Es war dies eine dunkle Taverne mit einem Glasperlenvorhang, der klimperte, als er hindurchging. Er setzte sich an einen Tisch aus rohem Holz. Nach allem, was auf seiner Seele und seinem Körper gebrannt hatte, dürstete ihn und er fühlte, wie viel Kraft er verloren hatte, aber es waren wohl eher Teilnahmslosigkeit, Trägheit und Schläfrigkeit. Alles fiel ihm schwer, als er auf den Sitz niedersank und versuchte, seine zerfetzte Kleidung zu ordnen. Es schmerzte ihn, als er den Rücken an die Wand lehnte, trotz seiner Lethargie. Er versuchte es trotzdem erneut, und es war ihm gleichgültig, dass sein blutig zerkratzter Rücken an die weißgekalkte Mauer kam. Er ließ sich einen großen Krug mit dunklem Bier bringen, zuckte bei dem Gedanken zusammen, dass er womöglich kein Geld hatte, griff sich an die Brust und war erleichtert, als er den Lederbeutel fühlte, den er immer an einem Lederriemen um den Hals auf seiner Haut trug. Er blieb lange sitzen. Während er das barmherzige Bier schluckte, entfernte sich das ausgelassene Treiben draußen. Er sah, wie die Sonne durch den Glasvorhang vor der Tür auf den Fußboden schien, sah, wie der Tag verging, sah die Schatten erwachen, länger werden und auf dem Boden liegenbleiben, wo sie unter den Schritten der seltenen Gäste zitterten, von denen die wenigsten mehr als einen kurzen Aufenthalt nahmen; einige hatten den Hammer oder das Richtscheit oder die groben Nadeln, um durch das gegerbte Leder zu stechen, nicht aus der Hand gelegt, und viele hatten Arbeitsschürzen an. Ganz wenige setzten sich ganz nach hinten und spielten Karten oder Schach mit dem Wirt.

Das Bier hatte ihn so verändert, dass er zwar von den Schmerzen wusste, dass sie ihm aber nicht weh taten; er nahm mit Augen und Ohren wahr, ohne dass es ihm bewusst wurde. Er hörte das Glasperlenspiel auf den Glitzerschnüren vor der Tür klimpern und schaute schläfrig in die Richtung und spürte dabei das Brennen in den Wunden stärker werden. Da sah er eine Frau hereinkommen, einen bunten Schleier über dem nachtschwarzen Haar, in dem der Mond bei ihrer ersten Begegnung gespielt hatte, bis die Sterne untergegangen waren und er, umschlungen von ihrem Bein und Arm und Busen, am Morgen bei strahlendem Sonnenschein erwacht war. Er hatte sich von dem Spiel verabschiedet, sodass es für ihn keine Hoffnung gab, zu sehen, wie Maria Magdalena sich an den Knien dessen kauernd erhob, der mit den Schlüsseln gerasselt hatte, einen Lappen aus ihrem Korb nahm, ihn in einer Schale befeuchtete und sich das Weiß aus dem Gesicht wischte.

Sie kam zu ihm wie nach einer langen Trennung, auf ihren Armen, dem Gesicht und dem Äußeren der Finger ein dunkler Glanz, die Handflächen jedoch hell. Die Fingernägel rosa wie die Farben verwelkter Rosen. Die Lippen dunkel. Sie kam mit gesetzten Schritten und brachte die Sonnenglut durch das klimpernde Glas mit sich, und die Spur langer Schatten verlief sich in der Dämmerung der Taverne, während die Glasperlen aufs Neue verstummten. Sie schaute zu dem großen Mann, der gebeugt vor seinem Bierkrug saß. Er hatte die gekalkte Mauer hinter sich mit Blut befleckt. Sie strich mit ihrer kühlen Hand über die hohe Stirn des Mannes, ordnete mit den Fingern die Unordnung in seinem blonden Haar, fuhr anschließend mit ihren Fingern durch den struppigen Bart. Saß an seiner Seite und sah ihn mit diesen Farben in den Augen an, die er nicht wahrnehmen konnte wegen seiner Atemnot, obwohl er versuchte, die Brust mit Luft zu füllen, damit sie sich erneut wölbte, und sich im Sitz aufzurichten, denn das war alles, womit er diese zärtliche Behandlung erwidern konnte.

Nun herrschte eine tiefe Stille. Und es war, als hätte er weiterträumen können, ohne die Stille zu stören. Es herrschte ein so tiefes Schweigen, dass es in diesem Moment nicht gefährdet war. Keine Zeit drohte. Nicht einmal ein Stundenglas mit rinnendem Sand.

Später legte sie ihren Kopf an seine Brust, die nun wieder Spannung hatte. Es spielte keine Rolle, dass er wieder das Brennen in den Geißelwunden spürte.

Auf einmal kamen drei Männer herein, scheinbar ohne besondere Absicht. Sie blieben innerhalb des Glasvorhangs stehen und stießen einander an und brachen gleichzeitig in dröhnendes Gelächter aus. Und sahen die beiden an. Da nahm sie seine Hand und sagte etwas, aber er hörte ihr zu, ohne zu verstehen, was sie sagte. Sie ging mit ihm zu diesen Männern, denen das Lachen verging, als sie ihn an ihnen vorbei nach draußen führte. Sie gingen lange, ohne dass er wusste, wohin, bis er endlich begann, die Wege wiederzuerkennen, und dann kamen sie an eine Stelle, von der aus man den Platz von der vorigen Nacht sehen konnte. Nun hatte sein Umherirren ein Ende, denn von hier aus kannte er den Weg zur Herberge, in der er mit seinen Kameraden untergekommen war. Sie blieben stehen, und sie wusste, dass er die Orientierung wiedergefunden hatte. Dann legte sich etwas so Unerwartetes und Schweres auf seine Erleichterung, dass er zusammenzuckte und einen Schritt zurück machte.

Da legte sie ihm den Arm um die Hüfte und führte ihn in ein anderes Haus, das ihm merkwürdig vorkam, aber er erkannte an der Außentreppe, der Türverkleidung und der Laterne über der Tür, dass er die vorige Nacht hier verbracht hatte. Sie führte ihn hinauf über eine enge Stufe und eine gewundene Treppe mit einem wackligen Handlauf, in dem es knarrte, und sie gelangten in einen sehr großen Saal, von dem er nicht wusste, ob er ihn schon einmal betreten hatte. Er sah dort auf einem Stuhl seine zusammengefalteten Reisekleider. Sie hieß ihn sich auf das gemachte Bett zu setzen und zog ihm die Fetzen seiner Bußkleidung aus, die am Morgen noch heil gewesen war, als sich die schweren Trommeln mit ihrem langsamen, eindrucksvollen Takt auf den Weg machten. Er roch durch das offene Fenster den Geruch von Pferden, Heu und verfaultem Fisch. Sie wusch seine Wunden sorgfältig, strich Salbe hinein, sodass der Schmerz nachließ. Sie suchte Kräuter und legte sie über die Wunden und verband sie, während sie ihn auf dem Bauch liegen ließ. Vor den milden Dünsten der Salben und dem zarten Duft der Kräuter verschwanden der Fischgeruch und der Pferdegestank und der Heugeruch, und alles verband sich zu einem Gemisch, das über ihnen schwebte. Er begann nun den aufreizenden Duft der Frau wahrzunehmen, als er sich, von ihr verbunden und geheilt, erhob.

Dann veränderte sich diese dunkle Göttin ein weiteres Mal, sie warf sich auf den Rücken und zog ihren langen, keuschen Rock hoch, öffnete Knie und Schenkel, spreizte mit den Fingern ihre verführerischen Schamlippen, die zitterten, als sie losließ, beleckte ihren Mittelfinger und zog ihn über ihren Leib zu jener dunklen Pforte hinab, steckte den Finger hinein, so dass er das Schmatzen im Inneren hören konnte, dann zog sie ihn heftig zu sich heran. Aber er war so überrascht von dieser unerwarteten Wende, dieser langsame Mann aus dem Norden, wo es spät dunkel wird und langsam tagt, dass er auf ihren Überschwang nicht vorbereitet war, zurückschreckte und schlaff neben dem kurzen, krausen Haar lag, das ihn piekste, steif und borstig, wie es war.

Und dann wurde es schnell dunkel.

Sie hatten so dagelegen, er auf dem Bauch über der Frau, bleich, seine blauen Augen geschlossen, ihre offen und nachtschwarz. Er drehte den Kopf und sah eine kleine Maus hinter der Tür, die ihn in ihrer Angst zitternd ansah. Dann bewegte sich die Frau und schlug ihm mit der flachen Hand auf den Po, wo keine Peitschenwunde war, und sagte nichts; aber die Maus brachte sich in Sicherheit.

Als nichts geschah, machte sie sich nach einem Moment des Wartens von ihm los, aber er lag weiter auf dem Bauch, die Hände unter der Stirn auf dem Kopfkissen. Da erinnerte er sich daran, dass er auf dem Platz vom Abend zuvor gesehen hatte, dass die tote Taube mit dem aufgetriebenen Leib noch immer auf der Kirchentreppe lag, aber eine Stufe weiter gerückt war, sodass der eine Flügel über die Kante hinausragte, und dass ein anderer Vogel auf die Federn gekackt hatte; und er hatte gesehen, dass der Bettler noch immer dasaß und dass er seine lange Kapuze nach hinten auf den Nacken geschoben und die Augen verdreht hatte, dass man nur noch das Weiße darin sah, als sie vorübergingen.

Als er wieder zu sich kam, saß die Frau auf einem Stuhl, sie hatte die Knie zum Kinn heraufgezogen, die Locken fielen auf die Kniescheiben herab und die eine Brust schaute unter dem Schenkel hervor. Dann wandte sie sich ihm zu und begann schnell und gleichgültig zu sprechen, sodass ihm schien, als erzähle sie ihm irgendwelche Geschichten aus der Gegend von Leuten, die ihm fremd waren, aber er verstand nichts von dem, was sie sagte, tat aber, als hörte er zu. Es schien ihm auch, als spräche sie zu jemand anderem als zu ihm, wie er sich hier befand. Da stand er auf und suchte seine Kleider und machte Anstalten zu gehen, aber sie sprach lauter und schneller, als wollte sie ihm widersprechen, was sie durch ihre Gesten unterstrich und indem sie ihn festhielt. Er führte sie ans Fenster, stieß es auf, und da sah man den Mond. Er zeigte mit dem Finger auf den Mond und ließ den Finger sinken, wie beim Lauf des Mondes am Morgen, und hob dann den Finger wieder, als setze er den Mond aufs Neue an dieselbe Stelle am Himmel; er zeigte auf sich selbst und dann wieder auf den Mond und hielt ihr dann zwei Finger vor die Augen. Da ließ sie ihn los, als hätte sie verstanden, dass er wiederkommen wollte.

Sie waren gerade erst eingeschlafen, als der Tag anbrach. Da warf sich jemand mit gewaltigem Krach gegen die Tür. Bevor Sturla sein Schnitzmesser erreichen konnte, stürzten drei Männer mit langen Messern und Keulen bewaffnet herein, rissen die Frau aus seinen Armen, dass sie über den Boden rutschte und zu Füßen dessen landete, der als Letzter ging. Das war ein dicker Mann mittleren Alters, und er trat nach ihr. Der erste Tritt traf ihren Bauch, ein zweiter dann den Kopf, sodass sie beim Versuch aufzustehen zurücksank und in Ohnmacht fiel. Er trat weiter nach ihr, ohne dass der Liebhaber etwas tun konnte, während der Tag schnell heraufzog. Sie richteten nun die Waffen gegen ihn, in einer Sprache rufend, die er nicht verstand, und drohten ihm mit ihren langen Messern, sodass er einsah, dass es sinnlos wäre, eine Gegenwehr zu versuchen, und dass keine Aussicht auf Entkommen bestand. Sie erlaubten ihm, sich anzukleiden, wobei sie ihn bedrängten und herumstießen. Dann führten sie ihn hinaus, ohne dass er Gelegenheit bekam, nach der Frau zu sehen. Man hörte keinen Laut von ihr, als sie das Haus verließen und in die Sonne des Marktplatzes traten, aber sie suchten schnell Schatten auf und setzten ihren Weg im Schatten fort. Der Dicke knurrte ihn an und fletschte die Zähne, die anderen lachten höhnisch und machten sich ihren Spaß daraus, ihn herumzustoßen. Die wenigen, die auf den Beinen waren, gaben auf sie nicht Acht, auch nicht die anderen, die aus Türen oder Fenstern schauten; einige öffneten die Fenster, um den Tag in ihr Leben hereinzulassen. Da waren auch viele unruhige Gruppen, die mit verschiedenen Angelegenheiten beschäftigt waren und denen es am besten schien, so zu tun, als ginge das die Allgemeinheit nichts an; Soldatentrupps waren ebenfalls in der Gegend unterwegs, wobei ihre Versorgung mit Essen, Trinken und Kleidung sehr zu wünschen übrig ließ. Niemand war da, den Weg der Männer aufzuhalten, und als sie aus diesen engen Straßen hinausgekommen waren, gelangte man bald an das Ufer des Tibers.

Sie gingen auf eine Brücke, wo eine Betonbefestigung den Strom einengte. Die Brücke war schmal und beschrieb einen Bogen zwischen den gepflasterten Ufern, das Geländer bestand aus Eisen, und zum Fluss hin nach außen gab es ein vorspringendes Podest. Der Gefangene versuchte, sich mit den Füßen dagegenzustemmen, aber sie zwangen ihn auf das Podest und drückten ihm ihre langen Messer so fest in den Rücken, dass er die Schneiden und Spitzen fühlte, und so wurde er auf die Stelle hinausgezwungen, wo sie ihn haben wollten. Und da stand er nun und schaute in den Strudel, wie er auf den Fluten Wirbel bildete, und auf die tiefen Stellen unter der Brücke; und sie ließen ihn so stehen und verhöhnten ihn, ohne dass er die Worte verstand, die sie ihm zuriefen. Es schien ihm, als heulten sie wie Wölfe, und es mischte sich das Geheul mit dem Rauschen des ewigen Flusses, des Tibers, der alle Geschichten gelesen und so viele verschlungen hatte und so oft über die Ufer getreten war, manchmal höher als jetzt.

Sie machten sich nicht die Mühe, seine Arme zu fesseln. Plötzlich stießen sie ihn in den Strudel, den braunen und grauen und grünkalten, und er versank. Er wusste nicht, wie lange er unter Wasser war, wusste nicht, ob er sich nach oben oder nach unten in die Tiefe bewegte. Als sein Kopf schließlich auftauchte, war er in rasender Fahrt abwärts im Mahlstrom in der Mitte des Flusses; dann sank er erneut nach unten; und kämpfte, ohne vorhersehen zu können, ob es eine Hoffnung gäbe, bis die Strömung, die ihm immer mehr zusetzte, ehe sie sich beruhigte, an ein sandiges Ufer trug, und ehe er sich's versah, war er zu einem Boot gelangt, wo ein Fischer eine Angel ausgeworfen hatte und an diesem Tag nichts anderes fing als diesen schwer geprüften Mann vom äußersten Meer, wo die Welt endet.

Paris (1234)

Ich bin wie ein nycticorax (Nachtrabe).
Wir wissen, dass er schwarz ist am Tage, aber noch viel schwärzer in der Nacht. So schwarz sehe ich mich selbst wegen meiner Sünden.

Physiologus

Sæmundurs altes Zauberbuch

Nun hatte sich der Waldgeruch verflüchtigt, der Duft von Blumen und warmem Windhauch. Die Luft stand still, schwerer Gestank von Verwesung und Verfall machte sich bemerkbar, wo so viele Menschen zusammenlebten.

Sturla war auf der Hut, beobachtete die Leute genau, deren Sprache er nicht verstand, und überlegte, was er machen sollte. Jetzt war es nicht mehr offensichtlich, wie er nach dem suchen sollte, was zu Hause so einfach schien, nämlich wo die Bücher wären, die Sæmundur, der Ahnherr der Leute von Oddi, in der Nähe der Schwarzen Schule zurückgelassen hatte, geschrieben mit glühenden Buchstaben. Und er hatte einen Pakt mit dem Teufel persönlich geschlossen, um Weisheit und Macht zu erhalten, und dabei seine Seele in Gefahr gebracht. War aber davongekommen.

Hätte er diese alten Zauberbücher Sæmundurs des Weisen, dann würde das seine Bemühungen um die Alleinherrschaft über Island sehr befördern, dann könnte er die schwarze Magie nutzen, die Sæmundur sich erworben hatte. Sturla war davon überzeugt, dass sie hier in Paris waren.

Nun stand ihm sein Spiel mit Solveig in hellen Nächten lebendig vor Augen, ein Spiel, das in seiner Vorstellung dunkel und real werden könnte. Was blieb ihm noch, das er in die Waagschale werfen könnte für die Klugheit, die Macht verleiht?

Und jetzt fiel ihm ein, was er irgendwo gehört hatte: Worauf sollte man achten, wenn die Uhr Mitternacht schlug? Wenn eine Taube zum Vogel Phönix wurde, mit grünen und goldenen Federn; wenn jedermann in Gefahr war, in die Klauen der Edelsteine zu geraten und durch Zauber in die dichtbewaldeten Bergrücken getragen zu werden.

Wo war der Weg in die Schwarze Schule, um dort das Spiel des Lebens auszufechten gegen den Statthalter, der noch immer der Fürst der Finsternis selbst sein könnte? Hier herrschte eine schreckenerregende Dunkelheit. Nun war alles verworren, worüber er und Solveig diskutiert hatten, was der Vorfahr bei seinem eiligen Aufbruch vom Zentrum der Weisheit zurückgelassen hatte. Wo sich der Brunnen selbst befand, aus dem Sæmundur so lange und reichlich getrunken hatte, dass man sagte, diese Leuchte der Wissenschaft, die so schwer an der Bürde der Weisheit trug, habe sich, als Bischof Jón Ögmundarson von der Hochschule in Bologna kam und mit frommer List seinen Landsmann besuchte, weder an seinen Namen noch seine Herkunft erinnert. So lange, bis die beiden Landsmänner einen Tag und eine Nacht bei Bier und Geplauder zusammengesessen hatten, woraufhin sich Sæmundur wie durch eine Erleuchtung wieder an seinen Namen erinnerte. Und er machte sich aus diesem ungesunden Ort auf den Weg in sein Land und rettete dadurch seine Seele und betrog den Teufel selbst mit Hilfe dessen, was er in der Dunkelheit durch Buchstaben aus Feuer gelernt hatte, die sich in Asche verwandelten, wenn der Morgen kam, aber er erinnerte sich daran und behielt diese Macht zu Hause, und niemand wusste, wann sie schwinden würde.

Sturla hatte das zur Sprache gebracht, als das größte Einverständnis zwischen ihm und Snorri herrschte. Der Dichter hatte darüber gelacht und gesagt, es wäre sicher der Mühe wert, einen Abstecher zur Schwarzen Schule zu machen, wenn man sich auf den Weg nach Süden begab, um die Sündenlast loszuwerden. Und es wäre sicher leichter, ein solches Buch auf dem Heimweg in seinem Beutel zu tragen. Dann langte er nach dem Becher und nahm einen kräftigen Schluck, wischte sich mit dem Bart den Wein vom Mund und lachte. »Pass auf, Neffe«, sagte er, »wenn du dich auf die mühsame Reise zum

Papst machst. Da wirst du unterwegs auf anderes zu achten haben, als dass dein Gepäck verrutscht.« Und wandte sich um.

Mönche und Studenten schlagen sich

Aber es war nicht Snorri, der auf ihn zukam, als Sturla mit seinen Gefährten auf einem grünen Rasen in der Nähe der Klosterkirche saß, und dieser Mann kam auch nicht mit dem Zauberbuch Sæmundurs. Sturla hatte ihn schon einmal gesehen, bei ruhigerer Gelegenheit, beim Spaziergang über das Gelände in der Nähe dieser Kirche. Sonnenglut lag auf dem kahlen Schädel, seine Nase erinnerte an einen Brachvogel. Er erhob sich bei jedem Schritt auf die Fußballen, setzte aber die Ferse zuerst nieder, als brauchte er einen Halt. Während die Vögel über ihm sangen, als er an der Eiche vorbeiging, die allein im kurzen Gras stand, war es, als tuschelten sie darüber, wie er sich bei jedem Schritt von der Ferse auf den Ballen wälzte.

Da war nun nichts Feierliches an diesem Mann, eher Eile. Er sah eine Möglichkeit, sich in die Gruppe Sturlas einzuschleichen, mit Blut auf der Wange, das sich über das ganze Gesicht verbreitet hatte, auch von seinem Kopf tropfte es, ohne dass er sich darum kümmerte, das Blut abzuwischen.

Er sagte, er sei vor einigen Mönchen und ihren Knüppeln geflohen, und griff nach Sturlas Rockzipfel und bat demütig um Hilfe, dass er sich vor den heiligen Männern mit den Knüppeln retten könne. Vielleicht war es ein älteres Bild von einem wandelnden, andächtigen Gelehrten, das Sturla daran hinderte, ihn wie einen aufdringlichen Bettler wegzustoßen, und er erlaubte ihm, sich ihm und seiner Gruppe anzuschließen und mit ihnen in eine Schenke zu gehen.

Er sagte, er heiße Franz, und hielt eine lange Rede, redete

über seine Lebensumstände, und zwar so lebhaft, dass es nicht wichtig schien, ob es wahr oder erfunden war, erzählte außerdem Geschichten über das Kloster in der Nähe, von wo die streitsüchtigen Kuttenmänner einen Ausfall gegen die Studenten unternommen hatten, die sie zuvor auf dem Marktplatz angegriffen hätten.

Als er sein brennendes Verlangen nach Streit mit Bier gelöscht hatte, ohne sich freilich das Blut abzuwischen, wurde der Redeschwall noch heftiger. Er breitete sein Wissen darüber aus, wie alt dieses Kloster sei und dass es der erste König in Paris gegründet hätte, Chlodwig, der als Erster das Christentum annahm, und dabei lachte der Berichterstatter und trank ordentlich, und er lachte noch immer und trank dabei und zeigte eine Lücke in seiner Zahnreihe, die von einem rötlichen Bart umrahmt wurde. »Und alle Kinder des Königs, die hatten sich ständig in den Haaren, trotzdem, es gab einige Heilige in der Familie, welche die Eltern nicht aus Macht- und Geldgier umbrachten. Engilbert, sein Sohn, und seine Frau, die Hexe Clothilde, die versäumten es nicht, zu versuchen, ihrer Sprösslinge habhaft zu werden, um sie umzubringen, zwei haben sie erwischt, der dritte entkam seinen Eltern und wurde ein Heiliger, der heilige Claude. Und dann kämpfte das Paar auch noch gegen seinen Schwager, den König der Westgoten …«

Der Mann sprach so schnell, dass Sturla nur Bruchstücke verstand, außerdem war er damit beschäftigt, die Reihe der kommenden und gehenden Leute in der Kneipe zu beobachten, und er war noch immer auf der Hut, ohne zu wissen, wovor er sich zu hüten hatte.

»Ja, mein geschätzter Herr«, sagte der Schlaumeier, »hier waren auch Verwandte von dir, vor langer Zeit, nordische Männer. Sie kamen genau hierher mit ihren Booten, den ganzen Fluss hier unten hinauf. Das war lange, lange vor unserer Geburt, und sie unterwarfen sich hier alles, und das Kloster, das du hier siehst, das ist nicht dasselbe wie damals. Das haben sie abgebrannt. Was du hier siehst, ist ganz neu. Höchstens hundert Jahre alt. Und die Kirche, die ist neu gebaut.«

»Aber warum bekämpfen sich diese Gruppen hier untereinander?«, fragte Sturla und wollte das Gespräch näher an seine eigene Zeit lenken.

»Wir Studenten, wir liegen im Streit mit den Mönchen hier. Wir sind es, die das Kulturleben bestimmen. Und sie haben Angst. Wir herrschen über die Stadt, sie mit ihren Schnüfflern über die Kirche, und sie meinen, wir hätten schon Freiheit und Selbständigkeit genug. Da wir hier in der Stadt eine Art Friedensraum haben, wo die Rechtsprechung der Kirche nicht hinreicht. Wir sind stark genug, die zu schützen, hinter denen die Inquisition her ist.«

Er nannte Namen, die Sturla schon einmal gehört hatte, mit denen er aber nichts verband. »Abaelard«, sagte er, »er war unser Lehrmeister. Wir wollen alles erforschen, aber uns nicht sagen lassen, was wir zu studieren haben. Wir wollen allen Dingen auf den Grund gehen, und in unserer Philosophie sind Fragen nicht weniger wichtig als Antworten. Und erhalten wir eine Antwort, wollen wir noch weiter fragen. Das passt der Kirche nicht. Jedenfalls nicht ihrer Leitung. Und auch denjenigen nicht, die sich demütigst vor der Vorsehung der Kirche verbeugen.«

Dies war einer der Männer, die von Land zu Land zogen und dort Schutz suchten, wo er sich anbot, und die nicht davor zurückschreckten, in unterschiedlichsten Verkleidungen zu erscheinen. Einige hatten Weihen empfangen, andere gaben es nur vor, wenn sie an die Klostertore klopften. Sturla hatte den Eindruck, hier eine neue Welt kennenzulernen, wechselhaft und unsicher für die Menschen, die Wissenschaft und Dichtung suchten und bei ihrem Umherstreifen von Ort zu Ort häufig voller Spott und beißendem Witz waren. Nicht zuletzt brachte dieser Mann mit dem ungezügelten Redefluss das Gespräch oft auf den römischen Dichter Ovid.

Der Erzähler lehnte sich gerne nach vorn, die eine Hand an seinem Weinkrug, und er achtete nicht darauf, wenn sein Ärmel in den Weinpfützen auf dem grobgehobelten Tisch landete, wenn er in dem wachsenden Lärm Sturlas Aufmerksamkeit auf sich ziehen wollte. Ein Lichtreflex leuchtete auf den feuchten Lippen im feuchten Bart. Er erinnerte an den zweifarbigen Mann in einer Rittergeschichte, der auf jeder Seite eine andere Farbe hatte, um im Turnier nicht erkannt zu werden. Die Hälfte seine Gesichts war rot von Blut, mit dem er sich beschmiert hatte, während die andere Gesichtshälfte ganz ohne Blut war. Graue Strähnen in seinem roten Bart, und jetzt glänzte es wieder auf dem Schädel.

Sturla war es eine Beruhigung, dem Gefasel dieses Mannes zuzuhören.

»Du würdest mir einen großen Gefallen tun, wenn du mich in deine Schar aufnähmst, nur heute Abend, und es könnte sogar mein Leben davon abhängen, auch wenn es nicht viel wert ist«, sagte der lustige Geselle und fuhr mit seiner Zunge immer wieder über die Zahnlücke, wenn er sprach, als wollten die Lippen zwischen den Schlucken eintrocknen. »Vielleicht kann ich mich mit diesem kleinen Buch bedanken, einer Sammlung von Vagantenliedern.«

Mein schöner Jüngling

»Du siehst mich eingeritzt, vielmals eingeritzt mit Runen und von Reif bedeckt. Aber einmal war ich glatt und unschuldig und schön. In einer Welt, in der Vögel auf jedem Zweig sangen und das Laub zitterte, als wollte es mich zu einem Fest einladen, und wo der Blumenduft jeden Schritt beflügelte, als könnte sich der Mensch unverhofft in die Luft erheben. Mir standen alle Wege offen, ich genoss das Wohlwollen der Eltern und die heiteren Weine. Gewiss hatte ich einen älteren Bruder, der das Reich unserer Familie erben sollte. Aber alles ging nach Wunsch, außer dass mich die Neugier nicht in Ruhe ließ. Ich wollte alles wissen, vor allem, was ich nicht wissen konnte. Statt auf die Jagd zu gehen und ritterliche Fertigkeiten zu üben, statt durch die Jagdreviere der Familie zu galoppieren, um mit Hörnerklang und Hundegebell das Wildbret zu jagen und mich am Feuer am Braten zu laben, stand mir der Sinn nach Bücherregalen und ich nahm der Reihe nach Bücher und Broschüren heraus, um sie bei Lichtschein zu untersuchen. Ach, sagte mein Vater, gab mir ein Pferd und sah mir hinterher, als ich in den Wald ritt, und er freute sich über die Tüchtigkeit seines Sohnes. Aber als er mich nicht mehr sehen konnte, legte ich mich in einen Hain, zog ein Buch aus der Kleidung und las, solange es hell genug war, und als ich nach Hause kam, erzählte ich eine ereignisreiche Reisegeschichte, die ich für meinen Vater erfand, damit sein Stolz und seine Freude nicht getrübt würden. Und als ich mich als sehr redegewandt erwies und andere mir so gerne zuhörten, dass ich ermuntert wurde, mehr zu erfinden, da runzelte mein älterer Bruder die Brauen, ohne ein Wort zu sagen. Auf meinen Vater hatten diese Geschichten die Wirkung, dass er wortkarg gegenüber seinem Erben wurde und stöhnend sagte: ›Es tut mir leid, denn du bist der Stolz der Familie. Ich kann dir aber das Reich nicht übergeben, auch wenn ich es wollte. Aber du kannst einen anderen Weg einschlagen und ein nicht geringerer Mensch werden als dein Bruder. Du könntest Kardinal und das mächtigste Mitglied unserer Familie werden.‹

Und deshalb wurde ich reichlich ausgestattet und von zu Hause fort in ein Kloster geschickt. Dort hätte ich mir ruhige Tage machen und die Gunst des Abtes genießen können, frei von schweren Aufgaben. Aber anstatt die Vorteile meiner Geburt auszunutzen, ließ mich diese Neugier nicht in Frieden. Der Wissensdurst, für den ich immer teuer bezahlen musste.

Wir Novizen vergnügten uns in unserer sündhaften Unschuld damit, im Schlafsaal über diese Sammlung von Gedichten zu flüstern, die ich dir schenken möchte. Das war eine Folge davon, dass wir uns atemlos in die Liebesgeschichten des römischen Dichters Ovid vertieft hatten. Wir waren auf eine zerfledderte Handschrift mit einer Reihe von Gedichten eines fahrenden Scholaren gestoßen und saßen nun in einer dunklen Dachkammer, in die nur ein schwacher Lichtschein fiel, über ein Schreibpult gebeugt, das wir auf die Knie gelegte hatten, und schrieben sie heimlich ab. Wir waren so ignorant und lernbegierig, dass wir nicht merkten, wie uns die Flammen des Feuers der Begierde erfasst hatten, uns, die wir so leicht entflammbar waren, wie es im Gedicht heißt: ›Floret silva nobilis / floribus et foliis.‹

Wir wurden in flagranti ertappt, gerade als der Wald der Dichtung dabei war, sich ganz zu belauben, und die frisch entsprossenen Blüten unter dem Laubdach leuchteten, das seine Schatten auf unsere jungen, schönbehaarten Köpfe warf. Ein vertrockneter Seelenhirte hatte sich im Dunkeln im Schlafsaal versteckt und uns belauscht und er brannte vor Neid über unsere jugendliche Freude und ungezähmte Vitalität, und es erwachte das bisschen Leben, das dieser kahle Baum noch in sich hatte, und brachte ihn dazu, uns die Neugier vorzuwerfen, die doch noch ganz unschuldig war. Der Verdacht fiel auf mich, da der Abt mir die Eignung zum Anführer zutraute. Er schrie mich an, ich hätte sein Vertrauen missbraucht und andere Novizen in die Netze des Teufels getrieben. Als ich versuchte, Einwände zu erheben, wurde er wütend und warf mich zur Tür hinaus.

So begann meine Irrfahrt durch die Welt als fahrender Kleriker. Zuerst entschloss ich mich, nach Hause zu meinem Vaterhaus zu gehen, denn ich hoffte, mein Vater würde den verlorenen Sohn mit offenen Armen aufnehmen, wenn er zurückkäme. Aber ich kam gerade in dem Moment nach Hause, als mein Vater in den letzten Zügen lag und eine Truppe von Söldnern aus der Nachbarschaft sich schon zum Angriff bereit machte. Als ich mich an sein Sterbebett setzte, brach es aus dem alten Mann heraus, und er rief wie wild nach seinem Pferd und seiner Rüstung und strampelte im Bett, dass ihn sein Berater, seine Ehefrau, sein Schlossverwalter, sein Küchenmeister, sein Kammerdiener, sein Marschall und sein älterer Sohn, der die ganze Pracht erben sollte, festhielten, während seine Konkubine spionierte und so tat, als trockne sie vorne Geschirr und Lampen ab, wobei sie nicht wusste, was aus ihr werden sollte, und an ihrem Schicksal verzweifelte, wenn ihr nichts anderes übrig bliebe als die Einsamkeit in einem Nonnenkloster oder die geringe Aussicht, noch jemand anderen für sich gewinnen zu können, der nicht arm, verachtet und unbedeutend wäre, oder sich weiter der Prostitution hinzugeben.

›Ho, ho, bringt mir Burgunderwein‹, rief mein Vater weiter, als er sich etwas beruhigt hatte, und dann zeigte er auf seinen verlorenen Sohn und flüsterte mit aufgerissenen Augen: ›Wer ist dieser schöne, junge Mann mit dieser schönen Singstimme? Warum ist er so still? Ist er gekommen, mich zu holen?‹, sagte er lauter und tastete mit seinen alten Händen nach mir, gab seine Absicht aber auf halbem Wege auf. Ich saß wie versteinert während dieser Rede, die von Pausen und langem Stöhnen und Röcheln unterbrochen wurde, und manchmal stockte sein Atem, als wäre seine Seele entflohen, aber dann tobte er mit neuer Kraft und rief:

›Seht ihr den Haufen draußen auf … auf den Feldern … auf dem Acker … die Ähren wachsen vorne vor dem Fenster … ein

Dachfenster, ein Schimmer, unten an der Türschwelle, es schimmert durch die Kornhalme und … Warum liegt dieses tote Pferd da und drückt das Korn nieder und eine Wolke großer Fliegen und sie werden größer …‹, und er begann die Fliegen mit den Händen von Ohren und Haar abzuwehren und wischte sie aus den Augen und fiel dann wieder auf das Kopfkissen zurück, die Arme auf der Brust, als wäre er schon tot. Er hatte nur noch eine kurze Lebensspanne, die mit einem Schlag begann, mit dem es ihm gelang, den Becher umzuwerfen und den roten Wein über sein weißes Hemd zu vergießen. Dann begann er zu röcheln und um Luft zu ringen, bis er erstickte und nun richtig tot nach hinten sank. Aber es schien, als wäre Blut auf seinem Hemd, als wäre er von Wunden gestorben, wie es einem Ritter ziemte, oder auf einem Kreuzzug gefallen, und er hätte Aussicht auf einen besseren Aufenthalt in der anderen Welt, als er verdient hatte nach seinem Verhalten gegenüber den Armen und Hilflosen, und seinen Nächsten. Und nun war er tot. Und alle, die dabeistanden, sahen sich aus Misstrauen gegenüber den anderen gezwungen, Trauer und Bedauern über den Tod ihres Herrn zu heucheln.

Aber mein Bruder nahm die ganze Macht an sich und kümmerte sich nicht um die Bitten und Vorhaltungen meiner Mutter, von der er wusste, dass sie mich mehr liebte als ihn, vertrieb mich von zu Hause mit einem einzigen Pferd und ohne Begleitung, sagte dazu nur: ›Geh nur zurück zu deinen heiligen Männern.‹

Ich wurde in einem anderen Kloster aufgenommen und zeigte einigen Eifer und Fleiß beim Studieren, versäumte keinen Gottesdienst und tat so, als versenkte ich mich ins Gebet, besonders wenn ich allein in der Kirche sein konnte und mir niemand vom Gesicht ablesen konnte, was ich dachte. So würde es für mich nicht gefährlich sein, mit den unterschiedlichen Verlockungen zu liebäugeln, mit Versuchungen zu spielen, manchmal beim frommen Gesang oder beim Spielen eines Instruments in der Stille zwischen den Gottesdiensten. Oder ich saß in den Ruhestunden rastlos beim Bücherlesen.

Wie schon zuvor war Ovid schädlich für einen ungefestigten Geist, verstärkte die Unruhe und heizte das Unbehagen an diesem strengen Refugium an. Wie zuvor geschah es im Schlafraum, beim Geplauder der Novizen, dass mich ein junger wallonischer Mönch ansprach.

›Ich sehe, dass du lebhaft und unruhig bist‹, sagte er. ›Vielleicht hast du Lust, mit mir in dieses Buch zu schauen.‹ Und er zog ein zerknittertes Heft und lose Blätter aus seinem Beutel, einige am Rand bis zu den Buchstaben abgerissen. Darin lag ein Baumblatt wie ein Lesezeichen zwischen zwei Seiten des Büchleins, das mit flüchtiger Hand geschrieben war. Der Text selbst war ein alter Bekannter, Ars amandi, Die Liebeskunst, von niemand anderem als Ovid.

Es konnte unangenehm sein, unter dem Einfluss dieses Aufsehers über die Wissenschaft von der Liebe zu sein, wenn man in dieser Gedichtsammlung las. Die Neugier und das Verlangen, sich in den Ovid zu vertiefen, lagen im Kampf mit dem Versuch, sich dem Geist dieses umherstreifenden Aufpassers zu entziehen, seinem Seufzen und Keuchen über den Gedichten, und manchmal fühlte ich seinen heißen Atem in meinem Nacken, was mich veranlasste, die Schultern zu heben, damit die Kutte den Hals bedeckte. Ich musste auch versuchen, mir nichts anmerken zu lassen, wenn er mit einem plötzlichen Griff mein Handgelenk anfasste, sich zu mir niederbeugte und sich dicht an mich lehnte, als hätte er Mühe, beim flackernden Schein den Text zu lesen:

Und hat das schaukelnde Bett die Liebenden beide empfangen, flüstert der eine der anderen Liebesworte ins Ohr. Und während die Liebenden plaudern, sind ihre Hände vereint, und ihre Finger erkunden die heimlichen Stellen des Leibes, wohin Amor unsicht-

bar seine Schusswaffe richtet. Da hört er die Stimme der Frau und wie sie ihm flüstert, das mit Schmerzen Verbundne allein könne Befriedigung geben, und das allein verdiene Beachtung, was einem selbst Befriedigung schaffe:

Und er hört ihre Stimme angsterfüllt flüstern: Nur das unter Qualen des anderen Erlangte.

Ich hatte einen Verdacht, worauf diese gemeinsame Lektüre zielte, tat aber so, als bemerkte ich es nicht, und hielt ihn so weit auf Abstand, dass ich nicht genötigt wurde, mich in die Geheimnisse der Liebeskunst einführen zu lassen.

Da geschah es einmal, als zur Abendmesse geläutet wurde, dass ich mich hinausschlich, um das Wissen in der Praxis zu erproben, und ich hatte in meinem kleinen Beutel nichts anderes bei mir als ein Stück Käse, einen Brotkanten, einen Apfel und die Ars amandi.

Ich ging lange, Tage und Nächte, und wusste nicht, wo die Reise enden sollte, nur dass jetzt oder nie die Gelegenheit bestand, Abenteuer zu erleben, wenn man sich nicht in die heiligen Bücher vergraben und im himmlischen Geist verdorren und verwelken wollte.

Ach ja, diese Wonnestunden … Viel später fand mich eine vornehme Dame, als sie mit ihrer Dienerin in den Garten ging, um Zwiebeln zu holen. Sie entdeckte mich, als ich in der Blütenpracht unter einem niedrigen Strauch lag, erschöpft, abgemagert, mit zerlumpter Kleidung, sodass überall die nackte Haut herausschaute. Und vielleicht träumte ich gerade von der Liebeskunst aus dem Kloster, als ich erwachte und sie sah; unsere Blicke trafen sich, und sie schickte die Dienerin fort, um ihr Weintrauben zu holen. Und ich sagte:

›Wenn es dir so gefällt, kannst du mich gern verrückt nennen. Deswegen werde ich aber noch lange nicht meine Gelübde brechen. Da bin ich ganz ehrlich. Niemand kann mir etwas vorwerfen. Aber ich würde keinen Öre geben für die ganze

Schöpfung im Vergleich zu dem, was ich in diesem Augenblick sehe.‹

›Guter Gott‹, sagte sie. ›Der allmächtige Gott und die heilige Cäcilia mögen diesem armen Menschen helfen. Bleib nur hier liegen, bis ich dich nach der Abendandacht mit meiner vertrauten Dienerin aufsuche. Diese hier ist jung und vorwitzig und geschwätzig wie ein Waschweib. Ich schicke dir die andere mit Brot und Speck für dich. Wenn mein Ehemann fort ist, um seine Geliebte zu besuchen, und die Zugehfrau auf dem Markt, dann komme ich selbst und höre dir zu, wenn du mir Gedichte vorträgst.‹

Dann war sie verschwunden, und da lag ich wie ein gestreichelter Hund ruhig im Gebüsch und roch auf einmal den Duft der Blumen, die Sonne wärmte mich, und von oben tropfte der Saft der Bäume auf mich herab, aber ich wagte nicht, mich zu bewegen. Dort lag ich lange, bis ich Hundegebell, Pferdegetrappel und Rufe hörte, eine Gruppe machte sich auf den Weg, und dann wurde es still, bis die Glocken zur Vesper in der Schlosskapelle riefen, wie ich vermutete. Da hatte ich meinen Hunger schon mit dem Brot und dem Räucherspeck gestillt, den mir eine dralle Dienerin heimlich ins Gebüsch geworfen hatte, und sie blieb daneben stehen und schüttelte Krümel aus ihrem großen gemusterten Rock für die Vögel des Himmels, die weder säen noch ernten.

Ich freute mich, als die Pferde und Männer fort waren, und besonders, dass die hochwohlgeborenen Hunde keine Witterung von mir hier in den Büschen aufgenommen hatten. Und dann kam die Schlossherrin und geleitete mich aus meinem Versteck an einen bequemeren Ort. Sie ging mit mir in ein unterirdisches Gelass, als wäre ich Tristan selbst oder der edle Ritter Lancelot; sie war dick und fromm; wir knieten zum Gebet vor dem Bett nieder, bevor sie ins Bett stieg und ihren sittsamen Rock über das Bettleinen breitete und die Augen halb schloss, und sie murmelte etwas und ich warf mich auf sie, hob ihren Rock hoch, als wäre es ein Segel auf einer großen Schute, sodass alles in rasender Fahrt vorwärtsging; ihr Körper zerfloss unter mir und bewegte sich zitternd in Wellen über das Leinenlaken. Und so feierten wir unsere Messe gut und lange beim schwachen Schein einer Lampe.

So wohnte ich bei dieser guten Frau versteckt in ihrem Gelass unter dem fruchtbaren Erdboden, und ich wusste nicht, wie die Zeit verging in dieser Glückseligkeit und der regelmäßigen Absolution durch Gebete und bei dem Überfluss an Leckereien und edlen Weinen. Sie holte mit ihrer vertrauten Dienerin ein Tönnchen aus einer Vorratskammer in der Nähe oder aus einem anderen Erdkeller und ließ mich manchmal wie ein Pferd aus einem randvollen Fass saufen, streichelte mich und nannte mich ihren schnellen Hengst; und wir galoppierten zusammen über Heiden und Felder, Ebenen und Spalten, Berge und Wolkenburgen.

Aber jede Freude auf dieser Erde ist von kurzer Dauer, es wurde Herbst und dann Winter und alles nahm ein Ende, und die Zeit verging wie im Fluge, denn wenn man glaubt, es gebe sie gar nicht mehr, ist sie schon vorbei.

Unten vom Tal her hörte man Hörnerklang, als die Jäger mit ihren bellenden Hunden Hasen jagten und Vögel aus ihren Nestern aufscheuchten, und dann regte sich meine überaus großzügige Dame und weckte uns beide aus dem Schlaf, in dem ich in ihr Fleisch versunken war und dort sanft auf der schwachen Dünung einer Felsenbucht schaukelte. Sie zuckte zusammen von dem Lärm, der irgendwo von den Ebenen hinaufkam, sprang auf und stieß mich, ihren lyrischen Liebhaber, voll Zärtlichkeit aus der Weichheit ihrer bebenden Körperfülle hinaus und aus der Flut, die keine Grenzen hatte, als wäre sie die ganze Welt, oder vielmehr wäre es gewesen.

›Ach‹, sagte sie mit einem langen, glücklichen Seufzer, der

sich mit Kummer und Angst mischte: ›O, mein wunderschöner Jüngling, der mir das Leben schenkte, nach dem ich mich schon in meiner Jugend sehnte, als die jungen Dichter meiner seligen Mutter von den Höfen der berühmten Könige sangen, vom Leben der Hirten und von den ehrenhaften Rittern, die über das Wohlergehen frommer Jungfrauen wachten. Ich schwebte auf diesen Träumen und wartete darauf, dass mein Ritter auf seinem edlen Ross durch die Waberlohe geritten käme, um mich zu holen. Ach, dann kam mein Vater mit diesem aufgedunsenen, brutalen Kerl, der einen solchen Schmerbauch hatte, dass er nicht mehr in seine Rüstung passte, und er war so alt wie mein Vater und riss mich aus dem Blütenbaum, der mich trug, presste mich mit seinen groben Händen, als wäre ich keine Blüte, und brachte mich nach Hause in diese Burg über den Tälern und Ländereien ringsumher, über die er herrscht und die von Söldnern geschützt wird, und schleppte mich heim in dieses kalte Schloss und auf das Brautbett, wo er mich über sich legen musste, um mich entjungfern zu können, und kaum war das geschehen, da lehnte er sich schon aus dem Schlossfenster und schwenkte das blutige Bettlaken, um seine Potenz zu beweisen.

Du mein lieblicher Hirtenknabe, du hast in mir all diese verlorenen Träume erweckt. Nun funkelt das Gold, nun kann ich leben und meine Jugend dank deiner Geschenke bis ins Alter bewahren und mich daran erinnern, wenn es ans Ende geht, wenn es so weit ist, dass mich der Himmel ruft und ich in der anderen Welt erneut das Glück genieße. Aber nun müssen wir, mein Glücksbringer, unsere wiederbelebenden Spiele beenden, die Wonne ist nun vorbei. Aber wenn es dich wieder einmal in diese Gegend verschlägt, dann komm heimlich zu meinem Felsen. Wenn du zu müde bist, lege dich heimlich in dieses Gebüsch, aber am liebsten sollst du dich in diese unterirdische Kammer begeben, von der niemand außer mir und meiner vertrauten Dienerin weiß. Denn von nun an werde ich davon träumen, wie ich dich in dem roten Gebüsch gefunden habe. Ich wünsche dir eine gute Reise auf den Wegen der Welt, und vergiss mich nicht, denke an mich, wenn du Hunger hast, denke an mich, wenn es sehr dunkel ist und fast völlig schwarz, denke an mich, wenn es am allerfinstersten ist, und dann brauchst du keine Laterne, um zu sehen, und denke …‹«, und hier machte der Erzähler eine Pause, nachdem seine Stimme ins Falsett übergegangen war und er seinem Gesprächspartner den leeren Becher entgegengehalten hatte, bis er zu der Maßnahme griff, ihn über seiner offenen Hand umzustülpen, sodass nur ein müder Tropfen und dann noch einer kam, als tropfe Blut von einer vorsichtigen Messerspitze.

Als er seinen Becher wiederbekommen hatte, sagte er: »Bevor wir uns verabschiedeten und uns trennen mussten, rasierte sie liebevoll und unter heftigem Seufzen meine Tonsur, sodass mir die Segnungen der Kirche, die sie für ihre Diener bereithält, wieder zur Verfügung standen. Du glaubst vielleicht, dass Luzifer mich geweiht hat. Dass der gefallene Engel unser Leitstern wäre, der Leitstern von uns schwachen Menschen, die sich wollüstig den Freuden des Lebens hingeben. Du glaubst, es sei nicht möglich, zwei Herren zu dienen, glaubst du das? Du glaubst, es sei nicht möglich, reinen Herzens die große Mutter zu lieben, die unbefleckt das Licht der Welt gebar, das am Ende alle erlöst, und zugleich die Liebe der Frauen zu genießen, die sich einem wandermüden Kleriker hingeben? Ach ja, diese glücklichen Stunden … du erwachst aus der größten Wonne, zitternd vor Seligkeit, du erwachst auf steinigem Boden, kein Blümchen in der Nähe.«

Auf der Suche nach einem alten Zauberbuch

Als die Erinnerung an die Geschichte des Wander-Franz im Licht des nächsten Tages verblasste und die Gefährten Sturlas, außer Guðmundur skáldi, verschiedenen notwendigen Beschäftigungen nachgingen, erwachte erneut der Gedanke – und verfestigte sich – an das Buch, das vielleicht dem Ziel dienlich sein könnte, zu Hause auf Island sicher zu sein. Existierte dieses alte Zauberbuch und war es die Quelle der schrecklichen Macht, die Sæmundur über die isländischen Seelen ausgeübt hatte, welchen Vorteil könnte er selbst dann nicht aus ihm ziehen in jenem großen Entscheidungskampf, der ihn erwartete, um die höchste Macht auf Island zu gewinnen.

Und als er, in Begleitung von Skáldi, losging, um sich in die Nähe des Kulturzentrums zu begeben, da sprach er überall Menschen an, wohin er kam. Aber hier war es wie in einem Labyrinth, wo alles von unterschiedlichen Phantasien und Anschauungen vibrierte, und als er zu seinem eigentlichen Anliegen kam, da wirkte es ganz verschieden auf die Menschen und einige sagten: »Denkst du an die Goldmacher? Solltest du da nicht einen Alchemisten fragen, wenn du einen findest? Oder Zauberer und Hexen aufsuchen?«

So irrte er umher und der Dichter in einiger Entfernung hinter ihm, der sich nicht traute, Sturla anzusprechen und seine Gedanken zu unterbrechen. Da sah Sturla einen ihm bekannten Mann wieder, den er sofort an seinem Gang erkannte. Er hatte sich wieder auf den Fußballen gerollt und die Hände hinter dem Rücken verknotet, als zöge er etwas Wertvolles hinter sich her. Als Sturla sich diesem Mann genähert hatte, sagte er: »Du trägst heute eine schwere Last.«

»Glaubst du, dass ich Luzifer selbst an der Leine habe?«

»Du ziehst den Teufel persönlich und machst dir dabei keine Sorgen.«

Sie gingen eine Weile, und der Mann mit dem leichten Schritt murmelte einen unanständigen Vers.

»Hör damit auf, dann schenke ich dir einen Krug, den du dir einverleiben kannst. Ich muss dich etwas fragen, das mir Probleme macht.«

Sie setzten sich auf einen Poller am Flussufer. Er trug seinem Gesprächspartner sein Anliegen vor und fragte ihn nach seiner Meinung, aber Guðmundur skáldi griff nicht in das Gespräch ein, sondern sah die beiden nur an.

»Wenn du mir danach einen zweiten Krug bezahlst, dann werde ich mit dir zu einem Mann gehen, der das noch nicht aufgegeben hat, was du Schwarze Schule nennst, und ich bin nicht sicher, ob er es jemals tun wird.«

Sie kamen zu einem großen Portal mit einem blaugestrichenen, starken Tor, in dem sich eine kleinere, zweigeteilte Tür befand, deren oberer Teil offen stand und den Blick auf einen langen Gang freigab. Der Führer öffnete den unteren Teil, indem er innen nach dem Riegel griff. Es war nicht leicht, in dem Gang voranzukommen, weil überall lose Dinge herumlagen.

Sie gingen bis zum Ende und kamen dann in einen kleinen Hof. Dort stand ein alter Brunnen mit einer lateinischen Inschrift darauf und ein niedriger Tisch, zusammengesetzt aus Bruchstücken von Steinplatten und Säulen. Auf ihm stand eine Kanne mit Bodensatz. Sie setzten sich neben den Brunnen, und Sturla fasste den Griff der Brunnenwinde, und es klang wie das Geheul eines durstigen Wolfes, als er ihn bewegte. Es war niemand da. Zur rechten Hand sahen sie den dunklen Eingang zu einem Hinterhaus. Ein wolfähnlicher Hund lag da auf dem Bauch ausgestreckt. Er hob schläfrig den Kopf und legte ihn wieder zurück, als er die Männer wahrgenommen und den vorderen von ihnen gesehen hatte, der dem schlappen Hund mit der Hand zuwinkte.

Nun kamen sie in einen anderen Gang, kürzer als der erste,

und sie mussten sich an großen Truhen vorbeidrücken, bis sie zu einer breiten Treppe gelangten, wo eine Fackel so an der Wand angebracht war, als hielte sie ein eiserner Arm empor, der sich mit einem Schlag durch die Mauer gebrochen hatte.

Franz zog aus seiner Kleidung eine kleine Fackel, die er selbst gemacht hatte, und holte sich Feuer von der Wandleuchte. Nun waren die Wände nicht glatt, sondern aus unterschiedlich behauenen, auch unterschiedlich großen Steinen errichtet, mit ziemlich breiten Zwischenräumen. Und an einigen Stellen hatten sich Hohlräume in der Mauer gebildet und man sah Streifen, wo Wasser an den Steinen herabgelaufen war, die grau und hart waren, mit weißen Malen von Schlegeln hier und da, und an einer Stelle tropfte träge aus einem großen Stein in der Mauer eine grüngelbe Flüssigkeit. Die Stufen hatten offensichtlich ein sehr hohes Alter, so schief und abgetreten, wie sie waren, auf der untersten war Mäusedreck.

Als sie unten angekommen waren, schloss sich ein Erdgang an. Er war uneben und schwierig zu begehen mit nichts anderem als dem Schein der kleinen Fackel. Sturla streckte den Arm nach seinem Führer aus, legte eine Hand über seine Schulter, so konnte er es vermeiden, sich an der Wand entlangzutasten.

»Pass auf deinen Kopf auf, so groß wie du bist«, sagte Franz, als sie durch eine niedrige Tür gingen.

Der Raum war gut beleuchtet, und sie sahen einige Männer, die sich um zwei andere drängten, die mit ihren Helfern, die man in dem Gedränge nicht genau erkennen konnte, an einem großen Tisch arbeiteten. Einige saßen auch auf Holzbänken, in einer Art schräg aufsteigender Galerie an der Wand gegenüber der Tür. Franz legte einen Finger an den Mund, und sie traten näher.

Jetzt waren sie so nahe, dass sie sehen konnten, wie ernsthaft alle waren. Einer sprach und wies mit einer Schere auf Eingeweide, die er mit der anderen Hand langsam aus einem langen

Bauchschnitt der Leiche zog, die langgestreckt auf dem Tisch lag. Man hatte bereits einen ganzen Unterarm freigelegt, wo nur noch Knochen und Knöchel und einzelne Sehnen zu sehen waren, die Schnitte gingen bis zum Ellenbogen. Da baumelte ein Nervenstrang wie eine Spiralfeder, bereit zu klingen, wenn man richtig auf sie blies.

Der Leiter der Obduktion trug einen großen, breitkrempigen Hut und hob die Augenbrauen bis zur Krempe, sperrte die Augen so weit auf, dass man das Weiße sehen konnte, und gab seine Erklärungen leise auf Latein. Die aber dem Kopf des Toten am nächsten saßen, beugten sich über ihn, so dass nicht viel fehlte, dass ihre Kragen die Nase des Toten gekitzelt hätten. Sie näherten sich den Schnittwunden und dem, was aus ihnen herausgeholt wurde, so weit, wie es nur möglich war. Einer hatte eine Schiefertafel in der Hand und machte sich Notizen. In den Mienen vieler zeigte sich Furcht und Andacht; aber der Leiter und Erklärer war, als käme er aus dem Totenreich zu dieser frommen Handlung, und er hatte einen großen Pergamentband an den Füßen der Leiche, die aufgeschlagenen Seiten mit kleiner, enger Schrift und der Wiedergabe äußerer und innerer Körperteile. Er trug eine ärmellose Weste ohne Kragen über seinem roten Kittel, zusammengehalten von geknüpften Lederriemen; die Hosen waren sehr eng geschnitten, und die Schuhe hatten aufgebogene Schnäbel. Von den anderen waren die meisten ähnlich gekleidet, außer dass sie Kappen trugen, wenn sie nicht barhäuptig waren. Das Licht lag ruhig auf der Leiche, sieht man davon ab, dass Schatten über der Stirn, den Augen, den vertieften Wangenfurchen und dem eingefallenen Mund flackerten, durch den sich der Atem aus seiner irdischen Behausung hinausgegähnt hatte. Der Schein wich von den Gesichtern der Lernbegierigen; und die Wände lagen im Dunkeln und ebenso die Leute, die auf der Galerie auf den lehnenlosen Bänken saßen.

Sie standen lange regungslos, und niemand beachtete sie. Sturla hatte nicht bemerkt, dass im Saal Säulen waren, bevor er sich bewusst machte, dass seine Hand auf einer von ihnen lag.

Da flüsterte ihm Franz ins Ohr: »Wir gehen weiter.«

Und fasste ihn am Handgelenk. Sie begaben sich zu einer zweiten Tür gegenüber dem Eingang, die sich unter einem dunklen Vorhang verbarg. Der Raum war leer; aber in einem zweiten Raum hinter diesem waren Kessel, von denen einige über einem Feuer hingen, und Behälter, in denen es brodelte, und viele Wasserhähne und Rohre, die ständig Dampf hinauf und hinab in den Saal bliesen.

Einige Männer waren damit beschäftigt, im kochenden Gebräu zu rühren, andere hatten Flaschen mit Flüssigkeiten, aus denen sie einige Tropfen in Töpfe fallen ließen, oder sie leerten Gläser und Kannen. Der Leiter der Operationen hatte eine hohe Kapuze auf, die bis auf die Schultern herabreichte, mit Löchern für Augen und Nase und einer Öffnung, welche die Lippen sehen ließ und Bartstoppeln und lange dünne Zähne im Mund, von denen einige in diesem Licht aussahen, als wären sie angespitzt. Manchmal schob sich die Zunge durch die Öffnung, und in dem flackernden Licht erschien sie wie gespalten.

Ein anderer Mann ging diesem Kapuzenmann eifrig zur Hand und gehorchte unverzüglich und mit einer Verbeugung seinen Weisungen, er hatte vor dem Gesicht eine Halbmaske in Krähenform, mit langen, schmalen Augenschlitzen, die weiße Lider sehen ließen. Der große, krumme Schnabel verbarg die Oberlippe und warf einen scharfen Schatten auf das Kinn und auf den Halsausschnitt hinab, wenn er sich bewegte, und fiel ihm ständig auf seine linke Seite, als wolle er an den Herzwurzeln kratzen. Es lagen überall aufgeschlagene Bücher herum, deren Blätter von Stäben und Bierkrügen beschwert wurden, damit der Wind sie nicht umblätterte. Ein offenes Tintenfass stand da, mit einem Silberdeckel und einer in Mustern geflochtenen Umhüllung. Drei Schreibfedern lagen daneben. Von der Decke hingen einzelne Leuchter herab, und auf dem Tisch und auf kleinen Hockern waren Lampen mit Haltern.

»Was tun die hier?«, flüsterte Sturla seinem Führer zu.

»Sie sind auf der Suche nach Wissen«, entgegnete der andere kurzatmig.

»Und …«, sagte Sturla.

»Sie forschen nach den letzten Gründen.«

»Mit diesen Prozeduren?«, fragte Sturla.

»Sie machen Gold. Aber komm nun, weiter.«

Und sie entfernten sich. Als er sich umsah, bemerkte Sturla, wie der Dampf sich drinnen ringelte und wie der Wind von draußen dorthin wehte, wo noch etwas von ihm übrig war.

Und wieder stiegen sie eine Treppe hinab, die diesmal gewunden war; und es wisperte und raschelte ihnen aus dem Dunkel entgegen.

Da unten sah es aus wie in einem Gefängnis. Da umringte eine kleine Gruppe von Menschen eine Wahrsagerin, die wie eine Hexe wirkte. Was man von ihr hinter der grauen Haarflut mit den gelben Bändern sah, waren ein breites Gesicht und braune Augenbrauen, die sie eher wie einen Mann als eine Frau aussehen ließen. Die Augenlider waren geschwollen und die Lidränder ebenfalls, und man sah undeutlich weiße oder graue Augen, die ihre Farbe zu verlieren schienen; das Gesicht war aufgedunsen von Spukattacken oder einem aufblähenden Gespenst oder von Geistern, die sie alle als Sprachrohr benutzen wollten; die Nase war langgestreckt, und es sah aus, als ob sie vom Anfassen in der Mitte schmaler würde; die Wangen waren ausgedehnt, als könnten sie kaum fassen, was die Kehle füllte; auch der Hals war geschwollen; die Hände waren ausgestreckt und bewegten sich wie Vogelklauen, und sie zitterten, wodurch die Ähnlichkeit mit einem Vogel noch größer wurde;

der Mund mit nach innen gesogenen Lippen, als suchten sie nach einem Flötenton, den sie in die Kehle hinabfallen lassen wollten. Auf einmal fielen ihre Hände kraftlos herab, die Krallenfinger wiesen nach unten, als versuchten sie, unter sich etwas zu krallen, was die anderen nicht sahen; die Augen öffneten sich, ebenso der Mund, die Nasenlöcher waren zusammengekniffen, weiße Bartstoppeln schauten heraus, vor allem am Kinn, eher kurz wie Splitter als wie Dornen. Sie begann sich mit dem Oberkörper im Kreis zu drehen, als hielte sie einen Kochlöffel und rührte mit großen Schwüngen in einem großen Topf; die Handflächen waren einander zugewandt, ohne sich zu berühren, irgendetwas strömte dazwischen. Die Leute um sie herum hielten sich an den Händen, und die Schatten klebten in ihren Gesichtern, die Zeit war eine andere geworden. Plötzlich hob sie die Hände, und man sah nur noch das Weiße in ihren Augen, und ihr Haar fiel nieder auf den Boden und unter seiner Flut erschien eine graue Gestalt, die sich in einen altersschwachen Mann mit einem langen Bart und einem kahlen Fleck im kurzgeschnittenen Haar verwandelte; seine Haut war, als spielte sie in Falten um die Knochen, und der Bart hatte Streifen, die als einzige etwas Farbe in dieser grauen Erscheinung ahnen ließen. Er schien in ein hellfarbiges, zerschlissenes Hemd gekleidet, in dem Flecken wie von getrockneter Erde waren. Auf seinen Schultern hing eine Kutte, graubraun im Dämmerlicht. Er hatte etwas in der Hand, von dem der größte Teil im weiten Kuttenärmel verborgen war und das eine Art Bündel oder Zauberfell zu sein schien, von dem Bänder aus der Ärmelöffnung heraushingen. Und während er langsam vor ihren Augen Form annahm, hörte man nichts außer klagendem Gemurmel, das aus den Eingeweiden der Wahrsagerin oder den Gärungsvorgängen dort zu kommen schien; die Zeit schien stillzustehen. Und dann hörte man eine Stimme, die sich an Sturla und seine Begleiter richtete.

»Suchst du nach mir?«, fragte die Stimme auf Latein, und sie war wie Eis, als fielen die Worte wie Tropfen von einem Eiszapfen.

Trotz des Schreckens und der Verwunderung war Sturla jetzt der Gedanke am wichtigsten, ob nun der Augenblick gekommen wäre, von dem er schon nicht mehr gehofft hatte, dass er einmal käme, dass hier derjenige erschienen war, der in seinem Ärmel das Zauberbuch hatte. Sein ganzes Inneres war aufgewühlt, und er versuchte sich zu beruhigen, damit die Erscheinung nicht verschwinde und er fragte sich, wie er den anzureden hätte, der zu ihnen gekommen war, um ihn zu treffen, und sagte zögernd: »Sæmundur. Sæmundur inn fróði«, auf Isländisch, aber der andere antwortete: »Mihi nomen est Collo.«

»Versuch's auf Latein«, flüsterte Franz so leise, dass Sturla sich nicht sicher war, ob er richtig gehört hatte, und er sagte dann auf Isländisch: »Willst du mir deine Schrift leihen und mich deine Kunst lehren, damit Macht und Glanz deiner Familie noch größer werden, als sie zu ihrer Blütezeit in deinen Tagen waren, und auch größer als die Jón Loftssons, der über ganz Island zu bestimmen hatte. Dann könnte ich mit deiner Hilfe die Herrschaft erlangen und sie sichern, damit sie über Jahrhunderte Bestand hätte auf der Insel am äußersten Rand der bewohnten Welt. Verleih mir die Stärke, die du in der Tiefe erlangt hast, und versieh mich mit dieser deiner tiefen Macht und Weisheit und Kenntnis, um die zweifache Wissenschaft herauszufordern und sowohl die höchste wie die tiefste Kraft zu schöpfen …«

»Mihi nomen est Collo«, sagte der andere mit brechender Stimme und löste sich auf.

Und es entstand ein Dampf um die Haare der Wahrsagerin, die zu schlucken begann und zu husten.

Island

Der fallende Berg zergeht,
und der Fels wird von seiner Stelle gerückt.
Die Wasser höhlen das Gestein
und vom Regen wird die Erde allmählich abgetragen.
Auf ähnliche Weise machst du den Menschen zunichte.

(Hiob 14, 18–19)

Land in Sicht (1235)

Sturla achtete wenig auf die Geschichte, welche die Seeleute sich zum Vergnügen erzählten. Von Zeit zu Zeit verschwand die ganze Mannschaft aus seinem Gesichtsfeld, während ihn Gedanken und Erinnerungen bedrängten, von denen er einige von sich wies, andere aber verfolgte, die sich ihm entziehen wollten, wenn er ihnen zu hartnäckig nachging. Als er aber bemerkte, wie das heftige Begehren die Vorstellungen nur zerstörte, ging er behutsamer vor und sah die Bilder jetzt deutlicher.

Nun änderten sich die Bewegungen des Schiffes durch den Wechsel von Wellengang und Wind, der nicht länger vom Land behindert wurde und den Weg frei hatte zu diesem kleinen Fahrzeug. Die wachsenden Wogen verursachten ein Schlingern, das ihn plötzlich wieder in die Gesellschaft der Mitreisenden auf dem Schiff zurückbrachte. Jetzt hörte er die gute alte Geschichte aus seiner Jugend, die er längst vergessen hatte, und der Erzähler war bis zu der Stelle gelangt, die vom Jarl Bragða-Mágus handelte, der sich aus List tot stellte und die Nachricht davon in die Burg des Königs gelangen ließ, die in dieser Geschichte Verniza hieß.

»Der König sagte dem Überbringer dieser Nachricht: ›Da ist der Verlust eines großen Anführers zu beklagen. Hat er denn noch irgendwelche Anweisungen geben können, ehe er starb?‹

Der Bote Úlfur antwortete: ›Es verhielt sich anders, als mancher vermuten würde, denn er hat keine Vorkehrungen getroffen, bevor er von uns ging. Und das sagten seine Freunde, dass die Ursache dafür war, dass er hoffte, Herr, dass ihr zu ihm kommen würdet, aber nun ging es so schnell mit ihm zu Ende.‹ Und er berichtete dem König die ganzen Vorgänge um den Tod des Jarls.

Da sagte der Jarl Ubbi, der außerordentlich feindlich und hinterlistig war: ›Vielleicht ist er gar nicht tot, und das könnte nur ein weiterer Trick von ihm sein, aber ich werde es genau prüfen, wenn er hierher gebracht worden ist, ob das wirklich seine Leiche ist.‹«

Und nun ertrank die Stimme des Sagamanns in den ansteigenden Wellen und dem Gesang des Windes. Manchmal knarrte es im Holz des Schiffes, wenn es auf den scharfen Kamm einer aufgetürmten Woge getragen wurde, die im selben Augenblick brach, und das Schiff taumelte die schäumende Wasserwand hinunter ins tiefe Wellental; und während dieses Gleitens gelang es der Stimme des Erzählers, einen anderen Mann vorzustellen, der sehr groß gewachsen war, ähnlich dem, der vorher als tot gemeldet worden war, und er hörte in getragenem Tonfall Folgendes:

»Der Mann fand eine Büchse. Aus der entnahm er etwas, das wie eine Art Olivenöl aussah, und rieb sich damit das eine Auge und die ganze eine Hälfte seines Gesichts ein. Dieser Mann bekam ein ganz merkwürdiges Aussehen«, fuhr der Erzähler fort. »Wo er sich eingeölt hatte, auf der Seite, wo die Substanz hingekommen war, sah er rot und bösartig aus. Er sprach zu seinen Männern: ›Ihr sollt mich den Halbfarbigen nennen, und ich werde euer Anführer sein …‹«

Nun verließ Sturla diesen zweifarbigen Mann und ging zum Vordersteven, stand im Steven und ließ sich von der Gischt besprühen, schob die Kapuze so weit nach hinten, dass das Salzwasser in sein Gesicht kam und er zu weinen begann. Am Himmel jagten die schnellen Wolken in mächtigen Haufen dahin, von denen sich flüchtige Wolkenschleier abtrennten, als wollten sie sich in die Welle stürzen, die am höchsten in ihre Himmelssphäre hinaufreichte.

Er begab sich wieder zu seinen Gefährten, die dicht gedrängt um den Erzähler saßen, damit das Wellenrauschen das nicht forttragen konnte, was er vortrug, und die Ohren spitzten, und einige bildeten mit ihren Händen einen Schalltrichter, um besser zu hören. Und da erkannte er, dass er sich zu lange verweilt hatte, denn die Geschichte war schon zu dem Punkt gelangt, wo es heißt:

»Es geschah, dass ein Schiff nach Verniza kam, was nicht ungewöhnlich war, aber über dieses redete man nun mehr als sonst, da an ihm etwas sehr Merkwürdiges war. Der Kaiser begab sich mit seinem Gefolge zu diesem Schiff. Und als sie noch nicht weit gegangen waren, kam ihnen eine Gruppe vom Schiff entgegen. In dieser Gruppe sahen sie einen Mann, der ziemlich seltsam aussah. Der Kaiser vermutete, dass er ihr Anführer war, da er sich von den anderen so heraushob. Das eine seiner Augen war blau und schwarz und in jeder Hinsicht makellos, das andere aber war braunrot wie bei einer Katze und in jeder Hinsicht bösartig. Die eine seiner Wangen war weiß wie Schnee und hatte eine schöne Röte. Die Hälfte seiner Nase, seiner Stirn und seines Kinns hatte eine schöne Hautfarbe. Seine andere Wange und seine ganze andere Gesichtshälfte waren braunrot, und man konnte wohl behaupten, dass diese Hälfte seines Gesichts und seines ganzen Körpers hässlich und widerwärtig war, aber seine andere Hälfte war hell und schön, wie man es sich nur wünschen konnte.«

Wache an der Lagune

Nun saß er am Ufer einer Lagune, am Strand unter einer Abbruchkante, und dachte an Hákon und Aron und die Dufgussöhne und an Rom. Und er fragte sich: »Was ist mein Schicksal?«

Und der Wind über ihm rauschte leise in den Halmen, wo er mit ausgestreckten Beinen im Schutz des Abhangs saß, und er betrachtete den Farbwechsel in der Lagune, wo der Wind kleine Wellen bildete; zum Meer hin offen; eine Sonnenspur. Außerhalb der Lagune schloss sich eine weite Bucht an.

Im Osten erhoben sich veilchenblaue Berge mit dunkelgrünen Grasflecken, rosa Gipfeln, blauschwarzen Schluchten und Klüften und dunklen Spalten. Und darüber weiße Wolken.

König Hákon hatte sich sehr für Sturla interessiert und unterhielt sich lange mit ihm, er hatte unterhaltsame Sagas von frommen Rittern zur Hand, die sich in den rechten Hofsitten übten und beharrlich ein edles Ziel verfolgten. Sturla stellte fest, dass der König einigermaßen lesen konnte. Er plauderte viel über französische Bücher. Doch nachdem er nach Hause gekommen war, kam es ihm vor, als verblassten die Worte des Königs mehr und mehr in seinem Gedächtnis und als werde seine Freundlichkeit in seiner Erinnerung schnell kühler. Dasselbe geschah mit den blauen Augen des Königs, sie wurden schnell grau.

Nun war ihm, als würde das Milde im Wesen und Umgang des Königs strenger.

Er hatte einen festen Blick, ohne Vertrauen zu erwecken. Und das Blau seiner Augen war kalt und das verbindliche Lächeln hatte große Zähne. Seine Augen wurden geradezu weiß wie die Spitzen der geschlossenen Knospen an Blütensträuchern, wenn der Frühling noch kalt ist. Und wenn der König ging, sah Sturla, dass er sich ziemlich großspurig bewegte, mit den Unterarmen weit ausholend um sich schlug, dabei aber die Ellenbogen und Oberarme fest an seine Seite presste. Und man konnte es an seinen Fingern ablesen, dass er ungern wieder losließ, was er einmal fest in der Hand hatte, Dinge oder Menschen. Und als er im Geiste des Bild des Königs noch genauer betrachtete, glaubte er zu sehen, dass die Hände geöffnet waren, als warteten sie gierig darauf, zuzugreifen, wenn ein Zeichen oder eine Eichel vom Himmel fiele, und als hätte er gerade einen Reichsapfel losgelassen, fühlte ihn aber immer noch in seiner Hand.

Als der König sich nach seiner Reise in den Süden und seiner Rückkehr in die Kälte erkundigte, fragte er: »Woran glaubst du, Sturla, als Isländer?«

»Ich glaube an mich selbst«, sagte Sturla und antwortete so dem König auf sein Zutrinken, dem er sich an Stand ebenbürtig fühlte.

Dem König gefiel die Antwort, er hatte ja auch einige Auseinandersetzungen mit der Geistlichkeit und stritt sich mit Vertretern der Kirchenleitung um die Alleinherrschaft in seinem Lande. Und nicht weniger mit dem Erzbischof über die Maßnahmen hinsichtlich der Vorgänge bei ihm hier auf Erden, und der Himmel war hoch genug und weit genug entfernt. Wie Rom.

Sturla saß da am Fuß der Erosionskante und sah, wie sich in der Ferne die Farben des Gebirges veränderten und wie die Felswände oben im Berg gelb wurden. Er hörte seine Männer, Gemurmel, Schnarchen und andere Schlafgeräusche; und ein Einzelner redete unzusammenhängendes Zeug. Und sein Schicksal? War seine Bedeutung durch die Heereszüge und Reisestrapazen in der Erinnerung größer geworden? Er dachte an die Nöte, die sie bei der Verfolgung Arons auszustehen hatten. Und die Bedeutung des Pferdes wuchs im Augenblick der Gefahr, dieses großen Pferdes, das er damals besaß und das immer am ausdauerndsten und zuverlässigsten war, wenn es am meisten darauf ankam. Dann zeigte es nicht weniger Klugheit als Stärke. Und nun wurde auch die Rolle des Dufgussohnes wichtiger, der bei ihm war und die Leitung zusammen mit dem Bauern, den er wieder vergessen hatte, nach seinem Namen zu fragen, übernommen hatte; aber er selbst war ihnen gefolgt und hatte sich der Führung der beiden anvertraut und war hinter ihnen gegangen, als es am schwierigsten war, nicht vor ihnen.

Manchmal war es, als wüsste das Pferd die Richtung, wenn die Männer sie verloren hatten, und es schnupperte in die Luft und legte sich in der Richtung in die Zügel, die Rettung bedeutete. Welcher der Dufgussöhne war jetzt bei ihm? War es vielleicht Kolbeinn grön? Es schien ihm jetzt, als sei es nicht Svarthöfði, der ihm oft der Hilfreichste war. Er sieht es nicht länger vor sich in seiner Erinnerung, wer von den Brüdern es war, der den entscheidenden Rat gegeben hatte, dass sie mit Glück bewohnte Gebiete erreichten.

Er hatte Angst vor dem nächsten Morgen, wenn er seine Männer treffen würde. Noch mehr Angst hatte er allerdings vor der Begegnung mit seinem Vater und der Konfrontation mit all seinen unausgesprochenen Träumen und Vorwürfen, halb im Ernst und halb im Scherz. Obwohl er viel gesehen hatte und Spaß verstand, würde er mit diesem Sohn bis an die Grenzen gehen.

Er hatte sich manchmal ein wenig gewundert, dass er gegenüber seinen Geschwistern bevorzugt wurde, denn er wusste, dass sein Vater ab und zu in sein Innerstes sehen konnte. Ahnte aber nichts von seiner größten Schwäche: wie sehr er es als Heeresführer verabscheute, Menschen zu töten.

Er ging zu einer grünen Landzunge, die im Kies auseinanderbrach und von den Perlen eines kleinen Wasserfalls in einem winzigen Bach besprengt wurde, dort blieb er stehen und hätte sich das Meersalz von seinem Gesicht und seinen Händen abwaschen können, wenn er sich hinabgebeugt hätte; und vielleicht auch die ganze Reise mit diesem reinen Wasser aus tiefer Quelle.

Alles war rein und klar im Schein des beginnenden Tages. Und da erschien für eine Weile das Bild vor seinen Augen und zerfloss wieder. Dieser Gedanke, König zu werden, der so greifbar war in den dunklen Wäldern und halberleuchteten Fürstensälen, verschwand wie Tau, der in der Morgenröte trocknet.

Hier war nichts einfach. Und es war falsch, was er sich eingebildet hatte: dass die Kraft der Natur ihn befähigte, das zu gewinnen, was er sich vorgenommen hatte.

Er konnte sich nicht mit dem Gedanken anfreunden, dass alle Länder einem König gehorchen müssten, der seine Verantwortung und Macht vom himmlischen Vater selbst erhielte. Direkt, ohne Einmischung der Geistlichen, die nach der gleichen irdischen Macht strebten, wie sie dem König zustand. All das war selbstverständlich, als er den Vertrag mit König Hákon schloss. Aber nun, fern von den Trinksprüchen und Gelagen, schien es ihm, als hätte der Einfluss des Königs ihm selbst zu dienen; dem König Land zu gewinnen, aber selbst zu herrschen, sich geschickt der Macht und Würde des Königs zu bedienen und ihn in dem Glauben zu lassen, er hätte ihn unter Kontrolle und er würde alles auf seine Rechnung tun und zu seinem Vorteil wenden. Und auf diese Weise hier allein in aller Stille herrschen.

Wohin er auch kam, hatte man ihm immer wieder klarzumachen versucht, dass man in allen Ländern Könige zum Regieren brauchte. Diese Könige, von denen er Näheres gehört hatte, begannen ihn zu irritieren und in Verwirrung zu stürzen, als er hierher gekommen war. Und er begann zu ahnen, dass sie eher Nachteile als Vorteile brachten.

Anstatt sich nun seinen Männern zuzuwenden, die, feucht und kalt, zweifellos dabei waren, ihr Wasser abzuschlagen, zog er sich in einiger Entfernung an einen ruhigen Ort zurück.

Er hörte die Raben in der Luft und sah sie auf die Sandbank hinunterflattern mit lose verbundenen Schatten, und dann setzten sie sich auf den schlammigen Boden und hielten Rat.

Er musste durch den Bach waten, der jetzt mehr Wasser zu führen schien als vorher, lief zu einem graslosen Erdflecken und fiel gegen ein weiches Heidekrautpolster und hielt sich an einer Zwergbirke fest.

Jetzt war er außer Atem geraten und warf sich am Bachufer nieder, hütete sich aber, zu viel Wasser in sich hineinzutrinken, damit er nicht müde würde. Als er an eine Senke kam, legte er sich hinein und hörte, wie der Fluss sich entfernte ebenso wie die Wolken über ihm, die sich über den Himmel verstreuten. Bevor sie eine Form bildeten, hatten sie ihr Aussehen schon völlig verändert, wie die Gedanken über den König, die er nicht länger unter Kontrolle hatte.

Snorri.

Was wusste er von Snorris Ansichten über die Könige? Snorri, der die Geschichte aller norwegischen Könige niedergeschrieben hatte, bis zu diesem taktvollen Fuchs, der sich Sturla gegenüber so herzlich gegeben hatte. Aber was hielt denn Snorri von den Königen? War er es denn nicht gewesen, der in seinen Erzählungen über ihren Ahnen Egill auf Borg so betont hatte, dass er der Hauptfeind der norwegischen Könige gewesen war? Und dass er ihnen so übel mitgespielt hatte, dass sie nichts gegen ihn unternehmen konnten. Hatte er Sturla nicht auch das Bild Skallagrímurs vor Augen gestellt, der sich mit dem König, der als Erster Norwegen zu einem Königreich vereint hatte, anlegte, in Begleitung einer Schar von Bauern, die groß waren wie Riesen und den König so erschreckten, dass er sich ihren Schwertern und finsteren Mienen aus den unendlichen Weiten des Ostens nicht auszusetzen wagte, von wo Odin aus unbekannten Tiefen gekommen war, und wie dieser Skallagrímur den König mit seinen Dienern und seinem willfährigen Gesinde erniedrigte, bevor er über das Meer eilte, um ein neues Volk von unangepassten Inselbewohnern zu gründen, deren Seelen unzählige Schlupfwinkel beherbergten.

Das hatte er im Winter in Reykjaholt gehört, als sie abends im Bad saßen und Snorri den Styrmir vom Beckenrand diese Königsreihen vorlesen ließ. Und er erzählte davon, wie Egill die Dichtung nutzte und den König damit zum Narren hielt, dass er vorgab, bestimmen zu können, ob der König nach seinem Tode weiterlebte. Und er erinnerte sich, wie er in diesem Bad saß und dass die großen Fackeln in der Windstille nicht flackerten und Styrmir Licht gaben, der aber die Schrift auf dem Pergament nicht länger zu entziffern brauchte, als Snorri begann, ein Gedicht vorzutragen, das er in diesem Winter gedichtet hatte, darüber, wie Egill in York seinen Kopf vor der Axt des Blutkönigs rettete, den er mit seiner Dichtung ins Exil getrieben hatte. Und dann wurde Snorris Stimme kraftvoller, als er ihnen dieses Gedicht vortrug, und er betonte den Endreim, so dass die Nacht diese neuartige Klangharmonie weitertrug. Und der Nebel zog sich über die Ebenen die Hänge hinauf und übertrug die Konturen der Höhenzüge und Hügel in den wolkenlosen Himmel, wo die Farben sich vom Gelb und Rosa ins Grün hinüberbewegten; und dann wurde das Blau direkt darüber dunkel. Und Snorri kniff die Augen zusammen, ein undurchdringliches Lächeln in seinem Bart, als die Gewalt seiner Stimme anwuchs, um zu zeigen, wie Egill über die Bosheit triumphierte dank der Qualität und dem Wohlklang seiner Kunst, als er dem falschen König einen vorgeblichen Platz im Ruhmesbuch der Ewigkeit verschaffte; und der Dichter hatte durch den Klang seiner Dichtung einen solchen Eindruck gemacht, dass er von seinem Feind sein Haupt geschenkt bekam.

Und er blieb bei Snorri sitzen und hörte, wie seine tiefe Stimme über die Berggipfel flog und hinunter in tiefe Täler und hinab in die Kate am Rande der Kluft und noch weiter hinab in die unbegehbare Schlucht. Und sie erhob sich und schwebte über dem gewaltigen Ozean und erzählte von fernen Ländern, die Snorri nie gesehen hatte; aber Sturla begann zu verstehen und zu begreifen, was er selbst erfahren und gesehen hatte im Licht jener Kulturländer. Und der Klang der Stimme hob und senkte sich, er ereiferte sich und geriet erneut in Verzückung, als er ein Gedicht sprach, in dem er ein kleines Schiff und hohe Meereswogen wiedererstehen ließ; da saß er, vom Zauber ergriffen, und merkte nicht, dass er die Brauen gesenkt hatte, um die Augen vor dem Salz im aufgewühlten Meer zu schützen, und er spürte sein Gesicht in der peitschenden Gischt des Meeres zucken, und das Schiff kenterte und wurde hinabgerissen in das Tal einer Welle, die unter den prallen Wolken des Himmels mit den anderen hochstieg und wieder brach und zusammenfiel.

Als das Verhältnis von Onkel und Neffe besonders innig war, geschah es eines Tages, dass Sturla in die Halle kam, in der sich Männer befanden, die in heller Aufregung und Verwirrung waren, als würde man etwas suchen, hätte am Ende aber keinen Erfolg. Da spürte er eine Schweigsamkeit, sogar Grobheit bei Snorri und wusste nicht, was der Grund war. Er kannte aber Snorris Launenhaftigkeit und wusste, wie schnell sich seine Stimmung änderte. Snorri machte ein Gesicht, als zerbreche er sich den Kopf über irgendetwas, das er nicht preisgeben wollte und irgendwo verborgen hielt.

»Gibt es Probleme, Onkel?«, fragte Sturla.

Snorri antwortete nicht, sondern ging schnell hinaus, wobei er die Pelzmütze mitnahm, die ihm Jarl Skúli geschenkt hatte.

Árni óreiða stand daneben und bemühte sich, das Schweigen zu brechen. »Probleme?«, sagte Árni und sah zur Seite. »Was ist groß und was ist klein? Es fehlt ein halbes Pergamentblatt.«

»Pergamentblatt?«, fragte Sturla. »Das kann ja wohl nicht von selbst durch das Fenster geflogen sein.«

»Dieser Schatten von dir, dieser junge Mann, der dir auf Schritt und Tritt folgt, Guðmundur, den du einen Dichter nennst, ihn hat man vor dem Aufstehen in der Schreibstube gesehen. Und nun ist das Blatt weg.«

»Er wäre wohl der Letzte, der etwas verschwinden ließe«, sagte Sturla. »Und was soll auf diesem Blatt gestanden haben?«, fragte er gleich danach.

»Es war eine Strophe, die auf Hákon, den Jarl von Lade, gemünzt war, als er mit seinem Knecht Kark im Schweinestall saß.«

Noch am selben Tag richtete es Sturla so ein, dass sie sich so schnell wie möglich zur Heimreise nach Sauðafell aufmachten. Er hatte Snorri an diesem Tag nicht wieder zu Gesicht bekommen.

Dieser Schuft.

Solveig hatte nie mit ihm über diese Nacht gesprochen, in der er heimlich von zu Hause aufgebrochen war, allein in die Nacht hinausgeritten war und sie hilflos im Bett zurückgelassen hatte. Ihr Heim schutzlos den Leuten aus dem Vatnsfjörður ausgesetzt. Sie hatte ihm nie Vorwürfe gemacht.

Dieser Schuft. Der ihm den Raub seiner Braut nie verziehen hatte, der Prinzessin, um die man ihn betrogen hatte, um die Verwandtschaft mit einer Familie, in die er versucht hatte einzuheiraten. Der Schuft, der die Hunde losschickte, als alles offen stand.

Warum war er in jener Nacht fortgeritten, hatte er sich vielleicht eingeredet, die Feinde mit ihrem Wolfscharakter würden die anderen in Ruhe lassen, wenn ihnen ihre Beute entwischt wäre; und lieber ins Blaue hinein hinter ihm herstürmen? Hinter ihm, der zum Totschlag an ihrem Vater Þorvaldur geraten hatte. Im Nachhinein schien es ihm manchmal, als hielte sie ihn in ihren Armen, damit er unversehrt bliebe. Um ihn vor sich selbst zu schützen, vor dem, was ihm zum Erfolg fehlte.

Er war der Held.

Warum ging er dann fort in dieser Nacht? Weil er nicht genauso sorglos war wie Tumi, der vor ihm den Helden gespielt hatte und den man in der trügerischen Sicherheit des warmen Bettes überrascht hatte.

Er schaute in das grüne Auge des Sees, und schaute, bis alles schwarz vor ihm wurde. Er wusste, dass er seine Maske nie würde abnehmen können. Sie war ihm angewachsen, darunter waren nur blutige Fleischlappen, welche die erwachende Sonne nicht würde sehen wollen, und auch der Mond würde sich weigern, sie zu betrachten.

Er stand auf, und die Scheide seines Schwertes schlug an einen Stein, als er langsam zurückging, um die Forderungen seiner Maske zu erfüllen und weiter den Helden zu spielen.

Ein Dichter war er nicht.

Das Pferd. Ich habe gute Pferde gehabt. Ich habe das von der mütterlichen Seite, nach feurigen Pferden zu suchen. Mein Vater, der spricht zu seinen Pferden, und sie schauen auf, wenn er sich nähert, ob er nun Zaumzeug bei sich hat oder einen Sattel oder gar nichts, und sie kommen zu ihm. Und wissen, dass er ihnen etwas sagen wird.

Meine Pferde, es gibt nur wenige, denen ich mein Vertrauen geschenkt habe. So wie dieses, das zu Hause auf mich wartet. Und das, welches mich auf der Reise begleitet hat. Es wollte durchbrennen und versuchen, ob es nicht selbst das Heft in die Hand nehmen könnte. Und das tat es auch, wenn jemand es heimlich ohne meine Erlaubnis bestieg; der war dann froh, heil wieder runterzukommen, wenn er nicht schon vorher abgeworfen wurde. Aber auf den langen Reisen mit mir war es ruhig und sanftmütig. Und versagte nie, wenn es darauf ankam.

Er bedauerte, dass er dieses Pferd auf dieser Reise nun nicht bei sich hatte, zur Unterhaltung und Gesellschaft. Er vermisste es, als ihn Zweifel überkamen und sein Stolz verging und sein Hochmut schwand.

Wenn du jetzt fortgehst (1233)

»Wenn du jetzt fortgehst«, hatte sie gesagt, »dann weiß ich nicht, was geschehen wird. Vielleicht sehen wir uns nie wieder.«

»Ich gehe, um Absolution zu erhalten«, sagte er. »Vergebung der Sünden, wie ich dir gesagt habe.«

»Vergebung der Sünden«, sagte sie, »das sind doch nur Worte. Aber du wirst mich nicht noch einmal betrügen. Die Frauen nennen dich Dala-Freyr. Wer bin ich dann? Wie soll ich dich nennen? Ich sollte die einzige Frau sein, die dich so nennt. Wenn du willst, wenn du dich beruhigst.«

Sie schaute auf sein Pferd draußen auf der Hauswiese, wo nur es allein weiden durfte. Es war, als verstünde das Tier ihre Gedanken, stellte die Mähne auf und erwiderte den Blick.

»Wir Frauen, wir sind Mütter, Ehefrauen, Geliebte. Und manchmal viel zu jung, wenn ihr angefangen habt, uns zu begehren. Wie dieser gute Mann, den sein Großvater aufzog, dein Onkel, dieser Snorri. ›Er will dich‹, hatte mein Vater gesagt, wo mir doch gerade erst Brüste gewachsen waren.«

»Der Schuft«, sagte er und sprang auf.

»Nein, du«, sagte sie. »Du, der mich verlässt.«

Er erwachte nackt an ihren Brüsten, den großen, weißen, kühlen. Schreckte aus einem Alptraum auf, der mit seinen Klauen auf seine Brust trat. Ihm schien, als hätte ihn ein Kampfstier auf seine spitzen Hörner genommen und hoch in die Luft geworfen, dass er sich im Sand wälzte, die Hände glitschig von Blut. Da schien ihm, als kämen sein Eingeweide heraus, er versuchte, sie wieder hineinzudrücken, und der Stier … nein, er erwachte nicht davon, dass sein eigener Schrei die Wolken am Himmel auseinandertrieb, nein, vielmehr von ihrer Zärtlichkeit und Güte, und er hörte nicht sich selbst schreien, sondern sie, wie sie fragte: »Warum zitterst du so, mein Liebster?«

Am Tag danach war er draußen auf See. Auf einer Knörr, die sanft in der leichten Brise schaukelte. Damit er zum Papst in Rom käme, um ihn um die Absolution zu bitten. Um die Vergebung seiner Sünden, die er gegen Gott begangen hatte, und er sah, wie sich überall auf dem Meer kleine Wellen bildeten, deren Schaum der Wind eine kurze Strecke davonwehte; und er dachte an sie, die zu Hause auf ihn wartete. Wie alles kommen würde. Bis zum Tod.

Island (1235)

Weiße Schleier trieben über das Wasser, ließen Land und Berge hinter sich, und manchmal Felsansammlungen, als wären es schwimmende Steinschiffe auf diesem milchweißen Strom. Am jenseitigen Ufer sah man nur das nächste Felsenband, dunkle Falten im dunstigen Land, alle Berge verschwunden. Als er sich umsah, war der Himmel dunkel, und nur ein Felsvorsprung glühte in der niedrigen Sonne. Dahinter schwarze Berge.

Er ging am Ufer entlang, und plötzlich erwachte das ganze Land zum Leben.

Er war in die dichtbesiedelten Gebiete der Kurzschnabelgänse geraten. Da entstand ein großes Durcheinander, und die Luft war erfüllt vom Angstgeschrei der Vögel wegen dieses unerwarteten Besuchers.

Ganze Herden rannten vor ihm weg, watschelnd und schnatternd, die Gänse trieben ihre Jungen in Wellen fort, und einige erhoben sich zum Flug und flogen in einer Linie quer über den weißen Fluss und verschwanden dort im Nebel.

Er lenkte seinen Weg vom Fluss fort zu einer Felsnase, von der Stücke abgebrochen und auf das hohe Gras hinuntergefallen waren. Zuerst hörte er nur die Pferde, die auf ihrer Nachtweide grasten, er sah sie im feinen Sprühregen des Morgens stehen. Dann begann er das Plaudern seiner Männer zu hören und hatte Angst vor ihren Erwartungen, wenn sie ihn wieder zu Gesicht bekämen.

Er setzte sich zu ihnen, aß schweigend und bekam Molke zu trinken. Als er sah, dass er ihren Fragen nach seinen Reisen nicht entgehen konnte, gab er ihnen mit der Hand ein Zeichen, gähnte und sagte: »Ich bin müde und möchte schlafen.«

Er sah, wie Menschen, Hunde und Pferde aus einer Bergspalte emporstiegen, sich in die Höhe schwangen und durch die Luft flogen; diese Gestalten bildeten Wellen, als wären es Luftgeister mit menschlichem Aussehen, aber auch Ähnlichkeit mit Tieren. Und als der Schwarm zu einem grünen Hügel getragen wurde, war es, als ob er sich in diesen Hügel begäbe und ihn bis zur anderen Seite durchquerte und dabei die ganze Zeit durch den Hügel hindurch sichtbar blieb, obwohl der umnebelt war, und dann kam der Schwarm an der anderen Seite heraus. Dahinter sah er eine Esche, die diese Flugwesen einfing und in ihren Zweigen sammelte, wo sie dann in unterschiedlichen Positionen hingen, Menschen, Hunde, Pferde, und dies ergab eine Art Verschönerung für das Aussehen des Baumes oder einen Schmuck. Und der Hügel zerbrach, und das Land wurde vor diesem Baum zu einer Ebene. Und obwohl der Wind den Baum schüttelte, wurde seine neue Fracht nicht von den Zweigen abgeworfen, sondern blieb trotz der Windstöße fest im Baum hängen, der sein eigenes Laub verlor, aber das andere behielt. Und so stand er da, vom Laub entblößt, aber mit dem anderen, das ihm zugefallen war.

Da sah er Felsen zerspringen, und heraus stapfte ein gerade erwachter Bergriese. Obwohl sein Gang auf der Erde schwerfällig wirkte, bewegte er sich in Sprüngen, und er kam zu dem Baum und umfasste den dicken Stamm mit seinen starken Armen. Er riss den Baum empor, sodass seine Wurzeln ihren Halt in der Erde verloren und er lose in der Luft hing, und dann hob der Troll den Baum empor und schwenkte ihn brüllend über seinem Kopf, was man jedoch weniger hörte, als dass man es sah, und die Zweige reckten sich im Wind und wirbelten alles umher, was sie an Menschen und Tieren an sich trugen, und alles stob über das Vorgebirge und hinein in eine Felsenkluft, in der alles verschwand, Menschen, Hunde und Pferde. Und man hörte da so etwas wie das Geräusch von Gejammer, Jaulen und Wiehern. Bis das Vorgebirge davonschwebte. Und das Land zu einem Geröllfeld wurde, mit nichts außer Steinen und abermals Steinen.

Darüber glitten gelbe Wolken und ergrauten in rosa Fetzen, und es gab darin verstreute Stellen von Schwarz und Steingrau.

Einen Fluss durchwaten (1235)

Sturla stieg vom Pferd, und sein Begleiter erwartete von ihm ein Zeichen, dass er ebenfalls absteigen sollte. Sturla stand da mit dem Unterarm auf der Mähne des Pferdes, klopfte ihm manchmal auf den Hals und streichelte es, als wäre ihm die Anerkennung des Tieres wichtiger als die seines Gefährten. Das Pferd hob seinen Kopf und legte ihn in Erwartung von Liebkosungen in die Arme seines Herrn und war einverstanden mit seinen Aufgaben, welche es auch sein würden. Schließlich ließ er das Pferd los und sah ihm nach, wie es in Bögen zum Steilufer trabte und in Schlangenlinien den Geröllhang hinab zu den bewachsenen Ufern, grün vom Gras und hell vom Quellmoos bei den Rinnsalen, die aus dem Hang sickerten.

Er betrat eine Landzunge, die von der Strömung des Flusses abgetrennt worden war, und blieb dort stehen, bei der rauschenden Gerichtsversammlung der Mitternacht, die sich erheblich verspätet hatte und ihm so eine Frist einräumte, seine Gedanken zu ordnen und einen Entschluss zu fassen.

Er stand lange im Rauschen des Flusses, hörte von oben das Scharren der Pferde im Sand.

Kälberkraut wuchs bis zum Wasser hinunter, das es manchmal erreichte und alles an sich nahm, was sich löste; und es langsam von dort forttrug, bis es in einem Strudel steckenblieb und neben einem Stein wieder auftauchte, und wieder fortgesogen wurde.

Niemand wird für immer wie die Götter in den Sagen. Nicht einmal sie selbst. Baldur wurde von seinem blinden Bruder Hödur mit einem Pfeil erschossen. Wie hellsichtig du auch bist, du kannst die Übeltaten nicht besser vermeiden als ein Blinder. Es helfen auch keine Schwüre.

Weiter unten kam er auf eine Sandbank mit losen Kieseln. Der Sand gab unter seinen Schritten nach, als er an einer Ansammlung von Weidenröschen vorbei zur Landspitze nach vorne ging. Dann zog er seine Hosen aus, warf sie sich über die Schulter und watete durch den kühlen Strom, der nur vom Abendschein glitzerte.

Am anderen Ufer angelangt, nahm er einen Stein und hörte ihn weit unten aufklatschen. Es empfing ihn Sand mit Kies und Geröll. Dann Heideland mit Heidekraut und schließlich Gebüsch. Dort legte er sich nieder und schaute in den Himmel hinauf. Bald würde die Sonne wieder aufgehen.

Er war wieder ein Junge und saß auf dem Rücken eines Adlers, hoch in der Luft. Und sie segelten wie auf einem Schiff im Strom, der sie über das Land und über Heideseen trug, wo niemand war außer Schwänen und über die Hänge verstreuten Schafen. Tiefe Seen in Vulkanschloten, blau, manchmal auch grün, und Lavafelder, stellenweise erst kürzlich geflossen, andere mit einem weichen Moosmantel, aus Graumoos, das sein Grün unter hellem Grau verbirgt, das abgestorben ist und das Grüne schützt. Er trat mit den Füßen gegen einen steifen Vogelkörper, der in ruhiger Würde mit seinen langen, breiten

Schwingen schlug und uralt war, wenn nicht alterslos, um ihm dieses Reich zu zeigen, als stünde ihm zu Gebote, Macht und Titel über das alles zu übernehmen, von diesem götterentstammten Adler.

Denn der Gott hatte die Auswahl unter allen Gestalten, je nachdem, wie es zu jedem Traum passte.

Sie schwebten über die Erdhäuser, Rasenhügel, wo sich Erdwesen in bewachsenen Hütten unter dem Gras zusammenkauern, sie schwebten über Hochebenen, sie schwebten über Täler. Sie sahen Häuser aus Holz, in denen die Vornehmen wohnten, die das Volk aus ihren Hütten reißen und zum Heeresdienst verpflichten konnten, und die über alles bestimmten. Sie schwebten und schwebten ... bis er vom Blöken eines Lammes und eines Schafs erwachte, das versuchte, das Lamm daran zu hindern, neugierig diesen unförmigen Haufen im Heideland zu untersuchen, und ihm beizubringen, sich vor diesem gefährlichen Geschöpf zu hüten, das man daran erkennt, dass es auf zwei Beinen geht und nicht auf vier, wie es allen anderen natürlich ist.

Da stand er auf und sah, dass die Sonnenstrahlen wieder auf die Felsenwege im Berg fielen und allmählich den Pass füllten und sich über die gelben Geröllhalden und die grünen Grasflecken ausbreiteten. Die Schatten flohen, und die Sonne wanderte über die Hänge und setzte alles in Flammen. Er war keinen Schritt weiter gekommen bei der Frage, was ihm unmittelbar bevorstand.

Die Sonne trocknete seine Hosen. Sie hatte begonnen, dort zu scheinen, wo die Pferde warteten, und der andere Mann. Er strich dem Pferd kräftig über die Blesse. Und das Pferd stieß ihn mit dem Kopf an, an seiner Schulter, und es war ein wenig unruhig, als wollte es teilhaben an dem, was den Mann im Inneren bewegte. Dann schwang er sich in den Sattel, und sie setzten ihren Ritt fort.

Nun erwacht sie gerade, dachte er. Und hat wieder Angst. Nach all diesen Jahren. Er hatte sie nie betrogen. Obwohl er sie oft enttäuscht hatte.

Sie hatte Angst, als er abreiste. Er hatte ihren Stolz so oft verletzt. Dennoch weiß sie, wer ich bin. Ganz im Inneren. Und dann werde ich heil. Als er dort am Berg entlangritt und auf den Gipfel hinaufschaute und dort menschliche Umrisse suchte, spürte er, wie er fast heil geworden wäre und nicht gespalten, als er versuchte, zu dem Menschen zu werden, von dem er wusste, dass sie ihn sich wünschte.

Es war niemand sonst unterwegs. Und als sie am Vorgebirge vorbeigeritten waren, sah er zuerst die Pferde seiner Gefährten draußen auf der Weide. Menschen waren nicht auf den Beinen. Nur ein Wächter, der schläfrig seine Hände betrachtete, während sein Kopf auf den Schildrand sank, den er mit dem Kinn berührte, worauf er sich mit der einen Hand am Speer aufrichtete, der so leuchtete, dass der Strahl auf einen Stein fiel.

Da sagte er zu dem Mann, der ihm so dicht folgte, dass die Pferde sich unterhalten konnten: »Reite du voraus. Ich komme bald nach.«

Nun stieg er nicht vom Pferd, als er das Gepäck abwarf, als wäre dies der Weg nach Hause. Er blieb ruhig auf seinem Pferd sitzen.

Nein, dies war nicht der Weg nach Hause. Und es war nicht sicher, was ihn wieder nach Hause ziehen könnte.

In der Surtshöhle (1236)

Snorris Sohn Órækja hatte Sturlas Reich in den Westfjorden verheert, während Sturla wegen der Seelenrettung in den Süden gereist war.

Da hatte er gewütet, als wäre dieses Gebiet sein alleiniges Eigentum, zog raubend und stehlend umher, vertrieb die Gefolgsleute Sturlas und behandelte seine besten Freunde mit Brutalität.

Sturla nahm Órækja beim Versöhnungstreffen fest und ritt mit dem Gefangenen an Húsafell vorbei. Dort sahen sie eine kleine Kirche mit Grasdach, die der heiligen Cäcilia geweiht war. Niemand ging hinein. Er sah, dass der Gefangene auch dorthin sah, und wandte dann selbst den Blick ab und hinauf zu den Gletschern, die von Neuschnee bedeckt waren, der Eiríksjökull mit dem nagelneuen, reinen Schild am Himmel, der sich verdunkelte, während sie das letzte Stück zurücklegten und über die flache Lava ritten; die Wege derer, die nach Süden wollten, wo er einmal selbst stolz und unbefangen mit seiner Braut geritten war. Nun war das stolze, edle Pferd Álftarleggur längst gestorben, und es war kälter in seinem Haus und dem der Prinzessin aus Oddi, die er dem Reykholt-Bauern weggeschnappt hatte, und nun hatte er ihn selbst aus seinem Reich vertrieben und wie einen Fuchs den langen Weg vom Fuchsbau in Reykjaholt gehetzt; und nun zog er mit seinem Sohn, der sich erdreistet hatte, in seiner Abwesenheit in sein eigenes Reich einzudringen, seine Gründungen zum Wanken zu bringen und seine Freunde und treuesten Gefolgsleute zu berauben. Und nun war dieser unverschämte Flegel und Bastard des Dichters in seine Hand gefallen. Mit den üblen Streichen und dem Rachedurst des unehelich Geborenen, dem tödlichen Hass des Kebsensohns und einer Unvorsichtigkeit, die Sturla manchmal an seinen Bruder Tumi erinnerte.

Und auf diesem Ritt im nasskalten Wetter, das sie mit Regengüssen, manchmal mit Hagelschauern peitschte, schweiften seine Gedanken zu seinen Niederlagen, die er vergessen wollte, als andere ihn in ihrer Gewalt hatten, und er versuchte, diese Gedanken zu zerstreuen und seinen Gefangenen fühlen zu lassen, dass er ihm völlig ausgeliefert war; und es vermischte sich bei diesem Ritt die Erinnerung daran, als er die Leute vom Vatnsfjörður in seine Gewalt bekommen hatte, die in sein Haus eingedrungen waren und den Bauch seiner Ehefrau, die vor der Geburt eines Kindes stand, betasteten und dann die Brüste einer alten Frau abschnitten und das Unterste zuoberst kehrten und alle Gebäude mit Blut bespritzten und den Wandteppich niederrissen oder zerstörten, mit dem er seiner Prinzessin eine Einrichtung geschaffen hatte, die einer so vornehmen Frau gebührte, und so im Handumdrehen seinen Palast in eine elende Hütte verwandelten; und Þórður vom Vatnsfjörður hatte gesagt, und der Gedanke daran ließ ihn heftiger schaudern als das Wetter, als er sich in Erinnerung rief, was Þórður gesagte hatte, nämlich, dass er sie mitgenommen hätte, wenn die Umstände es nicht gewollt hätten, dass ihr Bauch schwer war von der Frucht des Dala-Freyr, und ließ sie zurück; und er dachte daran, dass er nicht gezwungen war, sich seiner eigenen Körperkräfte zu bedienen, um sie zu besiegen, er hatte einen Stein aufgehoben, um ihn nach ihnen zu werfen, ließ ihn aber wieder fallen, während seine Männer auf sie losgingen, um ihnen eine umso größere Demütigung beizubringen, als er sich nicht selbst mit ihnen abgab, sondern die Überzahl ausnutzte; und er erinnerte sich daran, wie sie sich ansahen, er und dieser Laffe vom Ísafjörður im Westen, der sich die Herrschaft über die ganzen Westfjorde angemaßt hatte, die doch ihm, Sturla Sighvatsson, gehörten; und das kam ihm auch in den Sinn, dass es nicht so einfach sein würde, die Brüder zu erschlagen, wie er gedacht hatte, und so schwierig, dass er es sich nicht eingestehen wollte, damals nicht und jetzt erst recht nicht, wo er doch beabsichtigte, sich ganz Island zu unterwerfen.

Der Eiríksjökull war im Dunkeln verschwunden und der Langjökull auch und die Berge, und man sah nur diese schwarze, flache Lava; sie ritten an einer Quelle in einem bewachsenen Lavastück vorbei, von der er wusste, dass man sich erzählte, Guðmundur der Gute habe sie geweiht, und er tat, als bemerkte er nicht, wie seine Männer auf die Quelle blickten, und wusste, dass sie dachten, wenn sie in einer anderen Truppe wären, würde man vielleicht hier Halt gemacht haben, um sich an dieser Quelle zu laben; sie ritten nun weiter hinauf und hörten nur den Klang der Pferdehufe auf der Lava, bis sie den Höhleneingang fanden und dort eine Fackel anzündeten; sie gingen langsam mit ihrem unedel geborenen Gefangenen hinein und stiegen vom Eingang das abschüssige Geröll hinab bis zum ebenen Höhlenboden, der mit Wasser und Eis bedeckt war; Eisblöcke ragten wie niedrige Hocker aus dem Boden, und Tropfsteine kamen für einen Moment im flackernden Schein der Fackel ins Blickfeld, ihr Licht fiel auf die Wände und reichte nur selten bis ganz oben an die Decke und das hohe Gewölbe, sondern erfasste meistens nur diese dicken, steinernen Nadeln und Spitzen, die von oben herabhingen und auch aus den Wänden hervorragten und vom Boden aus an die Seiten; dieses Reich lag unterhalb der Welt, und die Flamme verbot das Denken an den Himmel, sondern verwies auf die Hölle.

Er wischte alles zur Seite, was seinen Hass hinderte, machte sich hart, um diesen Wagehals nicht heil aus seinen Händen entkommen zu lassen und zu zeigen, dass er ein unerbittlicher Führer war. Aber dann spürte er plötzlich eine solche Übelkeit in sich hochkommen, dass er dringend aus diesem Höllenreich hinausmusste, um an der frischen Luft Atem zu schöpfen und seine Männer das ausführen zu lassen, was er ihnen aufgetragen hatte.

Sie zeigten ihm die Messerklinge im Lichtschein. Er sah dem nicht in die Augen, der das Messer hielt, um diese zu Boden gerichteten Augen zu blenden; das Messer blinkte, und er sah, dass sie dabei waren, die Klinge mit etwas zu umwickeln. Er drehte sich um, als nur noch ein Fingerbreit der Umwicklung fehlte, welche in diesem Schein die blanke Messerspitze freiließ zum Stich in die Augen, und er selbst ging den Geröllhang hinauf und erreichte die Öffnung; draußen herrschte eine gespenstische Helligkeit, grau und unangenehm. Weiter unten wurde der Gefangene misshandelt und alles war wie ein Spiel, das man beenden müsste; und die unten gefroren zu einem Bild, das er von oben sah. Er hörte, wie sich die Schmerzensschreie des Gefangenen mit den Rufen der anderen mischten, die sich etwas zuriefen, dass es in der Höhle widerhallte, wo sie sich mit ihrem Opfer auf dem Boden drängten, und sie forderten lautstark Anweisungen von Sturla, und es war ihm, als hätte er sie ihnen gegeben und ihnen noch einmal gesagt, sie sollten weitermachen und seinen Anweisungen gehorchen, ihn zu blenden und zu entmannen, sodass das Vergnügen der jungen Schwester Kolbeinns an ihrem Mann ein Ende habe. Seine Augen zum Erlöschen zu bringen und mindestens einen Hoden aus dem Hündchen herauszuschneiden. Sie blieben in der Höhle zurück, und als er fortritt, kam es ihm vor, dass ihm nichts anderes übrig blieb, und so ritt er mit den Begleitern den Kaldidalur hinauf und begann zu bereuen, eine solche Untat begangen und diesen armen Teufel so gequält zu haben. Und er schickte die Gefährten weg und behielt nur noch einen bei sich. Aber zwei waren in der Höhle zurückgeblieben und ließen den Gefangenen so laut schreien, wie er konnte, wichen aber von der Anweisung ab, Órækja weiter zu foltern, jagten ihm nur Schrecken ein, indem sie im Fackelschein das umwickelte Messer erporschwangen und ein zweites, ganz umwickeltes, ohne ihn zu treffen, und verließen danach die Höhle und ließen Órækja mit dem Mann zurück, der ihm dorthin gefolgt war.

Er ließ das Pferd auf der Weide zurück und sah, dass es sich nicht mit den anderen Pferden abgab und nicht sofort zu grasen begann wie die anderen, sondern mit dem einen Auge auf die Berge sah. Vielleicht sah er mit dem anderen auf Sturla, der still auf seine Männer zuging. Er überließ Sattel und Zaumzeug den Pferdeknechten und hörte, wie die Männer sich in einer Senke unterhielten, dazwischen ein niedriger Hügel. Er setzte sich nicht weit von ihnen an eine Abbruchkante.

Er hörte, dass Guðmundur skáldi von abenteuerlichen Erlebnissen erzählte und wie sie mit wenigen Männern gegen eine Übermacht gekämpft und leichtes Spiel gehabt hätten.

»Er ist jetzt munterer, dieser Skáldi, als in der Schlacht gegen die Leute vom Vatnsfjörður, als er Fersengeld gegeben hat, kaum dass ihn ein Steinwurf traf«, hörte er jemanden sagen, ohne dass es der Erzähler hören sollte.

»Und Dala-Freyr hat ihn ausgelacht«, sagte ein zweiter im Vertrauen darauf, dass nur die Allernächsten es hörten.

»Ja, und uns sagte er, wir sollten ihn liegenlassen, weil es mit ihm in jeder Schlacht so ginge, und brach in lautes Lachen aus.«

»Und uns hat er gesagt, wir sollten fester angreifen.«

Sie lachten, und da hörte Sturla wieder die Stimme des Erzählers, der sagte: »Und wir trieben sie in die Flucht und verfolgten sie durch den Wald, bis wir das Schloss sahen.«

Die Erzählung fand großen Beifall. Da stand Sturla auf, räusperte sich und ging zu seinen Männern. Sie begrüßten ihn freudig und wollten die Geschichte von ihm ausführlicher hören.

»Lasst uns das bis zum Abend aufheben, Jungs. Dann sollt ihr Met zu trinken bekommen, um die Abenteuer herunterzuspülen.«

Und er ging zum Gehöft.

In der Nacht schreckte Sturla von einem Traum auf. Er hatte seinen Bruder Tumi gesehen, wie er durch die Wohnhalle ging, und er wirkte gebeugt, als sein Schatten im Licht des Mondes, der durch das Dachfenster schien, auf den Dielenboden fiel. Sturla hatte den Eindruck, er sähe ihn an, als er seine Schritte in den blauen Strahlen verfolgte, nahm aber nur einen Schatten wahr. Er hatte seinen Gang beobachtet und wunderte sich, wie krumm dieser rüstige Mann ging, als hätte er jetzt einen Buckel. Aber als der Schatten die Treppe erreicht hatte, drehte er sich um und sah in den Raum hinein. Da war es Sturla, als richtete er sich im Bett auf und die Brüder sähen sich an, und nun sieht er, dass das, was ihm wie ein Buckel vorkam, ein Kopf war, den die Gestalt ganz nahe an der Kehle hielt, wo es noch schwach blutete, aber nicht in Strömen, was auch der Grund dafür war; und er trug seinen Kopf in den Händen vor sich her, und die Finger waren blutig von dem, was ins Haar gespritzt und dort verklebt war. Er blieb einen Moment stehen. Vögel hatten beide Augen angepickt und sich an ihnen gütlich getan, sodass nichts Lebendiges mehr in den Augenhöhlen zu sehen war, aber es sah aus, als wäre der Kopf geschwollen und gewachsen, und er wirkte erheblich größer, als es für den mageren und geschrumpften Körper passend schien, als käme der Kopf woanders her als der Rumpf. Die Lumpen waren mit Erde bedeckt, hier und da konnte man hindurchsehen. Als er genauer hinschaute, sah er, dass die Rippen frei lagen und der Brustkorb leer war. Alles war eingeschrumpft unter den Kleiderfetzen, die wie schlechte Windeln eines ausgesetzten Kindes aussahen.

Dann hörte Sturla, wie er die Treppe hinunterging und es in den Knochen rasselte, als er an die Bretterwand stieß, denn seine Hände waren ja mit dem Kopf beschäftigt. Da schien es Sturla, dass er sich aus seinem Bett erhob und sich Schuhe anzog, um hinter Tumi herzugehen. Er blickte ihm nach, als er den Gang entlangging, und es schien, als leuchte es in seinen Händen, wo noch Hautfetzen waren und nicht nur nackte Knochen. Der Kopf sandte Strahlen aus, als wären sie vom Schein des Mondes oben übrig geblieben. Sturla stellte fest, dass er nun ein Licht hatte, damit er den nicht aus den Augen verlor, der in der Dunkelheit vorausging; er trug den selbstleuchtenden Kopf bis zum Tor, stieß die Tür auf und gelangte auf den Hofplatz hinaus, wartete ganz kurz an dem Stein, an dem man die Pferde anzubinden pflegte, als hielte er Ausschau nach einem Pferd, mit dem er zum Himmel hinaufgaloppieren konnte; ging dann weiter und schleppte sich über das Gras, hinterließ eine Spur, die an die Fährte eines unbestimmbaren Tiers oder Großvogels erinnerte, denn unter den Fußsohlen war kein Fleisch, und im Gras darunter war es dunkel, wo das Licht der Sterne nicht hingelangte. Die Spur vertiefte sich in den Boden. Und dann sah Sturla, wie das Gras auf der ganzen Fläche von Tau bedeckt war, die ganze Hofwiese hinunter, über den Zaun hinaus, ganz hinab bis zur äußersten Senke, wo der Fluss wie langsam fließendes Silber dahinströmte, aber alles war rot vom Tau, denn es war Bluttau. Und dann schien er in dieser Spur weiterzugehen, weiter und weiter, und dem Fluss zu lauschen, und auch ein Geräusch zu hören, das er nicht zuordnen konnte; als ob es oben von den Bergen her dröhnte, die man nicht sehen konnte, wenn sich der Mond versteckte und Dunst die Berge verschluckte, aber vor sich sah er Weiß, und wieder kam der Mond aus den Wolken oberhalb des ganzen Dunstes zurück und schien unbeschränkt weiter, und da begann er durch den hindurchzusehen, der ihm vorausging mit seinem ziemlich schweren Kopf, den er festhielt, aber der Körper war durchsichtig bei diesem Transport, bis sein Bruder Sturla ihn aus den Augen verlor; er ging über das Feld, wo Weidengebüsch und Binsen das Gras ablösten, und das Gras stand ziemlich hoch und strich um seine Beine, die vom Tau bis zum Knie hinauf blutig wurden.

Und dabei erwachte er.

»Du hast geträumt«, sagte Skáldi.

»Wie kommst du darauf?«

»Es sah so aus. Ich fragte mich, ob ich dich wecken sollte. Wagte es aber nicht. Vielleicht hast du etwas Schönes gesehen.«

»Das spielt keine Rolle«, sagte Sturla.

»Hast du denn nicht geträumt?«, fragte der andere höflich, aber doch wissbegierig.

»Mag sein«, sagte Sturla; und ging allein hinaus.

Daran erinnere ich mich (1236)

Man musste schon genau hinhören, um von dort den Fluss zu hören. Die Vögel kümmerten sich um ihren Nachwuchs und ließen ihren Gesang schweigen, um die Reisenden von ihren kleinen Jungen fernzuhalten. Der Traum ließ ihn nicht los, obwohl schon einige Zeit vergangen war, und er versuchte, an diese Welt zu denken, die vor seinen Augen lag, und beabsichtigte, sich mit ihr zufrieden zu geben. Sogar mit dieser kleinen Welt, welche sie beide umgab, ihn und Skáldi. In diesem Augenblick der Zeit, der jetzt da war.

Und dann brach in diese Männerwelt die Stimme seiner eigenen Mutter, eine viel jüngere Stimme, aber doch vergleichsweise erwachsen, und er wusste, dass sie aus einer ganz anderen Zeit kam, die längst vergangen und verschwunden sein musste, leicht von sich zu weisen, wenn sie einem nicht passte. Diese Stimme. Die Halme standen still. Der Fluss entfernte sich.

Sturla stand schnell auf und ging zu einem Stein in der Nähe, der in der Erde festsaß, packte ihn und mühte sich lange mit ihm ab, nahm seine ganze Kraft zusammen und richtete seinen ganzen Scharfsinn auf diesen Stein, rang mit seiner Lage und Festigkeit in Symbiose mit der Erde.

»Sturla«, sagte diese Stimme aus der anderen Zeit, als er sich an einem anderen Stein auf dieser Hauswiese abmühte, sich ein Eisen geholt hatte, um den Stein auszuhebeln, ihn ein wenig zu kippen, auch wenn es nur eine Spanne wäre, einen kleineren Stein in den Spalt zu schieben, der sich zwischen Erde und Stein öffnete, und andere Steine auszugraben, um näher heranzugelangen; und er schaute oft nach dem Haus, um zu sehen, ob sein Vater eher als vorgesehen gekommen war. Denn er hatte sich in den Kopf gesetzt, den Stein aus der Wiese zu entfernen und seinen Vater mit einer tiefen Wunde auf dem ebenen Grund zu überraschen. Aber seine Mutter stand neben ihm, und er hatte über seinem Kampf mit dem Stein, diesem Stein, nicht gemerkt, wie sie sich genähert hatte. Und ihre Stimme kam von ihrem Schatten. Und sie sagte mit dieser jungen Stimme, die leise jeden Lärm übertönte: »Sturla.«

Er erhob sich nicht, sondern drehte sich nur so weit zur Seite, dass er sie sehen konnte, und da sagte sie: »Sturla, deine Großmutter ist gekommen. Bring dich in Ordnung, dass du dich vor ihr sehen lassen kannst. Und auch dein Bruder Tumi. Er möchte euch Brüder, die zu Hause sind, gerne sehen. Seid nett zu ihr. Dein Onkel Kolbeinn Tumason ist tot, er hat einen Stein an den Kopf bekommen. Und nun komm nach Hause, mein Sohn.«

Die alte Frau war selbst mit der Nachricht vom Tod ihres Sohnes gekommen. Dieser Bruder von Sturlas Mutter war von einem Steinwurf aus dem Lumpenheer der Bischofsmänner niedergestreckt worden. Es war, als sähe er das jetzt besser als damals, als er nach Hause kam und diese kleingewachsene, untersetzte Frau begrüßte, die so kleine Hände hatte, dass die Goldringe kaum zu ihren zierlichen Fingern passten, diese Tochter des Gissur Hallsson, von dem Sturla seinen Vater und dessen Freunde oft mit großem Respekt hatte reden hören, ein kluger und gebildeter Erzähler. Er hatte sich fein gemacht und nach dem Kampf mit dem Stein umgezogen und kam sich nach seinen Anstrengungen erwachsener vor, als er vor seiner Großmutter stand, die all diese vielen Enkel umarmte, jeden einzelnen, und sie eine Weile an ihrer weichen Brust hielt, obwohl sie mit ihren Segenswünschen nicht so verschwenderisch war wie sonst. Und zusammen mit der alten Þuríður war Sigurður Ormsson, ihr späterer Ehemann, der sich auf den Hochsitz Tumis gesetzt hatte, allzu schmal und harmlos, um ihn auszufüllen, und er war sehr gedemütigt worden von den Leuten von Oddi in ihren Kämpfen mit Sæmundur Jónsson, dem zukünftigen Schwiegervater Sturlas. Er hielt sich ein wenig hinter seiner stämmigen Ehefrau zurück, lang und gebeugt und mit Wölbungen über den Augen, sodass seine braunen Augen beide wie in einer dunklen Grotte lagen, aber, genau besehen, eine schöne Farbe hatten, und er sog zwischen den Worten die Lippen ein wenig ein. Und selbstverständlich hat er sich um Verschiedenes gekümmert, worüber er mit Sighvatur oft lange Gespräche unter vier Augen geführt hatte. Nun hielt er sich ein wenig abseits und hatte Tumi, der dort wie ein Fremder stand, den Arm über die Schulter gelegt. Mein Bruder.

»Mein lieber Tumi«, sagte Sigurður herzlich. »Willst du nicht mit deinen Brüdern hinausgehen?«

Und da erinnert sich Sturla, dass die Kinderschar langsam hinausgegangen war, ohne große Begeisterung, einige sogar traurig; und seine Schwester Steinvör ging zu Tumi und nahm ihn bei der Hand, als wüsste sie, wie es in ihm aussah.

Und als die Kinder draußen waren, da einigten sie sich nicht auf ein gemeinsames Spiel, sondern verstreuten sich abwechselnd in verschiedenen Richtungen auf dem Hofplatz oder auf dem Rand der Hauswiese, einige waren auch auf die Hausdächer gestiegen, um Blumen für Halsketten zu pflücken, oder sie rannten, ohne Lärm zu machen, hinunter zu den Löwenzahnhängen. Einige sammelten kleine Knochen und Steine und machten sich schweigend daran, bei den Hütten, die sie sich hinter dem Hofhügel gebaut hatten, eine Viehwirtschaft zu errichten, brachten Widderhörner herbei und Kieferknochen, rupften Gras und Blumen für ihre Herde, Hahnenfuß und Löwenzahn und eine Margerite, um sie oben auf ihr bretterverkleidetes Hofgebäude zu legen, in der Hofschlucht, die sie sich gegraben hatten. Er konnte sich nicht daran erinnern, wer ihm gesagt hatte, dass Mutter und Tochter zu zweit in die Vorratskammer gegangen waren, dass Þuríður geweint, aber Halldóra geschwiegen und ihre Mutter zärtlich gestreichelt hatte.

Und jetzt fiel Sturla ein, dass Tumi, entgegen seiner Gewohnheit, mit niemandem spielte, was er sonst meistens mit großem Einsatz tat; stattdessen sah er nun seine Schwester Steinvör, wie sie mit Tumi den Berg hinaufging.

Vielleicht hatte Steinvör ihm davon erzählt, woran er sich dunkel erinnerte, dass ihr Onkel in einem großen Mantel gebracht wurde, mit Blutspritzern auf seinem Körper, dem Mantel und den Händen und Armen der Männer, die ihren Anführer nach Hólar trugen, damit er dort einen Priester fände. Tumi war auch dort und verstand nicht, was vor sich ging. Und manchmal kam es Sturla so vor, als hätte er es selbst gesehen, das Haupt der Familie im Todeskampf. Vielleicht hatte Tumi es seiner Schwester Steinvör erzählt, als sie auf den Berg gingen. Sie kamen Hand in Hand nach Hause. Und Tumi hatte seine anderen Geschwister nicht gesehen.

Die Geschichte ging so weiter, dass Kolbeinn Tumason nach einem Priester suchte und dafür die Erlaubnis vom Bischof Guðmundur erhielt. Und die Männer des Bischofs erzählten, er habe damals einen Versöhnungseid geschworen, und es hieß, dass er vom Priester Ketill die Sterbesakramente empfangen hätte. Und als ihn der Tod ereilte, in dem Augenblick, als die

Seele mit einem Röcheln seine Brust verließ, da fiel eine Locke vom Angesicht des Priesters Ketill, der sich zu dem Sterbenden hinabgebeugt hatte, und es glitzerte eine Träne auf der Wange des Priesters, der seinem Herrn, dem Bischof, der engste Vertraute war, und es sah aus, als wischte er mit der Zunge am Mundwinkel eine Träne ab, die heruntergelaufen war.

Wie wäre es mir wohl in der fürsorglichen Obhut meiner Großmutter ergangen, an Stelle meines Bruders Tumi, dachte Sturla. An diesem Ort der Sanftmut, der Zuflucht im Sturmgetöse des Bischofssitzes, wie eine liebevolle Tarnkappe. Wäre ich dann genauso hochmütig, hemmungslos und ehrgeizig geworden? Aber von zu Hause fort zu sein, als Erstgeborener, und nie das zu bekommen, was einem von seinem Vater zustand? Nein, dieser Tumi. Und nun war er hergekommen mit seiner Großmutter, ein Flüchtling im Heim der Kindheit, der den Kontakt zu seiner Mutter verloren hatte.

Und dann erinnert sich Sturla, dass Tumi zwei Tage später draußen auf dem Hof stand mit einem eigensinnigen Pferd am Zügel, das genau spürte, wie wenig am Zügelhalten eines Kindes dran war, und es begann, das auszuprobieren. Aber der Junge hielt sich an die Anweisung seines Vaters, wie er überhaupt alles tun wollte, um ihm zu gefallen, aber er war so klein und allein mit diesem großen Pferd, das er hüten sollte, während sein Vater und die Knechte oben im Berg ein störrisches Fohlen jagten; und dann begann das Pferd, am Zaum zu zerren, und der Junge versuchte, den Zaum nicht loszulassen und dem Pferd größer zu erscheinen, als er war, es festzuhalten, wie ihm aufgetragen war, und zu bewachen, wie er sollte. Aber das Pferd wand ihm den Zaum langsam aus den Händen, lief aber nicht fort oder rannte umher, sondern blieb voller Stolz stehen und blickte mit Verachtung auf das Kind herab. Und der Junge spürte, was er in seiner Demütigung am wenigsten wollte, dass er seine Tränen nicht zurückhalten konnte, und er lief in die

Werkstatt, um sich und seine Schmach dort zu verstecken; aber seine Mutter, die draußen auf ihn achtete, hatte gesehen, wie er in die Werkstatt gelaufen war, folgte ihm und nahm ihn wortlos in die Arme. Und Sturla stand daneben.

Daran erinnere ich mich.

Die Tötung Tumis (1222)

»Das ist kein Wetter für Menschen«, sagte Höskuldur, der Wachmann, und fühlte sich schlecht behandelt.

Es war Abend geworden, und ein steifer Wind mit heftigen Böen peitschte gegen die Häuser. Tumi lief schnell zur Tür und rief dem Mann etwas zu, der ihn aber nicht hören konnte, bis Tumi sich einen Mantel überwarf und zu ihm hinausging, wo er auf einer neu errichteten Schanze auf Posten stand. »Bei diesem Wetter ist niemand unterwegs«, rief er Tumi durch den Sturm zu; und hörte nicht, was dieser antwortete. Da ging Tumi zu ihm hin und rief ihm wegen des Sturms direkt ins Ohr, nachdem er mit einem Finger die Kapuze angehoben hatte, um dorthin zu gelangen, wo Höskuldur sich zum Schutz vor dem Schlagregen verknotet und zugeknöpft hatte, denn er hatte genug ins Gesicht abbekommen.

»Du würdest natürlich lieber auf einem Fest sein wie neulich«, sagte Tumi.

»Das kann ich nicht leugnen«, antwortete der andere.

»Nein, bei diesem Wetter kommt niemand. Wir riskieren nichts, wenn du ins Haus kommst und dich aufwärmst, dein Inneres anfeuchtest und dein Äußeres trocknest«, sagte Tumi.

Sie saßen zusammen in der Halle beim Langfeuer. Und gossen den Met mit einer langschäftigen Kelle aus einem Fass in große Kannen, die sie kreisen ließen. Sie hatten auch ein altertümliches, silberbeschlagenes Trinkhorn, in das Drachenmuster eingeschnitten waren, und man hatte so daran weitergeschnitzt, dass der Drache eine Frauenfigur als Begleitung erhielt, die ihre Arme schützend vor die Brust hielt, und dann war da noch undeutlich eingeritzt ein Ritter auf einem Pferd, das nur bis zum Bug geschnitzt war und abrupt endete; diese zusätzliche Schnitzerei war viel flacher und wirkte flüchtig, als hätte man sich in angeheiterter Stimmung daran versucht. Und manchmal wurde dieses Horn zum Wetttrinken oder zum Zweimännertrinken hervorgeholt. Tumi trank schnell.

Er war am Morgen mit einem ganzen Trupp ausgeritten, als Regenschauer über den Hängen niedergingen und der Wind in Böen wehte, aber noch nicht so anhaltend und steif. Sie hatten Bier in Lederflaschen und galoppierten am Hang entlang und kamen auf Sandbänke, und da ließen sie die Rösser laufen, so schnell jedes konnte, unter Schreien und Anfeuerungsrufen und lautem Gesang. Einige sangen allein gegen den Wind an, bis sie zum lehmigen Ufer des Flusses kamen, der die Klangbeute und musikalische Treue des Windes ertränkte. Und sie verschwanden in den Saitengeflechten der Fluten. Und die Hufe klapperten auf dem Kies, bis sie zu einer bewachsenen Ebene kamen, wo sie galoppierten, erregt vom Wetter, Bier und Gesang.

Sie waren froh, nach den Anstrengungen draußen ihre feuchten Kleider ablegen zu können, und alle warfen ihr Gepäck ab, sobald sie hereingekommen waren, und sie setzten sich zum bedächtigeren Trinken, sangen nun viel zusammen, aber hörten nicht hin, wenn einer eine Tanzballade anstimmte.

»Kennst du keine unanständigen Lieder?«, rief der einäugige Árni, klein und krummbeinig. »Wir haben ja keine Frauen hier«, schrie er. »Wir brauchen Musik, um das Frösteln von einem solchen Unwetter loszuwerden.«

»Hast du dich nicht genug am Feuer gewärmt, du hast ja in aller Ruhe hier gesessen«, sagte Höskuldur, der jetzt hereinkam. »Ansonsten habe ich nichts dagegen, Lieder von breithüftigen Frauen zu hören, und sogar von Hexen, die von tüchtigen Männern verführt werden«, sagte er zögernd, froh, sich zu ihnen setzen zu können.

»Da wäre Arnheiður aus dem Ísafjörður«, flüsterte ihm der Einäugige ins Ohr. »Aber wir wagen es nicht, uns mit ihr anzulegen.«

»Wenn du Lump nicht übers Land ziehst und uns Frauen besorgst. Aber du bist so ein Schwächling, dass du weder im Unwetter noch bei Frauen etwas taugst«, sagte Höskuldur, der den Einäugigen nicht ausstehen konnte, und stieß einen kräftigen Rülpser aus; er selbst trank ordentlich, um sich dafür schadlos zu halten, dass er sein Essen draußen allein verzehren musste. Manchmal schlug der Sturm in Böen auf den Rauchabzug, zwischen den Regenschauern, die eher als Güsse denn als Tropfen herabfielen. Draußen trieb Nebeldunst über die Hólabyrða, legte sich manchmal in Polstern über den Berg und verhüllte ihn. Aber als der Wind die Nebelwolken aufgelöst hatte, sah man, dass der Berg von den Regengüssen weiß geworden war.

»Du bist am größten mit dem Mund, wie der Fuchs mit dem Schwanz«, sagte Árni. »Und du reißt dein Maul auf, wagst es aber nicht, laut zu sagen, was wir alle wissen, dass Tumi sich in der vorigen Nacht die Arnheiður gegriffen hat«, und sofort senkte er die Stimme.

»Auf diesem Bauch wagt es jetzt keiner, sich zu betätigen, denn man kann nie wissen, ob Tumi sich nicht heute Nacht streicheln lassen will, bis er stark ist.«

»Es gibt ja auch Mädchen drüben im Haus des Bischofs, obwohl es in Hólar keinen Bischof gibt, der es ihnen besorgen kann«, sagte Höskuldur.

»Ja, und dann wäre man versucht zu glauben, dass die Frau des Hauses eher dir zur Verfügung stünde«, sagte Árni und hob mit den Fingerspitzen das Augenlid, wo das Auge fehlte, und rollte das andere: »Sie würde sicher wieder jung, wenn du ein paar Mal tüchtig getrunken hättest und anfingst, dich für Frauen zu interessieren.«

»Lass uns das Thema wechseln, ehe es zu weit geht. Du bist klein und armselig und kannst dich nicht mit Odin vergleichen, auch wenn du ein Auge verloren hast.«

Tumi war unruhig und ging manchmal durch den Flur zur Tür, die in Richtung der eilig errichteten Schanze ging, und spähte hinaus, sah aber kaum etwas und kam wieder herein, etwas schwankenden Schrittes. Das Feuer flammte bei seinen Wachgängen auf, wenn plötzlich ein Luftzug von draußen hereinkam. Draußen war es dunkel geworden.

Hagelschauer warfen harte weiße Perlen in schwarze Pfützen auf den Reitwegen, auf denen sie ritten, manchmal im Schritt, wenn sie ein Sturmwind mit schwarzem Schneesturm überfiel und dieses Wetter so wütete, dass sie alle mit Eis bedeckt waren.

Sie verlangsamten den Ritt, als sie sich näherten, damit ihnen von den Hufen keine klingende Botschaft vorauseilte und die aus dem Schlaf schreckte, die sie überrumpeln wollten.

Aron ritt neben Eyjólfur Kárason und sah oft zu ihm hinüber, aber Eyjólfur hielt seinen Kopf in das Unwetter, das sie peitschte. Längst hatte der Regen das Meersalz abgespült, das von der Meeresüberquerung im Gegenwind stammte.

»Es macht die Sache nicht besser, dass wir Skemmingur dabeihaben, wir haben auch ohne ihn schon genug Schwierigkeiten«, sagte Aron.

»Der Bischof hat uns gesagt, wir sollten ihm Tumi lebendig bringen«, sagte Eyjólfur. »Man kann Skemmingur nicht laufen lassen, er könnte uns im Kampf mit den anderen noch von Nutzen sein.«

Nun war es auch in den Gebäuden von Hólar dunkel geworden. Der Sturm hatte alle Fackeln gelöscht, als die Männer in dem heftigen Unwetter von Haus zu Haus eilten. Der Lärm drinnen wurde in Wellen abwechselnd leiser und lauter; man hörte Gesang, donnernde, durch Räuspern unterbrochene Vorträge und heisere Stimmen. Es gab auch leise Unterhaltung, die im Sturmgebraus draußen unterging. Als die Zeit verging und das Bier seine Wirkung zeigte, gingen die Männer mit Fackeln, die der Wind sofort auslöschte, und suchten sich mehr oder weniger schöne Frauen im Bischofshaus, wo alles für dieses Riesenfest geputzt war, und sie brachten ganz neue Töne in dieses Lustschloss. Manchmal gab es für die Frauen Ohrfeigen und andere Gewaltanwendung, bis sich die Paare zum unsanften Beischlaf zusammenfanden. Einige Frauen weigerten sich im entscheidenden Augenblick, und dann gab es Schimpfworte und Flüche und sogar Wutausbrüche und Prügel, und es endete immer damit, dass die vom Bier trunkenen Festjarle ihren Willen bekamen und sich kein bisschen um Weinen und Jammern scherten.

Tumi wankte zu seinem Lager und fiel allein in seinem Bettverschlag in festen Schlaf, und man hörte von dort sein Schnarchen, das sich mit dem Lärmen der Männer und dem Klagen der Frauen mischte.

Sie hatten den guten Bischof in Málmey gelassen und gelangten im Schutz des Unwetters ganz bis Hólar, und dort lag alles im Schlaf.

Sie durchbrachen das Dach des Vorratshauses des Bischofs, wo Tumi nach Auskunft der Spione schlafen sollte, und legten an anderer Stelle Feuer, wobei sie drohten, das ganze Haus in Brand zu setzen.

Da kamen die Männer heraus, ohne Widerstand zu leisten.

Dann zogen sie Tumi aus seinem Bettverschlag, wo er allein lag, rissen ihn hoch und führten ihn zwischen sich, erlaubten ihm nicht, sich Kleidung zum Schutz gegen die Kälte zu holen, und schoben ihn unter Stößen hinaus.

Obwohl der Sturm sich gelegt hatte, war es doch kalt, und nun sah man die weißen Berggipfel und die bereiften Felswände. So standen die wettergeprüften Reifriesen nach mühsamem Rudern in schwerer See bei Gegenwind am Strand und auf den Bergen und ins ganze Tal hinein. Und waren nun hierher gekommen, erhitzt von den Strapazen, und waren sich nicht einig darüber, was sie mit Tumi anstellen sollten, nachdem sie ihn in ihre Gewalt bekommen hatten.

Tumi war ruhig und wehrte sich nicht. Vielleicht war es die Kälte, die ihn völlig erstarren ließ, und die Nachwirkung des Trinkens, die dazu beitrug, dass er sich dem Weg ins Jenseits nicht heftiger widersetzte; und später erzählten die, die ihn verteidigten und verschont haben wollten, sie hätten gehört, wie er sagte, man solle die Entscheidung jetzt treffen und nicht aufschieben, sonst könnte man später behaupten, er habe vor Angst gezittert.

Einarr skemmingur redete sich immer mehr in Rage, je länger sie darüber diskutierten, ob man Tumi das Leben schenken sollte. Sie zögerten, besonders Eyjólfur und Aron, als sie sahen, wie unerschrocken er sich verhielt, als sie ihn völlig in ihrer Gewalt hatten.

»Immer ruhig, Leute«, sagte Eyjólfur. »Vielleicht ist es bei den anstehenden Prozessen gegen seine Verwandten vorteilhafter, ihn lebendig zu haben als erschlagen.«

Einarr skemmingur hetzte umso mehr dagegen und hielt sich nicht zurück, den anderen alles aufzuzählen, was Tumi ihnen und dem Bischof angetan hätte; der hätte es bestimmt nicht verdient, sein Leben zu behalten.

Niemand wollte aber die Waffe gegen den Wehrlosen und Ungebeugten erheben.

Da sprang Einarr skemmingur in die Luft, hoch genug, um seine geringere Körpergröße auszugleichen, und schlug dem Tumi mit der Axt in den Kopf, von hinten, und der Hieb traf den Nacken und zermalmte den Schädelknochen, sodass der Mann zu Boden fiel und dort sehr blutete, wo der Schlag hingekommen war, und das Blut spritzte im Bogen in die Höhe und fiel auf Nase und Mund herab.

Die Männer wichen zurück, und da schlug er noch ein zweites Mal auf den gefallenen Mann, und der Schlag kam an den Hals, ohne ihn abzutrennen, sodass Skemmingur auf die Knie fiel und begann, mit dem Schnitzmesser das abzuschneiden, was noch an Sehnen zusammenhing, und er war damit fertig, als Aron ihn wegzog, indem er ihn an der Schulter packte und ihn so weit schleuderte, dass er ziemlich unsanft neben dem Pferdestein landete. Aber der Kopf Tumis war da schon abgetrennt.

»Niemand wird dir das danken, am wenigsten der Bischof«, sagte Eyjólfur leise. Die anderen schwiegen.

Dann verließen sie fluchtartig den Ort, bevor es den Männern Tumis gelänge, sich zur Verteidigung aufzustellen, sie verfolgten aber die Bischofsleute, die nur mit Mühe die Schiffe erreichten, um zur Insel zu fahren. Einem von ihnen gelang es nicht, zum Schiff zu kommen, er wurde auf dem Strandkies ergriffen und zwei Tage später erschlagen. Er hieß Jón.

Einer der Inselmänner starb vor Kälte.

Sie kamen nach Málmey und hatten nicht weniger Gegenwind auf dem Meer als beim Hinweg. Die Männer Tumis standen am Strand, und Hólar war kopflos.

Als sie zur Insel kamen, war der Bischof nicht erfreut über die Nachricht, was zwischen Tumi und ihnen vorgefallen war, und er trauerte sehr darüber, dass sie ohne Tumi zurückgekommen waren. Eyjólfur und Aron sagten nichts dazu, aber Skemmingur ereiferte sich umso mehr und sagte laut, hier wäre nicht der Ort, weiter darüber zu sprechen.

Der Bischof sah ihn traurig an und bedauerte, was für eine

gemischte Truppe er hatte, und dass sie weniger gut als zahlreich war.

Nun saßen sie weiter auf Málmey, der Bischof mit seinen Männern, und sie feierten zusammen Ostern, dass Christus misshandelt und gequält und gekreuzigt wurde, zum Reich der Toten hinabgestiegen war, um die zu besuchen, die sich dort aufhielten, und von dort am dritten Tage auferstanden war. Alle hatten nun etwas zu bedauern. Der Bischof, dass er die Auferstehung Christi nicht auf seinem Sitz im Dom zu Hólar feiern konnte. Und Sighvatur und seine Verwandten und Freunde, dass es nicht sicher war, ob Tumi in der Hölle sein müsste oder mit Christus zum Himmel fahren dürfte, wenn er sich selbst auf diesen langen Weg begäbe.

In dieser Zeit starb Einarr skemmingur auf Málmey am Nasenbluten, einem Nasenbluten, das niemand stillen konnte, weder in dieser noch in der anderen Welt.

Aber nach dem Osterfest unter freiem Himmel fuhr der Bischof mit seiner ganzen Truppe hinaus nach Grímsey.

Und sie warteten auf das, was kommen würde.

Diese Stimme (1237)

Die Sonne stand nun niedriger, ein rotrosa Schein breitete sich aus über Gras und trockene Halme im Heideland, dazwischen Sand. Der Schatten des großgewachsenen Begleiters wanderte über den Kopf des Pferdes hinaus auf die Ebene und hinauf unter die Grasstreifen im Berg, die ihr Grün bewahrten und sich in ihrem eifrigen Streben die Schutthalden hinaufarbeiteten und zur Verteidigung umwandten; und sie setzten mit ihrer Lebensbejahung ihren Weg unter die Felsengürtel hinauf fort und kitzelten die Trolle, die dort saßen und in einiger Entfernung warteten, mit Halmen, warteten, dass die Zeit den Reisenden aufhalte und er Beziehungen zu den Überlieferungen im Gestein des Berges aufnähme, wehmütig unter dem errötenden Himmel.

Dieser Wechsel der Farbnuancen entsprach der Tageszeit; und der rote Schein wanderte über das Gras, als bewegte ihn ein leichter Wind oder Lufthauch. Und ergriff fallendes Gras beim singenden Verstreuen von Farben, während die ruhigen Wellen in den Grasstreifen die Schwingungen verstärkten. Und neben dem Steinantlitz, das sich ihm wie zur Ermunterung in der strengen Kälte freundlich zuwandte, kletterte auf einem Felsenpfad in der Nähe ein menschliches Wesen aus der Dunkelheit zum schwindenden Abendlicht hinauf, zur Röte, die sich auf die Bergschulter herabsenkte und jenes dunkle Bild und seine Zeichnung deutlicher hervortreten ließ, sodass es aussah, als schritte es in seinem Stillstand voran. In der Nähe bewegte sich eine Gruppe zwischen den Felsen, wie auf der Flucht auf schwer zu begehenden Wegen; Steinfiguren in losen Geröllhalden, wo der Kies nach Belieben herunterrutschte oder heruntergerutscht war und verhinderte, dass sich Vegetation entwickelte zwischen denen, die sich in lockerer Gruppe weiterbewegten, eine Abendvorstellung, die sich zwei Wanderern bot, die ohne Eile voranschritten, wobei der Druck der Ereignisse, die hinter ihnen lagen, ebenso nachließ wie der des Unbekannten, das sie erwartete, und der Ungewissheit, was die vergangenen Ereignisse für Folgen haben würden.

Sie kamen zu einem kleinen Bach und stiegen ab, damit ihre Pferde trinken konnten, und man hörte ein leises Plätschern im Heideland und ein fernes Geräusch vom Berg oben, alles so mild, warm und völlig gewaltlos. Jetzt und hier, wo sie sich befanden.

»Ach«, dachte Sturla. »Immer diese Stimme«, dachte er. »Die Worte so schrill. Die Worte hart und klanglos. Wo waren nun die warmen Klänge?« Sie hatte die Hände gerungen, als er sich in der Stube zögernd an die Reisevorbereitungen machte. Als er nach Hause gekommen war, von den Feldern draußen, vom Fluss unten. Von den Ruinen der Schafpferche. Vom Grabhügel am Wiesenrand. Von draußen. Von der Wiese, wo er zwischen den grasenden Pferden gelaufen war.

Auf der Steinschwelle, als sie ihn hineinrief und er das Pferd am Zügel führte und es beschlagen wollte. Als er in der Stube saß und schwieg. Diese Stimme, so wie sie jetzt klang. Es war lange her: Damals war die Stimme ganz anders, es war eine Stimme, die auf seine Worte einging und auf sein Schweigen. Es war eine Stimme, die ihn verführte, das zu sagen, was er vielleicht nie hätte sagen können. Ein Stimme, die fesselte und einschläferte, und ermutigte und unterstützte und besänftigte. Jetzt war sie schnippisch und hart. Die Worte waren jetzt wie Lichtblitze auf einem Schwert mit geschliffener Schneide, das schnell und heftig geschwungen wurde. Diese Stimme.

Die Stimme.

Eine Stimme, kein Klang. Nicht einmal mehr ein Echo.

Die Schlacht von Bær (1237)

Es wurden nun Steine geworfen, sowohl von oben von den Hausdächern, solange sie reichten, als auch von unten nach oben.

Ein Bauer kam von Svartakot angeritten, Hjörvar mit seinem Sohn Orri, der noch ein Kind war, sie waren von den Leuten Kolbeinn Sighvatssons herbeigerufen worden, die die Leute in Suðurnes aufboten, die sich freilich nur widerwillig von ihrer Heuernte trennten. So blieb ihr Heu liegen – auf den Wiesen, in Senken und Mulden und auf Hügeln zwischen Lavamauern.

Ein Stein traf den Jungen am Kopf, sodass er zu Boden sank und Blut aus Nase, Mund und Ohren floss, und er schaute mit brechenden Augen auf die ziehenden Wolken. Sein Vater sah es und versuchte, den Jungen zu erreichen, wurde aber abgedrängt vom Angriff der Truppe, gegen den er nicht ankam, und dann zu Boden gestoßen und von Männern und Pferden niedergetrampelt, ohne zu dem Jungen zu gelangen. So fielen beide, ohne dass man große Worte darüber machte.

Oben auf den Häusern schoss Jörundur der Große mit seinem Bogen einen Pfeil nach dem anderen, traf aber bei weitem nicht so oft, wie er schoss, bis ihn ein Pfeil an der Kehle traf. Er versuchte, ihn zu fassen und herauszuziehen, und er konnte nicht mehr sprechen, zischte aber etwas, das man als Aufforderung verstehen konnte, sich unerschrocken zu verteidigen. Dann fiel er vom Dach auf die Untenstehenden, beide Hände um den Pfeil geklammert. Sein Helm traf einen Norweger, der zu den Angreifern gehörte, am Kopf, und er fiel ohnmächtig zu Boden, sodass sein Kampfeinsatz für diesen Tag beendet war.

Jetzt rückte Sturla mit seiner Mannschaft vor. Er griff Þorleifur í Görðum an, der in Treue zu Snorri Sturluson hielt, obwohl Snorri selbst aus seinem Machtbereich geflohen und sein Stützpunkt in Reykjaholt in der Hand Sturlas war.

Die Männer des Þorleifur verteidigten sich oben auf den Hausdächern. Dorthin hatten sie sich zurückgezogen, als Sturla mit seinem Heer eingriff, und sie waren dort mit ihrer Mannschaft in der Minderzahl, hatten vorher aber die List versucht, ihre Mannschaft auf einem Sandrücken in möglichst breiter Linie gegen den Himmel zu postieren, aber die Angreifer merkten schnell, dass das Heer der Verteidiger durch das Auseinanderziehen größer aussehen sollte, als es in Wirklichkeit war, denn zwischen den Männern konnte man den Himmel sehen. Aber obwohl Snorri verschwunden war, gab es bei Þorleifur kein Anzeichen von Nachgiebigkeit, und er stand mit

Entschlossenheit an der Spitze seiner Mannschaft, in der sich viele tüchtige und mutige Männer befanden.

Es wurde viel mit Bogen geschossen, aber meistens warf man Steine, bis einige flohen und sich auf dem Friedhof zusammendrängten. Nicht alle, die es wollten, kamen in die Kirche, denn sie füllte sich schnell, sodass die Hälfte gegen ihren Willen draußen bleiben musste.

Sturla saß auf seinem Pferd und hielt seine Leute nicht zurück, obwohl er schon den Sieg errungen hatte. Sie stürmten vor, und einer hetzte den anderen auf, mit Gebrüll und schweren Hieben, sodass Blutströme flossen und sich ihre Sinne verwirrten und sie wie wahnsinnig wüteten.

Sie metzelten alle nieder, die schutzlos vor der Kirche waren, viele schon verwundet von Steinwürfen oder Bogenschüssen oder Schwerthieben, einige auch ohnmächtig und eingepfercht und überwältigt, aber sie wüteten desto mehr, je kürzer ihr Lebensfaden geworden war, gerieten in Wut wegen ihres nahenden Todes. Sturla beobachtete alles, und niemand hatte den Eindruck, dass er das Massaker abkürzen wollte, er zeigte auch keinerlei Rührung angesichts dieser Vorgänge. Bis die Raserei der Kämpfer allmählich abkühlte und längst alle gefallen waren, die noch versucht hatten, sich zu wehren, und die anderen vor Wunden oder Erschöpfung verteidigungsunfähig waren. Und auch die Angreifer waren nun müde.

Und man erzählte sich die Dinge unterschiedlich; die einen sagten, der Anführer sei zuverlässig und unerschütterlich gewesen, andere wiederum, er habe rücksichtslos gehandelt. Man flüsterte aber auch, dass er sein Heer nicht ganz im Griff gehabt habe, auch wenn es so ausgesehen habe. Einiges wurde lauter erzählt als anderes, je nachdem, in welcher Gegend man sich gerade befand.

Nun war es so gekommen, dass alle von den Dächern der Häuser verschwunden und die meisten auf der Flucht waren.

Aber unten griffen viele Atli den Starken an, der noch Widerstand leistete und nicht fliehen wollte. Er zog sich vor den Angreifern ins Haus zurück, wo er allein gegen viele stand. Trotzdem dauerte es lange, bis man ihn überwältigen konnte. Er hatte seinen Helm verloren, und sein Rundschild war sehr zerhauen und kaum mehr zur Verteidigung geeignet, sodass er ihn einem der Angreifer mit aller Kraft an den Kopf warf. Er traf den Backenknochen, die Haut platzte auf und hing schlaff um das Auge, das sich schloss, und es sah aus, als folgte der Augapfel dem Blutstrom, und er schlug mit den Armen, als wären es die Flügel eines flugunfähigen Vogels, und schien in dem Blutschwall nach dem verlorenen Augapfel zu suchen. Dann sank er zu Boden, nicht mehr im Stande weiterzukämpfen. Aber der Angriff gegen den großen Mann, der sich allein verteidigen musste, ging weiter. Die Angreifer reizten ihn unaufhörlich, ohne sich aber in seine Nähe zu wagen, vielmehr versuchten sie, ihn mit langschäftigen Äxten und Spießen zu treffen, einige auch mit Hellebarden, aber die anderen, die nur Schwerter oder Pfeile oder Stichwaffen zweifelhafter Machart hatten, machten lieber einen Bogen um ihn und unternahmen einzelne Ausfälle, um ihn anzugreifen. Bis einer fast in der Hocke hinter den Kämpen gelangte und mit der Kurzaxt auf seine Wade schlug. Diese Wunde war so tief, dass man nur vermuten konnte, wie wenig fehlte, dass mit der Wade auch das ganze Bein durchtrennt wurde. Er sank bei dieser Verletzung, die ihn das Bein kostete, nieder und kroch eine Weile in der Pfütze seines eigenen Blutes. Dann versuchte er doch, auf den Knien weiterzukämpfen, aber da hakte jemand mit der Hellebarde in seine Schulter und zog ihn mit einem kräftigen Ruck nach hinten. Nun sahen andere eine gute Gelegenheit für sich, ihm ihre Spieße ins Gesicht zu stoßen, und sie hieben mit ihren Schwertern quer über sein langes Gesicht. Da fielen die kräftigen Kiefer in einem Blutstrom auf seine Brust hinab, und da wagten sich noch mehr heran, um ihn mit Klingen und Spitzen zu traktieren, aber der große Mann hob noch im Todeskampf sein Schwert, als sei er von der großen Helligkeit der anderen Welt geblendet oder sähe in der Dunkelheit der Unterwelt nichts mehr, und er ließ das Schwert nicht los, obwohl die Todeskrämpfe ihm die Kraft raubten und seine Trollpranken um den Schwertgriff steif wurden; er hielt aber auch das Kurzschwert fest, das er in der anderen Hand anstatt des Schildes vorher hatte. Und einige von den Angreifern verloren erst jetzt ihre Furcht, den großen Mann anzugehen, als er dort lag und tot war, und sie brachten dem endlich Besiegten Wunden bei, obwohl er schon nicht mehr blutete. Einer von denen, die an dem Gemetzel teilgenommen hatten, zog sich zurück, als der Mut der anderen wuchs, nachdem jeder Widerstand gebrochen war, und es überlief ihn ein Schauder, als er zu sich kam und sich umsah, und es schüttelte ihn angesichts der Heftigkeit und Wut der anderen. Und nun wurde Guðmundur skáldi vom Schmerz ergriffen, als er auf einmal begriff, was geschehen war, und als er sich umsah, bemerkte er plötzlich, dass ihr Heerführer in einiger Entfernung dastand, und sie sahen sich an. Er hätte seinen eigenen Anführer kaum wiedererkannt, so hart und bleich war sein Gesichtsausdruck, und er entblößte die Zähne, was wie ein Grinsen aussah.

Und er rührte sich nicht, obwohl seine Männer nach ihm riefen, ob man Pardon geben sollte. Er schien nichts zu hören in dem Geschrei und Fluchen der Angreifer und dem Stöhnen, Jammern, Weinen und Flehen jener, die den Herrn des Himmels um Vergebung baten und dass er die Pforten des Himmelreiches öffne, wenn die Erde und die ganze Welt von der Hölle verschlungen würde.

Und dann sah Guðmundur, dass ein großgewachsener Mann sich durch das Menschengedränge hindurchkämpfte und auf die freie Fläche vor Sturla trat und sich ihm unerschrocken zuwandte. Dieser war von den Wunden anderer Männer mit Blut bespritzt, das sich mit eigenem Schweiß und Staub und Moos und Schmutz und Erde mischte. Svarthöfði griff Sturla am Oberarm, legte die andere Pranke auf seine Schulter und sprach zu ihm, und da begann seine stählerne Miene weich zu werden, das Gesicht entspannte sich, und dann taute auch das Eis in seinen Augen. Nun schien es Guðmundur, als käme eine gewisse Gleichgültigkeit zum Vorschein, als er mit der Hand eine Geste machte, als weise er etwas von sich, eher als dass er, was die Nachwelt hätte erzählen sollen, seinen Männern einen Wink gegeben hätte, mit dem Rachewerk und dem Hauen und Stechen aufzuhören. Guðmundur stand nicht nahe genug, um ihre Worte zu verstehen, er sah nur, dass Sturlas Lippen sich ein wenig bewegten. Und dann hörte und sah er auch, dass Svarthöfði mit beiden Armen winkte und heftig rief, Sturla solle den Befehl geben, sofort aufzuhören. Es sei genug getan. »Gnade«, schrie er, »denen, die draußen sind. Hört auf!« Und wandte sich selbst dorthin, wo die Kämpfe noch weitergingen. »Genug«, rief er denen zu, die noch nicht aufgehört hatten. »Das ist Mord.«

Da wurde der Kampf eingestellt. Und die Nacht senkte sich herab, dunkel, mit verhangenem Himmel. Und Wind kam auf und wehte vom Meer über den Strand, und der Seegang wurde stärker und die Brandung brach sich tosend an der Küste, es rauschte in den Halmen, in den Pflanzen und den Sträuchern und dämpfte das Jammern und Stöhnen der Verwundeten und die Klagelaute derer, die sich über tote Verwandte und Freunde beugten, der Frauen, die Ehemänner, Söhne und Väter beweinten, der Kinder, die aus der Obhut der Frauen näher gekommen waren.

Die in der Kirche waren, ließ man die Nacht hindurch im Ungewissen, was man mit ihnen vorhatte, und als es Morgen wurde, schenkten sie ihnen das Leben, allerdings unter harten

Bedingungen, wobei Sturla alles allein bestimmte. Und dann ritt er mit seinem Heer davon, mit denen, die wenig oder gar nicht verwundet waren, und sie raubten im weiten Umkreis in der Nähe.

Der Sturz des Pferdes

Ein Ereignis kam ihm wieder und wieder in Erinnerung.

Das Pferd, das stürzte.

Als er jetzt darüber nachdachte, machte er sich klar, wie lange das Pferd versucht hatte, wieder festen Tritt zu fassen, als es auf dem gefrorenen Boden ausgerutscht war. Eine Weile stand es auf Messers Schneide, ob es Halt finden und Fuß fassen könnte, ob es sich von den Knien seiner Hinterbeine würde erheben können, und es kämpfte darum, sich wieder aufzurichten, als es über einen Stein stürzte, der aus dem vereisten Boden herausragte, von Neuschnee bedeckt; es rutschte lange über den abschüssigen Boden, und Sturla fand nun, es habe sich schrecklich langsam bewegt; und dann ging es so weiter, dass es aufsprang und lange in der Luft war, mit ausgestreckten Beinen, als wolle es mit ihnen den Himmel berühren, es beugte den Hals und blickte widerwillig nach unten, bis es auf einer Steinplatte landete, von der es wieder aufsprang, dass sich das Gepäck löste und die Riemen öffneten, und gleich darauf hörte man das Krachen der Schilde, die über den Felsvorsprung gefallen waren, und das Klirren der Waffen, und dann stürzte alles hinab, nichts Lebendiges mehr, nur ein zerschlagener Tierkörper mit krauser Mähne erhob sich von der Steinplatte und stürzte hinab, weit hinunter in rasender Fahrt bis zum Boden der Schlucht, und die Schilde leuchteten schwach aus der trüben Tiefe herauf.

Und dann war alles totenstill in der tiefen Höhlung.

Es war, als wäre die Nacht, als die Männer mit ihren Pferden Halt machten, die sie wie einen lebendigen Schutzwall um sich scharten, als der Schnee sich um sie auftürmte und sie bedeckte, als wäre diese Nacht im Rückblick nicht besonders lang gewesen. Ging sie nicht längst ihrem Ende zu? Und waren da nicht drohende Gespenster? Geister, waren da nicht Geister zu sehen? Wurden sie nicht im Schneegestöber von etwas verfolgt, machte sich nicht etwas Unreines über sie her, diese Männer, die sich im Grenzland zwischen zwei Welten befanden?

War da nicht etwas gekommen, das zwischen beiden hin und her schwankte, sich im Zwischenraum bewegte, ohne in die eine oder die andere Welt zu gelangen, sondern friedlos zwischen beiden umherirren und denen einen gangbaren Weg suchen musste, die hin und her getrieben wurden und jede Orientierung in Raum und Zeit verloren hatten, um sie mit sich dorthin zu ziehen, von wo niemand zurückkommt?

Und als sie zu den Häusern des Hofes gelangt waren, alle von Schnee und Eis bedeckt, da erinnerte er sich nur an das viele Eis auf jedem von ihnen. Nicht daran, wie sie wieder auftauten, als sie zu den Menschen kamen.

»Dann geh doch!«

Das Verhältnis zwischen ihnen war angespannt.

Er sah einige Male zu ihr hinüber, wo sie am Fenster saß und Licht auf ihre Hände fiel, mit denen sie ihre Tücher bestickte.

Er wollte ihr etwas sagen, aber er erreichte nur ihre Finger, die damit beschäftigt waren, fremdartige Muster zu erschaffen, etwas aus dem Volksleben, mit dem sie nichts zu tun hatten. Etwas, mit dem sie in ihren Gedanken spielte, weil es weit genug entfernt war, und sie verpflanzte es in ihre Nähe auf ihr Tuch, wo es aus ihrer Phantasie zum Leben erwachte, sodass sie es später lesen und immer bei sich haben und ihren Kindern zeigen konnte.

Ihm nicht, denn ihn interessierte das nicht, er beobachtete nur ihre fleißigen und mit sich selbst beschäftigten Finger, um in Kontakt mit ihr zu kommen, über diese Waberlohe zu reiten, die sie umgab, und ihr die Brünne aufzuschneiden. Er ging hinaus und tat, als sähe er nach seinen Männern, die auf ihn warteten, als kontrollierte er die Pferde, als prüfte er, ob alles so war, wie es für diese lange Reise sein sollte.

Seine Männer warteten am Fuß des Hügels. Die Brüder Svarthöfði und Kolbeinn grön saßen auf der anderen Seite des Hügels, sie saßen dicht beisammen und vielleicht unterhielten sie sich, vielleicht schwiegen sie auch nur. Kolbeinn sah nach ihm, aber Svarthöfði nicht, er schnitzte gerade an einem Speerschaft, ob er nun redete oder nicht. Sturla strich über das dürre Gras an der Hauswand, als wolle er prüfen, ob sich dort Feuchtigkeit versteckte.

»Er hat über das Gras gestreichelt«, sagte Kolbeinn zu seinem Bruder.

»Er hat bestimmt feststellen wollen, ob es nicht heute Nacht Blut geregnet hat«, flüsterte Svathöfði und schnitt einen langen Span vom Speerschaft und ließ ihn auf seinen Schuh fallen.

Da ging Sturla wieder hinein und blieb noch einmal kurz bei seiner Frau stehen.

»Solveig«, sagte Sturla und berührte sanft ihre Schulter.

Sie fuhr fort, ein schwarzes Segel in ein weißes Tuch zu sticken, und man hörte nichts, obwohl er glaubte, ihren Atem zu vernehmen.

Die Halme am Fenster standen still, kein Wind bewegte sie. Eine langgezogene Wolke segelte am rotgoldenen Morgenhimmel über die Bergschulter, über den See, den man nicht sehen konnte, über die Inseln, die man nicht sehen konnte, über das Meer, das dieses Land von den Gletschern Grönlands trennte.

Sie drehte ihm die Schulter zu, ohne dass die Finger ihre Arbeit unterbrachen, drückte sich ein wenig in den Sitz hinein, als säße sie in einem kleinen Boot und sammelte Kraft und legte sich in die Riemen, um sie fester zu greifen und mit ruhigem Zug weiterzurudern, wenn die Wogen es erlaubten, oder nur weiter in die Brandung hinein, dem Wind entgegen.

Er schaute auf das schwarze Segel zwischen den schlanken Fingern, den zärtlichsten von allen, wenn es ans Helfen ging, die aber jetzt mit diesem groben schwarzen Band beschäftigt waren; und er sah jetzt seine Hand lose in der Luft, und leer, und seine andere Hand ebenfalls leer und geschlossen, ohne die Faust zu ballen.

»Solveig«, sagte er leise und wusste nicht, ob man es hören konnte.

Dann hörte er, dass sie etwas sagte, und fragte nach.

Er beugte sich zu ihr, hinab zu ihren Lippen.

»Geh nur«, sagte sie; und noch leiser, flüsternd, wenn nicht hauchend: »Fahr zur Hölle, wenn du unbedingt dorthin willst. Ins Feuer, das dich am Ende zu Asche verbrennt, die der Wind wegweht, damit wir alle Frieden finden – wenn noch jemand übrig ist, um Frieden zu wünschen.«

»Solveig«, sagte er und nichts weiter.

Auf dem Weg nach draußen bemerkte er die alte Steinunn, die in der Tür des Vorratshauses stand, mit einer großen Wurst in der Hand, ein wenig mit dem Kopf wackelnd, und ihn mit dem einen Auge ansah; das andere war vom Rauch verdorben. Er sah, wie sich die Lippen langsam über den zahnlosen Kiefern bewegten, als kaute sie an einem Vers. Sie wich nicht zurück, obwohl der Hausherr vorbeiging, denn sie sah in ihm den Jungen, den kleinen Jungen, der neben ihr in der Küche gesessen hatte.

Und dem sie manchmal von ihrem Mann erzählt hatte, als er

zum letzten Mal hinausruderte, direkt in den Sonnenuntergang, zu Gott, wo die Engel waren, und sie hatte oft versucht, sich vorzustellen, was er wohl sagen würde, wenn die Engel mit ihm plauderten und die Seligen ihn in Empfang nähmen, denn er war ein guter Mann, ihr Mann.

Als er dort mit einer Hand an der Türglocke stand und sie sah, diese alte Frau, diese erlöschende Flamme mit dem einen offenen Auge, die nicht aufgehört hatte, in ihm das Kind zu sehen, das er einmal gewesen war, nachdem der Rauch ihre Augen versengt hatte und die Zeit dabei war, aus dem Glas zu rinnen, da erinnerte er sich auf einmal an diese alte Frau, löste die Hand von der Türklinke und hob sie ihr halbwegs entgegen, drehte dann ein wenig die Schulter, wie um sich Bewegung zu verschaffen, und ließ die Hand auf den Türgriff sinken, öffnete die Tür und ging hinaus.

Als er das Pferd bestiegen hatte und sie davonritten, wusste er nicht, ob ihnen jemand nachschaute.

War das nun mein Held? (1238)

Wo war nun dieser unbeugsame Held? War das der edle Ritter aus den Märchen, die mein Vater mir von seinem Vater weitererzählte. Der edle Ritter, der diente und alle überragte. Eines Tages kam dieser edle Ritter, galoppierte in einer goldenen Staubwolke über die Höhen und entführte mich, das frühreife Mädchen, von dem stolzen Hof. Und die Mitgift war ein Abglanz ferner Schlossfeste und höfischer Sitten. Und er entsprang direkt aus allen Geschichten, über die Maßen prächtig und schön, stark und tüchtig, kerzengerade gewachsen. Und ich sah ihn von einem Lied erwachen, und er wurde mein.

Und er war noch immer mein, als er zurückkam und nicht

die Siege errungen hatte, die er wollte, und obwohl er von anderen Siegen in den Betten fremder Frauen kam, war er doch noch immer mein. Aber wo ist er?

Wo ist er nun, dem die Treue zu seinem glänzenden Bild abhanden kam, der Glaube an die Siege, die er zu erringen dachte, ob sie nun zu gewinnen waren oder nicht. Und er hatte guten Fahrtwind und segelte froh dahin, geriet aber an Schären, die das Schiff beschädigten. Nun wurde er von etwas anderem vorwärtsgetrieben, als träume er nicht länger, wortkarg geworden und wild entschlossen. Und er reiste mit gedämpften Abschiedsgrüßen.

Mein Ritter, der dem Ziel so nahe kam, König dieses Landes zu werden. Und heute Morgen ritt er davon, um die Schlacht zu schlagen, von der alles abhing.

Und dann sehe ich nur, dass der Wind sich so schwer auf das Wasser legt, dass es weiß wird.

Und kein Schwan zu sehen.

Morgengebet in Halmen (1238)

Plötzlich fiel ihm ein, wie er Gissur Þorvaldsson auf dem Zug zum Apavatn einen ganzen Tag in seiner Gewalt gehabt hatte. Und er wusste, dass er ihn hätte töten müssen.

Gissur war das letzte Hindernis auf seinem Weg, dieses ganze Reich zu erhalten, dass ihm als Erbe zustand, außerdem war er am ehesten dafür geschaffen, König über die gesamte Insel zu werden.

Und nun stand die große Abrechnung bevor, die über alles entscheiden würde. Nun hatten sich Gissur und Kolbeinn der Junge zusammengetan. Die Leute vom Haukadal und die Ásbjörnleute. Gegen die Sturlungen.

Es war Morgen.

Das Wetter blieb ruhig; solange die Sonne über die Bergschulter schaute. Erst füllte sie den Pass, dann tat sie einen Sprung, umarmte Geröll und Kies. Sie machte die Berge und die spitzen Steine auf allen Geröllfeldern sanfter, färbte einiges weiß und vergoldete vieles, vertrieb den Eindruck von Härte in Felsen und Bergen. Der Windhauch war so ruhig und still, dass sich die Halme nicht rührten und sich steif im kleinen Bach spiegelten, wartend.

Worauf?

Dass es wieder Zeit würde.

Und die Blumen freuten sich, als die Sonne sie so sanft umarmte, dass weder Blatt noch Blüte sich bewegten.

Es gab weder besondere Trauer noch Freude, es kam auf das Gleiche hinaus. Es war eins, es war dasselbe. Wäre es aber Trauer gewesen, dann war sie so mild in diesem neugeborenen Schein, in dieser vergoldeten Auferstehung, dass es kein Schmerz war; wäre es Freude gewesen, dann war sie kein Jubel.

Aber die Zeit wartete in ihrem Versteck, mit der Endlichkeit jedes Einzelnen, die in der Ewigkeit verborgen lag, wenn alles sich beugen und aufspalten und wie Protoplasma in neue, ungewohnte Bilder fließen muss.

Er hörte das Stimmengewirr seiner Männer, das mit dem Wind erwacht war, der begann, in den Halmen zu spielen, sie zuerst zu befingern und zu kitzeln und dann zu streicheln, wie um sie am Bach seufzen zu lassen, der versuchte, irgendwelchen Stimmen Gehör zu verschaffen, die man in deinem Inneren vernehmen könnte, von innen, beim Fluss mit seinen größeren und mächtigeren Chören in der Ferne. Und wenn du ihnen lauschtest, dann würden sie die schüchternen Stimmen der kleinen Tropfen und Rinnsale übertönen; und die Seufzer der Frau in den Halmen, im Gras, im Heidekraut, zwischen belaubten Sträuchern, Wacholder und Weide und Zwergbirke, aber nun mischte sich Hundegebell ein, und Gespräche und

Rufe seiner Gefährten und Gefolgsleute, die auf ihren Anführer warteten.

Er ließ sie noch eine Weile warten in dieser Zeit des morgendlichen Erwachens.

Als er einen Blick auf die Berge warf, hatte Reif die obersten Spitzen bedeckt. An manchen Stellen lagen vom Winter her noch schmelzende Schneewehen in den Felsengruben, die am besten von den Sonnenstrahlen abgeschirmt waren und noch Figuren vom winterlichen Spiel mit den Felsentrollen bewahrten. Er sah einen weißen Schneevogel mit zurückgebogenem Kopf im gähnenden Schlund eines Steintrolls, der zögerte, dem Vogel mit seinen Zähnen aus Stein den zitternden Kopf mit seinem ungesungenen Lied abzubeißen. Er wusste, wie gering das alles war, wonach er gestrebt hatte; wonach er mit unterschiedlichen Masken vor seinem Gesicht mit seinen Fingern oder Augen geschnappt hatte, in denen sich die Gunst der Frauen spiegelte.

Er stand langsam auf, drehte sich um und sah das Pferd an.

Jetzt war ihm, als könne er zu niemand anderem sprechen als zum Pferd, diesem großen, prächtigen Pferd, dem er einst den Namen Svipur gegeben hatte. Das Wollgras zitterte an seinen Zehen, die behaarten Knäuel direkt an den Hufen des Pferdes. Und er sagte, mehr zum Pferd als zum Allmächtigen:

Versiegelt im Beutel wäre mein Vergehen,
du würdest meinen Frevel übertünchen.

Träume sind Schäume (1238)

Die Schatten liefen eilig den Hang hinauf, als wollten sie einem Unheil entfliehen, und änderten blitzschnell die Farben des Landes, während das Heideland sich von Blut rötete, und der Rasen auf dem Platz innerhalb des niedrigen Walls ebenfalls.

Blut auf dem Heidekraut, Blut auf dem Hornklee, blutgetränkt die Silberwurz. Das Gras triefend von Blut, die Binsen kaum gelb, sondern rotbraun von gestocktem Blut.

Die Dämmerung schluckte die Toten, bedeckte die Leichen mit ihrem gütigen Schleier. Seine Seele schwebte über seiner sterblichen Hülle, jenseits von Furcht. Jenseits von allem, das war. Aber fand keinen Frieden, obwohl sie alles abgeworfen hatte. Wachte in der Besitzlosigkeit des Todes, glitt wie ein bleicher Nebel oder eine durchsichtige Flocke im Dunkel des Abends, wo sich nichts bewegte, außer unsichtbaren Seelen, die nur den hellsichtigen Menschen erscheinen und keine andere Aufgabe haben, als sich daran zu gewöhnen, Wiedergänger zu werden und außerhalb der Zeit zu sein.

Wortlos schwebte er über der Leiche seines Vaters. Dort bewegte sich kein Halm im Atem. Der Mond segelte schräg an einem gezackten Gipfel vorbei, als müsse er gegen den Strom ankämpfen, als versuche er, sich aufzurichten.

Ein Hund lief jaulend mit einem verletzten Fuß davon und steckte ihn in das weiche Moos.

Eine Kuh brüllte im Melkstand, und Schafe mit Lämmern machten einen Bogen, als sie vorbeigingen. Drei Raben beherrschten das Feld, solange die Dunkelheit noch nicht ganz schwarz war.

Eine Fähe mit Welpen züchtigte sie zu Hause am Fuchsbau. Sie verwehrte ihnen, ihre Neugier zu befriedigen. Oberhalb und unterhalb der Leichen machte sich das Heer zum Abmarsch bereit. Da riskierten es die, welchen Schonung gewährt wurde, das Schlachtfeld abzusuchen. Und die anderen, die geflohen waren, hielten sich irgendwo auf dem Bergsattel auf oder hatten die jenseitigen Hänge erreicht.

Dann kam die Nacht.

Norwegen

Am Königshof

Aron erkannte Snorri sofort. Er hatte ihn zuletzt hier in Norwegen auf einem Bankett bei Jarl Skúli gesehen. Damals war er festlich gekleidet, hatte eine Frau auf dem Schoß, die ihm zufrieden in ihrem kostbaren hellgrünen Gewand über die Schulter schaute, und auch Snorri hatte aufgeschaut, als er Aron vorbeigehen sah, und sein hohes Glas erhoben, halbvoll mit perlendem Wein, und gegrüßt, als sei er sich nicht sicher, um wen es sich handelte, und er war in einen roten Rock aus edlem Stoff gekleidet, wie sich Aron erinnerte, und hatte einen schwarzen Hut auf dem Kopf. Er trug ein damasziertes Schwert bei sich. Aron erinnerte sich so genau, weil er gefunden hatte, dass dies eine ungewöhnliche Aufmachung für einen Skalden war.

Nun war er ein ganz anderer Mensch geworden. Er selbst in Island von Sturla aus seinem Reich vertrieben und sein Sohn Órækja gefoltert und gedemütigt. Seine Haare und sein Bart waren weiß geworden, und er warf einen Seitenblick auf den Gast. Die Falten waren tiefer und Mühsal hatte den Hochmut ersetzt. Er hatte einen Mantel an, dessen Kragen bis zu den Wangen hochgeschlagen war. Der Mund war eingefallen und steckte tiefer im Bart.

»Hast du mir etwas mitzuteilen, Landsmann? Du hast wohl kaum ohne Grund deine lustige Gesellschaft in deinem Gästehaus direkt neben dem Königshof verlassen«, sagte Snorri.

»Ich habe dir den Tod des Sturla Sighvatsson mitzuteilen. Und deines Bruders Sighvatur.«

Snorri schwieg lange, bevor er sich von dem blutigen Treffen berichten ließ.

Aron erzählte davon, wie unvorsichtig sich das Heer Sturlas

verhalten hätte. Von seiner Reizbarkeit im Skagafjörður, nachdem ihm Kolbeinn durch die Lappen gegangen und nach Süden zu Gissur entkommen war. Davon, wie sich das Heer planlos durch den ganzen Skagafjörður hatte treiben lassen, wo sie keinem Einzigen trauen konnten, der es gewagt hätte, sein Wohlwollen für sie zu bekunden. Kein Kundschafter Sturlas und Sighvaturs kam zurück, und so wussten sie nichts vom Heeresaufgebot der anderen und deren Stärke. Noch wann sie kämen. Und als das Heer unvermutet von Süden über den Fluss anrückte, waren sie verteidigungsunfähig und so kopflos, dass die Pferde über die ganze Gegend verstreut und die Schilde zu Bündeln zusammengeschnürt und nicht gelöst waren. Und die Örtlichkeit, die sie gewählt hatten, war zur Verteidigung ungeeignet, stand vielmehr allen Angriffen zu Pferd und zu Fuß aus jeder Richtung offen. Er berichtete auch davon, dass Sturla im Jahr zuvor Gissur Þorvaldson beim Apavatn zu fassen bekommen hatte, ihn aber gegen nutzlose Eide und haltlose Schwüre laufen ließ, was einige als Dummheit bezeichneten.

»Er hätte doch wissen müssen, dass Gissur nicht eher Ruhe geben würde, bevor er vollkommene Rache genommen hätte, und seine Klugheit konnte mit seiner Tapferkeit nicht mithalten«, sagte Snorri traurig.

»Ich habe gehört«, sagte Aron, »dass er auf diesem Ritt oft nach Gissur geschaut hätte, in sich gekehrt und wortlos, während Gissur bester Laune war und mit seinen Leibwächtern scherzte. Ich glaube, dass Sturla da wusste, was für eine Aufgabe vor ihm lag.«

»Mag sein«, sagte Snorri: »Aber bald wird man sehen, welche Folgen der Mangel an Entschlossenheit für sie haben wird.«

»Einer hat überlebt«, sagte Aron.

»Þórður kakali«, antwortete Snorri, erhob sich mühsam, ging hinaus und machte eine Handbewegung, als schlüge er heftig ins Leere.

Anmerkungen

Seite

5, 155 *Íslendinga saga:* verfasst von Sturla Þórðarson (1214–1284), als Teil der Sturlunga saga überliefert.

11 *Grettir und Illugi:* Grettir und sein Bruder Illugi sind Figuren aus der »Saga vom starken Grettir« (Grettis saga)

Kjartan Óláfsson und Bolli: Kjartan Óláfsson und Bolli Bollason sind Figuren aus der »Saga von den Leuten aus dem Laxardal« (Laxdæla saga)

13 *Ægir:* Meeresgott der nordischen Mythologie

22 *Gvendur:* Kurzform für Guðmundur

23 *Wikinger Sóti …:* Dies bezieht sich auf eine Episode in der Saga von Grettir dem Starken (Grettis saga).

27 *Dichter Kolbeinn:* Kolbeinn Tumason, 1173–1208

36 *Styrmir der Weise:* Styrmir inn fróði Kárason, Priester, Gesetzessprecher, Prior im Kloster Viðey, gest. 20. 2. 1245

Gunnlaugur Leifsson: Mönch in Þingeyrar, Schriftsteller, gest. 1219

59 *Ausgleich des Unglücks:* Anspielung auf das Gedicht »Der Söhne Verlust« (Sonatorrek) in der Saga von Egill Skallagrímsson: Odin hat Egill die Söhne genommen, ihm aber die Dichtergabe geschenkt.

89 *Helgrindur:* Der Gebirgszug Helgrindur (»Höllenzaun«) mit seinem höchsten Gipfel Kaldnasi (988 m) befindet sich auf der Halbinsel Snæfellsnes südwestlich des Ortes Grundarfjörður im Westen Islands.

90 *Dickwanst:* isl. kjappi

Haken: isl. snagi

Seite

92 *Dala-Freyr* bezieht sich auf Sturlas Machtstellung in Dalir und seine Schwäche für Frauen. Freyr war der nordische Gott der Fruchtbarkeit.

94 *Disen:* eine Art von weiblichen (Fruchtbarkeits-)Göttinnen

97 *Enzyklopädie:* Sammlung altisländischer enzyklopädischer Texte, ediert u.d. Titel Alfræði Íslenzk (1908–1918).

133 *Lesung aus Merlins Prophezeiung:* Das Zitat ist eine freie Wiedergabe eines Abschnitts aus dem altisländischen Visionstext Merlínusspá, der um 1200 von Gunnlaugur Leifsson in Versform aus den lateinischen Prophetiae Merlini des Geoffrey of Monmouth übersetzt wurde.

138 *Duggall:* die Zitate stammen aus dem altisländischen Text Duggals leizla (Anf. 13. Jahrh. oder früher), einer Übersetzung der im 11. Jahrh. entstandenen Visio Tnugdali (oder Tundali), in der ein irischer Ritter in einer Vision durch Fegefeuer, Himmel und Hölle reist.

178 *Nikolaus Bergsson:* Nikulás Bergsson kehrte 1154 von einer Pilgerfahrt nach Rom zurück, verfasste einen Pilgerführer (Leiðarvísir), wurde Abt des Klosters Þverá und starb 1159.

234 *Schwarze Schule:* gemeint ist die Sorbonne in Paris. An die Figur des gelehrten Priesters Sæmundur Sigfússon inn fróði (1056–1133), sein Studium in Paris, seinen angeblichen Teufelspakt und seine angeblichen Zauberkünste knüpften sich viele Legenden.

267 *Blutkönig:* gemeint ist Erik Blutaxt, die Episode findet sich in der Saga von Egill.

307 *Waberlohe:* spielt auf die Sage von Sigurd und Brynhild aus dem Nibelungenstoff an.

Hinweise zur Aussprache des Isländischen

Alle Wörter werden auf der ersten Silbe betont.
Þ und þ: stimmloser Reibelaut, wie th in engl. thing
Ð und ð: stimmhafter Reibelaut, wie th in engl. father
Æ und æ: wie ei in Wein
Au und au: ähnlich wie eui in Feuilleton
Ei und ei: wie in engl. take
Ey und ey: wie in engl. take

Akzente über den Vokalen sind keine Betonungszeichen, sondern ändern die Qualität des Lautes:
Á und á: wie au in Haus
É und é: wie jä in Jäger
Í und í: wie ie in viel
Ó und ó: wie ou in engl. soul
Ú und ú: wie u in Uhr
U und u: ü (wie in dünn)
Ý und ý: wie ie in viel

ll: meist ungefähr wie dl
rn: ungefähr wie dn
rl: ungefähr wie rdl

Verzeichnis der wichtigsten historischen Personen

Árni Magnússon óreiða (»Unordnung«), gest. 23. 11. 1250

Árni, Priester im Gefolge des Bischofs Guðmundur

Arnórr Tumason, 1184–1221

Aron Hjörleifsson, gest. 1255

Ásbirningar, Ásbjörnleute: Nachkommen des Ásbjörn Arnórsson

Björn Dufgusson drumbur

Björn Dufgusson kægill (»Kegel«)

Böðvar Þórðarson auf Staður, Sohn von Þórður Sturluson auf Staður

Egill Skallagrímsson, 9. Jahrh., Held der Egils saga

Einarr skemmingur, gest. 1222, Verwandter des Bischofs Guðmundur

Eiríkur blóðöx (»Erik Blutaxt«), ca. 885–954, König von Norwegen 931–933

Eyjólfur Kársson, gest. 1222

Gissur Hallsson, gest. 1206, Gode, Gesetzessprecher, Diakon, Schriftsteller

Gissur Þorvaldsson, 1209–1268, am Hof König Hákons von Norwegen, Gode, später Jarl, tötet Snorri Sturluson

Gregorius Dagsson, gest. 1161, Lehnsmann in Norwegen

Guðmundur Arason inn góði (»der Gute«), 26. 9. 1161–16. 3. 1237, Priester (1185–1201), Bischof von Hólar (1203–1237)

Guðmundur skáldi (»Dichterling«) (fiktive Person)

Hákon IV. Hákonarson, König von Norwegen, 1204–1263

Hákon Sigurðarson, Jarl von Hlaðir (Lade) bei Trondheim, 935–995

Hrafn Sveinbjarnarson, gest. 4. 3. 1213, Gode, Arzt

Jón Loftsson, gest. 1. 11. 1197, Diakon, Gode

Jón Ögmundarson, Bischof von Hólar 1106 bis 1121, hat in Bologna und Paris studiert

Jón Snorrason murtur (oder murti), 1203–1231, Sohn Snorri Sturlusons

Kolbeinn Arnórsson ungi (»der Junge«), 1208–1245, Gode

Kolbeinn grön (»Schnurrbart«) Dufgusson

Kolbeinn Sighvatsson, gest. 1238

Kolbeinn Tumason skáld (»Dichter«), 1173–1208

Ludwig IX., »der Heilige«, König von Frankreich 1226–1236

Paul (oder Páll), Bischof von Hamar (Norwegen), 1232–1251

Sighvatur Sturluson, 1170–21. 8. 1238, Gode

Sigmundur snagi (»Haken«) auf Eyðihús, gest. 2. 1. 1225

Sigurður Ormsson, gest. 1235, Gode, Berater auf Hólar und Statthalter auf Möðruvellir

Skallagrímur Kveldúlfsson, 9. Jahrh., Vater des Egill Skallagrímsson

Skúli Bárðarson, gest. 23. 5. 1240, Jarl, später Herzog in Norwegen

Snorri Sturluson, 1179–1241, Dichter, Historiker, Politiker

Solveig Sæmundardóttir, gest. 17. 4. 1254, Ehefrau Sturla Sighvatssons

Starkaður Bjarnarson kjappi (»Dickwanst«)

Sturla Sighvatsson, 1199–21. 8. 1238, Gode

Styrmir inn fróði (»der Weise«)

Sveinbjörn kráka (»Krähe«) Hrafnsson, gest. 21. 8. 1238, Gode

Sverrir Sigurðsson, geb. ca. 1151, König von Norwegen 1177–1202

Sæmundur Jónsson, 1154–1222, auf Oddi, Gode, Diakon

Sæmundur Sigfússon inn fróði (»der Weise«), 1056–1133, Gode, Priester, Autor, studierte in Frankreich

Tumi Sighvatsson, 1198–1222

Þorleifur Þórðarson í Görðum, gest. 1257, Gode

Þormóður kark, Sklave, tötete seinen Herrn Jarl Hákon

Þórður Sturluson auf Staður, 1165–1237, Diakon, Onkel von Sturla Sighvatsson

Þorvaldur Gissurarson, gest. 1. 9. 1235, Priester, Gode

Þorvaldur Snorrason aus dem Vatnsfjörður, gest. 6. 8. 1228, Gode

Þuríður Gissurardóttir, gest. 1224, Ehefrau des Tumi Kolbeinsson, später des Sigurður Ormsson, zuletzt Nonne

Stammbaum der Sturlungen (Auswahl)

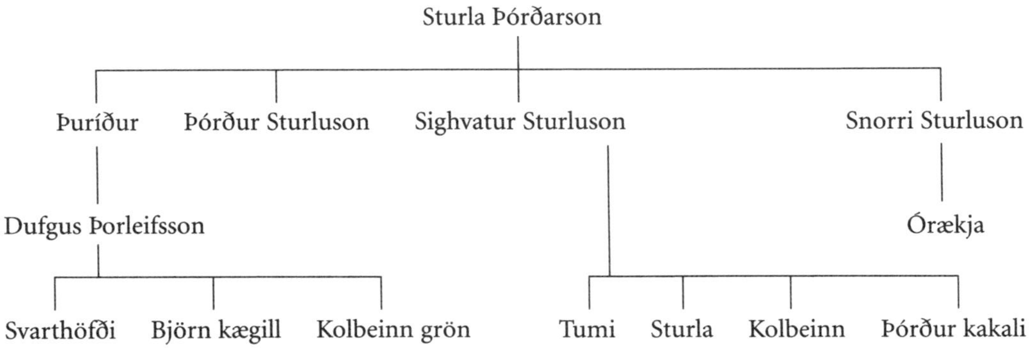

Nachwort

Thor Vilhjálmsson wurde am 12. August 1925 von isländischen Eltern in Edinburgh geboren, wo sein Vater Leiter des Verbandes isländischer Aktiengesellschaften war. Nachdem dieser 1930 als Direktor der größten isländischen Reederei mit seiner Familie auf seine Heimatinsel zurückgekehrt war, lebte Thor fünf Jahre im Hause seines Großvaters in Húsavik im Norden Islands. Er erhielt dort ersten Unterricht, den er dann in Reykjavík auf dem Gymnasium fortsetzte, wo er 1944 das Abitur ablegte. 1944–46 studierte er Literaturwissenschaft an der Universität Islands, verließ die Insel aber nach wenigen Semestern, um ein Leben als Vagabund zu führen, wie er es einmal selbst nannte. Das Reisen wurde zu seiner bevorzugten Lebensform, es sollte auch in seinen Werken eines der zentralen Themen ausmachen. Er studierte ein Wintersemester in Nottingham (1946–47), fuhr auf Fischfang vor Grönland, besuchte wiederholt London und verbrachte einige Jahre in Paris. Seit 1950 lebte er wieder auf Island, unternahm aber auch später viele Auslandsreisen, vor allem nach Italien und Spanien. 1952 heiratete er die Journalistin Margrét Indriðadóttir, mit der er zwei Söhne hat. Er wurde Leiter des isländischen PEN-Clubs und war sechs Jahre lang Vorsitzender der isländischen Künstlervereinigung. Er starb am 2. März 2011 im 86. Lebensjahr in Reykjavík.

Sein schriftstellerisches Werk umfasst über dreißig Bände, neben Romanen, Erzählungen, Lyrik und Dramen auch Reisebücher, Essays und eine Monographie über den Maler Kjarval. Thor ist auch selbst als Maler hervorgetreten und hatte mehrere erfolgreiche Ausstellungen.

Thor Vilhjálmsson ist ein Kosmopolit der neueren isländischen Literatur und, neben Guðbergur Bergsson, Svava Jakobsdóttir und Þorsteinn frá Hamri, einer der bedeutendsten Erneuerer der isländischen Prosa seit der Mitte der 1960er Jahre. Seine großbürgerliche Herkunft und seine Auslandsaufenthalte boten ihm die besten Voraussetzungen, schon früh in Kontakt mit dem europäischen Modernismus zu kommen. Hier wiederum haben Eliot, Camus und der *nouveau roman* Frankreichs auf ihn den nachhaltigsten Eindruck gemacht.

Am Beginn stehen drei Bände mit Kurzprosa und eigenen Grafiken, ganz im Geiste des Existenzialismus: *Maðurinn er alltaf einn* (1950, »Der Mensch ist immer allein«), *Dagar mannsins* (1954, »Tage des Menschen«) und *Andlit í spegli dropans* (1957, »Antlitz im Spiegel des Tropfens«). Hier stehen existenzielle Grundfragen zur Diskussion, aus einer Perspektive jenseits der Bindung an Zeit und Raum: »Es ist, als gäbe es keine Zeit. Vielleicht gibt es eine Zeit, aber sie ist nicht hier. Sie ist da, wo dies endet, falls es endet.«

Es folgten drei Reisebücher (*Undir gervitungli*, 1959, »Unter einem Satelliten«, *Regn á rykið*, 1960, »Regen auf den Staub« und *Svipir dagsins, og nótt*, 1961, »Mienenspiel des Tages, und Nacht«), Früchte der ausgedehnten Bildungsreisen des Autors, die von seinem besonderen Interesse an der Kunst ebenso Zeugnis geben wie seine langjährige Mitherausgeberschaft bei der Kulturzeitschrift *Birtingur*.

Mit *Fljótt fljótt, sagði fuglinn* (»Schnell schnell, sagte der Vogel«, 1968), beginnt eine besonders produktive Phase des Autors mit Romanen modernistischen Zuschnitts, die in lyrisch gefärbter Sprache mit Hilfe einer eigentümlichen Erzähltechnik Orientierungslosigkeit, Entfremdung und Einsamkeit als Merkmale der Existenz des Menschen ästhetisch abbilden. Wie das Gedicht *Burnt Norton* von T. S. Eliot, auf das der Titel Bezug nimmt, kreist auch der Roman Thors um den Zeitbegriff. Echos aus verschiedenen Zeiten, aus der Geschichte der

Menschheit wie der Erfahrung des Individuums, treffen sich im Bewusstsein der anonym bleibenden Hauptperson, vereinen sich zu Bildern, in denen die Konturen zwischen 2000 Jahre zurückliegenden Ritualen um den Kult des Waldkönigs Virbius und der Gegenwart am Nemi-See ineinanderfließen: »All time is eternally present.« Eine eigentliche Handlung fehlt, alles fließt und ändert sich ständig, auch an der Identität der Figuren und Szenen ergeben sich immer wieder Zweifel. Mit dieser Ambiguität kontrastiert die fast schmerzliche Präzision im szenischen Detail, die Beobachtung wie mit dem Auge einer Kamera.

Wie *Fljótt fljótt, sagði fuglinn* gehören auch die Romane *Óp bjöllunnar* (1970, »Ruf des Käfers/der Glocke«), *Mánasigð* (1976, »Mondsichel) und *Turnleikhúsið* (1979, »Das Turmtheater«) zu den Schlüsselwerken modernistischer isländischer Prosa, welche die episch-realistische Erzähltradition so radikal in Frage stellten, dass das isländische Publikum große Probleme hatte, dem Autor zu folgen. Die Auflösung der Diachronie und der Einheit von Handlung, Ort und Figuren, die Aufteilung der Erzählperspektive, das Ineinanderfließen von innerer und äußerer Realität in einem ebenso reizvollen wie verwirrenden Experiment lässt hinter dem scheinbaren Chaos der Oberfläche eine Struktur erahnen, die analog der Wirklichkeit der Gefühle und dem assoziativen Spiel der Phantasie der Logik der Bilder folgt, hierin dem Traum wie dem Film ähnlich.

Es schloss sich eine Phase von sieben Jahren an, in der Thor zwei Bände mit Lyrik veröffentlichte (*Ljóð Mynd*, 1982, »Gedichte Bilder«; *Spor í spori*, 1986, »Spur in Spur«), vor allem aber mit Übersetzungen beschäftigt war. Er übertrug u.a. Werke von Malraux, O'Neill, Isabel Allende und Ecos *Name der Rose*.

Einen weiteren Meilenstein im Romanschaffen Thors stellt

Grámosinn glóir (1986, »Das Graumoos glüht«, dt. 1990) dar, das dem Autor endlich auch den längst verdienten Publikumserfolg (u.a. 1988 den Literaturpreis des Nordischen Rates) brachte, während seine Wirkung bis dahin eher auf die engen Kreise der Literaturkenner beschränkt war. Übersetzungen in zahlreiche Sprachen folgten, und in den teilweise enthusiastischen Rezensionen wurde Thor immer wieder als der führende isländische Autor der Generation nach Laxness apostrophiert, zu dem er übrigens stets ein sehr enges Verhältnis hatte.

Dieser Roman basiert auf einem historischen Kriminalfall, der sich gegen Ende des 19. Jahrhunderts in Nordisland zugetragen hatte: Sólborg, ein Bauernmädchen, und ihr Halbbruder – beide arbeiteten auf demselben Pfarrhof – wurden in einem Prozess beschuldigt, ein inzestuöses Verhältnis unterhalten und ein daraus hervorgegangenes Kind gleich nach der Geburt gemeinsam getötet zu haben. Während der Untersuchung nahm sich das Mädchen das Leben. Richter in diesem Prozess war Einar Benediktsson (1864–1940), Jurist und herausragender Lyriker seiner Zeit. So hat in diesem teilweise dokumentarischen Roman Ásmundur, wie der Richter im Roman heißt, eine ganze Reihe von Zügen mit dem Vorbild gemeinsam.

Obwohl sich der Autor mit diesem Buch in mancher Hinsicht der realistisch-epischen Erzählweise angenähert hat, wäre es falsch, von einem Bruch zu sprechen, erst recht nicht von einem Zugeständnis an bestimmte Lesererwartungen. In einem Interview hat Thor einmal geäußert, er sehe dieses Buch als natürliche Fortsetzung dessen an, was er vorher geschrieben habe. In der Tat finden wir hier vieles vom Geist seiner modernistischen Werke wieder. Man braucht nur an die Beschreibungen von Landschaften und Wettererscheinungen zu erinnern, an das eigentümliche Geflecht von formalen Korrespondenzen, Vorausdeutungen, Nachklängen, Leitgedanken, an die charakteristische Verwendung von Symbolen, Bildern, Assoziationen, an die Übereinstimmungen in der Frage nach den existentiellen Grundkräften des menschlichen Daseins: Liebe, Angst, Schuld, Sühne. Ganz unverkennbar beibehalten ist aber nicht zuletzt der persönliche Sprachstil Thors: der weitausholende Gestus, mit dem sich die Sätze durch immer neue Agglutinationen zu komplexen Organismen entfalten, der fast lyrische Rhythmus, die der mündlichen Rede abgelauschten elliptischen Satzbildungen, der souveräne Umgang mit den Satzzeichen und der scheinbar regellose Wechsel zwischen Präsens und Präteritum. Vieles davon finden wir im »Morgengebet« wieder.

Der folgende Roman *Náttvíg* (1989, »Nachtmord«) spielt im Reykjavík der Gegenwart und handelt von einem Taxifahrer, der in die Unterwelt der Stadt und einen Mordfall hineingezogen wird. Nach dem autobiographischen Band *Raddir í garðinum* (1992, »Stimmen im Garten«) folgte mit *Tvílýsi, Myndir á sýningu* (1994, »Zwielicht, Bilder einer Ausstellung«) eine romanhafte Komposition von lyrischer Kurzprosa.

1998 nun kam mit dem hier in deutscher Übersetzung vorgelegten Roman *Morgunþula í stráum* (»Morgengebet in Halmen«) wieder ein Hauptwerk Thor Vilhjálmssons heraus, das in stilistischer und struktureller Hinsicht wie in seiner thematischen Tiefe und Breite vieles aufgreift und zusammenfasst, was in seinen früheren Werken angelegt war. Wie beim »Graumoos« haben wir es auch hier wieder mit einem fiktional-dokumentarischen Roman zu tun, der in diesem Fall seinen historischen Hintergrund in den dramatischen Ereignissen des isländischen Bürgerkriegs im 13. Jahrhundert hat. Quellengrundlage ist vor allem die umfangreiche Kompilation der Sturlunga saga, deren wichtigsten Teil die von Sturla Þórðarson (1214–1284), wie Sturla Sighvatsson ein Mitglied der mächtigen Sturlungen-Familie, verfasste *Íslendinga saga* (»Die Geschichte der Isländer«)

darstellt. Hier werden in einem literarisch durchaus nicht anspruchslosen, aber chronikartig nüchternen Stil die Konflikte vor Augen geführt, die in einer scheinbar unaufhaltsamen Kette von Gewalttaten zum Ende des isländischen Freistaats führten.

Angefangen hatte es mit der Entdeckung Islands in den 870er Jahren und seiner Besiedlung, vor allem von Norwegen und den britischen Inseln aus, die 930 faktisch abgeschlossen war. Jetzt gab sich die junge Nation eine eigene Verfassung, die ohne Königtum auskam, was im christlichen Europa mehr und mehr als skandalös empfunden wurde. Es war eine demokratieähnliche Gesellschaft (Frauen und Sklaven hatten kein Stimmrecht) von freien Bauern, die sich Goden als Repräsentanten wählten, die politische, juristische und kultische Funktionen ausübten. Mit der Zeit kristallisierten sich allerdings aus der großen Zahl der besitzenden Bauernfamilien drei heraus, die mehr und mehr Macht und Anhänger auf sich vereinigten und am Ende um die Oberherrschaft über Island, z.B. als Herzog des norwegischen Königs, konkurrierten. Auch die Bischöfe (Island trat 1000 zum Christentum über) spielten eine Rolle in diesem Machtkampf. Das »Morgengebet« hat Sturla Sighvatsson zur Zentralfigur, zu seiner Zeit der mächtigste Vertreter der Sturlungen, der alle Aussichten zu haben schien, die alleinige Obermacht zu gewinnen. Warum es nicht dazu kam, ist Thema des Buches. Es endet für die Sturlungen und ihren geistigen Führer Snorri Sturluson, den bedeutendsten Autor des isländischen Mittelalters, mit einer Katastrophe. Alle kampffähigen Familienmitglieder sind tot, nur Þórður kakali bleibt zurück. Er ist übrigens die Hauptperson in dem Roman *Óvinafagnaður* (2001, dt. »Feindesland« 2004) von Einar Kárason, der mit *Ofsi* (2008, dt. »Versöhnung und Groll«, 2011) noch eine Fortsetzung schrieb.

In seinem letzten Roman kam auch Thor Vilhjálmsson noch

einmal auf die Sturlungenzeit zurück: in *Sveigur* (2002, »Bogen«) erzählt er die Geschichte des Guðmundur skáldi, eines armen Jungen, der bei Mönchen eine Ausbildung erfährt und in Schlachten mit den bedeutendsten Anführern seiner Zeit, u.a. Sturla Sighvatsson, gerät.

Die Sturlungenzeit und die Selbständigkeit Islands endeten 1264 mit der Unterwerfung unter die Oberhoheit des norwegischen Königs. Erst 1944 erlangte Island seine nationale Souveränität zurück.

Thor Vilhjálmsson hat sich immer an internationalen Maßstäben orientiert. Nach seiner wiederholt geäußerten Überzeugung gehören seine Werke nicht weniger zur europäischen Literatur wie zur isländischen, muss ein nationaler Dichter notwendig auch international sein. Gerade das »Morgengebet«, für das Thor übrigens den isländischen Literaturpreis erhalten hat, demonstriert die Gültigkeit dieser Aussage in seiner innigen Verbindung von lokalen Motiven mit der Welt des gesamten mittelalterlichen Abendlands.

Gert Kreutzer